MORTS SUR LA LANDE

DU MÊME AUTEUR
CHEZ LE MÊME ÉDITEUR

Des vérités cachées, 2019

ANN CLEEVES

MORTS SUR LA LANDE

Traduit de l'anglais
par Claire Breton

ARCHIPOCHE

Ce livre a été publié sous le titre
Telling Tales par Macmillan,
département de Pan Macmillan Ltd, Londres, 2005.

Notre catalogue est consultable à l'adresse suivante :
www.archipoche.com

Éditions Archipoche
34, rue des Bourdonnais
75001 Paris

ISBN 978-2-37735-238-8

Note de l'auteur

Cette histoire se déroule dans un lieu fictif à l'est de Hull. Elvet n'existe pas et, si la Pointe présente certaine ressemblance géographique avec Spurn, il existe des différences notables. Par exemple, aucun patron-vedette n'habite à Spurn.

Les pilotes ont bien quitté leur ancien bureau de Hull, mais à ma connaissance, le bâtiment n'a pas été vendu pour être reconverti.

Je tiens à remercier Ray et Val Eades pour leurs inestimables renseignements concernant le pilotage sur la Humber. S'il y a des erreurs, elles n'incombent qu'à moi.

PREMIÈRE PARTIE

1

Assise à la fenêtre de sa chambre, Emma regarde la place plongée dans la nuit. Le vent secoue une tuile du toit, déferle du cimetière avec fracas, fait rouler une canette de soda dans la rue. Il faisait gros temps le jour où Abigail Mantel est morte et il semble à Emma qu'il n'a cessé de venter depuis, dix années de tempêtes, de grêlons mitraillant ses fenêtres et d'arbres fauchés à la racine. C'est peut-être vrai, au moins depuis la naissance du bébé. Chaque fois qu'elle s'éveille la nuit – pour lui donner la tétée ou quand James travaille tard –, le souffle du vent est là, qui roule dans sa tête comme bourdonne le coquillage que l'on porte à son oreille.

James, son mari, n'est pas encore rentré, mais ce n'est pas pour lui qu'elle veille. Elle fixe l'Ancienne Forge où Dan Greenwood fabrique des poteries. De la lumière filtre à la fenêtre et, par instants, elle croit entrevoir une ombre. Elle suppose que Dan est toujours au travail, dans sa blouse de toile bleue, les yeux plissés sur l'argile qu'il façonne de ses puissantes mains brunes. Puis elle s'imagine laisser là le bébé, profondément endormi, bien au chaud dans son couffin ; se faufiler dehors et, rasant les murs, traverser la place jusqu'à la forge. Elle pousse l'un des battants de la grande porte en arc brisé, pareille au porche d'une église, et se campe à l'intérieur. La pièce est haute de plafond et elle distingue les tuiles au travers des chevrons incurvés. Elle sent la chaleur du four à céramique et voit les étagères poussiéreuses chargées de poteries à émailler.

Dan Greenwood lève la tête. Le visage empourpré, le front marqué de sillons de poussière rouge. Il n'est pas surpris de la voir. Il abandonne son tour et vient se poster devant elle. Elle se sent respirer plus vite. Il l'embrasse sur le front et entreprend de déboutonner son corsage. Lui touche les seins, les caresse, y déposant des traînées d'argile rouge comme des peintures de guerre. La terre sèche sur sa peau et ses seins se tendent, la picotent un peu.

Puis la vision s'évanouit et la revoilà dans la chambre qu'elle partage avec son mari. Ses seins ne sont pas tendus par une traînée d'argile, mais lourds de lait. À cet instant le bébé commence à geindre et à serrer les poings en l'air à l'aveuglette. Emma va le chercher et le nourrit. Dan Greenwood ne l'a jamais touchée et ne la touchera probablement jamais, ses rêves n'y changeront rien. Minuit sonne à l'église. À cette heure, James devrait avoir mené le bateau à bon port.

Voilà l'histoire qu'Emma se racontait, assise à sa fenêtre dans le village d'Elvet. Un commentaire incessant de ses sentiments, comme une voix extérieure. Il en avait toujours été ainsi – sa vie telle une succession de contes. Avant d'accoucher, elle se demandait si la naissance de Matthew la ferait s'investir davantage. Rien de plus réel, n'est-ce pas, que les douleurs de l'enfantement ? Mais à présent, alors qu'elle glissait son petit doigt entre la bouche du bébé et le mamelon pour interrompre la tétée, elle se disait que non. Elle ne se sentait pas plus investie affectivement envers lui qu'envers James. Était-elle différente avant de découvrir le corps d'Abigail Mantel ? Probablement pas. Elle posa son fils sur son épaule et lui frotta le dos. Il agrippa une mèche de ses cheveux.

La chambre se trouvait au dernier étage d'une belle demeure géorgienne toute de briques et de tuiles rouges. La maison possédait une double façade à fenêtres rectangulaires de part et d'autre de la porte. Elle avait été construite par un marin qui faisait commerce avec la Hollande, et c'est ce qui avait séduit James. « On perpétue la tradition, avait-il déclaré en la lui faisant visiter. C'est un peu comme si elle restait dans la famille. » Emma trouvait que c'était trop près de chez elle, du souvenir d'Abigail Mantel et de Jeanie Long. Elle avait émis l'idée que Hull serait plus pratique pour lui, pour son travail. Ou Beverley. Beverley était une ville agréable. Mais il avait assuré qu'Elvet lui convenait très bien.

« Ce sera agréable pour toi d'être à côté de tes parents », avait-il ajouté et elle avait souri et acquiescé, parce que c'est ainsi qu'elle se comportait avec James. Elle aimait lui faire plaisir. En réalité, elle ne tenait guère à la proximité de Robert et Mary. Ils avaient beau se montrer des plus serviables, elle se sentait mal à l'aise en leur compagnie et confusément coupable.

Au ronflement du vent vint s'en ajouter un autre – le moteur d'une voiture. Des phares balayèrent la place, éclairant brièvement le porche de l'église où virevoltaient des feuilles mortes. James se gara sur les pavés, descendit et claqua la portière. Au même moment, Dan Greenwood sortit de l'Ancienne Forge. Il était habillé comme Emma se l'était représenté, en jean et blouse bleue. Elle s'attendait à le voir repousser la porte monumentale et la verrouiller à l'aide de la clef qu'il gardait accrochée à sa ceinture au bout d'une chaîne. Ensuite, il glisserait un lourd cadenas de cuivre dans les crochets métalliques boulonnés sur chaque vantail, et le refermerait. Elle avait souvent observé ce rituel depuis sa fenêtre. Au lieu de cela, il fila tout droit vers James. Ses gros godillots de travail résonnèrent bruyamment sur le pavé, poussant James à se retourner.

En les voyant ensemble, elle se dit qu'ils étaient vraiment très différents. Dan avait la peau si brune qu'il aurait dû être étranger. Il aurait pu jouer le méchant dans un mélodrame gothique. James, lui, était l'Anglais type, pâle et poli. Une angoisse aussi soudaine qu'irrationnelle étreignit Emma à l'idée qu'ils se parlent, pourtant Dan ne pouvait en aucun cas deviner ses fantasmes. Elle n'avait rien fait qui puisse la trahir. Avec précaution, elle souleva la fenêtre à guillotine afin d'entendre leur conversation. Les rideaux se gonflèrent.

Le vent entra dans la pièce avec un goût de sel. Elle se sentit comme une enfant écoutant une conversation d'adultes, un parent et un professeur par exemple, discutant de ses progrès scolaires. Aucun des deux hommes ne l'avait remarquée.

— T'as vu les infos ? demandait Dan.

James secoua la tête.

— Je débarque d'un porte-conteneurs letton. J'ai pointé à Hull et je suis rentré directement.

— Alors Emma ne t'a rien dit ?

— Elle ne suit pas vraiment les actualités.

— Jeanie Long s'est suicidée. On lui avait encore refusé la liberté conditionnelle. C'est arrivé il y a quelques jours. Ils ont laissé passer le week-end avant de l'annoncer.

James restait là, clef à la main, prêt à verrouiller la voiture. Toujours en uniforme, il était fringant, d'une élégance surannée, comme s'il appartenait à la même époque que la maison. Ses boutons en laiton renvoyaient faiblement la lumière des lampadaires. Nu-tête, il portait sa casquette sous le bras. Cela rappela à Emma l'époque où c'était *lui* qui la faisait fantasmer.

— Je ne pense pas que ça touchera beaucoup Em. Pas après tout ce temps. Je veux dire, elle ne connaissait pas très bien Jeanie. Elle était toute jeune au moment des faits.

— Ils vont rouvrir le dossier Abigail Mantel, reprit Dan Greenwood.

Il y eut un instant de silence. Emma se demanda ce que Dan pouvait bien savoir de toute cette histoire. Les deux hommes avaient-ils déjà parlé d'elle à d'autres moments, quand elle n'était pas là pour les entendre ?

— À cause du suicide ? s'enquit James.

— Non. Un nouveau témoin vient de se manifester. Apparemment, Jeanie Long n'aurait pas pu assassiner la petite.

Il s'interrompit un moment. Emma le regarda se frotter le front de ses doigts trapus. On aurait dit qu'il essayait de gommer la fatigue. Elle se demanda pourquoi il se souciait tant d'un meurtre vieux de dix ans. Elle voyait bien que ça le préoccupait, l'avait empêché de dormir. Pourtant Dan ne vivait même pas au village à l'époque. Ses mains retombèrent. Il avait dû les laver avant de sortir de la forge. Aucune trace d'argile sur sa peau.

— Dommage que personne n'ait pris la peine d'en informer Jeanie, hein ? reprit-il. Elle serait peut-être encore en vie.

Comme chassés par la bourrasque, les deux hommes se séparèrent. Dan courut fermer les portes de l'Ancienne Forge. La Volvo émit un clac, clignota des phares, et James gravit les marches du perron. Emma s'écarta de la fenêtre et s'assit sur la chaise à côté du lit. Elle installa le bébé au creux de son bras pour lui donner l'autre sein.

Elle se tenait toujours ainsi lorsque James entra. Elle avait allumé la lampe de chevet ; le reste de la grande mansarde était baigné dans l'ombre. Rassasié, le bébé avait fermé les yeux, mais elle l'avait toujours dans les bras et il tétait encore de temps à autre dans son sommeil. Un filet de lait roula au coin de sa bouche. Elle avait entendu James aller et venir discrètement en bas, et le grincement de l'escalier l'avait avertie de son approche. Elle était calme et souriante. La Vierge à l'Enfant. Comme un de ces tableaux flamands qu'il l'avait traînée voir au musée. Il s'était offert une reproduction pour la maison, l'avait accrochée dans un grand cadre doré. La pose obtint l'effet escompté et il sourit lui aussi, parut tout à coup merveilleusement heureux. Emma se demanda pourquoi elle se sentait tellement attirée par Dan Greenwood, avec son apparence parfois négligée et ses fines cigarettes roulées à la main.

Doucement, elle reposa le bébé dans son couffin. Il tendit les lèvres comme s'il cherchait encore le sein, émit un profond soupir de déception mais ne se réveilla pas. Emma rattacha le bonnet de son soutien-gorge d'allaitement si peu flatteur et resserra son peignoir. Bien que le chauffage soit allumé, la maison était toujours pleine de courants d'air. James se pencha pour l'embrasser, cherchant sa bouche du bout de la langue, aussi insistant que le bébé quand il avait faim. Il aurait aimé faire l'amour mais elle savait qu'il n'insisterait pas. Rien n'avait assez d'importance à ses yeux pour justifier une scène et, depuis quelque temps, Emma était imprévisible. Il ne prendrait pas le risque de la voir fondre en larmes. Elle le repoussa doucement. Il s'était servi un verre de whisky et l'avait monté avec lui. Il en but une gorgée et le déposa sur la table de nuit.

— Tout s'est bien passé, ce soir ? demanda-t-elle pour atténuer la rebuffade. Avec ce vent à décorner les bœufs. Je t'imaginais dans la nuit, au milieu de la houle.

Elle n'avait rien imaginé de tel. Pas ce soir. Quand elle l'avait rencontré, elle avait rêvé de lui, là-bas sur les flots noirs. À présent, allez savoir pourquoi, l'évocation avait perdu tout son charme.

— C'était un vent d'est, dit-il. Vers la terre. Il nous a poussés dans le bon sens.

Il lui sourit tendrement et elle fut heureuse d'avoir trouvé les mots justes.

Il entreprit de se déshabiller, lentement, délassant ses muscles tendus. Il était pilote. Rejoignait les navires à l'embouchure de la Humber pour les mener sans encombre à Hull, Goole ou Immingham ou, au contraire, les guider depuis ces villes jusqu'à la sortie de l'estuaire. Il prenait son travail au sérieux, conscient de sa responsabilité. C'était l'un des plus jeunes pilotes qualifiés à travailler sur la Humber. Emma était très fière de lui.

C'est ce qu'elle se répéta, mais les mots sonnèrent creux, comme dénués de sens. Depuis qu'elle avait surpris la conversation des deux hommes, elle s'efforçait d'enrayer la panique qui l'avait saisie et s'amplifiait comme enfle au grand large une vague venue de nulle part.

— Je t'ai entendu discuter avec Dan Greenwood. Qu'est-ce qu'il avait de si urgent à te dire, à cette heure ?

Il s'assit sur le lit, son torse nu recouvert de duvet blond. Il avait quinze ans de plus qu'elle, mais qui l'eût dit, à le voir si bien bâti ?

— Jeanie Long s'est suicidée la semaine dernière. Tu sais, la fille d'un des anciens patrons-vedette de la Pointe. Celle qui a été condamnée pour le meurtre d'Abigail.

Elle aurait voulu lui hurler : *Évidemment que je sais. J'en sais plus sur cette affaire que tu n'en sauras jamais.* Mais elle se contenta de le regarder.

— C'est malheureux, poursuivit-il, une triste coïncidence. D'après Dan, un nouveau témoin s'est manifesté. Ils rouvrent l'enquête. Jeanie aurait sans doute pu être libérée.

— Comment Dan Greenwood est-il au courant de tout ça ?

Il ne répondit pas. Elle en conclut qu'il pensait déjà à autre chose. Une marée difficile peut-être, un bâtiment en surcharge, un commandant revêche. Il défit sa ceinture et se leva pour ôter son pantalon. Le plia soigneusement et le rangea sur un cintre dans la penderie.

— Viens te coucher, dit-il. Dors pendant que tu peux.

Elle songea que déjà, il avait chassé Abigail Mantel et Jeanie Long de son esprit.

2

Depuis dix ans Emma s'évertuait à oublier le jour où elle avait découvert le corps d'Abigail. À présent elle se força à se le rappeler, à se le raconter comme une histoire.

C'était au mois de novembre et Emma avait quinze ans. Des nuages menaçants assombrissaient le paysage. Tout avait la couleur de la boue et des pieds de haricots noircis par le vent. Emma s'était fait une seule amie à Elvet. Elle s'appelait Abigail Mantel. Elle avait les cheveux roux comme le feu. Sa mère était décédée d'un cancer du sein quand elle avait six ans. Emma, qui rêvait secrètement de voir mourir son père, avait été choquée de se découvrir un peu envieuse de la compassion que cela valait à son amie. Abigail n'habitait pas une maison humide et pleine de courants d'air. Elle n'était pas obligée d'aller à l'église tous les dimanches. Son père était aussi riche qu'on pouvait l'être.

Emma se demanda si c'était là l'histoire qu'elle se racontait à l'époque, mais n'arriva pas à s'en souvenir. D'ailleurs, que se rappelait-elle au juste de cet automne ? L'imposant ciel noir et le vent chargé de sable qui lui battait le visage quand elle attendait le bus de ramassage scolaire. Sa colère envers son père pour les avoir entraînés ici.

Et Abigail Mantel, exotique comme une star de télévision, avec sa chevelure indomptable et ses vêtements hors de prix, ses poses et ses moues. Abigail, sa voisine de classe, qui copiait sur elle et secouait ses cheveux d'un air dédaigneux devant tous les garçons énamourés. Deux souvenirs contrastés, donc : un paysage froid, monochrome, et une adolescente de quinze ans aux couleurs si intenses que le simple fait de la regarder vous réchauffait. Quand elle était en vie, évidemment. Morte, elle paraissait aussi froide que le fossé gelé où Emma l'avait trouvée.

Elle se força à revoir l'instant de la découverte du corps d'Abigail. Elle lui devait au moins ça. Dans la chambre de la Maison du Capitaine, le bébé reniflait, James respirait lentement et régulièrement et Emma revenait sur ses pas le long d'un champ de haricots, s'efforçait de conserver le souvenir bien réel. Pas de fantaisies cette fois, s'il vous plaît.

Le vent était si violent qu'elle respirait à grand-peine, en petits halètements, un peu comme on lui apprendrait à le faire pendant l'accouchement avant de pousser. Il n'y avait nulle part où s'abriter. Au loin, l'horizon était fendu par un des clochers ridiculement pompeux typiques de la région, mais le ciel semblait immense et elle s'imaginait seule en dessous.

« Qu'est-ce que tu faisais dehors, toute seule au milieu de l'orage ? » demanderait plus tard la femme flic, gentiment, comme si elle voulait vraiment savoir, comme si la question n'avait rien à voir avec l'enquête.

Allongée à côté de son mari, Emma savait que ce souvenir-là, le souvenir de sa mère et de la femme flic, assises dans la cuisine de la maison à récapituler les détails de la découverte, était une échappatoire.

Abigail méritait mieux que ça. Elle méritait l'intégralité de l'histoire.

Donc… c'était une fin d'après-midi un dimanche en novembre. Dix ans plus tôt. Emma avançait péniblement, luttant contre le vent, en direction de l'ancienne chapelle où habitaient les Mantel. Elle était excédée, furieuse. Furieuse au point d'avoir quitté la maison en claquant la porte par un après-midi de chien, alors que la nuit tombait. Tout en marchant, elle tempêtait intérieurement contre ses parents, contre l'injustice d'avoir un père insensé et tyrannique – ou qui semblait l'être devenu à mesure qu'elle grandissait. Pourquoi ne pouvait-il pas être comme les pères des autres ? Comme celui d'Abigail, par exemple ? Pourquoi parlait-il comme un personnage de la Bible, au point que le contester revenait à contester l'autorité des Écritures elles-mêmes ? Pourquoi se sentait-elle coupable quand elle avait le sentiment de n'avoir rien fait de mal ?

Elle buta sur un silex saillant et tomba. Larmes et morve lui couvraient le visage. Elle resta un moment sans bouger, à quatre pattes. Elle s'était écorché les paumes en voulant amortir sa chute, mais au moins ici, plus près du sol, on respirait mieux. Puis elle s'était dit qu'elle devait avoir l'air ridicule, même s'il ne pouvait y avoir personne dehors pour la voir par un temps pareil. La chute l'avait ramenée à la raison. Il faudrait bien qu'elle rentre chez elle et s'excuse d'avoir fait une scène. Le plus tôt serait le mieux. Comme elle se relevait, le vent la frappa à nouveau de plein fouet et elle lui tourna le dos. C'est alors qu'elle regarda dans le fossé. Elle reconnut d'abord le blouson – un blouson bleu et matelassé. Emma avait voulu le même mais sa mère avait été horrifiée en voyant le prix. Pourtant elle ne reconnut pas Abigail. Elle pensa qu'il devait s'agir de quelqu'un d'autre, qu'Abigail avait prêté son blouson à une cousine ou à une amie, quelqu'un d'autre qui le convoitait. Quelqu'un qu'Emma ne connaissait pas car cette fille était affreuse et Abigail n'avait jamais été affreuse. Ni si silencieuse non plus ; Abigail parlait tout le temps. Cette fille avait la langue bouffie, les lèvres bleues, et ne parlerait jamais plus. Ne flirterait ni ne plaisanterait ni ne ricanerait jamais plus. Le blanc de ses yeux était taché de rouge.

Emma était incapable de bouger. Elle regarda alentour et aperçut un lambeau de plastique noir, poussé par le vent au-dessus du champ de haricots, tel un énorme corbeau. Et puis soudain, miraculeusement, sa mère apparut. Emma aurait pu croire, en regardant jusqu'à l'horizon, que Mary était la seule autre personne en vie dans tout le village. Elle progressait à grand-peine sur le chemin, ses cheveux grisonnants emprisonnés sous la capuche de son vieil anorak, en bottes de caoutchouc sous sa jupe du dimanche. Les derniers mots de Robert quand Emma avait quitté la cuisine en claquant la porte avaient été : « Laisse-la partir. Il faut qu'elle apprenne. » Il n'avait pas crié. Il avait dit ça patiemment, doucement même. Mary obéissait toujours à Robert, aussi la vue de sa silhouette sur le fond gris du ciel, plus épaisse que d'habitude parce qu'elle était emmitouflée contre le froid, était presque aussi choquante que celle d'Abigail Mantel gisant dans le fossé. Car au bout de quelques secondes, Emma avait admis que c'était bien Abigail. Personne d'autre n'avait cette couleur de cheveux. Elle attendit, le visage baigné de larmes, que sa mère la rejoigne.

À quelques mètres de distance, Mary ouvrit les bras et Emma courut s'y réfugier. Elle se mit à sangloter, s'étrangla, incapable de parler. Mary la serra et commença à lui caresser les cheveux en les écartant de son visage, comme quand ils habitaient York, qu'Emma était encore enfant et qu'il lui arrivait de faire des cauchemars.

« Rien ne vaut la peine de se mettre dans cet état, dit Mary. Quel que soit le problème, on peut le régler. » Elle voulait dire : *Tu sais que ton père fait simplement ce qui lui semble juste. Si on lui explique, il changera vite d'avis.*

Alors Emma l'attira vers le fossé et la poussa à regarder le corps d'Abigail Mantel. Elle savait que même sa mère ne pourrait pas régler ni arranger ça.

Il y eut un silence horrifié. Comme s'il avait aussi fallu un moment à Mary pour assimiler ce qu'elle voyait, puis la voix de sa mère revint, soudain brusque, exigeant une réponse : « Tu l'as touchée ? »

Le choc de la question ramena Emma au calme.

« Non.

— Il n'y a plus rien à faire pour elle maintenant. Tu m'entends, Emma ? On va rentrer à la maison et appeler la police, et pendant un moment ce sera comme un horrible cauchemar. Mais ce n'est pas ta faute et tu n'aurais rien pu faire. »

Et Emma pensa : *Au moins elle n'a pas parlé de Jésus. Au moins elle n'espère pas me voir chercher le réconfort dans la religion.*

Dans la Maison du Capitaine, le vent continuait à faire vibrer la fenêtre à guillotine de la chambre. Emma s'adressa mentalement à Abigail : *Tu vois, j'ai réussi, je me le suis rappelé exactement comme ça s'est passé. Je peux dormir, maintenant ?* Mais elle eut beau se lover contre James pour absorber sa chaleur, impossible de se réchauffer. Elle essaya d'évoquer son fantasme préféré, imagina la peau sombre de Dan Greenwood à côté de la sienne, mais même cette magie-là refusa d'opérer.

3

Emma ne pouvait pas raconter ce qui s'était passé ensuite comme une histoire. La ligne narrative n'était pas assez solide. C'était trop confus dans son esprit. Il manquait des détails. Sur le moment ç'avait été difficile de comprendre. Peut-être le choc l'avait-il empêchée de se concentrer. Aujourd'hui encore, dix ans après, l'image d'Abigail froide et silencieuse lui apparaissait en flashes au moment où elle s'y attendait le moins. Ce soir-là, après la découverte du corps, alors qu'ils étaient tous assis dans la cuisine de Springhead House, la vision s'était logée dans sa tête, lui bouchant la vue et faisant entendre toutes les questions comme venues de très loin. À présent, elle rendait ses souvenirs décousus et imprécis.

Elle n'arrivait pas à se rappeler le retour à la maison avec sa mère, mais se voyait hésiter devant la porte de derrière, réticente encore à affronter son père. Elle avait horreur de le décevoir. Mais même s'il avait préparé un sermon en les entendant arriver, il l'oublia bien vite. Mary passa un bras sur son épaule et l'entraîna dans un coin, lui parla en chuchotant. Il resta un moment raide comme la pierre, comme si c'était trop dur à accepter. « Pas ici, dit-il. Pas à Elvet. » Il fit demi-tour et prit Emma dans ses bras, elle sentit le parfum de son savon à barbe. « Personne ne devrait voir une chose pareille, déclara-t-il. Pas ma petite fille. Je suis vraiment désolé. » Comme si c'était lui, quelque part, qui était responsable, comme s'il aurait dû être assez fort pour l'en protéger. Puis ils l'avaient enveloppée dans la couverture râpeuse qui servait pour les pique-niques et avaient passé des coups de fil pressants à la police. Choquée comme elle l'était, elle sentait qu'après avoir réussi à assimiler ce qui s'était passé, Robert appréciait plutôt la tragédie.

Mais quand la femme flic arriva pour parler à Emma, il dut sentir que sa présence risquait de gêner et laissa les trois femmes seules dans la cuisine. Ç'avait sans doute été un effort pour lui. Robert croyait toujours avoir un rôle à jouer en temps de crise. Il était habitué à gérer l'urgence : clients qui s'ouvraient les veines dans sa salle d'attente, piquaient des crises de démence ou refusaient de comparaître au tribunal. Emma se demandait si c'était pour cette raison qu'il aimait tant son travail.

Peut-être un autre agent avait-il accompagné l'inspectrice à Springhead et interrogé Robert dans une pièce voisine, parce que, par moments, dans les silences de la conversation, quand elle réfléchissait pour répondre aux questions, Emma crut entendre des voix étouffées. Difficile à dire, avec le vacarme du vent. Son père pouvait très bien discuter avec Christopher et la troisième voix n'être que le fruit de son imagination. Christopher devait aussi être à la maison ce jour-là.

Mary fit du thé dans la grande théière en terre brune, et elles s'assirent à la table de la cuisine. Mary s'excusa.

« Il fait si froid dans le reste de la maison. Au moins, ici, on a l'Aga… » Pour une fois l'Aga se montrait docile et dégageait de la chaleur. La condensation avait dégoutté sur les vitres toute la journée et formé des lacs sur le rebord des fenêtres. À l'époque Mary détestait cette cuisinière à bois. Elle l'abordait tous les matins comme on se prépare au combat, marmonnant entre ses dents, une prière : *Je t'en supplie, chauffe aujourd'hui. Ne me lâche pas. S'il te plaît, chauffe assez longtemps pour préparer un repas.*

L'inspectrice, pourtant, paraissait gelée. Elle gardait son manteau et serrait les mains autour de sa tasse de thé. Elle avait dû se présenter, mais son nom échappait à

Emma, lui avait échappé à peine prononcé. Elle se rappelait avoir pensé que ce devait être une policière malgré sa tenue civile, si élégante qu'elle l'avait tout de suite remarquée. Sous le manteau une jupe, longue presque jusqu'aux pieds, légèrement ajustée, et une paire de bottes en cuir. Tout au long de l'enquête Emma aurait du mal à retenir le nom de cette femme, alors qu'elle deviendrait le seul contact de la famille avec la police, revenant les informer à chaque nouveau développement pour éviter qu'ils ne l'apprennent par voie de presse.

À peine assise, l'inspectrice – Kate ? Cathy ? – demanda : « Qu'est-ce que tu faisais dehors, toute seule au milieu de l'orage ? »

C'était si difficile à expliquer… Emma ne pouvait pas se contenter de répondre : *Eh bien, on est dimanche.* Même si dans sa tête, il y avait toutes les explications nécessaires : les dimanches étaient souvent tendus, tous les quatre réunis à l'intérieur, s'efforçant d'être une famille modèle. Pas grand-chose à faire après l'église.

Ce dimanche avait été pire que les autres. Emma avait de bons souvenirs de certains repas de famille à Springhead, où Robert, expansif, racontait des blagues idiotes qui les faisaient se tordre de rire, où sa mère parlait avec passion d'un livre qu'elle était en train de lire. Alors on aurait presque dit que les jours heureux qu'ils avaient vécus à York étaient revenus. Mais tout cela, c'était avant la mort d'Abigail Mantel. Le déjeuner de ce dimanche-là avait marqué un tournant radical, un changement d'atmosphère. Du moins Emma le ressentirait-elle ainsi par la suite. Elle avait de ce repas un souvenir extraordinairement précis : tous les quatre à table, Christopher silencieux, absorbé comme toujours par quelque projet de son cru, Mary servant la nourriture avec une sorte d'énergie du désespoir, véritable moulin à paroles, Robert muré dans un silence inaccoutumé.

Emma avait interprété ce silence comme de bon augure et glissé sa question dans la conversation l'air de rien, en espérant presque qu'elle passerait inaperçue.

« Je peux aller chez Abigail tout à l'heure ?

— Je ne préférerais pas. »

Il avait répondu calmement, mais ça l'avait mise hors d'elle.

« Pourquoi ?

— Je ne crois pas que ce soit trop te demander que de passer un après-midi en famille. »

Elle avait trouvé ça tellement injuste ! Elle passait tous ses dimanches coincée dans cette horrible baraque humide pendant que ses camarades sortaient s'amuser. Jamais auparavant elle ne s'était rebellée.

Elle avait aidé Robert à faire la vaisselle comme d'habitude mais pendant tout ce temps sa fureur montait, enflait comme une rivière en crue devant un barrage. Plus tard, quand sa mère était venue voir s'ils avaient fini, elle avait dit : « Je sors, je vais voir Abigail. Je ne rentrerai pas tard. » À Mary, pas à lui. Et elle était passée devant eux comme une flèche, sourde aux implorations de sa mère.

Tout cela parut stupide et anodin quand elle sut qu'Abigail était morte ; le caprice d'une enfant de deux ans. Et avec sa mère à côté d'elle et la femme élégante qui la regardait, dans l'expectative, son sentiment de frustration, son besoin de fuir étaient encore plus difficile à expliquer.

« Je m'ennuyais, répondit-elle enfin. Vous savez, les dimanches après-midi… »

La policière acquiesça, comme si elle comprenait.

« Abigail était la seule personne que je connaisse. C'est à des kilomètres par la route. Il y a un raccourci à travers champs.

— Tu savais qu'Abigail serait là ?

— Je l'ai vue au patronage vendredi soir. Elle m'a dit qu'elle préparerait un bon petit dîner pour son père. Pour le remercier.

— De quoi ? »

Mais Emma avait l'impression que l'inspectrice connaissait déjà la réponse, ou du moins l'avait devinée. Comment aurait-elle pu ? Avait-elle déjà eu le temps de l'apprendre ? Peut-être était-ce simplement parce qu'elle respirait l'assurance.

« D'avoir demandé à Jeanie Long de partir, pour qu'ils se retrouvent enfin seuls chez eux. »

Et, à ces mots, la policière hocha de nouveau la tête, satisfaite, comme une maîtresse d'école à qui Emma aurait donné la bonne réponse à une question difficile.

« Qui est Jeanie Long ? » poursuivit-elle et, là encore, Emma eut l'impression qu'elle le savait déjà.

« C'était la petite amie de M. Mantel. Elle vivait avec eux. »

La policière prit des notes dans un carnet mais ne fit aucun commentaire.

« Dis-moi tout ce que tu peux sur Abigail. »

Emma, désormais plus du tout adolescente rebelle – le choc avait eu raison de cette attitude – ne demandait qu'à rendre service et se mit tout de suite à parler. Une fois lancée, il y avait tant à dire !

« Abigail était ma meilleure amie. Quand on est arrivés ici c'était dur, différent, vous voyez. On était habitués à la ville. Abigail avait presque toujours vécu ici, mais elle n'était pas vraiment à sa place non plus. »

C'était une des choses dont elles parlaient quand elles passaient la nuit ensemble, tout ce qu'elles avaient en commun. Qui faisait d'elles des âmes sœurs. Mais sur le moment déjà, Emma savait que ce n'était pas vrai. Elles étaient toutes les deux marginales, voilà tout. Abigail parce qu'elle n'avait pas de mère et que son père lui passait tous ses caprices. Emma parce qu'elle venait de la ville et que ses parents disaient le bénédicité avant chaque repas.

« Abigail vivait seule avec son père. Enfin, jusqu'à ce que Jeanie vienne s'installer. Abigail ne la supportait pas. Il y a une employée pour le ménage et la cuisine, mais elle occupe un appartement au-dessus du garage et ça ne compte pas vraiment, non ? Le père d'Abigail est un homme d'affaires. »

Ces mots évoquaient toujours pour Emma le même éclat que la première fois qu'elle les avait entendus. Ils lui rappelaient la grosse et belle voiture à intérieur cuir qui venait parfois les chercher au collège ; Abigail en grande tenue pour sortir dîner avec son père qui invitait des clients ; le champagne que Keith Mantel avait ouvert le jour de ses quinze ans. Mantel lui-même, affable et charmant et prévenant. Mais elle ne pouvait pas expliquer tout ça à l'inspectrice. Pour elle, « homme d'affaires » ne devait être qu'une dénomination professionnelle. Comme « conseiller d'insertion » ou « prêtre ».

« Le père d'Abigail est au courant ? » s'enquit soudain Emma, prise d'angoisse.

« Oui », répondit l'inspectrice. Elle avait l'air grave et Emma se demanda si c'était elle qui lui avait annoncé.

« Ils étaient si proches… », murmura Emma, mais ces mots lui parurent inadaptés. Elle revit le père et la fille blottis l'un contre l'autre sur le canapé dans la maison immaculée, à rire en regardant une comédie à la télévision.

Elle avait dû en dire plus sur Jeanie Long lors de cette première entrevue, sur les raisons de l'inimitié d'Abigail, mais allongée dans son lit à côté de James, les détails de cette partie de la conversation lui échappaient. De même qu'elle n'arrivait pas à se rappeler avoir vu Christopher entre le déjeuner et bien plus tard dans la soirée. À présent, Christopher étudiait le comportement de reproduction des macareux pour sa thèse et passait une partie de l'année aux îles Shetland. À l'époque, il n'était que son petit frère, indépendant et à l'intelligence agaçante.

Avait-il toujours été comme ça, si distant, fermé au reste du monde ? Ou cela n'était-il arrivé qu'après la mort d'Abigail ? Bien qu'il ne l'ait vécue que par personne interposée, peut-être la tragédie l'avait-elle changé, lui aussi ? Ou était-ce le déménagement à Elvet qui l'avait transformé, rendu si impénétrable, si secret ? Tant d'années après, elle n'arrivait pas à se prononcer. Elle se demanda quels souvenirs il conservait de cette journée et s'il serait disposé à en parler avec elle.

Assurément, à York, il était plus ouvert, plus… Elle s'interrompit, hésitant à employer le mot, même en son for intérieur : plus… normal. Elle se rappelait un petit garçon chahuteur, courant dans la maison avec ses copains, agitant une épée en plastique, puis à un autre moment assis à l'arrière de la voiture pendant un long trajet, riant d'une blague qu'on lui avait racontée à l'école au point que des larmes finissaient par rouler sur ses joues.

Elle était maintenant certaine qu'il se trouvait à la maison le jour où Abigail était morte. Il n'était pas sorti pour une de ses promenades solitaires. Plus tard, après le départ de l'inspectrice, ils s'étaient retrouvés tous les deux dans sa chambre sous les combles, qui dominait les champs. Le vent avait percé un trou entre les nuages et la lune était pleine.

Ils regardaient l'agitation dans le champ de haricots, les lampes-torches qui projetaient des ombres étranges, les hommes en contrebas qui paraissaient minuscules. Christopher en désigna deux qui trébuchaient dans la boue, l'un derrière l'autre, portant une civière.

« Je suppose que c'est elle. »

Puis l'un des porteurs perdit l'équilibre, tomba sur un genou, et la civière pencha dangereusement. Emma et Christopher se regardèrent et émirent un gloussement gêné.

L'église sonna deux heures. Le bébé pleura dans son sommeil comme s'il faisait un cauchemar. Emma commença à s'assoupir et se souvint, comme si à son tour elle rêvait déjà, que la femme flic s'appelait Caroline. Caroline Fletcher.

4

Au commencement était le Verbe. Adolescente déjà, Emma n'y croyait pas littéralement. Comment les mots pouvaient-ils exister sans personne pour les prononcer ? Impossible que le Verbe soit arrivé le premier. Mais on ne lui avait jamais expliqué correctement. Ni au cours des sermons de l'office familial du dimanche matin. Ni pendant les soirées ennuyeuses de préparation à la confirmation.

Alors elle pensa que ça voulait dire : *Au commencement était l'histoire*. La Bible ce n'était que des histoires. Quoi de plus ? Le seul moyen de comprendre sa propre vie, c'était de la transformer en fiction.

À mesure qu'elle grandit, la fiction – en était-ce une ? – s'étoffa.

Il était une fois une famille. Une famille ordinaire. Les Winter. Une maman et un papa et un fils et une fille. Ils habitaient une maison agréable dans une rue arborée des faubourgs d'York. Au printemps les arbres étaient roses de fleurs et en automne leurs feuilles étaient dorées. Robert, le père, était architecte. Mary, la mère, travaillait à mi-temps à la bibliothèque universitaire. Emma et Christopher allaient à l'école au bout de la rue. Ils portaient un uniforme, blazer bordeaux et cravate grise.

En se répétant l'histoire à présent, Emma voyait le jardin de la maison de son enfance. Un mur de brique rouge avec une rangée de tournesols tout contre, des couleurs si éclatantes qu'elles lui faisaient presque mal aux yeux. Christopher était accroupi près d'un pot en terre cuite où poussait de la lavande, un papillon prisonnier entre ses mains. Elle sentait le parfum de la lavande et il y avait de la musique aussi, le pétillement des notes d'une flûte par une fenêtre ouverte, jouées par l'adolescente qui venait parfois les garder le soir.

Jamais plus je ne serai aussi heureuse. L'idée s'imposa dans sa tête, mais elle ne pouvait pas lui permettre de faire partie du récit. C'était trop douloureux. Alors elle reprit l'histoire comme elle la racontait toujours…

Puis Robert découvrit Jésus et tout changea. Il décréta qu'il ne pouvait plus être architecte. Quitta son vieux bureau aux hautes fenêtres et s'inscrivit à l'université pour devenir conseiller d'insertion et de probation.

« Pourquoi pas prêtre ? » demanda Emma. Ils avaient maintenant commencé à aller régulièrement à l'église. Elle pensait qu'il ferait un bon prêtre.

« Parce que je n'ai pas la vocation », répondit Robert.

Il ne pouvait pas être conseiller d'insertion à York. Il n'y avait pas de poste sur place et de toute façon, ils n'avaient pas assez d'argent pour garder la grande maison dans la rue paisible. Alors ils s'en furent vers l'est, à Elvet, où le pays était plat et l'on avait besoin de gens comme lui. Mary quitta l'université et prit un travail dans une petite bibliothèque publique. Si les étudiants lui manquaient, elle n'en dit rien. Elle accompagnait Robert à l'église du village tous les dimanches et chantait les cantiques aussi fort que lui. Ce qu'elle pensait de leur nouvelle vie dans la maison pleine de courants d'air, les champs de haricots et la boue, Emma n'avait jamais réussi à le savoir.

Mais bien sûr, l'histoire était incomplète. Même à quinze ans Emma savait qu'il devait y avoir autre chose. Robert ne pouvait pas avoir découvert Jésus comme ça tout à coup dans un éclair et un battement de cymbales. Quelque chose l'y avait mené. Quelque chose l'avait fait changer. Dans les livres qu'elle lisait, toute action avait une cause. Quelle insatisfaction si les événements arrivaient sans raison, au hasard, inexpliqués. Il y avait eu un traumatisme dans la vie de Robert, une dépression. Il n'en avait jamais parlé, alors elle était libre de créer sa propre explication, sa propre fiction.

On était dimanche, et le dimanche toute la famille se rendait à la communion à l'église de l'autre côté de la place. Quand Matthew était né, Emma en avait été dispensée un moment, mais un mois après l'accouchement, Robert était passé à la maison. C'était en milieu de semaine, un matin, et elle avait été surprise de le voir.

« Tu n'es pas au bureau ? avait-elle dit.

— Je vais à Spinney Fen. Largement le temps de boire un café et de voir mon petit-fils tout neuf. »

Spinney Fen était la maison d'arrêt pour femmes dont les hauts murs de béton se dressaient sur la falaise à côté du terminal de gaz naturel. Robert avait des clientes là-bas, des prévenues qu'il avait conseillées avant leur incarcération et d'autres sur le point d'être remises en liberté conditionnelle. Emma détestait passer à proximité de Spinney Fen. Souvent la prison paraissait enveloppée d'une épaisse brume marine, si bien que les murs de béton semblaient s'élever à l'infini dans les nuages. À son arrivée à Elvet elle avait fait des cauchemars dans lesquels Robert passait l'étroite porte métallique et n'était plus jamais autorisé à ressortir.

Elle lui avait préparé un café et mis Matthew dans les bras, mais sans cesser de se demander quelle était la véritable raison de sa visite. En partant, il s'était arrêté sur le seuil. « On te verra à l'église dimanche ? Ne t'en fais pas pour le bébé. Tu pourras toujours sortir s'il se met à pleurer. »

Et naturellement le dimanche suivant elle s'était inclinée, parce que, depuis la mort d'Abigail Mantel, elle n'avait plus la volonté de s'opposer à lui. De s'opposer à quiconque. Et puis il arrivait encore à la faire culpabiliser. Une partie d'elle se disait que si elle ne lui avait pas désobéi ce dimanche-là, dix ans plus tôt, l'histoire aurait peut-être été différente. Si elle n'avait pas été là pour découvrir le corps, Abigail ne serait peut-être pas morte.

Robert et Mary arrivaient toujours à l'église, St Mary Magdalene, avant Emma et James. Robert était premier responsable laïc et, le moment venu, il enfilait une aube pour servir le vin du grand calice en argent. Emma ne savait pas très bien ce qu'il faisait pendant la demi-heure précédant le début du service. Il disparaissait dans la sacristie. Peut-être y avait-il des tâches à effectuer ; peut-être priait-il. Mary allait toujours dans la petite cuisine de la salle paroissiale afin d'allumer la grosse bouilloire électrique et de préparer les tasses pour le café servi après l'office. Puis elle se postait à l'entrée de l'église pour distribuer les livres de cantiques et les programmes. Quand Emma vivait encore avec eux, ils comptaient sur sa participation.

James n'était absolument pas religieux quand Emma l'avait rencontré. Elle avait abordé le sujet dès leur premier rendez-vous, juste pour vérifier. Aujourd'hui encore, pensait-elle, il ne croyait pas vraiment en Dieu, ni d'ailleurs en aucune des affirmations du Credo, qu'il récitait pourtant. C'était l'homme le plus rationnel qu'elle ait jamais connu. Il se moquait des superstitions des marins étrangers qu'il rencontrait dans son travail. Il aimait aller à l'église pour la même raison qu'il aimait vivre dans la Maison du Capitaine. Pour la tradition, la respectabilité. Il n'avait pas de famille et ça aussi, ç'avait été un attrait majeur. Souvent Emma avait l'impression qu'il était plus proche de Robert et Mary qu'elle-même ; nul doute qu'il était plus à l'aise en leur compagnie.

Aujourd'hui ils arrivèrent en retard à l'église. Le suicide de Jeanie Long faisait la une du journal du dimanche. Le regard immobile de la jeune femme avait dévisagé Emma depuis le paillasson, l'arrêtant dans son élan. Puis il y avait eu un branle-bas de dernière minute car Matthew avait vomi sur ses vêtements juste au moment où ils sortaient. Finalement, ils traversèrent la place en courant comme des élèves récalcitrants en retard pour l'école. Une bourrasque se leva brusquement et Emma cacha le bébé sous son manteau pour le protéger de la pluie. Elle songea qu'ainsi elle paraissait enceinte à nouveau. Un groupe de journalistes fumait devant l'église, ils coururent à leurs voitures.

Le premier cantique avait déjà commencé quand ils remontèrent la nef, fermant le ban d'un cortège déjà peu reluisant, derrière le pasteur et les trois vieilles dames qui constituaient la chorale. Non loin du premier rang, Mary se leva pour leur permettre de gagner leur place habituelle. Emma trébucha sur le gros sac en patchwork que sa mère emportait partout avec elle.

Ce n'est qu'après s'être agenouillée un moment pour reprendre son souffle, ce qui passa pour une prière, puis relevée pour chanter le dernier couplet, qu'elle remarqua que l'église était plus remplie qu'à l'ordinaire. En général, les bancs n'étaient aussi garnis que les jours de baptême, quand, comme son père le disait avec mépris,

« les païens » étaient là. Mais aujourd'hui il n'y avait pas de baptême et du reste, la plupart des visages étaient connus. Ce n'était pas que l'église soit pleine d'étrangers, mais plutôt que tout le monde avait fait l'effort de venir. À Elvet, les mauvaises nouvelles étaient toujours source d'excitation. Si toutefois l'on considérait le suicide de Jeanie Long comme une mauvaise nouvelle.

L'organiste arthritique terminait sur un accord tremblant quand la porte s'ouvrit à nouveau. Le vent dut s'y engouffrer car elle se referma en claquant et la congrégation se retourna dans un murmure de désapprobation. Dan Greenwood se tenait au fond accompagné d'une femme corpulente et formidablement laide. Malgré le frisson d'excitation qu'elle ressentait toujours en voyant Dan, Emma fut déçue de le trouver là. Elle ne l'avait jamais vu à l'église et pensait qu'il s'en moquait. Il n'avait fait aucune concession sur sa tenue cependant, portant toujours le jean et la blouse de la veille. La femme était vêtue d'une robe de crêpe informe constellée de petites fleurs violettes, et d'un gilet mauve pelucheux. Malgré le froid, ses pieds étaient chaussés de sandales de cuir plates. Il y avait quelque chose de menaçant dans leur manière de rester là, immobiles, et pendant un moment Emma s'attendit à une annonce, un ordre d'évacuation de l'église à cause d'un incendie dans le voisinage ou d'une alerte à la bombe. Même le pasteur eut un instant d'hésitation en les regardant.

La femme, toutefois, semblait parfaitement tranquille, paraissait même éprouver un certain plaisir à attirer l'attention. Elle attrapa Dan par le bras et l'entraîna sur un banc. La familiarité du geste troubla Emma. Quelle était la nature de leur relation ? Elle était trop jeune pour être sa mère, pas plus de dix ans son aînée. Mais sa laideur rendait assurément impossible tout lien amoureux. Emma manquait de confiance en de nombreux domaines mais elle n'avait jamais douté de son attrait physique. Il lui semblait aller de soi que James ne l'aurait jamais demandée en mariage si elle avait été grosse ou criblée d'acné. Pendant le reste du service elle entendit la voix de la femme au-dessus des autres dans les cantiques et les répons. Une voix claire et forte, et passablement fausse.

Il n'y eut aucune allusion à Jeanie Long dans le sermon et Emma se dit que peut-être le prêtre n'avait pas eu connaissance de son suicide, mais il la cita, aux côtés d'Elsie Hepworth et d'Albert Smith, dans les prières pour les morts. Assise avec Matthew sur les genoux, dominant les têtes baissées des fidèles agenouillés, Emma tenta de susciter une image de Jeanie. Elle ne se souvenait que d'une occasion où elle l'avait vue, chez les Mantel. Jeanie jouait du piano que Keith avait acheté pour Abigail quand elle avait manifesté un intérêt fugace à prendre des leçons. Une jeune fille de grande taille, brune, assez ardente et passionnée, penchée sur le clavier. Puis Keith était arrivé et elle s'était retournée et ses traits s'étaient détendus en un sourire. Difficile de se dire que Jeanie était alors plus jeune qu'Emma aujourd'hui ; à peine plus qu'une étudiante.

Le service en était arrivé à la communion. Robert dans son aube se tenait près de l'autel à côté du prêtre. Mary fut la première à prendre le pain et le vin, puis courut à la cuisine pour verser le café instantané dans les thermos. L'organiste arthritique regagna péniblement sa place et se mit à jouer quelque chose de doux et de mélancolique. Une file s'était formée dans l'allée centrale. Emma tendit Matthew à James, qui n'avait jamais été confirmé malgré l'insistance de Robert, et se leva pour prendre place dans le cortège. Devant elle se trouvait un homme, grand, voûté, flottant dans un costume gris lustré. Ce n'était pas un fidèle régulier, même si elle pensait l'avoir déjà croisé au village. Il avait assisté à l'office seul dans un coin sans que personne ne s'approche de lui, ce qui était rare – les dames de la paroisse mettaient un point d'honneur à accueillir chaleureusement les étrangers.

La file avançait lentement. L'homme s'agenouilla avec maladresse et, en se postant à côté de lui, Emma perçut soudain l'odeur entêtante de la naphtaline. Le costume n'avait pas été porté depuis longtemps. Il tendit ses mains en coupe pour recevoir l'hostie. Elles étaient dures et tannées comme du bois buriné, puissantes, bien qu'il ait au moins soixante ans. Le pasteur croisa son regard et lui fit un petit sourire de reconnaissance. Puis Robert s'approcha avec le calice, dont il essuya le bord avec un chiffon blanc. D'un geste mécanique, l'homme tendit la main pour s'en saisir et le porter à sa bouche. Après quoi il leva les yeux sur Robert et eut un choc en le reconnaissant. Quand Robert s'approcha d'Emma, l'homme recracha sur lui sa gorgée de vin. Le liquide épais et doux tacha de rouge l'aube blanche. Ç'aurait pu, se dit Emma, être du sang s'échappant d'une plaie. Sa voisine eut un sursaut d'excitation déguisée en indignation. Le prêtre n'avait pas vu ce qui s'était passé et Robert ne releva pas. L'homme se redressa et, au lieu de rejoindre son banc, continua jusqu'au bout de l'allée et sortit de l'église.

L'incident avait été très rapide et, caché par le dos des communiants, il ne pouvait avoir été vu depuis la nef. Pourtant, quand l'homme passa devant elle, la femme qui accompagnait Dan Greenwood se leva pour le suivre.

5

Tous les dimanches après l'église, ils déjeunaient chez Robert et Mary. Rituel immuable, comme la quête et la lecture de l'Épître. Emma trouvait injuste que sa mère, qui après l'office passait une heure à servir le café et faire la vaisselle, doive dès son retour à la maison se replonger dans des tâches domestiques. Elle affirmait que ça lui plaisait, mais dans le souvenir d'Emma la Mary d'York n'était pas du tout ménagère. Ils employaient une femme de ménage alors, et mangeaient souvent dehors. Emma se rappelait un restaurant familial italien, de longs dimanches après-midi de pâtes et de glaces, ses parents éméchés qui les ramenaient à la maison à la tombée de la nuit.

James apportait toujours une ou deux bonnes bouteilles pour le déjeuner. Emma pensait qu'il avait besoin de l'alcool pour repousser le froid et endormir l'ennui. Mais quand elle avait proposé de trouver un prétexte pour échapper au repas dominical, il n'avait pas voulu en entendre parler. « J'aime bien tes parents. Ton père est intéressant et intelligent et ta mère est charmante. Tu as de la chance d'avoir une famille qui te soutient autant. » Après ce reproche implicite, elle n'avait plus évoqué la question.

Springhead était une maison carrée et grise, située juste à l'extérieur du village. Jadis, ç'avait été une ferme, mais les terres attenantes avaient été vendues. C'était là que la famille avait emménagé après avoir quitté York. Robert n'était pas peu fier de sa trouvaille. Ils avaient dépensé toutes leurs économies pendant sa formation de travailleur social, et il n'aurait jamais cru pouvoir dénicher quelque chose d'aussi spacieux qui entre dans son budget. Il avait fait fi du rapport d'expertise qui insistait sur l'humidité croissante et les solives vermoulues, en soutenant mordicus que cette maison était faite pour eux. Emma se disait que c'était aussi bien comme ça. Elle ne pouvait pas imaginer son père dans une maison mitoyenne au milieu d'une résidence moderne. Elle se disait que son ego ne survivrait pas à un espace exigu, tout en sachant que cette réflexion justifiait probablement son souhait à elle de le voir satisfait.

Depuis la chambre de Christopher sous les combles, on dominait le champ où elle avait découvert le corps d'Abigail Mantel. La vue n'avait pas changé. Le terrain ici était si plat et si près de la côte qu'il n'était pas constructible. Un récent rapport de l'Agence pour l'environnement prévoyait non seulement des inondations, mais la possibilité que la région tout entière soit un jour submergée.

Il pleuvait dru quand ils se mirent en route pour Springhead, le jour était si sombre qu'ils durent allumer les phares. Les fossés débordaient et l'eau s'écoulait au milieu de la chaussée. Ils avaient pris la Volvo de James. Robert et Mary étaient partis devant.

— Qui c'était, cette horrible bonne femme qui accompagnait Dan ? demanda James.

Il aimait les belles choses. Emma pensait que c'était pour cette raison qu'il supportait son humeur maussade du moment.

— Aucune idée. Je ne l'avais jamais vue.

— Je me suis demandé si ce n'était pas une relation professionnelle. Je la verrais bien tenir une boutique d'artisanat. À Harrogate peut-être, ou à Whitby.

— Mais oui !

Parfois, elle était émerveillée par sa perspicacité. C'est dans ces moments-là qu'elle l'aimait le plus – quand il la surprenait.

— Plutôt Whitby. Pas assez classe pour Harrogate. Elle fit une pause.

— Tu crois que c'est pour ça que Dan était à l'église ? Pour lui faire plaisir ? Dans l'espoir d'assurer une vente ? Ça paraît un peu bizarre. Et ça ne lui ressemble pas. Lui qui a toujours l'air si droit. J'ai du mal à l'imaginer jouer un rôle pour parvenir à ses fins.

— Moi aussi.

James ralentit brutalement. Un talus avait cédé et un ruisseau tourbeux s'écoulait en travers de la route.

— Je crois qu'il a connu Jeanie Long. Il m'a paru très affecté hier soir quand il m'a parlé de son suicide. L'église semble être le lieu qui s'impose parfois, même quand on n'a pas la foi.

— Je suppose qu'il *pourrait* l'avoir connue.

Emma en doutait, mais elle ne voulait pas rejeter l'idée en bloc. Ça faisait longtemps qu'ils n'avaient pas discuté comme ça, de manière si décontractée.

— Il n'est arrivé à Elvet que plus tard, mais elle a vécu ailleurs elle aussi, pendant ses études. Elle venait juste de décrocher son diplôme quand elle s'est installée chez Keith Mantel. Dan aurait pu faire sa connaissance quand elle était encore à la fac, même si je ne vois pas comment.

James ne répondit pas à cette hypothèse.

— Dan craignait que son suicide ne t'angoisse.

— Je ne la connaissais pas, moi. J'ai essayé de rassembler mes souvenirs, à l'église. Je ne l'ai rencontrée qu'une seule fois.

Elle hésita.

— Tu te rends compte que ça fait presque dix ans jour pour jour depuis la mort d'Abigail Mantel ? Ce suicide fait l'effet d'une terrible coïncidence. Ou bien tu crois que c'était calculé ? Un geste théâtral pour célébrer l'anniversaire ?

— Peut-être, fit James au bout d'un moment. J'ai toujours considéré le suicide comme un acte extrêmement égoïste. Ce sont ceux qu'on laisse derrière soi qui souffrent.

Parce qu'elle ressentait alors une telle complicité avec James, elle fut tentée de lui parler du grand type qui avait recraché le vin de l'eucharistie sur Robert, mais l'incident lui paraissait encore si choquant qu'elle ne put s'y résoudre. James s'engagea dans le long chemin cahoteux qui menait à la maison entre deux champs immenses et Emma resta silencieuse.

Dans la cuisine, Robert se tenait devant l'Aga. Son pantalon fumait. Emma chercha un signe indiquant que l'incident de l'église l'avait ébranlé autant qu'elle, mais il se contenta de dire avec un petit sourire :

— On a raccompagné Mlle Sanderson. Je l'ai juste aidée à descendre de voiture mais ça a suffi à me tremper.

— File te changer, chéri. Tu vas prendre froid.

Mary s'affairait à préparer ses légumes et Robert la gênait. Malgré la position d'autorité de son mari à l'église et dans son travail, elle le traitait parfois comme un enfant.

Robert ne parut pas l'entendre et ne s'éloigna de la cuisinière que pour leur servir à chacun un verre de sherry. Emma installa le siège bébé par terre et borda Matthew dans une couverture. Mary souleva le couvercle de fonte abîmé de la cuisinière pour découvrir les plaques. La pièce parut soudain plus chaude. Elle se pencha pour sortir une cocotte du four et la fit glisser sur la plaque. Le contenu se mit à bouillonner. Mary rougit sous l'effet de la chaleur et de l'effort. Ses beaux cheveux gris étaient attachés sur la nuque et Emma se dit qu'elle devrait les faire couper, teindre même. Une queue-de-cheval, c'était ridicule sur une femme de son âge. À l'aide d'un torchon, Mary souleva le couvercle de la cocotte pour en remuer le contenu. Une odeur d'agneau, d'ail et de tomates se répandit dans la pièce, et Emma fut soudain certaine que c'était le même plat que le jour où Abigail avait été étranglée. Elle regarda brusquement sa mère, s'attendant à ce qu'elle s'en souvienne aussi, mais Mary se contenta de sourire, soulagée que l'Aga soit restée assez chaude pour cuire la viande, et Emma se sentit ridicule. Elle se demanda si son esprit lui jouait des tours. Les fruits de son imagination lui paraissaient toujours si réels…

En cette saison, on prenait les repas dans la cuisine. La salle à manger n'avait pas de cheminée et même s'il y avait des radiateurs à accumulation, ces derniers étaient à peine tièdes quand la famille se levait le matin et complètement froids le soir venu. Emma mit la table ; retrouvant une routine familière, ses mains allèrent chercher les couverts et les verres sans réfléchir. Comme si elle n'était jamais partie. Difficile de croire que, à l'instar de Jeanie Long, elle avait passé plusieurs années à l'université. Si elle n'avait pas rencontré et épousé James, elle ne serait jamais revenue à Elvet. Était-ce là l'origine de l'insatisfaction qu'elle ressentait à son égard ?

Robert avait fini par monter se changer et revint vêtu d'un jean et d'un épais pull marin. James ouvrit une des bouteilles de vin rouge. Tout le monde s'assit et attendit que Robert dise le bénédicité. Il le disait toujours, même quand Mary et lui étaient seuls. Mais aujourd'hui il ne sembla pas se rendre compte qu'ils l'attendaient, prit la louche et commença à se servir. Emma regarda sa mère qui secoua la tête, se pliant une nouvelle fois au bon vouloir de son mari, et fit passer un saladier de pommes de terre.

Mary ne faisait jamais la vaisselle après le déjeuner dominical. Robert craquait une allumette sur les bûches qu'il avait préparées à l'avance au salon et elle allait s'y installer, pour siroter son café et lire le journal du dimanche. Quand le reste de la famille venait la rejoindre, la pièce était presque chaude. Mary leur était reconnaissante de lui offrir ce moment de détente et ne manquait jamais de les en remercier.

Robert et Emma se retrouvèrent seuls dans la cuisine. James était parti changer le bébé à l'étage.

— Qui c'était, le type qui t'a craché dessus ?

Il répondit sans se détourner de l'évier.

— Michael Long. Le père de Jeanie.

Il avait changé, pensa-t-elle. Le Michael Long de ses souvenirs était fort, baraqué, exubérant.

— Pourquoi a-t-il fait ça ?

— Les gens ont souvent besoin d'un coupable, dans des moments comme celui-là.

— Mais pourquoi toi ?

— Jeanie avait demandé la liberté conditionnelle, mais j'ai dû soumettre un rapport défavorable.

— Jeanie Long était ta *cliente ?*

Là il se retourna. Il prit le temps de s'essuyer les mains sur la serviette élimée accrochée à l'Aga, puis s'assit à côté d'Emma.

— Seulement depuis un an.

— Personne n'a rien trouvé à y redire ? Envisagé l'éventualité, je ne sais pas, d'une sorte de conflit d'intérêt ?

— Naturellement on a discuté de l'opportunité de me confier son cas, mais le problème ne relevait pas du conflit d'intérêt. Tu n'as jamais été citée comme témoin à charge. Il s'agissait de savoir si je pourrais nouer une relation avec Jeanie, m'occuper d'elle en toute impartialité, et on a conclu par l'affirmative. La question de sa culpabilité ou de son innocence n'a jamais été soulevée. Pas à ce moment-là. Ça, ç'avait été déterminé lors du premier procès puis plus tard en appel. Je ne connaissais pas Jeanie avant sa condamnation. Pas plus que je ne connaissais Abigail, même si vous étiez amies.

Et en y réfléchissant, Emma se dit que ce devait être vrai. Six mois seulement s'étaient écoulés entre l'arrivée des Winter à Elvet et la mort d'Abigail. Pendant cette période, Springhead était encore moins accueillante qu'aujourd'hui. Le couple âgé qui y vivait auparavant n'utilisait que deux pièces, toutes les autres étaient pleines de bric-à-brac. Il y avait des infiltrations, des odeurs nauséabondes, des coupures de courant inopinées. Pas un endroit où inviter une nouvelle amie. Toutes les soirées pyjama et leurs fous rires nocturnes à coup de vidéos, de gâteau au chocolat et de bouteilles de vin prohibées, c'était chez Abigail qu'elles avaient eu lieu. Mary l'avait croisée à quelques occasions, événements scolaires, brèves rencontres sur le pas de la porte quand elle déposait Emma à l'Ancienne Chapelle. Robert, anxieux de se distinguer en cette première affectation de conseiller d'insertion, travaillait énormément et était rarement là.

— C'est vrai qu'ils vont rouvrir l'enquête ?

— Je suppose que oui, malgré le suicide. Si Jeanie était innocente, c'est que quelqu'un d'autre a tué Abigail Mantel. Ils se regardèrent un moment en silence. Emma se dit que décidément, c'était le jour des conversations inhabituelles. Son père ne lui avait jamais parlé si simplement, si franchement. À présent la nuit commençait à tomber. Le vent s'engouffrait par les jointures de la fenêtre et agitait les épais rideaux qui la protégeaient. À l'étage, le bébé gazouillait.

— Mais toi, tu la croyais innocente ?

— Ce n'était pas à moi d'émettre ce type de jugement. Je suis auxiliaire de justice. Je dois accepter la décision du tribunal. Jeanie a toujours clamé son innocence, mais c'est le cas de beaucoup des prévenus avec lesquels je travaille.

— Comment elle était ?

Il marqua une nouvelle pause et son embarras le rendit presque méconnaissable aux yeux d'Emma. Robert avait toujours été un homme de certitudes.

— Elle était réservée, intelligente… Il hésita à nouveau, bégaya presque.

— Par-dessus tout elle était en colère, la personne la plus en colère que j'aie jamais rencontrée. Elle se sentait trahie.

— Par qui ?

— Ses parents, je crois. Son père, en tout cas. Mais surtout par Keith Mantel. Elle ne comprenait pas pourquoi il n'était jamais venu lui rendre visite. Même s'il l'avait congédiée, elle continuait à se figurer qu'il l'aimait.

— Mais elle avait tué sa fille ! À quoi elle s'attendait ?

— Il en était persuadé, sans aucun doute. Et pour Jeanie c'était ça la pire des trahisons. Qu'il puisse la croire capable de meurtre.

— Pourquoi tu n'as pas préconisé sa libération conditionnelle ?

Emma pensait qu'il refuserait de le lui dire. Il n'entrait jamais dans les détails de son travail. C'était confidentiel, disait-il. Il était tenu par la même obligation de secret qu'un prêtre. Mais aujourd'hui, il avait l'air désireux de parler. Comme s'il éprouvait le besoin de justifier sa décision.

— En partie à cause de sa colère. Rien ne m'assurait qu'elle saurait la maîtriser. Lors du procès, le ministère public affirmait qu'elle avait étranglé Abigail dans un accès de rage et de jalousie. Je ne pouvais pas risquer que ça se reproduise, qu'elle perde à nouveau son sang-froid et s'en prenne à quelqu'un qui lui aurait fait du mal. J'aurais peut-être agi différemment si elle avait bien voulu coopérer avec les autorités pénitentiaires. Je lui ai demandé de s'inscrire à l'un des ateliers de maîtrise de la colère qu'on organise à Spinney Fen, mais elle a refusé. Elle a dit qu'y assister reviendrait à reconnaître sa culpabilité, à admettre que son comportement devait changer.

James apparut à la porte, Matthew dans les bras. Emma accrocha son regard.

— Tu peux nous laisser encore quelques minutes ?

Il eut l'air surpris – d'ordinaire elle n'était que trop heureuse d'être délivrée de ses parents – mais il battit en retraite.

Robert, plongé dans ses pensées, semblait n'avoir rien remarqué. Il poursuivit.

— Et puis il y a eu le rapport de situation familiale. Je suis allé discuter avec Michael Long. La mère de Jeanie lui rendait visite en prison mais Michael, jamais. Depuis le décès de Mme Long, Jeanie ne voyait plus personne. Je voulais savoir si une réconciliation était envisageable. Si Michael avait été d'accord pour l'accueillir à sa libération, ne serait-ce que brièvement, le comité de probation aurait peut-être pris une autre décision.

— Michael Long a refusé ?

— Il a dit qu'il ne pouvait pas la prendre chez lui.

Robert leva les yeux de la table.

— Maintenant, tu comprends pourquoi il s'est senti si coupable, pourquoi il a eu besoin de rejeter la faute sur moi. Il était convaincu que sa propre fille était une meurtrière.

6

Michael se faufila hors de l'église et s'arrêta pour reprendre son souffle. Il tremblait. La pluie battante tombait droit dans le porche ouvert. Elle lui cinglait le visage et martelait le tissu gris de son costume, chaque goutte se répandant comme le vin dans les fibres de l'aube de Robert Winter. Il enfila tant bien que mal l'imperméable qu'il portait toujours à son bras et, bien que l'orage ne donne aucun signe d'apaisement, se mit en route. L'office serait bientôt terminé. Les vieilles biques qui y assistaient passeraient par le porche pour aller boire leur café dans la salle voisine et il ne supportait pas l'idée qu'elles le dévisagent.

Le goût sucré du vin de messe s'attardait dans sa bouche et sur ses lèvres, et soudain il eut terriblement soif d'un véritable alcool pour l'effacer. Il hésita devant le pub. Il n'y était pas entré depuis des années mais quand même, c'était tentant. Puis il s'avisa que l'endroit serait rempli d'hommes qui attendaient que leur déjeuner soit prêt, et il ne voulait croiser personne de sa connaissance. Il ne se croyait pas capable de rester poli. La fureur qui s'était emparée de lui en voyant Winter s'approcher avec le calice grondait toujours en lui. Il n'était pas fier de son geste, mais s'il ne lui avait pas craché dessus, il l'aurait frappé. Il avait encore envie de frapper quelqu'un.

Ç'avait été une idée folle d'aller à la communion, de toute façon. Il s'en rendait compte maintenant. Quoi qu'il ait attendu du rituel, il ne l'avait pas obtenu. L'église, c'était le truc de Peg, pas le sien. Ça lui avait toujours paru tordu. Des hommes mûrs habillés en robe. Et puis qu'est-ce qu'il espérait, hein ? La voix de Jeanie descendant de la voûte : « C'est bon, papa. Je te pardonne » ?

Depuis qu'il avait quitté la Pointe, après la mort de Peg, Michael habitait dans une rangée de petits pavillons à loyer modéré, juste derrière l'église. Les journalistes postés là à son départ se tenaient toujours à l'angle, lui crièrent leurs questions idiotes en agitant leurs micros. Il les ignora et ouvrit la porte juste assez pour pouvoir s'y faufiler. Il ne voulait pas qu'ils regardent à l'intérieur. Comme toujours quand il rentrait, il songea que c'était petit et exigu. Sombre. C'était une des raisons pour lesquelles il n'aimait pas beaucoup sortir. Chaque fois au retour il avait l'impression de se retrouver enfermé dans une cellule. Il avait horreur de ça.

Il ne pensait pas que Jeanie détestait la prison. Bien sûr, personne ne devait s'y plaire, mais il n'avait pas cru qu'être enfermée l'angoisserait. Le grand air ne l'avait jamais beaucoup attirée. Elle était terrifiée dans un petit bateau, même quand la mer était d'huile, même harnachée d'un gilet de sauvetage. Rester cloîtrée dans sa chambre avec sa musique suffisait à la contenter, et en prison elle avait tout ça. Ils lui avaient apporté un magnétophone et des tas de cassettes. La musique, c'était son seul véritable besoin. C'est ce qu'il leur avait semblé à Peg et à lui quand Jeanie était gamine, qu'elle leur claquait la porte au nez, les excluait. Ils l'avaient élevée et en éprouvaient un sentiment d'injustice. Comme si leur fille les avait largués une fois qu'ils ne lui servaient plus à rien. Puis Jeanie s'était pendue et il se demandait s'il n'avait pas fait erreur en croyant qu'elle ne détestait pas la prison. Ça et d'autres choses encore.

Il essayait de ne pas penser qu'il avait pu se tromper. Si Jeanie détestait la prison ne serait-ce que comme lui cette maison, elle avait dû vivre un cauchemar. Il ne pouvait pas supporter cette idée, quoi qu'elle ait fait, et cherchait désespérément un autre coupable, tout en sachant parfaitement que c'était insensé. Il avait choisi

Winter, la bonne âme, le pseudo-pasteur. Lui, c'était une cible facile.

Dans le placard de la cuisine il trouva le litre de whisky bon marché qu'il s'était fait livrer par le Coop lors de sa dernière commande de provisions. Il remplit un demi-verre et l'avala d'un trait brûlant, puis se passa la langue sur les lèvres. Il lui sembla sentir encore le goût du vin de messe alors il se resservit, puis emporta le verre avec lui.

Il passa dans sa chambre et entreprit de se déshabiller. Il ôta d'abord le pantalon qu'il déposa sur le dos de la chaise. Quelques pièces de monnaie tombèrent de sa poche mais il ne prit pas la peine de les ramasser. Il repensa à la chambre de la maison de la Pointe, l'eau si près de la fenêtre que ses reflets dansaient au plafond. C'était, sur la terre ferme, ce qui se rapprochait le plus de la vie de bateau. Il y avait une bande-son marine ininterrompue – le cri des mouettes et des échassiers, le bruissement du reflux sur les galets, le fracas des vagues. Ça lui paraissait tout naturel jusqu'à ce qu'il emménage ici et se sente presque étouffé par le silence dense, insupportable du pavillon. Ici, les pièces étaient si petites qu'en écartant les bras il pouvait presque toucher les murs. Il n'aurait jamais dû prendre sa retraite.

Voilà ce que Michael se disait, debout en slip, alors qu'il s'échinait à ajuster le pli de son pantalon. Mais pour dire la vérité il n'avait pas vraiment eu le choix. S'il n'avait pas démissionné ils l'auraient évincé quand même, avec le prétexte de la boisson. Comme si les pilotes ne levaient jamais le coude… Au moins de cette manière, son départ avait eu un peu de dignité. Peg l'aurait approuvé. Mais son travail lui manquait aussi cruellement que lui manquait Peg. Il regrettait l'ambiance avec les pilotes et les filles au pilotage. Il regrettait la satisfaction d'emmener la vedette sous le vent d'un gros bâtiment, de la maintenir en place pendant que le pilote descendait l'échelle et sautait à son bord. Il n'était pas du genre à renoncer sans se battre et ça lui restait encore en travers de la gorge. Il s'était senti aussi humilié quand Winter s'était pointé à sa porte pour parler de Jeanie.

Ça faisait un moment maintenant, mais le souvenir de l'entretien était toujours très net. Michael se l'était repassé de nombreuses fois dans la tête. C'était comme un de ces contes peuplés de géants et de monstres auxquels les enfants ne cessent de revenir : effrayant, mais réconfortant parce que familier. Et aujourd'hui ça l'empêchait de penser à pis. Jeanie dans sa cellule se balançant au bout d'une bande de drap déchiré ; lui, se méprenant sur le compte de sa fille unique.

Donc, Winter s'était pointé sur le pas de sa porte. Ce devait être en janvier ou février, près d'un an plus tôt. Michael n'avait ouvert que parce qu'il croyait que c'était le livreur du Coop. D'ordinaire il ne prenait pas la peine de répondre. Pas de temps à perdre avec des vendeurs itinérants ou des quêteurs pour les bonnes œuvres. Mais il s'était retrouvé nez à nez avec ce type. Winter. Michael ne l'avait pas reconnu. Il portait un duffle-coat marron, du genre de celui des officiers de marine pendant la guerre, sauf qu'avec sa capuche tirée jusqu'aux sourcils, Michael avait plutôt pensé à un moine.

« Monsieur Long, avait-il dit. Pourrais-je entrer une minute ? »

Il avait failli lui claquer la porte au nez, marmonner que ce n'était pas le bon moment, mais l'homme avait avancé la tête, si près que Michael n'arrivait plus à respirer, et ajouté d'un ton calme, moralisateur : « C'est au sujet de Jeanie. »

Et comme c'était la dernière chose à laquelle il s'attendait, Michael avait reculé sous l'effet de la surprise, et Winter avait pris ça pour une invitation à entrer.

« Je peux peut-être nous préparer un thé », avait-il proposé. Et Michael s'était senti si outragé par le culot du bonhomme qu'il n'avait rien pu dire. Et de nouveau l'autre avait pris son silence choqué pour un assentiment. Il était entré dans la cuisine comme si c'était la sienne et avait rempli la bouilloire à ras bord sans penser à ce que ça gaspillerait en électricité pour la faire chauffer.

Ils s'étaient installés dans le petit salon. La pièce était remplie par les quelques meubles que Michael avait emportés de la maison de la Pointe et ils s'étaient assis presque genoux contre genoux dans les grands fauteuils.

« Qu'est-ce que vous avez à voir avec Jeanie ? » avait demandé Michael. Il s'était brusquement penché vers Winter dans l'espoir de susciter le même affolement qu'il avait lui-même ressenti sur le pas de la porte.

« Je suis son conseiller d'insertion et de probation. Je dois rédiger un rapport pour sa mise en liberté conditionnelle.

— Quelle liberté conditionnelle ? Elle a pris perpète. Et y a eu assez de rapports comme ça à l'époque. »

Trop de rapports. Tous indiscrets. Tous cherchant à rendre quelqu'un d'autre responsable de ce que Jeanie avait fait. Peg et lui n'en avaient jamais eu copie, naturellement. De ça aussi on les avait exclus. Mais Michael se doutait qu'ils y figuraient. C'était toujours de la faute des parents, non ? Les rapports devaient dire qu'ils n'avaient jamais compris Jeanie, jamais répondu à ses attentes. C'est ce qu'avaient laissé entendre les déclarations au tribunal.

« Celui-ci est différent », avait dit Winter. Il prenait ce ton qu'ont les profs prétentieux face à de jeunes benêts. Patient, mais comme si ça lui demandait un gros effort. Comme si arriver à garder son calme faisait de lui un saint.

« Jeanie remplira bientôt les conditions requises pour une liberté conditionnelle. Si elle revient vivre au sein de la société, ce sera à moi de l'encadrer.

— Ils envisagent pas de la laisser sortir ?

— Vous ne croyez pas qu'il le faille ?

— J'ai juste l'impression qu'elle est restée qu'un rien de temps. Et après ce qu'elle a fait à cette gamine…

— Elle clame toujours son innocence, vous savez… »

Il s'était arrêté, comme dans l'attente d'une réaction. Michael regardait la petite fenêtre, voilée de tulle si bien qu'il ne voyait pas à l'extérieur, incapable d'assimiler le fait que sa fille pourrait bientôt être libérée.

« Soutenir qu'elle n'a pas commis le crime ne jouera pas en sa faveur, j'en ai peur. Les détenus sont censés admettre leur mauvaise conduite et se repentir de leurs actes. J'ai essayé de la convaincre.

— Je crois pas qu'elle soit très douée pour le repentir.

— Je m'occupe d'elle depuis peu, monsieur Long. »

Winter s'était penché en avant et Michael avait senti son haleine, un parfum de menthe qui masquait quelque chose d'épicé datant de la veille au soir. Pas de l'alcool, bien sûr. Winter ne devait pas boire. Il n'y avait pas assez de vie en lui pour ça.

« Il n'est indiqué nulle part que vous ayez rendu visite à votre fille.

— Peg y allait, avant d'être trop mal en point. »

Les mots étaient sortis avant que Michael ait pu les retenir, bien qu'il se soit juré de ne rien dire à Winter. Il conduisait sa femme les jours de visite, la déposait juste devant l'entrée, parce qu'il semblait toujours y avoir du vent quand ils y allaient, et de la pluie qui tombait presque à l'horizontale. Ensuite il se garait au parking visiteurs et attendait, journal ouvert sur le volant sans le lire, jusqu'à ce que tout le monde ressorte en une vague. Il avait été surpris de les trouver si ordinaires, les parents et les maris des femmes emprisonnées. De loin, il ne pouvait pas distinguer Peg des autres.

« Mais pas vous ? »

Winter avait conservé son ton patient mais ses yeux étaient pleins de jugement et de dégoût.

« Ni Mantel, avait répondu Michael. Il n'est jamais allé la voir non plus.

— Ce n'est pas tout à fait la même chose, monsieur Long. Il croyait qu'elle avait tué sa fille unique. »

Michael à ces mots avait détourné la tête, il reconnaissait leur justesse mais détestait leur mépris implicite.

« Et il disait à Jeanie qu'il l'aimait », avait-il répondu doucement. Vaine tentative de bravade. Puis, plus assuré : « Vous avez une fille, Winter ?

— Je ne vois pas le rapport.

— Ouais, vous avez une fille. »

Quelque chose dans son expression le lui avait dit.

« Imaginez ce que vous ressentiriez si votre gosse faisait un truc pareil. Étrangler une gamine simplement parce qu'elle se dressait entre elle et son amant. Vous vous sentiriez capable de la soutenir ? Ça vous dérangerait pas d'aller la voir là-bas ? »

Winter avait hésité un moment et Michael s'était senti triomphant. Puis l'autre avait répondu, sur ce ton vertueux qui donnait envie de le gifler : « Je haïrais peut-être le crime, monsieur Long, mais pas l'enfant qui l'a commis. » Il avait reposé sa tasse et enchaîné : « Bien, pour en revenir à la conditionnelle…

— Oui, quoi ?

— Le juge aurait besoin d'être sûr qu'elle a un endroit où revenir. Un soutien.

— Vous me demandez si elle peut loger chez moi ?

— Je sais que c'est difficile, mais ce ne serait pas forcément pour une longue période, juste le temps qu'elle trouve quelque chose de plus approprié.

— Mais vous avez rien écouté de ce que j'ai dit ou quoi ? Michael s'était aperçu qu'il hurlait : Elle a tué cette gamine et ça, ça a tué ma femme. Comment je pourrais la prendre sous mon toit ? »

Sauf que maintenant il apparaissait qu'elle n'avait pas tué Abigail Mantel. Assis dans son salon par ce dimanche pluvieux après l'église, sans rien d'autre à quoi se raccrocher que le fond de whisky, il n'arrêtait pas de se heurter à ce fait, ne s'en éloignait que pour y revenir, encore et encore. Ça faisait trop à accepter d'un seul coup. Si Jeanie n'était pas une meurtrière, quel genre de monstre était-il, lui ? Il lui avait tourné le dos. Dehors le ciel s'assombrissait mais il ne bougeait toujours pas. Ce ne fut que lorsque la sonnerie enregistrée des cloches de l'église retentit à nouveau, éraillée et rauque, pour l'office du soir, quand il sut que des gens allaient passer devant chez lui, qu'il se leva pour tirer les rideaux et allumer la lumière.

7

Le lendemain matin Michael se réveilla avant six heures comme toujours. Une habitude qu'il ne perdrait plus désormais. L'activité était comme une drogue. Il travaillait douze heures d'affilée quand il était patron-vedette, et même quand il avait été de garde toute la nuit, il n'arrivait pas à dormir pendant la journée. L'oisiveté forcée de la retraite le paniquait. Jeanie était paresseuse. Certains jours elle passait des heures dans sa chambre et quand il lui demandait ce qu'elle faisait, elle disait qu'elle travaillait. Ça ne ressemblait pas beaucoup à du travail d'après lui. De temps à autre elle laissait sa porte entrouverte et il jetait un œil. Elle était allongée sur son lit, parfois même pas habillée, avec de la musique et les yeux fermés. Il aimait bien certaines musiques – une fanfare ou une marche, une mélodie rythmée, les chansons des vieilles comédies musicales – mais elle ne mettait jamais rien de ce genre. C'étaient généralement des cordes ou un piano, des trucs aigus qui lui donnaient envie de pisser. « Pipi musique », il les appelait devant elle, méprisant, quand elle se montrait froide et impassible. Il ne savait pas pourquoi son imperturbabilité l'irritait tant, mais c'était le cas. Il avait envie de hurler et de l'écharper. Il ne l'avait jamais fait mais colère et rancœur bouillonnaient à l'intérieur. Seule Peg savait qu'elles étaient là.

Peut-être qu'ils n'auraient jamais dû avoir d'enfant. Ils étaient bien assez heureux comme ça. Lui, en tout cas. Il n'avait jamais vraiment su ce que Peg en pensait. Ou peut-être que quand Jeanie était arrivée il était trop vieux, trop ancré dans ses habitudes. Mais il croyait avoir agi au mieux pour sa fille. Il ne voyait pas ce qu'il aurait pu faire de plus. Il avait payé les cours de musique, pas vrai ? L'avait conduite chaque semaine en ville, avait écouté le violon grinçant, les gammes répétées sur le piano droit qui leur venait de la mère de Peg. Peg en jouait aussi. Après un ou deux verres de brandy quand ils recevaient des amis à la maison, elle jouait pour eux. C'étaient toujours des chansons de la génération de leurs parents, de vieilles ritournelles de musichall, mais ils chantaient tous, inventaient les paroles au fur et à mesure et s'écroulaient de rire avant la fin. Il ne se rappelait pas avoir jamais vu Jeanie rire comme ça, même enfant.

Au moins la fille de Mantel, elle avait un peu de vie, un peu d'entrain. Il l'avait constaté le dimanche où ils étaient tous venus déjeuner à la Pointe. Ça se voyait à la manière dont elle rejetait la tête en arrière ; elle voulait qu'on la regarde. Si Jeanie avait été un peu plus comme ça peut-être qu'ils ne se seraient pas autant affrontés. Sauf que, songea-t-il, il n'y avait jamais vraiment eu de disputes à proprement parler. Plus un silence agacé, avec Peg qui faisait tampon entre eux, écrasée entre l'animosité revêche de Jeanie et sa colère à lui. Ce déjeuner dominical était une idée de Peg. « Jeanie est manifestement folle de cet homme. Il est plus âgé qu'elle, mais ce n'est pas une raison pour le rejeter, non ? Toi aussi, tu es plus vieux que moi. Ce n'est pas comme s'il était encore marié. » Il avait essayé de lui expliquer que c'était plus grave que ça, mais elle n'avait pas pu le comprendre.

À sept heures, Michael s'autorisa à se lever pour se faire un thé. Mais toujours il pensait à Jeanie, ne pouvait penser qu'à elle et au fait qu'il s'était peut-être trompé sur son compte. La colère était devenue une habitude comme se réveiller trop tôt, seulement maintenant il n'avait plus personne à qui s'en prendre, qu'à lui-même. Évoquer le conseiller d'insertion ne fonctionnait plus. Pendant que l'eau chauffait dans la bouilloire il pensa au whisky dans le placard sous l'évier et ce fut un véritable effort de ne pas se pencher pour l'attraper. Puis il entendit la voix de Peg. Dut se retenir de se retourner parce qu'il aurait presque pu croire qu'elle se trouvait dans la pièce avec lui. *Boire avant le petit déjeuner, Michael Long ? Je ne le tolérerais pas.* Comme il écrasait le sachet de thé sur le bord de la tasse il se dit soudain qu'il était peut-être en train de devenir fou. Ce qu'il traversait ferait perdre la boule à n'importe qui. Comment pourrait-il vivre avec les mêmes pensées, les mêmes souvenirs tournant et retournant dans sa tête jusqu'à la mort ? C'est pour ça qu'il était allé à l'église bien sûr. Il s'était dit qu'il se produirait peut-être une sorte d'enchantement, que quand il mettrait le rond cartonneux sur sa langue, tout disparaîtrait. Rien à voir avec le repentir ou le pardon. Mais ça n'avait pas marché. Rien ne marcherait.

Il emporta le thé dans sa chambre mais ne retourna pas entre les draps froissés. Il s'assit au bord du lit, tasse dans une main et soucoupe dans l'autre. Il s'entendit aspirer le liquide brûlant et revit la tête horrifiée de Jeanie chaque fois qu'il faisait ça en public. La fille de Mantel s'était contentée de rire. C'était au cours de ce même déjeuner ; la seule fois où Mantel avait passé le seuil de la maison de la Pointe, à sa connaissance. Peg avait fait du thé après le repas et Michael l'avait bu comme à son habitude, seulement peut-être encore plus bruyamment parce qu'il avait picolé avant leur arrivée pour se donner un peu de courage. Il y avait eu un silence, cet air dégoûté sur les traits de Jeanie, puis Abigail Mantel avait rejeté la tête en arrière et éclaté de rire. Quelque part sa réaction avait brisé la glace et ils avaient tous suivi ; même Jeanie avait finalement consenti à esquisser un sourire.

Le directeur de la prison était venu l'informer du suicide. À peu près à cette heure-ci, peut-être un peu plus tard. Michael avait ouvert la porte pour rentrer le lait et il était là, grand homme grisonnant en costume et manteau noir. Il devait être en train de répéter dans sa tête ce qu'il comptait dire, car ses lèvres remuaient. La vue de Michael, toujours en peignoir, l'avait surpris. Il s'était vite ressaisi cependant. Il faut savoir réagir séance tenante quand on dirige une prison.

« Monsieur Long, avait-il dit, je viens de Spinney Fen… »

Michael l'avait coupé net.

« Vous perdez votre temps. Je l'ai dit à l'autre. Je peux pas la prendre chez moi.

– Jeanie est morte, monsieur Long. Vous devriez me laisser entrer. »

Et il s'était posé pendant plus d'une heure dans le petit salon pour expliquer à Michael ce qui s'était passé. Comment une surveillante venue ouvrir la cellule de Jeanie le matin l'avait découverte. Comment elle était déjà morte depuis longtemps, probablement peu après le couvre-feu de la veille au soir. Comment personne n'avait plus rien pu faire.

« Nous sommes tous affreusement désolés, monsieur Long », avait-il dit, l'air de le penser vraiment. La bombe avait été lâchée juste avant son départ.

« Il se peut que Jeanie ait été innocente, monsieur Long. Il paraît que la police a l'intention de rouvrir l'affaire Abigail Mantel. Jeanie n'en avait pas été informée. Il n'y avait rien d'officiel, vous comprenez. Rien que nous puissions faire à ce stade. Mais j'ai pensé que vous deviez le savoir. » Il s'était arrêté dans l'entrée. « Voulez-vous voir votre fille, monsieur Long ? Je peux arranger ça si vous le souhaitez. »

Pendant un instant Michael avait été tenté. Puis il s'était dit : Je n'ai pas le droit. J'ai refusé de la voir de son vivant. De quel droit je viendrais l'importuner maintenant ?

Il avait secoué la tête sans rien dire.

Le directeur était sorti, en se baissant sur le pas de la porte parce qu'il était si grand qu'il craignait de se cogner au linteau. Michael avait regardé l'homme regagner sa voiture, qui était rouge vif et plutôt sportive, et s'était dit qu'il pouvait se tuer lui aussi. Pendant une journée il s'était complu à imaginer la meilleure façon de s'y prendre – par pendaison comme Jeanie, ou surdose de médicaments, ou noyade. La noyade l'attirait assez. À cette période de l'année l'eau était si froide qu'il ne fallait pas longtemps pour perdre connaissance et ça lui paraissait approprié pour un marin d'aller chercher le repos en glissant sous les vagues. Il n'était pas passé à l'acte, bien sûr. Ç'aurait été de la triche. Il resterait en vie assez longtemps pour voir l'assassin d'Abigail Mantel traîné en justice. Il devait au moins ça à Jeanie.

Michael passa à la salle de bains, se lava et se rasa. Ces derniers jours il n'avait pas pris cette peine, hormis la veille avant d'aller à l'église, mais puisqu'il devait continuer à vivre autant le faire dans les formes. Respecter les règles jusqu'au bout. Pour cette même raison il mit du pain à griller pour le petit déjeuner et se força à le manger.

Il en était à essuyer son assiette et sa tasse quand on sonna à la porte. À peine plus de huit heures et demie. Ce n'était pas le jour de la femme qui venait faire le ménage une fois par semaine, aussi n'allait-il pas répondre. Sans doute encore la presse, quelque journaliste venu lui offrir une fortune pour une photo de Jeanie, lui promettre de raconter sa propre version des événements. La sonnerie insista, aiguë et continue, comme si on ne lâchait pas le bouton. Il alla dans l'entrée. Par le verre dépoli de la porte il vit une forme, une ombre opulente.

— Allez-vous-en ! cria-t-il. Laissez-moi tranquille. J'appelle la police.

La sonnerie s'arrêta et le battant de la boîte aux lettres s'ouvrit, poussé de l'extérieur. Il vit une bouche ouverte, une gorge, des lèvres qui se mirent à remuer.

— Je *suis* la police, mon lapin, et si vous n'avez pas envie de faire une virée au poste en panier à salade vous avez intérêt à me laisser entrer.

Michael ouvrit la porte. Une femme se tenait sur le seuil. Quelque chose dans sa posture lui rappela Peg et il changea d'attitude, se sentit bien disposé à son endroit sans autre raison que celle-là. Peut-être était-ce sa taille qui déclenchait le souvenir, les jambes épaisses et la poitrine lourde, réconfortante. Mais il y avait autre chose. Sa façon de lui sourire, l'air de savoir qu'il n'était qu'un vieux con grincheux mais, miraculeusement, de bien l'aimer quand même. Elle entra.

— Ça fait un peu cagibi chez vous, dit-elle.

Ça ne le dérangea pas. Pas comme l'avait dérangé le conseiller Winter en s'imposant chez lui, en se permettant de croire qu'il savait ce qu'il ressentait. Cette femme était du genre à dire ce qu'elle pensait dès qu'elle le pensait. Elle n'était pas en représentation.

— Je vous ai vu à l'église hier, poursuivit-elle, je vous ai suivi dehors. Mais vous m'aviez l'air un peu retourné alors j'ai pensé qu'il valait mieux laisser passer la journée.

— Vous avez sans doute bien fait.

— Vous avez déjeuné ?

Il acquiesça.

— Dans ce cas ça doit être l'heure du café.

— J'en ai pas, fit-il. Du thé, ça ira ?

— S'il est bien fort. Je supporte pas le thé fade.

Elle était toujours debout quand il revint au salon avec le plateau. Il avait sorti la théière, chaussée d'un couvre-théière que Peg avait tricoté pour finir de vieilles pelotes de laine. Et des mugs. Il craignait qu'elle ne considère avec mépris une petite tasse. Elle regardait les photos disposées sur une étagère dans la niche à côté du radiateur à gaz. Lui posant à côté du bateau le jour où ils lui avaient remis son prix, un grand sourire aux lèvres, qui devait plus à la bière qu'il avait sirotée qu'à sa médaille. Peg et lui le jour de leur mariage, lui aussi maigre que ces Africains qu'ils montraient à la télé chaque fois qu'il y avait une famine, elle toute tendre et ronde avec un cercle de fleurs en soie dans les cheveux et des roses à la main.

— Pas de photos de Jeanie ? demanda la femme. Vous ne les avez pas vendues à la presse ?

— Jamais de la vie !

Il était horrifié qu'elle puisse l'en croire capable.

— Non, répondit-elle calmement. Bien sûr que non. Pourquoi aucune photo alors ?

— Je la croyais coupable. Tout le long je l'ai crue coupable.

— C'est bien normal. Tout l'accusait.

— Alors vous croyez aussi qu'elle l'était ?

Il ne savait pas si c'était de l'espoir qu'il ressentait ou de la crainte.

— Mais non.

Elle s'arrêta. Puis :

— Vous savez qu'elle affirmait se trouver à Londres le jour où Abigail a été assassinée.

— Oui. Personne ne l'a vue.

— Un témoin s'est manifesté. Un étudiant qui la connaissait. Il jure qu'elle était à King's Cross ce jour-là. Je lui ai parlé. S'il ment, je peux poser nue pour la couverture de *Vogue*.

— C'est pas seulement que je croyais qu'elle avait tué cette gamine, se sentit obligé d'expliquer Michael. En plus, je lui reprochais la mort de Peg.

— Est-ce que Peg croyait qu'elle avait commis le meurtre ?

Il secoua la tête.

— Pas un instant. Elle s'est démenée jusqu'au bout pour Jeanie. Elle allait parler aux journalistes, à la police, aux avocats. La bataille l'a consumée.

— J'imagine que votre attitude n'a pas aidé, tête de pioche.

Comme il n'avait aucune réponse à ça il servit le thé, en remuant d'abord la théière pour être sûr qu'il serait assez fort. Elle s'assit lourdement dans un fauteuil. Il posa soigneusement le mug sur la table basse devant elle, patienta avec anxiété pendant qu'elle le goûtait.

— Parfait, déclara-t-elle. Pile comme je l'aime.

Il s'installa alors à son tour et attendit qu'elle s'explique.

— Je suis Vera Stanhope. Inspectrice. Police de Northumbrie. Une affaire comme ça on la confie à un étranger. Regard neuf, vous savez. Vérifier qu'ils ont bien tout fait comme il faut la première fois.

— C'est une femme qui était chargée de l'enquête.

Ça lui avait paru bizarre au début. Une femme à la tête d'une équipe d'hommes. Mais, après l'avoir rencontrée plusieurs fois, il avait compris comment elle y parvenait.

— En effet.

Vera restait évasive.

— Comment elle s'appelait ?

La mémoire de Michael était un puits de vase alors qu'il essayait de retrouver le nom. Tout ce qu'il voyait c'était la silhouette d'une femme, assise dans la cuisine de la maison de la Pointe. Un soleil bas déversait sa lumière hivernale par la fenêtre derrière elle. Elle était très élégante en tailleur noir, jupe courte, veste ajustée. Il avait remarqué ses jambes en collant noir satiné. Même à ce moment-là, alors qu'ils croyaient que Jeanie était une meurtrière, il s'était surpris à regarder ces jambes et à se demander quel effet ça ferait de les caresser.

— Fletcher, dit Vera. Caroline Fletcher.

— Elle croyait que Jeanie était coupable. Dès le début. Pas qu'elle était pas polie avec nous, non. Au contraire, c'est peut-être comme ça que j'ai su. La compassion, vous voyez. La pitié. Elle savait ce qu'on aurait à endurer quand on en serait au procès.

— Elle a démissionné il y a un moment. Faudra faire avec moi cette fois-ci. Pas aussi agréable à regarder, hein ?

— Mais plus facile à aborder.

Il avait eu du mal à parler à l'inspecteur Fletcher. Elle posait beaucoup de questions mais il avait l'impression qu'elle n'écoutait pas vraiment, que derrière le sourire poli et les yeux brillants, son esprit courait déjà loin devant pour tirer des conclusions qui n'avaient rien à voir avec ce qu'il lui disait.

— C'est pour ça que je suis ici, dit Vera. Je veux que vous me parliez.

— J'aurais pu lui obtenir la liberté conditionnelle, s'écria-t-il soudain. Si j'avais dit qu'elle pouvait venir ici, que je la soutiendrais à sa sortie. Elle serait encore en vie si je l'avais crue.

La bouche de Vera avait l'air colère quand elle posa son mug et leva la tête pour le regarder dans les yeux. Il pensa qu'elle allait lui tirer dessus à boulets rouges, lui dire ce qu'elle pensait de son manque de confiance en sa fille.

— C'est pas vous qui l'avez envoyée en prison.

Elle avait parlé très lentement et posément, un accent sur chaque syllabe comme si elle marquait le rythme d'un morceau de musique.

— C'est nous. Nous. La police et le ministère public et le juge et les jurés. Pas vous. C'était pas votre faute.

Il ne la crut pas, mais lui sut gré de l'avoir dit.

— Qu'est-ce que vous voulez savoir ?

— Tout, dit-elle. Tout sur cette période-là.

— Je suis pas sûr d'être capable de me souvenir. Je risque de faire des erreurs. Pour les détails.

— Mais non. C'est dans les détails qu'on ne se trompe pas. C'est ce qu'on se rappelle le mieux.

8

Peg était la seule autre personne à qui Michael aurait pu parler comme ça, et quand, de temps à autre, il interrompait son récit pour regarder Vera – vérifier qu'elle écoutait ou juger de sa réaction à quelque chose qu'il venait de dire –, ça lui faisait un choc parce qu'il s'attendait à moitié à voir les traits de sa femme. Mais c'était bien Vera et son attention ne faiblissait pas.

Il commença par le début.

— Je m'étais jamais posé la question des enfants. Je trouvais qu'on était heureux comme ça, mais c'était important pour Peg. Elle aurait aimé avoir une grande famille, je crois – elle avait quatre sœurs. Son père était fermier dans la région de Hornsea. Quand elle a appris qu'elle était enceinte elle était folle de joie. Elle avait presque perdu espoir. J'étais heureux, pas tant pour moi que pour elle. Moi, je voyais pas comment les choses pourraient aller encore mieux.

» Et puis Jeanie est née, une nuit de grande marée de printemps. Bébé déjà, elle était longue et maigre avec plein de cheveux noirs.

— Vous habitiez la Pointe à ce moment-là ?

— Oui, logement de fonction. On trouvait que c'était pas mal comme endroit pour un enfant. Le grand air. Et puis c'est pas isolé. Il y avait les gamins des sauveteurs et quand Jeanie a été un peu plus grande, Peg l'a emmenée à Elvet, à la garderie. Mais elle a jamais eu beaucoup besoin de compagnie, même quand elle était petite. Elle en avait que pour les livres et la musique. Dès le départ.

Il leva les yeux.

— Peg disait toujours qu'elle tenait de moi, mais, personnellement, j'ai jamais réussi à voir en quoi. J'aime pas les livres. « Jeanie est fière et elle est têtue, elle disait. De qui tu crois que ça lui vient ? »

— J'ai essayé de retrouver ses amis, intervint Vera. J'aimerais parler à d'autres gens qui l'ont connue. Elle devait avoir des copines à l'école…

— Elle avait des amies, je suppose. Des copines d'école, comme vous dites. Elle allait à leur anniversaire et Peg les invitait pour le goûter à la Pointe en retour.

Il se souvenait de ces jours-là. La maison paraissait remplie de jolies petites filles en robe de fête qui gloussaient et papotaient et se couraient après dans le jardin.

— Mais je voyais bien que Jeanie n'était pas très proche d'elles. Il y avait quelque chose de grave en elle. Elle prenait la vie trop au sérieux. Je sais pas d'où ça lui venait. Peg et moi, on a toujours aimé rigoler.

— Et du côté des petits copains ?

— Il y a eu personne tant qu'elle était à l'école. Elle disait qu'elle avait trop à faire avec les devoirs et les compos. Peg la taquinait parfois là-dessus, lui disait qu'elle pouvait pas passer tout son temps à travailler. Et Jeanie répondait – le plus sérieusement du monde – : « Mais j'aime bien travailler, maman. » Il y a peut-être eu des garçons à la fac mais on en a jamais rien su. Elle était à Leeds. Elle gardait le contact – appelait sa mère toutes les semaines et revenait de temps en temps pour déjeuner le dimanche – mais elle n'a jamais parlé d'un garçon.

Il fit une pause.

— Elle avait peut-être quelqu'un quand même. Elle pourrait l'avoir dit à Peg en lui demandant de garder le secret. Elle croyait que je la critiquais tout le temps et peut-être que c'était vrai. J'aurais dû faire plus d'efforts pour m'entendre avec elle.

— Et elle aurait dû faire plus d'efforts pour s'entendre avec vous, répondit doucement Vera.

— Non. C'est ce que je pensais à l'époque. Mais j'étais trop imbu de moi-même.

— Comment ça ?

Il eut du mal à s'expliquer. C'était difficile de le faire sans se vanter et le moment était malvenu de plastronner.

— J'étais quelqu'un au village, à l'époque. Conseiller municipal. Patron-vedette. Vous savez, celui qui emmène les pilotes jusqu'aux navires. Vous avez dû voir la pilotine si vous êtes allée à la Pointe. Amarrée le long de la jetée.

Elle hocha la tête.

— Ça alimente les conversations. Ça pique les curiosités. C'est pour ça qu'on le fait, mais c'est tout de même un boulot utile et on se dit qu'on mérite un certain respect.

Il hésita de nouveau.

— Peg estimait que les enfants ne doivent rien à leurs parents. Qu'ils ont pas demandé à naître. Que les obligations sont à sens unique. Je comprenais pas à l'époque mais maintenant je crois qu'elle avait raison.

Vera n'exprima pas d'opinion sur la question.

— J'ai pas d'enfants.

Il aurait aimé lui demander si elle avait jamais voulu en avoir. Il supposait que toutes les femmes en ressentaient le désir avec l'âge. Mais bien qu'il se sente proche de cette grosse dame dont la présence semblait absorber la moitié de son salon, il se dit que la question était un peu personnelle.

— Comment Jeanie a-t-elle rencontré Keith Mantel ? demanda soudain Vera, et il fut content que la discussion dévie vers un terrain plus sûr. Il était plus à l'aise avec les faits.

— Ici à Elvet. À l'*Anchor*. Elle y travaillait à temps partiel depuis le lycée. Plongeuse, serveuse, parfois barmaid quand elle a été plus âgée. Ils l'adoraient. La lycéenne la plus sûre qu'ils aient jamais embauchée, disait Veronica, la patronne.

— Vous deviez être fier d'elle.

— Oui, reconnut-il avec difficulté. Oui, j'étais fier. Et pas seulement pour son travail au pub. Pour les études et la musique et tout. J'étais trop buté pour le lui dire. La plupart des gens m'aimaient bien à l'époque. Mike Long, le bouteen-train du patelin, le pilier du village. Mais pas elle. Je comprenais pas, j'arrivais pas à lui pardonner de pas se laisser prendre à mon jeu.

Il lui décocha un nouveau regard.

— Désolé. Je dis n'importe quoi.

— Jeanie était encore à l'université quand elle a rencontré Mantel, non ? Je comprends pas ce qu'elle faisait ici. Je la vois mal revenir de Leeds juste pour un petit boulot du samedi.

— Elle était en congé pour préparer ses examens de fin d'année. Rentrée à la maison pour deux semaines. Peg l'avait persuadée. Soi-disant que ce serait plus calme ici pour réviser. En fait, bien sûr, elle voulait la dorloter un peu. La faire manger comme il faut. Veronica a dû apprendre qu'elle était ici parce qu'elle a appelé en urgence. Est-ce que Jeanie voulait bien aller donner un coup de main à l'*Anchor* un soir ou deux ? L'une des barmaids était malade et Veronica s'en sortait pas toute seule. Alors Jeanie y est allée pour lui rendre service.

— Et c'est là qu'elle a rencontré Keith Mantel ?

— Apparemment. Elle nous l'a pas dit tout de suite, évidemment.

— Comment en est-elle venue à s'installer chez lui ?
Il y eut un silence.

— À cause de moi, dit-il enfin. Avec ma manie de parler sans réfléchir. Comme d'habitude.

Vera ne broncha pas. Elle ne l'aiderait pas cette fois-ci.

— Elle est revenue à peine les examens terminés. On s'y attendait pas. Elle avait parlé de passer l'été à voyager. Elle voulait aller en Italie.

— Toute seule ?

— Oui. C'est comme ça qu'elle se sentait le mieux. Jusque-là du moins. Enfin quoi qu'il en soit, elle est revenue. L'excuse, c'était qu'il fallait qu'elle reste dans le coin au cas où une audition se présenterait. Ça paraissait logique. Elle avait toujours voulu être musicienne professionnelle et c'est un milieu où la concurrence est rude. Elle disait qu'elle pouvait pas se permettre d'être injoignable tout l'été. Peg était ravie. Et Veronica l'a reprise au pub.

— Comment ça s'est passé entre vous quand elle est revenue ?

— Mieux. Je croyais que c'était parce qu'elle avait vécu ailleurs. Elle avait l'air moins susceptible. Et peut-être que je m'adoucissais avec l'âge.

— Mais, en fait, c'est parce qu'elle était amoureuse.

Il lui décocha un regard furieux mais Vera ne se moquait pas. Rien d'amusé dans ses traits. Elle paraissait très triste.

— Je les ai vus ensemble, reprit Michael. Elle et le Mantel. Il avait dû venir la chercher au pub après le service du déjeuner. Elle aura cru que j'étais sorti. Ils étaient assis dans son espèce de voiture tape-à-l'œil, la capote baissée. Ils s'embrassaient comme des fous. Il avait la main sous son corsage.

Il se sentit rougir comme une gamine.

— En plein jour.

— Pourquoi ça vous déplaisait autant ? demanda Vera. Je veux dire, il était plus âgé qu'elle, mais pas marié. Et vous vouliez qu'elle se détende un peu. Elle devait avoir vingt et un ans. C'était plus une gamine.

Il ne répondit pas et elle insista.

— Vous avez reconnu Mantel quand vous les avez vus dans la voiture, pas vrai ? S'il fréquentait régulièrement l'*Anchor*, vous deviez savoir qui c'était.

— Pour sûr, que je le connaissais. Il avait une réputation, le Keith Mantel. Il l'a toujours, d'ailleurs.

— De quoi ? s'enquit-elle innocemment.

— D'escroc. Voilà de quoi.

— J'ai vérifié son casier. Il a jamais été inculpé de quoi que ce soit. Quelques infractions au code de la route – excès de vitesse principalement –, mais rien de sérieux.

— Il s'est jamais fait prendre, c'est tout. Je vous dis, c'est un escroc.

— Et qu'est-ce qui vous fait dire ça, monsieur Long ? Elle lui sourit et il perçut une provocation dans ses mots, mais de la sympathie également. Elle s'était déjà fait sa petite idée sur Keith Mantel.

— Qu'est-ce que vous savez de notre Keith ?

La petite pièce paraissait plus étouffante qu'auparavant. Il se sentait oppressé, le souffle court, rapide. Qu'est-ce qui se passait ? Cette bonne femme était en train de le ramener douloureusement à la vie. C'était son premier vrai contact humain depuis la mort de Peg. La première personne qui le prenne au sérieux.

— C'est un charmeur, répondit-il. Il a embobiné tout le monde quand il est arrivé ici.

— Sauf vous. Vous avez vu clair dans son jeu.

— J'avais mes soupçons.

Il s'arrêta. Pour la titiller, la faire attendre.

— Il y avait sa maison, d'abord. Mantel était pas le premier à demander un permis pour convertir la vieille chapelle en habitation, mais jusque-là ç'avait toujours été refusé. Pas seulement à cause des risques d'inondation et d'érosion. Y avait pas de route d'accès, vous voyez, et la zone est pas constructible. Seuls les bâtiments à vocation agricole sont autorisés. Y a rien d'agricole dans le manoir que Mantel s'est bricolé. Il a dû graisser quelques pattes pour que ça passe au service de l'urbanisme.

— J'imagine que ça lui a attiré des inimitiés au village…

Elle le mettait en avant. Jouait les faire-valoir. Il le savait et ça ne le gênait pas.

— Au début peut-être. Mais alors il est venu parader à l'*Anchor*, payer sa tournée à tout le monde. Un don au club de cricket pour faire réparer le toit des vestiaires. Un autre à l'école du village pour acheter deux ou trois ordinateurs. Il les a fait manger dans sa main. Et il bénéficiait de la sympathie générale parce qu'il élevait sa petite fille tout seul. On a vite oublié qu'il était arrivé là par des moyens frauduleux.

— Mais pas vous. Vous avez pas oublié.

Michael savait ce qu'elle faisait. Elle lui donnait le sentiment d'être intelligent. Spécial. Mais, malgré tout, il adorait ça.

— Je me suis jamais laissé avoir. Il s'est fait élire au conseil municipal. Lui et moi, on voyait pas les choses pareil.

Elle ne releva pas pour le moment.

— Vous deviez avoir d'autres raisons pour ne pas l'aimer. Ce serait pas le premier à tirer quelques ficelles pour se faire construire une maison. Le crime n'est pas bien grand.

— J'ai mené ma petite enquête.

— Ça, d'habitude c'est moi qui le dis. Vous auriez peut-être dû être détective.

— J'aurais été bon, répliqua-t-il sérieusement. Sans me vanter, hein.

Ils se sourirent.

— Qu'est-ce que vous avez découvert, alors ?

Elle se pencha en avant et posa les coudes sur ses larges genoux, étirant sa robe dont Peg n'aurait pas voulu comme torchon à vaisselle.

Michael se renfonça dans son siège et ferma les yeux à demi. Tout ça il le connaissait par cœur. Il n'avait simplement jamais eu l'occasion de le partager.

— Mantel a grandi dans la région, à Crill, un peu plus haut sur la côte. Son père était instituteur. Sa mère travaillait à la poste. Une famille bien sous tous rapports. Mais ça n'a jamais suffi à Mantel. Il avait des goûts de luxe, petit déjà. Il était encore au lycée quand il a commencé à travailler pour une vieille veuve qui habitait pas loin de chez lui – un peu de jardinage, un service de temps en temps, faire les courses. « Compagnon », il appelait ça.

— Gentil.

— Ouais, on pourrait dire ça. Quand elle est morte elle lui a tout légué.

— Elle avait pas de famille ?

— Un neveu dans le Surrey. Il a essayé de contester le testament, mais apparemment tout était en règle.

— Mantel l'avait charmée, alors ?

— Ou effrayée à mort.

Ils se turent un moment. On entendait le tic-tac de la grosse horloge ronde sur la cheminée.

— C'est à ce moment-là qu'il a commencé à investir dans la pierre. Même pas vingt ans, et il a acheté deux maisons mitoyennes en ville. Les a louées à des étudiants. En a acheté d'autres. L'une d'elles a été détruite par un incendie. Sans doute un problème d'électricité défectueuse, mais pas de preuve, alors il a touché l'assurance. Il a eu de la chance que personne se soit retrouvé coincé à l'intérieur. Mais ça n'a pas plu aux autorités universitaires et entre-temps, il avait décidé que les étudiants, c'était pas les locataires idéaux. Trop insolents. Trop vite revendicatifs. Ils connaissaient leurs droits. Alors il s'est mis à prendre des familles bénéficiant de l'aide au logement.

— Donc pas mal de latitude pour arnaquer. Surtout quand les allocations sont versées directement au propriétaire.

— Exactement. Et si ses locataires étaient un peu ric-rac il leur proposait de les dépanner.

— C'est bien ce que je disais…

Les yeux de Vera brillaient. Michael voyait bien qu'elle s'amusait.

— Gentil.

— Pas au taux d'intérêt qu'il prenait. Ils se regardèrent dans les yeux.

— J'étais en partie au courant, finit-elle par déclarer. Je m'étais laissé dire qu'il avait fait dans la fraude aux allocations, aux prêts. Pas pendant des années, bien sûr. Maintenant, c'est un homme d'affaires respectable. La régénération urbaine, c'est son dada. Il travaille avec la communauté. Il déjeune tous les quinze jours avec le prince de Galles. Presque un saint.

Elle s'arrêta pour reprendre son souffle avant de poursuivre.

— J'ignorais d'où il avait tiré son argent au départ. Vous avez dû sacrément fouiner pour le découvrir.

— Je suis une tête de pioche. J'abandonne pas.

— Mais vous deviez avoir des raisons personnelles. Vous avez dû commencer à vous renseigner sur Mantel avant sa liaison avec votre Jeanie.

— J'en avais découvert une partie avant. J'ai repris plus sérieusement après.

— Qu'est-ce qui vous avait poussé à commencer ?

— Il défiait mon autorité dans le village. Me ridiculisait. Je pouvais pas tolérer ça. J'ai pensé que si je racontais aux autres d'où lui venait son argent, quel genre d'homme il était vraiment, ils le laisseraient tomber.

— Vous l'avez fait ?

— J'ai pas pu. Au début, j'avais pas les preuves. Et puis quand Jeanie est allée s'installer chez lui, ils auraient cru que c'était à cause de ça. Que je lui en voulais parce qu'il sautait ma fille. Ensuite sa petite est morte et ça m'a paru dérisoire.

— Mais vous avez essayé de le dire à Jeanie ?

Il acquiesça.

— Cet après-midi où je les ai vus dans la voiture devant la maison. J'étais hors de moi. Tout est sorti de travers. Elle m'a pas cru. Elle a fait ses bagages et elle est partie en claquant la porte.

— C'est à ce moment-là qu'elle s'est installée chez lui ?

— Oui. Vous voyez bien que tout est ma faute. La mort de la petite. L'incarcération de Jeanie. Si j'avais gardé mon calme rien de tout ça ne serait arrivé.

— On en sait rien. Pas encore. Quand Mantel a demandé à Jeanie de partir, elle est revenue vers vous ?

— Elle voulait pas, mais elle avait nulle part où aller. Elle était toujours entichée de Mantel. Elle refusait de s'éloigner. Et on s'était un peu rabibochés. Grâce à Peg. « Je sais que ça te plaît pas, mais on va la perdre pour de bon si on fait pas un effort. » Peg les a invités à déjeuner un dimanche – Jeanie, Mantel et sa fille. On aurait cru qu'on recevait la famille royale, vu le mal qu'elle s'est donné pour ce repas. C'est l'une des choses les plus difficiles que j'aie jamais faites, m'asseoir à la même table que ce type. Le regarder sourire. En sachant pertinemment qu'il savait très bien ce que je ressentais.

Michael fit une pause.

— Je me suis demandé pendant toutes ces années si c'était pour ça qu'il s'était mis à la colle avec Jeanie. Ou qu'il était resté si longtemps avec elle, en tout cas. Pour le seul plaisir de me faire bisquer.

9

Après le déjeuner dominical à Springhead House, James avait été surpris de trouver Emma en grande conversation avec Robert dans la cuisine. Il savait qu'elle appréciait moins que lui ces rendez-vous familiaux et n'était d'ordinaire pas très à l'aise en compagnie de Robert. James n'avait jamais réussi à comprendre ce qu'elle reprochait au juste à ses parents. Ils étaient parfaitement raisonnables et civilisés. Ils n'avaient pas beaucoup d'exigences. Il se gardait bien de le dire, mais quand Emma se plaignait de Robert et Mary, il trouvait qu'elle avait un comportement d'enfant gâté. Ça ne le dérangeait pas outre mesure. C'était sa jeunesse qui l'avait attiré ; elle lui avait paru inaltérée par l'expérience.

Ils étaient dans le séjour, buvaient du thé et mangeaient du cake, quand survint la question de la famille. James savait bien que ça finirait par arriver, mais là il fut pris au dépourvu. La conversation avait commencé assez innocemment.

— Mary va fêter ses cinquante ans le mois prochain, dit Robert. On pensait organiser une grande fête.

— Ah bon ?

Mary était accroupie devant la cheminée, elle essayait de ranimer le feu. Le sureau encore vert ne dégageait pas de chaleur, mais elle était cramoisie à force de souffler sur les braises.

— Eh bien, je me disais que ce serait une bonne idée. On n'a pas fait grand-chose pour nos noces d'argent et j'ai envie de te dorloter.

— Je ne sais pas…

La perspective avait l'air de la terrifier, mais Robert ne s'en rendait pas compte.

— Qui est-ce qu'on inviterait ? demanda-t-elle.

— J'ai pensé qu'on pourrait faire une journée portes ouvertes. Inviter tes amies de l'église, les gamins du patronage même. Ça me manque, des jeunes dans la maison.

— Oh, non, vraiment, je ne crois pas du tout que ce soit une bonne idée. Je préférerais un plus petit comité. Juste la famille.

C'est alors que l'inattendu se produisit.

— Si c'est ce que tu veux, reprit Robert. En tout cas, je me disais que ce serait une bonne occasion pour faire enfin la connaissance de la famille de James. Vous n'y voyez pas d'inconvénient, n'est-ce pas ?

James fut pris de panique, espéra le cacher mieux que Mary n'avait su le faire.

— C'est très aimable, mais il n'y a vraiment personne. Personne de proche.

— J'ai toujours eu du mal à le croire. C'était tellement triste de vous marier sans aucun parent à vos côtés. S'il s'agit d'une querelle familiale, je suis sûr que c'est le moment de vous réconcilier. Il y a une nouvelle génération à prendre en compte maintenant.

— Non, répondit James, plus sèchement qu'il ne l'aurait voulu. Il ne s'agit absolument pas de ça.

— Réfléchissez-y, insista Robert. Si vous repensez à quelqu'un, invitez-le. On a tous de vieilles tantes, des cousins éloignés. Nous serions ravis de les rencontrer.

— Je vous assure.

James refoula l'irritation de sa voix.

— Je suis tout seul. C'est pour ça que je suis si heureux d'être un « Winter honoraire ».

Il sut immédiatement qu'il avait dit pile ce qu'il fallait. Robert sourit, radieux.

Dans la voiture sur le chemin du retour, Emma s'excusa de l'attitude de son père.

— Vraiment, dit-elle, il est d'une grossièreté ! Il faut toujours qu'il fourre son nez partout. Typiquement le genre de personne qui nuit à la réputation des travailleurs sociaux. Elle était toujours de meilleure humeur après les dimanches à Springhead. Le supplice était terminé pour une semaine. James, au contraire, se sentait étrangement agité. Il avait beau avoir contenté Robert cette fois-ci, il devinait que d'autres questions viendraient.

Une fois chez eux il se détendit, se dit que sa frayeur avait été ridicule. Le bébé s'était montré grincheux pendant le trajet et Emma monta immédiatement lui donner son bain. James quitta son costume et s'appuya au chambranle de la porte de la salle de bains pour les regarder. Tout ce dont il avait jamais rêvé. Cette maison. Cette famille.

Ils se couchèrent tôt parce qu'il était toujours de quart, et qu'à présent son nom serait bientôt le prochain sur la liste. Il travaillait douze jours d'affilée puis avait huit jours de repos. Il sombra immédiatement dans un profond sommeil, qu'aucune crainte au sujet de Robert ne vint troubler.

Emma l'avait épousé parce qu'elle avait une conception romantique de la mer. Et de lui. Et il n'avait pas été à la hauteur de son rêve.

Cette idée lui traversa l'esprit, spontanément, entre la seconde où le téléphone le réveilla et celle où il décrocha. Puis elle s'évanouit, tels les vestiges d'un songe une fois que l'on est complètement éveillé.

C'était une convocation immédiate, comme il l'avait tout de suite compris. Deux femmes travaillaient au central ; elles recueillaient les appels des bateaux puis contactaient le premier pilote libre de la liste de quart pour l'envoyer rejoindre le bâtiment, qui se trouvait soit au large prêt à pénétrer sur la Humber, soit au port prêt à appareiller pour en sortir. James reconnut aussitôt la voix. Marcia. Il la préférait à Jo. Marcia était efficace et toujours polie. Il alluma la lampe de chevet et griffonna les quelques détails nécessaires.

— C'est un cargo au départ de Goole, monsieur Bennett.

Le ton était calme. Marcia lui faisait penser à une infirmière de nuit à l'hôpital.

— Russe. Transport de bois.

Goole, ça prenait toujours longtemps – au moins huit heures porte à porte – mais, aujourd'hui, ça ne le dérangeait pas. Il s'habilla en toute hâte, bien qu'il y ait moins d'urgence à cette heure de la nuit où la circulation était nulle. En journée, ça pouvait être un vrai cauchemar. Il suffisait d'un bouchon à l'entrée de Hull pour rater la marée. Pas de mou dans le système. Ces jours-là tout n'était que stress, même le trajet jusqu'au bureau. Emma ne s'en rendait pas compte. Elle croyait qu'il n'avait aucune émotion. Qu'il ne ressentait rien.

Elle avait frémi à la sonnerie du téléphone, mais à présent elle s'était rendormie, profondément, étendue sur le dos. James avait attendu de dénicher la parfaite épouse et il avait su, dès qu'il avait posé le pied dans la classe où Emma préparait son premier cours du soir, qu'il l'avait trouvée. Elle était en train de tracer l'alphabet russe sur le tableau noir, sourcils froncés, concentrée pour écrire en ligne droite. Il était le premier à arriver et elle avait coché son nom sur le cahier, petite fille jouant à la maîtresse. À la fin du cours, il s'était attardé dans le couloir et l'avait invitée à boire un verre. Pour la remercier d'avoir fait passer cette première leçon sans douleur. Il avait dit qu'il détestait l'école quand il était enfant et appréhendait de prendre des cours pour adultes.

Bien sûr il y avait eu d'autres femmes auparavant mais il ne leur avait jamais rien promis, jamais caché qu'il n'était pas question pour lui de s'engager. Il avait planifié sa vie. Dans tous les sens il s'était fait tout seul. Trouver la parfaite épouse comptait autant que devenir le plus jeune pilote de première classe sur la Humber. Il s'en tenait rigoureusement à son programme, n'envisageait aucun accommodement. Il était ambitieux, mais c'était plus profond que ça. Ce plan, c'était tout ce qui tenait sa vie. Et il avait fonctionné. Emma comblait tous ses espoirs.

Dehors il pleuvait toujours, une bruine tenace à présent. Il se fit la réflexion que cette région offrait plus de nuances de gris qu'aucun autre endroit de sa connaissance. Et Dieu sait qu'il avait sillonné le monde pour obtenir son brevet de capitaine. Brume marine grise en été, nuages ardoise chargés d'orage, une mer presque noire. Ce soir c'était un gris dense et pâle, pareil à une épaisse fumée, qui lui renvoyait la lumière de ses phares.

Les essuie-glaces avaient un effet soporifique et le trajet jusqu'au pilotage lui était si familier que James n'avait pas besoin de se concentrer. De temps à autre il traversait un carrefour, apercevait l'enseigne lumineuse d'un pub ou encore une église se profilant au milieu des ténèbres et prenait alors conscience en un sursaut de l'endroit où il se trouvait. Le reste du temps il conduisait machinalement, au radar. C'eût été facile de se laisser aller à penser au passé dans son état. Les questions de Robert à l'égard de sa famille l'avaient perturbé – *Il y a forcément quelqu'un… On a tous de vieilles tantes ou des cousins éloignés.* Et puis il y avait Keith Mantel.

Son visage était partout. Le fixait depuis l'écran de la télévision, la une des journaux. Il lui serait plus simple de s'autoriser à ressasser tout ça. Mais James s'était entraîné à éviter les pensées déplaisantes. Il avait trop à perdre à céder à la panique. Il respira lentement et pensa à Emma, la femme de pilote idéale, douce et peu exigeante, en train de rêver allongée dans son lit.

Il était arrivé aux abords de la ville. Partout, la rive portait des cicatrices de développement urbain. Nouvelles routes à demi construites, grues en sommeil, squelettes de bâtiments détruits. Jusqu'à l'année précédente, les pilotes étaient basés dans une demeure du XVIIIe siècle qui se dressait à l'angle d'une rue agréable et donnait sur les quais. James adorait travailler depuis ce poste. En passant la porte il sentait les hommes qui l'y avaient précédé, croyait percevoir leur odeur, leur tabac et le sel sur leurs habits. C'était sa manière de s'intégrer à la tradition. Beaucoup de ses collègues se fondaient dedans naturellement. Leur père et leur grand-père avaient été pilotes et eux-mêmes avaient fait leurs études ensemble à l'école maritime de Trinity House. Chaque fois qu'il allait au travail, James calculait son itinéraire de manière à repasser devant l'ancien pilotage. Il était vide, en attente de restauration, valeur trop juteuse pour retrouver sa fonction première. Il ralentit à l'approche du bâtiment, en goûta les formes, s'autorisa à se rappeler son premier jour sur les lieux. Puis il vit que la demeure avait été vendue. Un immense placard orné d'un logo qu'il connaissait bien s'affichait en façade, entre les deux rangées de longues fenêtres. *Acquis par Mantel Development pour conversion en appartements de luxe. Renseignements auprès de nos bureaux de Kingston-upon-Hull.*

L'espace d'un instant sa réaction à cette pancarte le troubla. Il ne reconnaissait pas la nature de l'émotion.

Il y avait si longtemps. Colère, bien sûr. Pendant un moment libérateur il se dit qu'il pouvait y céder. Puis ce ne fut plus que dégoût. Comme si on avait écrasé une crotte de chien sur un tapis de valeur. Et lorsqu'il entra dans le préfabriqué miteux qui abritait à présent le pilotage, James était tout sourire, tout charme tranquille.

— Comment s'appelle le bateau ? Je n'ai pas compris au téléphone. Ah, oui. Le capitaine est un vieil ami. Tout se passera comme sur des roulettes.

Il prit les clefs de la voiture de service et s'en alla. La M62 était presque vide et il conduisit trop vite.

Goole est une petite ville dominée par les docks. La rivière semble passer en plein cœur du réseau de ruelles. Ce doit être bien étrange de voir glisser un immense porte-conteneurs devant la fenêtre de sa chambre, si près qu'on a l'impression de pouvoir toucher la coque rien qu'en tendant la main ou se faire servir une tasse par le marin qui boit son thé au poste de pilotage. Quand James traversa la ville, elle était déserte. Deux heures du matin, et toujours la pluie. À croire que tout le monde dormait sauf lui et l'équipage qui l'attendait.

Mais en s'éloignant de sa voiture pour monter à bord du navire, du coin de l'œil il aperçut un homme debout près d'une pile de conteneurs. La silhouette lui était familière. Les cheveux si courts qu'ils paraissaient avoir été rasés. La grosse veste bleu marine. James dut se retenir de l'interpeller. Ce n'est que plus tard qu'il se dit qu'il n'avait pas pu distinguer de couleur par cette lumière. Que ç'avait été une erreur ou une hallucination. Il ne croyait pas aux fantômes.

10

Certains pilotes détestaient les marées de nuit, le manque de sommeil, l'effort de devoir faire la conversation avec un capitaine désireux de pratiquer son anglais à ces heures si matinales. Mais James s'était exercé à l'art d'être aimable jusqu'à en faire sa seconde nature. Il pouvait dormir debout, il n'en regarderait pas moins les photos de la femme et des enfants du capitaine là-bas dans son pays, discuterait des mérites relatifs des articles du catalogue Argos avec un marin stupéfait par l'immensité du choix présenté sur le papier glacé bon marché, accepterait volontiers une tasse de thé bien que le lait soit sucré, épais et issu d'une boîte de conserve.

Cette nuit, il parlait russe. L'anglais du capitaine n'était pas mauvais, mais le russe de James était meilleur, et il était content de devoir se concentrer. Ça l'empêchait de penser à la pancarte luisante de l'ancien pilotage. À la silhouette indistincte sur le quai. Aux noyés revenus à la vie. James s'était inscrit au cours du soir d'Emma pour apprendre quelques phrases rudimentaires – « Dix degrés à bâbord, capitaine, vingt degrés à tribord. » – et d'éviter ainsi tout malentendu quand il donnait ses instructions ou de dépendre d'un tiers qui traduirait. Il avait pris l'espagnol au trimestre précédent pour la même raison. Mais il avait vu Emma et il était resté toute l'année, bûchant plus dur qu'il ne l'avait jamais fait à l'école tant il désirait l'impressionner. Il avait un diplôme pour en attester. Et une femme et un enfant.

Il n'y avait pas droit à l'erreur au départ de Goole. L'Ouse était étroite à cet endroit, flanquée de béton comme un canal. C'était exigu pour un navire de cette taille. Aux yeux d'un porte-conteneurs à l'approche, entrer dans le port paraissait impossible et les marins qui s'y rendaient pour la première fois étaient horrifiés. *Où est-ce que vous m'emmenez ? Ce n'est pas possible. Non, il y a erreur.* James aimait bien ce travail délicat. C'était un défi, un contrôle de son savoir-faire.

Le cargo s'éloignait lentement du quai, qui était éclairé à la manière d'un plateau de cinéma. Noir et blanc. La silhouette des grues et des entrepôts en deux dimensions, comme découpée dans des panneaux de bois. La rivière s'élargit et le vent se fit plus frais. La pluie cessa et la visibilité s'améliora tout à coup si bien que James put discerner les deux rives, tachées de rais de lumière : lampadaires, phares de voitures, les fenêtres éclairées des insomniaques et des mères nourrissant leur enfant.

Un garçon à la bouche pleine de dents cariées lui apporta un nouveau thé et quelque chose à manger, un ragoût huileux agrémenté de carottes livides et de patates grises, dont le goût était meilleur que l'aspect. Il l'aurait mangé quand même. Le déjeuner avec ses beaux-parents à Springhead paraissait bien loin, et il serait impoli de refuser la nourriture offerte.

À l'embouchure de l'estuaire, le vent augmenta de nouveau en rafales cinglantes qui animaient l'eau de vaguelettes pointues et envoyaient des embruns jusque sur le pont. En plein jour, on aurait pu de là voir la flèche de St Mary Magdalene à Elvet, le chemin de terre longeant la rive où James emmenait parfois le bébé dans son landau. Pour se promener et se souvenir. Il était six heures. Matthew ne tarderait pas à se réveiller. Le patron-vedette de quart à la Pointe devait avoir été averti qu'il faudrait aller récupérer James en pilotine.

Cette pensée, ou plutôt la concomitance de pensées – Mary Magdalene et le patron-vedette –, déclencha une association de souvenirs, et James réalisa que l'homme assis devant eux la veille à l'église était Michael Long. Il ne l'avait pas reconnu sur le moment. C'était un homme carré et relativement agressif quand il travaillait avec lui, imperméable, semblait-il, au charme de James. Bien sûr, il était à l'église pour pleurer sa fille. Suicide. Terrible accusation. James frissonna, bien qu'à son poste à la barre le vent ne se fasse pas sentir et que la petite pièce soit bien chauffée, presque étouffante. Il n'avait pas pour habitude de se laisser emporter par son imagination mais soudain il prit conscience de la profondeur de l'eau sous la coque du navire, se demanda quel effet ça faisait de se noyer.

Ils doublaient la Pointe. James voyait la jetée tout éclairée, dentelle de métal noir, et la tour du service d'information de trafic maritime où le chef-pilote devait être assis. Les vagues étaient plus longues et plus hautes ici et le bâtiment commençait à rouler. Bientôt ils seraient en mer.

— Faites abri, capitaine, dit calmement James.

Son travail était presque terminé.

Le navire pivota lentement pour que la longueur de la coque fasse barrage au vent. La pilotine était en route. La voix grésillante du patron-vedette l'informait de son avancée. James alla se poster sur le pont pour la regarder approcher – au début ce n'était qu'une lueur qui disparaissait à chaque vague. Le capitaine russe le rejoignit et lui tapa dans le dos comme s'ils étaient les meilleurs amis du monde.

— Bravo, monsieur, dit-il en anglais. C'est toujours un plaisir de travailler avec vous, pilote.

Il glissa une bouteille de vodka dans le sac de James et agita le dernier catalogue *Argos* en guise de salut. James le remercia d'un sourire, comme si la vodka était sa boisson préférée entre toutes. La vedette contourna le navire, afin de se ranger à l'abri du vent. James descendit l'échelle sac à l'épaule, vérifia que la pilotine était en position et sauta à bord.

Le patron-vedette était une femme du nom de Wendy, menue, brune et décidée à réussir. Ça n'avait pas plu à Michael Long, se souvint James. Être remplacé par une femme, il ne lui manquait plus que ça. Elle tourna la tête pour vérifier qu'il était bien installé, accéléra, et ils repartirent vers la Pointe.

— Tout s'est bien passé, monsieur Bennett ? cria-t-elle par-dessus le bruit du moteur.

— Un peu vaseux vers les Whittons, dit-il. Sans problème une fois que la marée est descendue.

Il était huit heures et il faisait jour à présent. Une lumière blafarde filtrait au travers des nuages. Sur la rive sud de la Humber, les raffineries et les cheminées dardaient un éclat argenté dans la brume, pareilles dans leurs lignes aux contours d'une grande ville. Venise peut-être, ou Saint-Pétersbourg. James ressentait l'impression de froid et de vide qui vient du manque de sommeil. Après le tangage du bateau, ses deux premiers pas sur la jetée lui parurent laborieux, comme si les planches se soulevaient pour venir frapper les semelles de ses chaussures un temps trop tôt. Il vit qu'aucun véhicule de service n'était là pour le ramener à Hull, se dit que s'il devait prendre un taxi, au moins il aurait une chance de dormir.

Wendy sembla deviner ses pensées.

— Bert sera bientôt là. Il y a un pétrolier à l'approche pour Immingham. Il dit que si vous attendez un peu vous pourrez prendre sa voiture pour le retour. Entrez donc. J'ai comme l'impression que vous avez bien besoin d'un café.

— J'ai bien besoin de quelques heures de sommeil. Mais il ne se plaignait pas vraiment.

Au pilotage l'agent de quart lui prépara une boisson chaude et un sandwich au bacon. Il y avait un réchaud qui sifflait et sentait le gaz et dès qu'il eut fini de manger,

James dut s'assoupir car lorsque Bert arriva il faisait grand jour dehors.

James émergea dans un monde baigné de soleil, des voix d'enfants, une femme en train d'étendre sa lessive devant l'une des maisons de la station de sauvetage. Étrange communauté que celle qui vivait ici sur la Pointe. Une demi-douzaine de familles, isolées de la terre ferme, uniquement rattachées par une fine langue de sable, de vase et de béton susceptible d'être éventrée par la prochaine marée. Des gens qui passaient le plus clair de leur vie à attendre. Les patrons-vedette à attendre la marée et les sauveteurs de l'unique station de sauvetage habitée du pays à attendre un accident, un échouement sur un banc de sable. Leur seule activité naîtrait de la tragédie d'autrui.

Toujours étourdi par les vapeurs du réchaud à gaz et embrumé de sommeil, James resta un moment sans bouger pour s'éclaircir les idées. Ses muscles étaient raides et gourds. Il dépassa la tour du service d'information maritime pour gagner l'éminence d'où il pourrait voir le large. Ce côté de la Pointe était couvert de ronces et d'argousiers, infesté de lapins. Une longue plage s'étirait vers le nord, rejoignant la côte. Le brouillard s'était brusquement dégagé pendant son sommeil et la lumière avait cette nuance claire, vive, d'avant la pluie. Le pétrolier qui attendait en mer paraissait ridiculement près et la vedette qui déjà s'en approchait faisait l'effet d'un jouet en plastique d'une précision excessive.

Deux personnes arpentaient la plage, au bord de l'estran. Un homme et une femme. Pas des ornithologues amateurs. Les ornithologues étaient des visiteurs réguliers de la Pointe, mais ils s'habillaient tous de la même façon et portaient des jumelles ou des longues-vues. En plus, ils ne s'aventuraient guère jusqu'à la plage. Ils se postaient à l'endroit où se trouvait James pour avoir une vue panoramique des oiseaux de mer ou se frayaient un chemin dans les sentiers taillés dans la broussaille. James se demandait ce qui avait attiré son attention sur les promeneurs. Peut-être l'homme, quelque chose de familier dans sa démarche. Sa longue gabardine était trop élégante pour une balade sur la plage et il gardait les mains profondément enfoncées dans les poches. Et puis il y avait ses chaussures. Là où la plupart des gens mettraient des bottes ou de gros godillots, lui portait des souliers vernis. Ils seraient rongés par le sel. James s'accroupit pour ne pas être vu et continua à les observer. L'homme s'arrêta tout à coup, mais sans cesser de parler. L'immobilisation brutale n'était là que pour donner plus de poids à ses propos, forcer la femme à s'arrêter à son tour et à lui accorder toute son attention.

C'était Keith Mantel. Depuis qu'il s'était installé à Elvet avec Emma, James avait réussi à l'éviter, et Mantel paraissait plus vieux que la dernière fois qu'il l'avait vu. Ses cheveux étaient gris, très courts. Peut-être avait-il pris un peu d'embonpoint. James n'en était pas certain mais le visage lui semblait plus gros. Puis l'homme se détourna, le couple reprit sa marche et aussitôt, James se dit qu'il avait dû se tromper. Il pensait trop à Mantel ces derniers temps et dans sa fatigue il l'avait rêvé. Ces gens étaient un couple respectable, qui prenait l'air avant d'aller retrouver en ville une vie stressante. Ou bien un homme d'affaires pas si respectable qui grappillait quelques instants illicites avec sa maîtresse. Pourtant la rencontre n'avait rien de sentimental en apparence. Plutôt conflictuelle au contraire. La femme laissa délibérément s'accroître la distance entre eux, se pencha pour ramasser un galet et le jeta dans l'eau avec une violence évoquant la colère.

James rebroussa chemin jusqu'au véhicule de service. Emma avait assez d'histoires et de chimères pour eux deux. Dans la voiture, le chauffage resté à fond soufflait un air chaud et fétide. James le coupa et fit demi-tour. Il longea lentement la piste étroite, dépassa le groupe de maisons et la buvette qui dispensait tasses de thé et barquettes de frites aux visiteurs pendant l'été. Sur le point d'accélérer, il se ravisa et freina pour aller se garer dans le parking public. Il était trop curieux, finalement, pour laisser couler. Il n'y avait que deux véhicules, garés côte à côte face à l'estuaire. L'un était une élégante berline noire, l'autre un quatre-quatre massif. Le flanc de ce dernier arborait le logo que James avait vu sur le panneau du pilotage de Hull. Accompagné des mots *Mantel Development*. Pas son imagination, donc. Pas un rêve. Cette fois au moins il n'hallucinait pas.

Qui était la femme ? Elle était plus mûre que les maîtresses habituelles de Mantel. Quand James l'avait connu, il ne s'intéressait qu'aux femmes jeunes. Sans expérience. Espérait-il voir déteindre sur lui un peu de leur innocence ? Plus récemment James avait entendu des bruits au village. Les femmes de l'église adoraient être choquées. Une nouvelle jeune maîtresse, avait-il compris, s'était installée dans la belle demeure où Mantel habitait toujours. La femme de la plage s'était bichonnée, entretenue avec une efficacité de femme d'affaires, mais elle accusait son âge. Quarante ans au minimum. James coupa le moteur et descendit de voiture. Il fit lentement le tour de la berline noire, sans la toucher, mais en regardant par les fenêtres. Modèle haut de gamme avec sièges en cuir, tous les gadgets dernier cri au tableau de bord. Rien de tout le bazar qu'Emma accumulait dans sa voiture – layette, papiers de bonbons, canettes de soda. Pas même un porte-documents. Mais sur le siège passager il y avait une pile de lettres. La femme avait ramassé son courrier avant de se mettre en route, sans avoir le temps de l'ouvrir. L'enveloppe du dessus était à l'endroit, une publicité pour une société de cartes de crédit, James reconnut le logo. Au moins maintenant avait-il le nom de la femme. Le courrier était adressé à Caroline Fletcher.

Lorsqu'il arriva enfin chez lui il était dix heures passées. La maison était silencieuse. Matthew devait être au lit, tout juste couché pour sa sieste du matin. Emma se trouvait dans le séjour. Elle avait allumé un feu ; James sentit le parfum des bûches de pin dès qu'il entra. Assise dans un grand fauteuil, jambes repliées sous elle, elle avait un livre sur les genoux. *Madame Bovary*, en français. Ses yeux étaient fermés et sa respiration, régulière. Elle s'éveilla à son approche.

— Oh, mon Dieu. Je suis vraiment désolée. J'ai passé une nuit affreuse avec le bébé. J'ai dû m'assoupir. Et tu dois être épuisé.

— Pas trop, dit-il. J'ai fait un somme qui m'a remis d'aplomb.

Il montra le livre d'un signe de tête.

— Qu'est-ce que c'est ?

La question parut la mettre mal à l'aise.

— Tu sais ce qu'on dit avec les langues : la pratique ou l'oubli. J'aurai peut-être envie de reprendre l'enseignement. Je ne veux pas me rouiller.

— Bonne idée. Café ?

— Avec plaisir. Mais laisse-moi faire.

— Non, je t'assure. Je suis en forme, vraiment.

Lorsqu'il revint avec les mugs et la boîte à biscuits, elle dormait profondément.

11

Dans son sommeil, Emma avait quinze ans et c'était l'été.

La maison qu'Abigail habitait avec son père était plus grande encore que celle d'York que Robert avait dessinée. Jadis, c'était la chapelle d'un grand domaine avec un jardin à la française et un parc. Il y avait toujours une longue fenêtre à petits carreaux dans le hall même si l'on avait ôté tous les vitraux pour laisser entrer plus de lumière. Le manoir avait disparu dans un incendie une centaine d'années plus tôt, laissant la chapelle abandonnée et inutile jusqu'à ce que le père d'Abigail entreprenne de la transformer pour y habiter.

À présent, seule cette longue fenêtre et le toit en pointe permettaient de deviner sa vocation originale. Le terrain avait été aménagé en jardin paysager et la maison, agrandie. Il y avait un garage au-dessus duquel un appartement était destiné à la gouvernante. Avec les pierres des ruines on avait construit le séjour où Jeanie Long jouait du piano. De là des portes-fenêtres coulissantes donnaient sur une véranda. Le séjour était meublé dans un style dont Emma savait que son père le mépriserait – copies de buffets en bois foncé, canapés trop rembourrés, miroirs à cadres dorés. Mais il approuverait, pensait-elle, la véranda. Là, la table et les chaises étaient sans chichis et fonctionnelles. De grandes plantes se dressaient dans des pots en terre cuite, ce qui rappela immédiatement à Emma le jardin d'York. Un hamac en toile rayée pendillait au plafond.

Jeanie Long travaillait. Depuis qu'elle s'était installée à la maison au titre de petite amie de Keith Mantel, on aurait dit qu'elle n'avait cessé de jouer. Souvent le même morceau se répétait encore et encore. Ce qui semblait ulcérer Abigail. Ça déclenchait de perpétuels affrontements, ou plutôt entretenait les hostilités qui avaient commencé dès l'arrivée de Jeanie. Abigail refusait de lui adresser la parole. Elle claquait les portes, ne mangeait plus, fondait en larmes dès que son père était là pour le voir. Jeanie répliquait avec la seule arme dont elle disposait : la musique. Elle commençait le matin dès le départ de Keith et continuait jusqu'à son retour. Il y avait d'autres endroits dans la maison bien sûr. Abigail pouvait très bien s'isoler du bruit si elle le souhaitait. La partie ancienne de la chapelle offrait des pièces dotées de téléviseurs, d'une chaîne hi-fi, d'un ordinateur, et parce que le piano se trouvait dans une extension séparée du reste par des murs épais, on l'y entendait à peine. Mais Abigail n'en avait que faire. Elle menaçait d'aller nuitamment flanquer un coup de hache dans le piano et Emma l'en croyait bien capable. Elle imaginait les éclats de bois et la vibration des cordes sectionnées.

Elles étaient toutes les deux dans la véranda. Abigail se balançait sur le hamac, une jambe pendant par-dessus. C'était le dernier jour des vacances d'été et Emma voulait le savourer. Le soleil brillait. Elle aurait pu être à la plage, à parfaire son bronzage pour ne pas paraître trop différente de ses camarades parties sur une île grecque ou à Tenerife. Keith avait emmené sa fille en Floride avant que Jeanie ne s'installe à demeure mais Abigail n'avait pas un teint à bronzer. Sa peau était aussi blanche et souple que la paraffine. Elle avait refusé la plage ainsi que de prendre le bus pour faire du lèche-vitrine à Hull. À la place elle avait tenu à rester à la maison pour alimenter sa fureur. Elle se poussait d'un pied contre l'unique mur de pierre de la véranda, balançant violemment le hamac. Les cordes crissaient au niveau des crochets du plafond.

Un bruit fort et régulier comme le braiment d'un âne, pourtant Jeanie restait penchée sur le clavier du piano. Soit elle était si concentrée qu'elle n'entendait rien, soit elle était fermement décidée à ne pas réagir.

Puis la porte s'ouvrit et Keith Mantel apparut. Il était presque deux fois plus âgé que Jeanie mais même Emma perçut quelle attraction il pouvait exercer. Il avait les cheveux couleur de sable et, contrairement à celui de sa fille, son visage arborait les effets du soleil de Floride. Il était en costume gris et chemise blanche et portait un attaché-case, mais réussissait malgré tout à n'avoir l'air ni guindé ni respectable. Un instant Jeanie ne remarqua pas sa présence, puis peut-être bougea-t-il ou la porte ouverte laissa-t-elle passer un courant d'air, car elle s'arrêta de jouer au milieu d'une phrase et leva la tête. Les gloussements étouffés des filles ne l'avaient pas dérangée, mais l'arrivée de Keith avait immédiatement entamé sa concentration.

Elle pivota sur l'assise brodée du tabouret et tourna le dos au piano. Le grand soleil qui coulait à flots par les portes vitrées l'embrassa tout entière. Son visage rayonnait non seulement de lumière, mais du plaisir de le voir.

« Génial, dit-elle. Tu rentres tôt. »

Keith Mantel posa sa serviette et alla jusqu'à elle. Il mit ses mains sur ses épaules, nues parce qu'elle ne portait qu'un léger T-shirt à bretelles, et l'embrassa sur le front. À côté d'Emma, Abigail imitait le bruit d'une personne prise d'une violente nausée. Emma ressentit une vive pointe de jalousie. Elle ne croyait pas pouvoir être jamais embrassée de la sorte. Emma s'efforçait de se rappeler plus de détails de sa rencontre avec Jeanie Long depuis cette unique réminiscence à l'église. Lorsqu'elle ouvrit les yeux, il était presque l'heure du déjeuner et son livre avait glissé par terre si bien qu'elle avait perdu sa page. Dans son berceau, à l'étage, Matthew était réveillé, tendait les mains comme pour attraper une branche nue qui s'agitait juste devant la fenêtre. James était allé se coucher. Sa casquette de pilote reposait sur la coiffeuse. Il avait le souffle léger et régulier. Il affirmait ne jamais rêver et à le regarder là si calme et immobile, Emma pouvait croire que c'était vrai. Elle changea Matthew puis l'emmena dans le séjour pour la tétée. Devant la télévision elle zappa en quête d'informations régionales et tomba sur un sujet concernant la réouverture de l'affaire Mantel.

« Un nouveau témoin affirme avoir vu Jeanie Long à Londres le jour où la séduisante adolescente Abigail Mantel a été assassinée. Mlle Long a toujours protesté qu'elle s'était rendue à la capitale le jour du crime, mais jusqu'à présent aucun élément ne permettait de confirmer ses dires. Des policiers d'une brigade voisine ont été chargés de réexaminer l'enquête. Le directeur de la police du Yorkshire et du Humberside dément que l'investigation menée au moment des faits soit en rien suspecte. "Souvent, déclare-t-il, il est utile de reprendre une affaire avec un regard neuf." »

Vint ensuite un extrait d'archives montrant des témoins quittant le tribunal après le procès de Jeanie Long.

Emma reboutonna sa chemise et rabattit son pull. Elle installa le bébé dans le landau qui restait à demeure dans l'entrée et monta se préparer pour sortir. Elle ouvrit la porte de l'armoire très doucement afin de ne pas déranger James et vit tous les habits qu'elle mettait avant d'être enceinte, les vestes et les jupes et les jolis petits corsages qu'elle portait pour faire cours. Rien de tout ça ne paraissait adapté ; elle opta pour un pantalon noir et un pull en laine d'agneau à gros col, et prit son long manteau noir qu'elle étendit de son côté du lit. Elle s'assit à la coiffeuse, hésita à se maquiller, puis aboutit au compromis d'une touche de rouge à lèvres mais rien de plus. Elle laissa un mot à James. *Besoin d'air frais. J'emmène Matthew en balade.*

Dans le landau le bébé la regarda. Il portait un bonnet rouge vif et des moufles rouges. Elle releva la capote, força les compas pour la fixer. Elle ne tenait pas à ce que le vent la fasse retomber dès qu'elle aurait mis le pied dehors. Matthew gloussa quand elle ouvrit la porte et fit rebondir le landau sur ses roues arrière en descendant le perron. Elle savait que Dan Greenwood était à l'atelier. Les portes n'étaient pas cadenassées et de toute façon elle l'avait vu arriver à neuf heures. Elle connaissait la meilleure heure pour le guetter. Elle l'avait observé arriver et repartir presque tous les jours depuis qu'elle était en congé. Cet été il avait laissé les portes battantes grandes ouvertes et c'est alors qu'elle avait vu l'intérieur. Mais ce serait la première fois qu'elle réaliserait son fantasme et entrerait.

Tout au fond du local un coin semblait lui servir de bureau. Derrière une vieille table se trouvaient un classeur vertical et un poste informatique. Et aujourd'hui Dan était là aussi, assis au bureau, éclairé par une lampe d'architecte. Il examinait des papiers en fronçant les sourcils et elle comprit que leur contenu l'énervait ou l'ennuyait. Il n'était pas homme à cacher facilement ses sentiments. Une fois, au cours de l'été quand la grande porte était ouverte, Emma l'avait vu jeter violemment contre le mur du fond une poterie qu'il était en train de peindre, excédé, supposait-elle, parce qu'il n'avait pas réussi à obtenir exactement l'effet qu'il voulait. La scène l'avait choquée et fascinée. Jamais James ne se serait laissé aller à une telle manifestation d'humeur.

À présent la lampe donnait au tableau un air apprêté, mis en scène. Les lucarnes poussiéreuses laissaient entrer peu de lumière naturelle et les tubes au néon accrochés aux poutres étaient éteints. Emma, la spectatrice, était dans l'ombre. Elle ferma la porte derrière elle et Dan leva la tête.

— Emma.

Il se leva à demi, puis retomba sur sa chaise qui paraissait rescapée d'une école de village. Ses gestes étaient toujours brusques. Il avait de si grandes mains qu'Emma s'émerveilla qu'elles soient capables de tenir les petites brosses, les pièces les plus fines. La tension qu'elle avait toujours ressentie entre eux était là. Naguère encore elle y voyait le frisson de l'attirance mutuelle. Maintenant elle n'en était plus si sûre.

Elle avait fait sa connaissance lors de la fête qu'il avait organisée pour l'inauguration de son atelier de poterie. Ça s'était passé au pub et il avait invité tout le monde, tous ceux qui habitaient sur la place. Emma était jeune mariée, s'apercevait peut-être déjà que ce ne serait pas l'échappatoire escomptée, mais ne cherchait pas l'aventure. Des aventures, elle en avait déjà eu son comptant dans la vie, et son travail suffisait à la satisfaire. Dan Greenwood se tenait à la porte pour saluer chacun à son arrivée, et Emma se rappelait encore cette première rencontre. Elle avait levé la tête pour qu'il lui fasse la bise et elle avait vu le choc dans ses yeux, l'avait perçu dans le bref contact des lèvres et l'effleure-ment des cheveux, comme une plume sur sa peau. Ç'avait été comme s'il retrouvait une ancienne maîtresse, alors même qu'elle était certaine qu'ils ne se connaissaient pas. Et toute la soirée, tandis que les villageois s'animaient à force de bière gratuite, elle avait senti son regard sur elle, flattée mais pas étonnée. Elle savait l'effet qu'elle pouvait produire sur les hommes seuls.

Il avait dû aller à la rencontre de tous les autres pour se présenter, se renseigner sur ses voisins. Son attitude était réservée mais, en écoutant les conversations, Emma s'était dit qu'il y avait quelque chose de très fruste dans ses questions. Direct, comme un enfant. Il n'était pas très doué pour les bavardages flatteurs. Bien sûr il avait parlé à James ce soir-là. Elle les avait regardés rire ensemble. Mais Dan ne s'était pas donné la peine de venir la voir. Comme s'il avait senti un danger à leur proximité physique. C'est ce qu'elle avait pensé à l'époque. Maintenant elle se demandait si elle s'était monté la tête. James et lui étaient devenus amis de cette manière simple et désinvolte propre aux hommes. Ils se retrouvaient souvent pour boire une bière le vendredi soir. Tous deux jouaient au cricket dans l'équipe communale. Elle ne savait pas de quoi ils parlaient – de leur travail, supposait-elle, de sport, des échos du village.

À présent elle se sentait mal à l'aise, muette. Elle avait souvent rêvé d'entrer ici, de lui déballer ce qu'elle éprouvait, cependant le déballage imminent serait d'un autre ordre.

— Emma.

Cette fois, il se leva pour de bon et contourna son bureau. Il fronçait les sourcils, anxieux.

— Quelque chose ne va pas ?

Elle ne répondit pas à la question.

— Vous ne m'aviez jamais dit que vous aviez été flic.

— C'était il y a longtemps. Un épisode que j'essaie d'oublier.

— Vous avez travaillé sur l'affaire Mantel. Je viens de vous voir à la télévision.

Il avait l'air de préparer une explication mais elle ne lui laissa pas le temps de la formuler.

— Vous m'avez reconnue dès notre première rencontre. Vous étiez à Springhead le jour où j'ai trouvé Abigail ? Je ne me rappelle pas.

— J'ai interrogé votre père.

— Mais vous m'avez vue ?

— Par la porte de la cuisine. Brièvement. Ensuite, James m'a confirmé qui vous étiez.

— Il sait que vous êtes un ancien flic ?

— Je ne crois pas avoir à le cacher. C'est venu dans la conversation il y a peu.

— Il ne vous est pas venu à l'esprit que ça pourrait m'intéresser de savoir que vous aviez participé à l'enquête ?

— J'ai cru que vous préféreriez éviter qu'on vous rappelle cette affaire.

— C'est difficile à oublier. Surtout maintenant, avec tout ce qui se passe.

— Vous avez été importunée par la presse ?

— Non.

— Ils vous retrouveront. Je sais que vous n'utilisez plus votre nom de jeune fille, mais vous devriez peut-être changer de numéro de téléphone.

— On est sur liste rouge.

— Ça ne les arrêtera pas.

L'échange ne paraissait pas naturel – trop fort, trop rapide. Les mots semblaient ricocher sur les murs. Ils se regardèrent un moment sans rien dire.

— Écoutez, dit-il. Je peux vous faire un café. Il essuya une chaise du revers de sa manche.

— Asseyez-vous donc.

— Je veux savoir ce qui se passe, cria-t-elle. Personne n'est venu me voir. C'est injuste. Je suis concernée.

L'argument était clair dans son esprit. Le grief n'avait cessé de s'amplifier tout au long de la nuit. Elle ne pensait pas qu'il serait dirigé contre Dan Greenwood. *L'inspecteur Fletcher, Caroline, au moins elle s'est donné la peine à l'époque. Elle nous a ménagés pendant l'instruction, pendant que je pouvais encore être utile. Elle venait tous les jours pour voir ce dont je me serais souvenue. Maintenant, c'est par les journaux que je dois apprendre ce qui se passe.*

Sauf que ce n'était pas vrai. Dan l'avait avertie, par l'intermédiaire de James, du suicide de Jeanie et de la possible réouverture de l'enquête.

Elle hésitait, se demandant quel ton adopter, lorsqu'une voix derrière elle vint interrompre ses réflexions.

— Je suis bien d'accord avec vous, mon lapin.

La voix était tout près. Semblait grincer dans son oreille. Emma se retourna. La femme de l'église était adossée au mur.

— Mais c'est la police tout craché vous savez. Ils vous laissent dans le noir et ils vous racontent des conneries. C'est pour ça que Danny est parti. Du moins c'est ce qu'il dit.

Elle avait émergé d'une porte. Emma aperçut une petite pièce encombrée de cartons. Il y avait un fauteuil branlant, une bouilloire, un plateau de mugs sales par terre dans un coin. La femme était assise là et avait entendu tout ce qu'ils disaient.

— Qui êtes-vous ? demanda Emma.

Puis, sans lui avoir laissé le temps de répondre, se souvenant de l'avertissement de Dan :

— Vous êtes journaliste ?

La femme partit d'un rire asthmatique. Ses énormes seins se mirent à trembler.

— Pas moi, mon lapin. Je suis du côté des anges. Elle lui tendit une main de la taille d'une pelle.

— Vera Stanhope. Inspecteur principal Vera Stanhope. Police de Northumbrie. On m'a envoyée éclaircir le tas de merde qui vous préoccupe.

12

Emma se dit que Vera Stanhope était la femme à la peau la plus dure qu'elle ait jamais connue. Pas seulement parce qu'elle était imperméable à la gêne ou à l'offense. Elle avait la peau dure au sens propre. La figure squameuse et irrégulière, couverte par endroits de croûtes de boutons, les mains calleuses et abîmées. *Quelque allergie ou maladie*, songea Emma, mais sans réussir à la plaindre. Ce n'était pas le genre de femme que l'on pouvait plaindre. Vera restait là, à les regarder tous les deux, plissant les yeux.

— T'as parlé de café, Danny ? Mais pas ici, hein, mon lapin. Allons dans un endroit un peu plus confortable.

Elle posa les yeux sur Emma.

— Vous habitez pas juste de l'autre côté de la place ?

Emma savait ce qu'on attendait d'elle. Elle était censée les inviter, les installer dans la pièce la plus agréable, faire du café, offrir des petits gâteaux sur un plateau. Puis répondre aux questions de cette femme extraordinaire. Revenir sur le passé. Et tout le temps, les yeux reptiliens de Vera se repaîtraient du décor, fouineurs, aussi curieux que les vieilles femmes de l'église qui s'étaient imposées pour voir le bébé à son retour de l'hôpital. Elle ne le supporterait pas.

— On ne peut pas aller chez moi, répondit-elle vivement. Mon mari dort. Il a travaillé toute la nuit.

Dan Greenwood vint à sa rescousse. Peut-être avait-il perçu sa panique, bien qu'Emma ne parvienne plus à se convaincre d'être liée à lui par une complicité tacite.

— Venez donc chez moi. C'est à peu près l'heure de ma pause-déjeuner, de toute façon.

Vera lui adressa un grand sourire, comme si c'était ce qu'elle attendait depuis le début.

Dehors la pluie avait cessé et des taches de lumière décousues se reflétaient dans les flaques et les trottoirs mouillés. Emma attendit que Dan ait verrouillé la porte. Maintenant encore, elle se surprit à l'observer. Il avait du poil noir sur le dos des mains. Sa manche lui découvrit le poignet quand il ferma le cadenas et elle imagina comment ce serait de lui toucher le bras.

— Je vais prendre la voiture, dit-elle. Matthew s'endort toujours quand on roule. Ça nous permettra de discuter tranquillement.

La maison de Dan n'était pas loin mais Emma ne voulait pas être vue à leur traîne le long des trottoirs étroits, membre d'une étrange procession, d'une exhibition de monstres de cirque. Il habitait dans une rue en croissant bordée de maisons mitoyennes des années 1930, au bout du village. C'étaient d'anciens logements sociaux et un ou deux appartenaient encore à la commune, identifiables à leur couleur verte uniforme. Les autres avaient été rachetés par leurs occupants ou vendus à de nouveaux arrivants comme Dan. Toutes les maisons disposaient à l'arrière d'un long jardin étroit, qui se déployait en éventail vers les champs.

Emma prit son temps. Elle rentra chez elle et les regarda s'éloigner avant de ressortir installer Matthew dans son siège auto. Elle ne voulait pas arriver avant eux, et pensait que si elle les doublait en chemin elle risquait de se sentir obligée de leur proposer de monter. À la seule idée de Vera Stanhope dans sa voiture elle ressentait la même menace de violation que si elle avait été contrainte de les inviter chez elle.

Quand elle arriva chez Dan la porte était ouverte et elle entra sans frapper, posa Matthew endormi dans son siège auto. Elle n'était jamais venue, mais elle savait que James, oui. C'était une de ses excuses lorsqu'il rentrait tard pendant la saison de cricket. *Je suis passé boire une bière chez Dan après le match.* Tandis qu'elle hésitait devant la porte de la cuisine il lui vint à l'esprit que James connaissait sans doute depuis le début le rôle de Dan Greenwood dans l'affaire Abigail Mantel. Ils avaient bien dû évoquer son ancien métier pendant ces discussions pochardes du vendredi soir. Pas de quoi rougir, comme Dan l'avait dit lui-même.

Il y avait un petit séjour et une cuisine de taille similaire avec une porte donnant sur le jardin. Le mur de la cuisine était vert foncé et l'un des pots de Dan, planté de chrysanthèmes, reposait sur l'appui de la fenêtre, mais tout le reste aurait pu appartenir aux précédents occupants. Personne n'aurait pu deviner qu'un artiste vivait ici. Il n'y avait rien de la pagaille ou du bazar qu'elle se serait attendue à trouver. Ils prirent place autour de la table de la cuisine et Vera sembla occuper presque toute la pièce. Ça rappela à Emma les voyages en train, des inconnus serrés autour d'une table, essayant d'éviter que leurs genoux ne se touchent. Dan avait quitté ses godillots pour des sandales de randonnée. Ses pieds étaient bronzés. Il avait préparé du café et disposé des biscuits au chocolat sur une assiette. Emma n'arrivait pas à savoir ce qu'il pensait de cette invasion. Vera Stanhope lui avait-elle été imposée ou étaient-ils alliés, vieux amis ? Son attitude envers elle était affectueuse mais prudente. Comme si Vera était un gros chien, généralement docile mais enclin à se jeter sur les étrangers. Dan avait l'air de faire de gros efforts pour rester assis sans bouger.

Vera se laissa aller contre le dossier de sa chaise, les yeux entrouverts sous des paupières épaisses, inflexibles.

— Alors, mon lapin, qu'est-ce que vous voulez savoir ? Allez-y. Dan et moi, on fera de notre mieux pour vous répondre.

— Vous êtes sûre que Jeanie était innocente ?

— Certaine.

— Qu'est-ce qui vous rend si catégorique ?

Vera se pencha lentement en avant pour attraper un biscuit.

— Elle a toujours affirmé qu'elle était allée à Londres ce jour-là. Un coup de tête, elle disait. Pour s'évader du village, se cacher dans une grande ville, être anonyme. Keith lui avait demandé de quitter l'Ancienne Chapelle et elle était effondrée. Elle croyait qu'elle l'aimait.

Vera croqua dans le biscuit, essuya les miettes de son menton, poursuivit avant d'avoir fini de mâcher.

— Elle a pris le train à Hull. C'est ce qu'elle disait. Elle a flâné sur la South Bank, écouté le concert gratuit du déjeuner, visité la Tate Gallery, puis elle a repris le train pour rentrer. Mais personne ne l'a vue. Elle a dit aux collègues de Danny qu'elle avait laissé sa voiture au parking longue durée, mais ils n'ont pas retrouvé le ticket qu'elle aurait dû coller sur son pare-brise. Ils ont montré sa photo à l'agent qui lui avait vendu son billet mais il ne l'a pas reconnue. Aucun des voyageurs du train ne s'est présenté pour l'identifier. Et ç'a été la même chose à Londres. On a du mal à croire que quelqu'un puisse être *aussi* invisible. C'était un dimanche, jour où il y a peu de voyageurs, pourtant personne ne l'a remarquée. Plus étrange encore, elle n'a pas pipé mot de cette escapade à ses parents. Ni avant ni après. Sa voiture était partie de leur maison de la Pointe de huit heures du matin à sept heures du soir. C'est tout ce qu'ils pouvaient affirmer.

Elle guigna le biscuit restant mais le laissa où il était.

— Peut-être qu'ils auraient pu creuser plus loin. Chercher dans tout le pays. Lancer un appel à témoins. Mais ils pensaient qu'elle avait tué la petite. C'était pas à eux de réunir des arguments pour la défense.

Vera fit un large sourire, un sourire de dauphin.

— C'est bien ça, non, Danny ? Vous croyiez tous tenir votre coupable. Comment ça s'appelle, déjà ?

« Négligence pour une juste cause », je crois. Par conviction intime, en quelque sorte. Et qui pourrait vous le reprocher ? Le mobile était clair dès le départ. Jeanie détestait Abigail Mantel parce que la jeune fille pouvait persuader son père de n'importe quoi, et qu'elle l'avait persuadé qu'ils étaient plus heureux tous les deux tout seuls.

Dan ne répondit pas, paraissait même ne rien entendre. Il regardait par la fenêtre de sorte qu'Emma ne savait pas comment il prenait les propos de Vera, ce qu'il avait pu penser à l'époque.

— Et voilà, ça fait exactement dix ans et *The Guardian* publie un entrefilet sur Jeanie Long. Qui ne dit pas qu'elle est innocente. Pas tout à fait. Mais qui affirme qu'on lui a dénié la liberté conditionnelle parce qu'elle refusait de reconnaître sa culpabilité. Et qu'elle aurait été transférée dans une prison ouverte depuis belle lurette si elle ne s'était pas accrochée mordicus à sa version de son emploi du temps. L'article résumait brièvement l'affaire et rappelait que Jeanie n'avait jamais trouvé personne pour confirmer son alibi. Là-dessus, voilà qu'un témoin se présente. Personne n'aurait cru que ça pouvait arriver, hein ? Pas au bout de dix ans. Et pourtant, c'est vrai…

Elle s'arrêta un instant.

— Comment il s'appelle, Danny ?

Emma savait que Vera se rappelait parfaitement le nom de l'homme. La pause n'était là que pour ménager l'effet dramatique.

— Stringer, répondit Dan. Clive Stringer.

— Clive était à la fac avec Jeanie. Apparemment, il avait un petit faible pour elle, ils sont même sortis ensemble une ou deux fois en première année. Il l'a vue à King's Cross le jour du meurtre.

— Comment il peut s'en souvenir après tout ce temps ?

Emma perçut le désespoir dans sa propre voix. L'histoire construite dix ans plus tôt, l'histoire qui paraissait tenir à peu près debout, commençait à s'effriter.

— C'était une date très importante pour lui. Il était en route pour Heathrow. On lui avait proposé une place en postdoctorat dans une université américaine, et c'était le jour de son départ. Même s'il y avait eu des appels à témoins, il n'aurait pas été au courant. Il ne savait même pas que Jeanie avait été condamnée pour meurtre avant de lire ce papier dans *The Guardian*.

— Il ne peut pas se tromper ? On voit quelqu'un dans la foule, c'est facile de se convaincre…

— Je l'ai interrogé. Il a les pieds sur terre. Pas du genre à se laisser emporter par son imagination.

Elles se regardèrent. Emma ne savait pas quoi dire.

— J'ai bien pensé au début qu'il cherchait à attirer l'attention, reprit doucement Vera. On croise pas mal de zouaves comme ça dans ce métier. Mais il tient un journal. Depuis tout petit. C'est un peu triste, je trouve, de résumer sa vie en quelques lignes griffonnées le soir. On peut pas la réduire à ça. Mais en l'occurrence, c'est une bénédiction. J'ai vu la page du 15 novembre 1994. Vous savez ce qu'elle dit ? *Vu Jeanie à la gare de King's Cross, jolie comme un cœur dans un pull rouge vif. Elle a toujours très bien porté le rouge.* On a vérifié. Elle portait un pull rouge quand elle est rentrée chez ses parents ce soir-là. Le labo l'avait récupéré. Évidemment, ils n'ont rien trouvé qui permette de rattacher Jeanie au meurtre. Mais ça n'avait pas vraiment d'importance. Elle a quand même été accusée.

Pour la première fois, Emma se rendit compte que Vera était en colère, une colère volcanique, terrifiante.

Vera dut s'apercevoir qu'Emma avait senti sa fureur. Elle se recala sur sa chaise et sourit à nouveau pour lui prouver qu'elle n'était pas dangereuse, se fit confiante et décontractée.

— Je viens du nord. Rien à voir avec la police du Yorkshire et du Humberside. Je suis impartiale, voilà l'idée. Mon travail consiste à reprendre l'affaire Mantel, voir pourquoi ça a déraillé. Et plus vite je pourrai boucler l'enquête et rentrer chez moi mieux ce sera. en ce qui me concerne. Je suis habituée aux collines. Y a nulle part où se cacher ici, non ? Un con étend sa lessive dehors et on peut la voir jusqu'au comté voisin. Ça me file la chair de poule.

— Qu'est-ce que vous attendez de moi ?

— Vos souvenirs, répondit aussitôt Vera.

— Je ne suis pas sûre de leur fiabilité après tout ce temps.

— Vous en faites pas. C'est ce que je fais le mieux. Trier la réalité de l'imagination. Joe Ashworth, mon adjoint, pense que je suis une sorcière.

Emma leva vivement les yeux sur elle mais ne put déterminer à l'expression de Vera si elle se moquait d'elle-même ou de son public. Car c'était bien ce que Dan et Emma étaient devenus. Vera leur jouait son numéro comme si elle était le meilleur *one woman show* du moment. Et déjà elle avait repris, les entraînant à sa suite.

— Mettons qu'aujourd'hui, on ne commence qu'avec quelques questions. Les choses qui me turlupinent, et que personne d'autre n'a pu éclaircir. Pas même Danny ici présent. Par exemple, pourquoi est-ce que Keith Mantel a renvoyé Jeanie ?

— Parce qu'Abigail le lui a demandé.

Si elle peut pas comprendre *ça*, se dit Emma, elle ferait mieux de foutre le camp dans ses collines tout de suite.

— Mais il devait bien se rendre compte avant d'inviter Jeanie à venir s'installer qu'il y aurait un problème. Enfin, il vivait seul avec Abigail depuis la mort de sa mère. Tout le monde dit qu'il la traitait comme une princesse, gâtée pourrie. S'ils étaient si proches il n'aurait pas fait venir sa maîtresse chez eux sans consulter sa fille. *Qu'est-ce que tu dirais si Jeanie venait habiter avec nous ?* Paraît que les hommes sont pas les bestiaux les plus sensibles de l'univers mais quand même, il aurait au moins posé la question. Et si l'idée lui était insupportable, Abigail l'aurait dit, non ? Elle me fait pas franchement l'effet de quelqu'un de timide. *Pas question, Papa. Ça marchera pas.* Quelque chose comme ça. Et il en aurait tenu compte et se serait excusé auprès de Jeanie, ne serait-ce que pour éviter les ennuis. *Désolé, chérie, mais Abigail a besoin d'un peu plus de temps.*

En l'écoutant Emma se dit que l'inspectrice était bien une sorte de sorcière, parce que même si ces mots précis n'avaient pas été employés, c'était pile ce que chacun d'entre eux aurait pu dire. Mais Vera continuait.

— Voilà ce qui me pose problème. Je comprends pas comment il s'est fourré dans ce pétrin.

— Je ne crois pas qu'il ait vraiment eu le choix.

— Comment ça ? Emma hésita.

— Voilà ce qu'Abigail m'a dit. Je ne sais pas si c'était la vérité.

Car Emma savait maintenant mieux que quiconque qu'Abigail pouvait être la plus grande menteuse du monde.

Vera hocha la tête en signe d'encouragement.

— Comme je vous ai dit, laissez-moi le soin d'en décider.

— D'après Abigail, Keith ne voulait pas vraiment que Jeanie s'installe, en fait. Elle s'était disputée avec ses parents et elle est partie en claquant la porte. Elle a débarqué à l'Ancienne Chapelle avec un sac à dos rempli d'habits et son violon. Il ne pouvait pas la renvoyer.

– Trop bon cœur, sans doute, commenta Vera et Emma vit bien qu'elle s'était déjà fait sa propre opinion sur Mantel et ne l'appréciait pas.

– Abigail ne l'a su qu'en trouvant Jeanie en train de préparer le dîner dans la cuisine.

Abigail l'avait raconté à Emma le lendemain. C'était encore un après-midi chaud, lourd, étouffant. Il devait y avoir eu de la pluie cet été-là, du brouillard, mais Emma n'arrivait pas à s'en souvenir. Ce jour-là, Abigail avait accepté de l'accompagner à la plage et elles y étaient allées à pied par le sentier qui descend entre les champs sablonneux. Déjà presque toute la moisson était rentrée mais au loin on entendait le ronflement d'une faucheuse et il restait une parcelle d'orge à moissonner. Les feuilles duveteuses leur frôlaient les jambes. Il y avait un cordon d'hirondelles sur un fil, et des nuées d'insectes. Abigail, avançant à grandes enjambées, en tête sur l'étroit chemin, racontait en criant l'aventure à Emma qui suivait derrière. Elle n'avait pas arrêté de parler tout le long du trajet. Son ton était incrédule et elle se répétait souvent, comme pour montrer qu'elle n'arrivait toujours pas à croire le culot de Jeanie.

« Je veux dire, elle était là, à fouiller dans les placards. Et après elle s'est attaquée au congélateur. “Je pensais faire un risotto. Ça te va, Abby ?” Je veux dire, personne, mais alors *personne* m'appelle Abby. Tu m'appelles pas Abby et t'es ma meilleure copine. Mais je comprenais toujours pas. Je croyais que c'était pour une nuit, juste une. Et puis je suis montée dans la chambre de papa et j'ai vu tout ce qu'elle avait déballé. Style, elle était là depuis une heure et elle avait déjà rangé ses fringues dans la penderie et ses culottes dans la commode. Je sais qu'il le supportera pas. Elle aura dégagé d'ici la fin de la semaine. Papa tient à son intimité. Même moi, j'ai pas le droit d'entrer dans sa chambre sans demander la permission. »

— Mais il l'a supporté, intervint Vera. La question, c'est : pourquoi l'a-t-il laissée s'installer ? Bien plus intéressant que de savoir pourquoi il a fini par lui demander de s'en aller. Jeanie est restée trois mois. Pourquoi il l'a pas fichue dehors plus tôt ?

— Il l'aimait, dit Emma. Non ?

— Oh, non, répondit Vera, assez sûre d'elle. L'amour n'avait rien à voir là-dedans. En ce qui le concerne.

— Ce qui est sûr, c'est qu'Abigail a été surprise de ne pas réussir à imposer sa volonté tout de suite.

Emma sourit, se remémorant la frustration de son amie, les stratégies qui échouaient les unes après les autres. Il lui semblait qu'il y avait une sorte de justice dans le fait qu'Abigail doive supporter une contrariété dans sa vie. Emma avait considéré les disputes avec le même mélange de compassion et de plaisir que si un énorme bouton avait poussé sur le bout du nez de son amie.

— Pourquoi est-ce que Keith a fini par céder ? demanda Vera. Au bout de trois mois ?

— Peut-être qu'elle l'a simplement eu à l'usure.

— Oui. Peut-être.

— Pourquoi vous ne demandez pas à l'inspectrice qui a dirigé l'enquête à l'époque ? Elle doit avoir interrogé des gens, tiré des conclusions.

— Caroline Fletcher n'est plus dans la police, répondit Vera brusquement. Comme Danny ici présent.

Elle fit une pause.

— Bizarre, non, que les deux officiers les plus impliqués dans l'enquête aient démissionné peu de temps après le procès de Jeanie Long ?

Elle adressa son large sourire à Dan, l'invitant à ne pas s'offusquer.

13

Dehors le soleil brillait toujours. Un grand vent d'ouest promettait de nouvelles averses. Des ombres en forme de nuages glissaient sur les champs où déjà les pousses vertes du blé d'hiver commençaient à poindre. Dans la petite maison Vera dissertait toujours et toujours Dan l'écoutait. Emma s'excusa et les laissa discourir sans elle. Arrivée au bout de la rue, au lieu de bifurquer vers le village, elle partit à l'opposé en direction de la côte. Wendy, la patron-vedette, était ce qui s'approchait le plus d'une amie ici à Elvet, et elle aimait bien quand Emma passait à l'improviste avec Matthew. Emma avait besoin d'un prétexte pour être ailleurs que chez elle, loin de la télévision et des informations régionales. Elle n'était pas prête à revoir Dan sur le petit écran. Il était plus mince à l'époque, les cheveux plus courts. Mais aux regards noirs qu'il jetait à la caméra, on pouvait quand même l'imaginer se laisser emporter par la colère. Elle n'arrivait pas à le voir se soumettre facilement aux ordres et se demanda si c'était pour cette raison qu'il avait quitté la police.

Chaque année à l'automne des prévisions annonçaient que la Pointe serait laminée par les grandes marées. Une forte tempête, disaient les gens. Il n'en faudrait pas plus. Et assurément elle était plus mince qu'avant, langue de terre en forme de phallus flasque, décharné, pendillant de la rive nord de la Humber et barrant l'estuaire. Par endroits l'ancienne route disparaissait dans la mer et l'on avait tracé une nouvelle voie dans le sable, au milieu des chardons et des argousiers. La Pointe était légèrement bombée à son extrémité, là où se dressaient la jetée et les habitations des sauveteurs. Ces maisons étaient d'une modernité incongrue, tout de même, comme assemblées à partir d'un kit. Faciles à abandonner, supposait Emma, si cette fameuse grosse tempête venait à se produire. Seuls les pavillons des patrons-vedette avaient un peu de corps.

Elle se gara en face des maisons, à côté de la buvette qui vendait café et *fry-ups*[1] aux ornithologues amateurs et aux pêcheurs. Matthew était réveillé et se mit à chouiner dès que la voiture s'arrêta. Elle l'allaita là, assise sur le siège passager, le regard plongé dans l'eau, tous les deux drapés dans son manteau. Personne ne pouvait la voir mais le simple fait de ne pas porter de soutien-gorge la mettait mal à l'aise. Wendy, qui déclarait n'avoir jamais ressenti le désir d'enfant de sa vie, adorait regarder téter le bébé, mais Emma ne voulait pas de spectateur. Pas aujourd'hui. James disait que le petit était aussi régulier que la marée et c'était vrai. La vie d'Emma était ponctuée d'interruptions régulières. Elle commençait à s'y habituer.

Matthew s'alimentait et elle s'autorisa à laisser vagabonder son esprit. C'était dans ces moments paisibles d'attente qu'elle laissait parler ses fantasmes évoquant Dan Greenwood. Ils n'avaient rien d'exotique. La nuit ses pas la portaient jusqu'à l'atelier et il l'embrassait et la touchait. Elle s'imaginait rarement faire l'amour. Ses fantasmes étaient ceux d'une adolescente immature, réconfortants et anodins. Ceux qu'elle avait peut-être à quinze ans, avant la mort d'Abigail. Elle se dit qu'elle

1. Plat composé de saucisses, œufs, bacon, etc. frits à la poêle. (Toutes les notes sont de la traductrice)

devrait les abandonner. Elle était adulte et ils n'avaient plus aucun sens maintenant. Mais s'en défaire était plus difficile qu'elle ne l'avait cru.

Comme elle rebaissait son pull deux adolescents sortirent en courant d'une des maisons et se mirent à jouer à la balle contre la digue. Tenant toujours Matthew dans les bras, elle descendit de voiture et regarda vers la rivière. L'odeur de vase et d'algues se mêlait à celle de graillon du bacon et des frites de la buvette.

Cette buvette était relativement nouvelle sur la Pointe. Avant elle, il y avait bien une camionnette de glaces, mais seulement les jours de beau temps et le week-end. Et, avec la camionnette, Emma se rappela tout à coup que c'était là qu'elle avait vu Abigail Mantel pour la première fois. Elle n'avait pas repensé à cette rencontre depuis plus de dix ans. Même en relatant l'historique de leur amitié à Caroline Fletcher, l'épisode avait été bizarrement passé sous silence. Peut-être était-il par trop insignifiant. À présent il lui revenait par flashs décousus, comme les rayons de soleil sur les trottoirs. Elle se dit : *Voilà ce que c'est que de vieillir. Voilà comment les vieux se rappellent leur jeunesse.*

C'était au mois de juin, la fin de leur première semaine à Springhead. Robert était toujours enthousiasmé par le nouveau but de sa vie, débordant d'optimisme pour la maison, son travail, le fait de vivre à la campagne. « Un nouveau départ, répétait-il encore et encore. Vraiment, on est bénis des dieux. » Mais Emma ne se sentait pas bénie des dieux. Elle se sentait déracinée. Littéralement. Comme si quelqu'un l'avait arrachée à une terre bien compacte pour l'abandonner sur le sol et l'y laisser pourrir. Elle avait essayé d'en parler à Christopher, mais il se contentait de hausser les épaules. « C'est trop tard, répondait-il. Ils ne reviendront pas en arrière. Plus maintenant. Autant en prendre notre parti. » Elle s'était dit alors que c'était le genre de réflexion que pourrait faire un adulte et l'avait presque considéré comme un traître.

À l'inverse, Robert n'avait cessé de s'activer, il les avait épuisés. Et maintenant on était samedi et bien que leurs affaires soient toujours dans des cartons et que Mary paraisse exténuée, il tenait à tout prix à partir se promener à la découverte de leur nouvel environnement. Peut-être furent-ils gagnés par son enthousiasme, peut-être n'eurent-ils pas la force de se battre, toujours est-il que la décision fut rapide et sans discussion. Une balade à vélo, déclara-t-il. Ça tombe sous le sens. Idéal, dans une région si plate. Et il escalada les cartons de déménagement amoncelés dans le garage pour sortir leurs bicyclettes.

Ils roulèrent l'un derrière l'autre, Robert en tête. Il portait un grand short kaki qui claquait sur ses cuisses et un T-shirt orné du poisson symbolique des chrétiens sur la poitrine. Emma aimait bien les sensations du vélo, l'effort sur les jambes, l'odeur de sel et d'algues et de vase. Mais tout le temps elle se disait : *Pourvu que personne de ma nouvelle école ne me voie. Pas avec mes parents et mon polard de petit frère, comme si on sortait d'un bouquin d'Enid Blyton.*

Puis ils se retrouvèrent sur la Pointe et sans doute était-ce l'objectif de Robert depuis le début même s'il n'en avait rien dit. Et soudain ce fut comme rouler sur la mer, avec de l'eau de chaque côté et des mouettes qui volaient de conserve. À la camionnette du glacier, ils s'arrêtèrent. Ils se laissèrent tomber sur l'herbe, les vélos couchés à côté d'eux, tandis que Robert allait acheter les glaces. Christopher se retourna sur le ventre et attrapa une coccinelle entre ses mains. Il avait toujours capturé des insectes de cette manière. Il la regardait par un trou ménagé entre ses pouces et ses index quand retentit le vrombissement d'un moteur. Il se redressa pour regarder et la coccinelle s'envola.

Robert revint avec les glaces, excédé par le vacarme. On avait troublé la quiétude de son parfait après-midi familial. Il maugréa quelque chose, « voyous ». La voiture était noire et brillante, un cabriolet capote baissée, et elle s'arrêta à leur niveau. La musique, qu'Emma ne reconnut pas, continua à brailler une fois le moteur coupé. Sur le siège passager trônait Abigail Mantel, ses boucles rousses en une pagaille saisissante. D'abord, Emma pensa que la voiture devait appartenir à son copain. Abigail faisait beaucoup plus que son âge. Rien qu'à ce premier coup d'œil on devinait qu'elle était du genre à attirer un petit ami à grosse voiture.

Abigail se glissa hors de son siège. Elle portait une jupe en jean fendue sur le côté et un débardeur rouge moulant. Ils supposèrent qu'elle voulait acheter une glace et s'efforcèrent de ne pas la regarder, bien que Christopher ait du mal à s'en empêcher. Emma n'en revenait pas. Elle ne l'avait jamais vu regarder les filles auparavant. Mais à la surprise de tous Abigail vint vers eux. La crème glacée dégoulinait sur leurs cônes détrempés. Abigail descendit sur l'herbe à côté d'Emma. Christopher était presque bouche bée, mais il était trop loin pour qu'Emma puisse lui donner un coup de pied.

« Salut », dit Abigail. Elle parlait d'une voix un peu traînante, mais pas antipathique. « T'es la nouvelle ? Je t'ai vue dans le car. Il m'a semblé te reconnaître alors j'ai demandé à papa de s'arrêter. »

Emma détestait le car scolaire. Il était bondé et bruyant et personne n'avait fait le moindre effort pour être sympa avec elle. Tous les matins, elle prenait bien soin de s'asseoir dans un coin et regardait par la fenêtre. Assurément elle n'avait jamais remarqué Abigail.

« Oui, dit-elle. Bien sûr. Salut. »

Keith était-il descendu de voiture pour les rejoindre lui aussi ? Elle avait beau réfléchir, Emma n'arrivait pas à le voir assis dans l'herbe avec eux. À entendre sa voix dans sa tête. Robert avait parlé à Abigail, ça oui. Ils avaient eu une assez longue conversation et il s'était montré impressionné par sa politesse. Il lui avait demandé son nom, puis présenté la famille. Ils avaient discuté, où elle habitait, quelles matières elle avait choisies à l'école. Quand enfin elle avait regagné la voiture avec un signe de la main, Robert avait dit :

« Elle a l'air sympa, Em. Tu vois, je t'avais dit que ce serait facile de te faire des amis à la campagne. »

Mary n'avait pas pipé mot. Elle semblait pétrifiée. Comme si elle retenait son souffle. Peut-être était-elle moins sûre que Robert qu'ils seraient si facilement acceptés par les gens du village.

Emma songea soudain que Robert aussi devait avoir oublié cet épisode. Il avait dit à son directeur qu'il pouvait très bien s'occuper de Jeanie Long parce qu'il n'y avait aucun conflit d'intérêt. Qu'il ne connaissait pas Abigail Mantel, ne l'avait même jamais rencontrée. Emma supposa qu'on pouvait difficilement considérer un échange aussi fugace comme une rencontre.

Wendy, toujours impeccablement mise pour le travail, toujours précise et méticuleuse lorsqu'il s'agissait de la pilotine, vivait dans le chaos domestique. Emma adorait la pagaille qui régnait dans le pavillon blanc. Peut-être était-ce même là l'origine de son affection pour la patron-vedette. Elles n'avaient pas grand-chose d'autre en commun. Dans cette maison aux poubelles débordantes et aux paniers de linge sale himalayens elle se sentait libérée, et en même temps supérieure. Elle enviait l'assurance de Wendy. Comme elle devait avoir confiance en elle pour laisser entrer des gens dans une cuisine où la vaisselle n'était pas faite, où les emballages du repas à emporter de la veille traînaient sur la table, où des culottes, encore pas très nettes malgré leur passage à la machine, séchaient sur un radiateur. Mais, tout en l'enviant, Emma se sentait meilleure parce que sa maison était mieux tenue. Elle était fière de ses fenêtres propres, des torchons lavés à l'eau bouillante, des rideaux impeccables.

« Je me demande vraiment comment Wendy s'en sortirait avec un bébé », avait-elle dit un jour à James, s'apercevant au même moment de l'arrogance de sa remarque.

Wendy avait terminé ses douze heures de quart à midi, mais Emma savait qu'elle serait encore debout. Elle semblait n'avoir pas besoin de sommeil. Les clopes et la caféine la tenaient éveillée, disait-elle, et aujourd'hui une cigarette pendait au coin de sa bouche, car elle utilisait ses deux mains pour réparer la prise d'un fer à repasser. Elle trouvait toujours quelque chose à faire malgré le bazar. Quand Emma entra avec le bébé, Wendy écrasa sa cigarette et alla ouvrir une fenêtre, mais l'odeur du tabac persista, en recouvrant une autre plus désagréable qu'Emma ne parvint pas vraiment à identifier. Des légumes en train de pourrir peut-être, ou du lait tourné. Ça semblait venir du garde-manger. Wendy n'avait pas l'air de s'en apercevoir. Elle ôta sa caisse à outils d'une chaise de la cuisine pour qu'Emma puisse s'asseoir.

— T'es au courant pour la fille de Michael ?

Ses premiers mots, le dos tourné, tandis qu'elle versait l'eau bouillante sur le café instantané. Puis elle se retourna pour juger de la réaction d'Emma, partager le choc.

Dans tout le village, songea Emma, les gens ne parlent que de ça. Se repaissent de l'événement. Se disent que la géographie leur a donné un rôle inattendu dans la tragédie.

— Oui, fit Emma. J'ai vu ça à la télévision.

Puis, offrant l'information comme un cadeau, comme on apporterait des chocolats ou du vin à un dîner :

— Michael est venu à l'église hier.

— Ah bon ? Je peux pas dire que je l'aimais bien, ce vieux con, mais on peut pas s'empêcher de compatir...

— Il est parti avant la fin. Je suppose qu'il ne voulait pas affronter les gens après.

Elle n'arrivait pas à se résoudre à parler de la scène de l'église, quand il avait recraché le vin sur son père.

— Tu te rends compte de ce que ça veut dire, hein ?

Wendy se pencha en avant. Elle avait troqué son uniforme contre un jean et un grand pull tricoté main. Ses yeux brillaient de fatigue et d'autre chose, quelque chose qui fit se poser des questions à Emma, se demander ce qui se passait vraiment dans sa tête. Qu'était-ce donc ? Désespoir ? Euphorie ? Wendy n'était pas toujours seule. Elle avait eu des amis, des amants. Certains s'étaient installés chez elle, mais ils n'étaient jamais restés bien longtemps. Wendy avait prétendu qu'elle s'en fichait et à l'époque Emma s'était laissée convaincre.

— Qu'est-ce que ça veut dire ? demanda-t-elle doucement.

— Mais que l'assassin court toujours, enfin ! Et je vois pas comment ça aurait pu être un étranger. La police a dû chercher, il y a dix ans, si quelqu'un avait vu un inconnu dans le coin. On l'aurait remarqué, non ? Un dimanche après-midi, en novembre, y a pas des masses de touristes. Et si t'es du genre à aimer les jeunettes, tu t'attends pas à en trouver une en te planquant au bord d'un champ de haricots. En plus, elle a pas été violée, non ?

Elle s'arrêta brusquement, main sur la bouche, un geste trop théâtral, sûrement, pour être sincère.

— J'avais oublié. C'était une amie à toi. Mille excuses, ma belle.

— Non, répondit Emma. Elle n'a pas été violée.

Elle regarda Wendy par-dessus son mug de café.

— Tu habitais dans la région à l'époque ?

Wendy avait la trentaine. Au moment des faits, elle devait avoir à peu près le même âge qu'Emma aujourd'hui.

— À Elvet. Dans un des lotissements de la mairie. Mariée à un connard. C'était juste avant que je reprenne mes esprits et que je commence à travailler sur les ferries.

— Tu connaissais Jeanie Long ?

— On était à l'école ensemble. Pas qu'on se fréquentait tellement. Elle était pas mon genre.

Un éclair passa dans ses yeux.

— Tout ce que je dis, c'est : sois prudente. Prends pas de risques. Je suis surprise que James t'ait laissée sortir toute seule avec le bébé.

— Il dort. Il ne le sait pas.

Emma regarda sa montre. Il était près de seize heures, déjà le jour s'assombrissait.

— On ferait peut-être mieux de rentrer.

— Oui. File avant qu'il fasse nuit noire. Et fais attention à toi.

Mais quand Emma s'en alla Wendy ne verrouilla pas la porte derrière elle. Elle ralluma sa cigarette et retourna à son fer à repasser, comme si elle sentait qu'*elle*, elle ne courait aucun danger.

14

Quand elle revint de la Pointe il faisait nuit et les portes de la poterie étaient cadenassées. La place était déserte. Il aurait pu être minuit. Chez elle, Emma se sentit soudain en sécurité. Elle éprouva cette sensation de bien-être à rentrer, retirer ses chaussures et faire du thé, qui lui rappelait l'époque où elle travaillait. C'est peut-être simplement pour ça que ça ne va pas, se dit-elle. Depuis un moment, je passe trop de temps dans cette maison. Je ne peux pas l'apprécier. Peut-être qu'il est temps de penser à reprendre le travail.

James était debout. Il avait tiré les rideaux dans le séjour et préparé le feu. Les murs ici étaient rouge vif et ornés de grands tableaux aux cadres dorés qu'il disait avoir hérités de vieux parents. Il adorait cette pièce. Quand Emma et Matthew arrivèrent il était en train de lire un journal dans le canapé en cuir, mais il se leva et prit Matthew, le porta au-dessus de sa tête.

— C'était une longue promenade, dit-il.

Il n'avait pas l'air inquiet et elle lui en voulut. Il y avait un assassin en liberté et ça ne l'angoissait même pas. Au lieu de ça, il se posait sur le rebord de la fenêtre et embrassait la pièce du regard, tout sourire.

— On est passés voir Wendy.

— Ça a dû lui faire plaisir.

— Elle pense que la personne qui a étranglé Abigail Mantel pourrait toujours habiter dans le coin.

Il fronça les sourcils.

— J'imagine que c'est possible. Est-ce que ça te fait revivre tout ça ? Comme un cauchemar ? C'est vrai, je ne peux absolument pas comprendre ce que tu dois ressentir.

Elle fut surprise et touchée, s'approcha de lui et l'embrassa sur le front.

— Je ne laisserai personne te faire du mal, dit-il. À aucun de vous deux.

— Je sais.

— Si je m'occupais du dîner ? Prépare le petit pour le mettre au lit et après, repose-toi.

Elle se dit que ça pourrait être comme ça. Elle pourrait renoncer à ses fantasmes sur Dan, qui après tout était crispé et imprévisible, pas même engageant si elle y réfléchissait sérieusement. Peut-être s'en satisferaient-ils, tous les deux. Elle pourrait faire de petites concessions, comme l'accompagner à l'église sans rechigner et manifester plus d'intérêt pour son travail, comme prendre l'initiative de faire l'amour avec régularité à défaut d'inventivité. Et lui, il prendrait soin d'eux. Quelque part elle savait qu'elle pouvait lui faire confiance sur ce point. Il accepterait qu'elle reprenne l'enseignement, même si l'idée ne lui plaisait guère. Leur couple survivrait sans disputes ni remous, au moins aussi heureux que celui de la plupart de leurs amis. Était-ce à cela qu'elle aspirait ? Et quand bien même, le méritait-elle ?

Lorsque Emma redescendit après avoir couché Matthew, James était dans la cuisine. Debout devant le plan de travail il émincait des oignons et de l'ail, si concentré qu'il ne l'entendit pas approcher. Il avait passé un jean et un pull de fine laine. Il le portait à même la peau et Emma se surprit à penser, avec une étrange excitation, à la légère irritation que ça devait provoquer. Elle se posta derrière lui et glissa les mains sous son pull, fit courir ses doigts le long des nœuds de sa colonne vertébrale, sous la ceinture de son jean. Il se retourna, le couteau dans une main, une tête d'ail dans l'autre, désarmé. Il se pencha pour l'embrasser sur le front, promena le bout de sa langue sur ses paupières.

— Si tu laissais tomber ça ? dit-elle. On peut dîner plus tard.

C'était un test. Était-elle capable d'abandonner ses fantasmes sur Dan Greenwood et d'apprendre à se contenter de la réalité ? D'une paisible vie domestique ?

James tendit les mains en arrière pour reposer l'ail et le couteau sur le plan de travail. Comme s'il était ligoté dans le dos. Tout le temps il ne cessait de l'embrasser, et l'espace d'un instant elle sentit son corps se relaxer.

Puis on tambourina à la porte. Trois grands coups de heurtoir. Dans la maison silencieuse le son sembla résonner comme un écho. Emma pensa immédiatement à Vera Stanhope. Elle était persuadée que c'était elle, la voyait, jambes écartées, imprimant tout son poids au martèlement.

— On pourrait ne pas répondre, suggéra James.

Emma jugea la proposition peu enthousiaste. Ce serait trop cavalier pour lui, et déjà il avait un peu honte de sa défection.

Elle lui vint en aide :

— Non.

Si c'était Vera Stanhope, elle ne s'en irait pas. Elle resterait là toute la nuit s'il le fallait, obtiendrait un mandat et enfoncerait la porte.

Emma était si persuadée de trouver l'inspectrice derrière la porte qu'elle se sentit presque flouée. Elle avait prévu une sortie indignée. *Vous vous rendez compte que mon fils dort ? Je vous ai déjà dit tout ce que je sais.*

L'individu qui se tenait sur le seuil était plus grand que Vera Stanhope, mieux proportionné, presque athlétique. Il s'était retourné et regardait la place. Ses longs cheveux étaient emmêlés. Il portait un imperméable léger et un petit sac à dos reposait à ses pieds. C'était la dernière personne à laquelle elle se serait attendue.

— Chris. Qu'est-ce que tu fais là ?

Il pivota pour la regarder. Son visage affichait toujours cette expression tourmentée qu'il avait prise au cours de ses études. Emma y avait vu une pose, une manière d'attirer les femmes, mais maintenant ç'avait l'air d'être devenu une habitude. Il avait des ombres noires autour des yeux, accentuées par la lumière au-dessus de la porte, qui rendait également ses traits plus anguleux qu'elle ne se les rappelait.

— Je viens voir ma sœur, dit-il. Pardi.

Il se pencha et l'embrassa brusquement. Ses lèvres étaient glaciales.

— J'espère que vous avez de la bière. Sinon, il va falloir envoyer James en acheter. J'ai passé la journée dans les transports. J'en meurs d'envie.

— Comment tu es venu ?

— Dernier car au départ de Hull. Ça a pris des plombes.

— Tu aurais dû appeler. Je serais venue te chercher.

— Je crois pas aux voitures.

Il éclata de rire. Elle se demanda s'il s'amusait à ses propres dépens d'avoir des principes aussi inconfortables ou s'il se moquait d'elle de le prendre au sérieux. Avec lui elle n'avait jamais su comment réagir. Elle avait beau être l'aînée, l'intelligence de son frère l'avait toujours intimidée. Le fossé qui les séparait n'avait cessé de s'accroître depuis la mort d'Abigail. Ni l'un ni l'autre n'avaient fait d'effort pour le combler.

Elle s'aperçut qu'elle était toujours dans l'entrée, lui bloquant le passage. Elle se poussa.

— Entre. James est en train de préparer le dîner. Je suis sûre qu'on a de la bière.

La cuisine se trouvait à l'autre bout de la maison et Emma y mena Chris. Dans la journée elle paraissait sombre et plutôt lugubre, mais maintenant, après le froid du perron, elle était bien chaude, accueillante même. James s'était remis à émincer ses oignons. Il les tranchait en fines lamelles, presque translucides.

— Il y aura assez à manger pour trois ? Regarde qui est venu dîner.

Sa jovialité sonnait faux. Elle ne savait pas très bien comment les deux hommes s'entendaient. Ils se montraient plutôt aimables l'un envers l'autre, mais une fois, par inadvertance, James lui avait avoué qu'il trouvait son frère arrogant. C'était vrai, pensait-elle. Parfois Chris donnait l'impression de mépriser la terre entière, à part peut-être un ou deux scientifiques lauréats du prix Nobel.

James leva les yeux de sa planche à découper. Il avait dû entendre la voix de Chris à la porte et sa réponse était prête.

— Bien sûr, dit-il. Ça fait plaisir de te voir. Puis, après une courte pause :

— Robert et Mary sont au courant que tu es là ? On pourrait les inviter aussi.

— Surtout pas.

Chris était horrifié.

— Il me faut une bonne nuit de sommeil avant de pouvoir les affronter.

James fit glisser l'oignon émincé dans la poêle.

— Il y a de la bière au frigo. J'en veux bien une aussi.

Quand Chris lui eut tourné le dos, James roula des yeux et fit la grimace. Pour quelle raison ? L'attitude de Chris envers ses parents ou la déception de voir fichue leur soirée en amoureux ? Emma n'aurait su le dire.

Ils dîneraient dans la petite pièce étroite qui jouxtait la cuisine. Emma alluma des bougies et dressa la table, tandis que Christopher montait prendre une douche à l'étage. James se plaignit gentiment par la porte ouverte tout en préparant une salade.

— Franchement, Chris aurait pu nous prévenir. On aurait pu être occupés. Qui d'autre oserait débarquer comme ça à l'improviste ?

— Il a des lubies, répondit-elle. Il a décrété qu'il voulait venir et voilà. Il n'a dû penser à rien d'autre que la manière dont il allait arriver jusqu'ici une fois sa décision prise.

Christopher avait toujours été comme ça, assez jeune déjà. Il se polarisait sur un objet d'étude ou un projet. Toute son énergie y passait. Il traitait alors les autres matières scolaires de manière superficielle, détachée, mais ses professeurs savaient qu'il avait la tête ailleurs. La fixation cessait aussi brusquement qu'elle avait commencé et il passait à autre chose – les dinosaures ou l'attraction terrestre ou quelque obscur compositeur. La longévité de son intérêt pour les oiseaux de mer était surprenante. Peut-être avait-il fini par se lasser des macareux et c'est pour ça qu'il était là.

À l'époque la famille avait mis ses passions soudaines sur le compte de l'excentricité de l'intellectuel. À présent Emma se redemandait à quel moment les fixations avaient commencé. À leur arrivée à Elvet ou avec le meurtre d'Abigail ? Et étaient-elles aussi bénignes qu'ils l'avaient cru à l'époque ou au contraire symptomatiques d'un désordre plus profond ? Elle regretta de ne s'être pas donné plus de mal pour essayer de le comprendre quand ils habitaient ensemble chez leurs parents, et décida que sa visite impromptue était bon signe. Il n'était pas trop tard pour le connaître.

Ils dînèrent tout d'abord en silence. Le vent n'était plus qu'un murmure, mais Emma le percevait toujours en arrière-plan. Elle fit quelques tentatives pour engager la conversation en posant des questions à Christopher sur son travail, son appartement à Aberdeen, mais se rendit bientôt compte qu'il était épuisé. Le coude gauche sur la table, tête dans la paume, il tenait sa fourchette de la main droite et poussait péniblement les pâtes dans sa bouche. Emma voyait bien que James le supportait mal. Il était obsédé par les bonnes manières à table. De temps à autre les paupières de Chris tombaient, puis quelque chose le réveillait en sursaut et il les dévisageait un moment d'un air égaré comme s'il avait oublié qui ils étaient. Il avait bu sa bière et presque toute une bouteille de rouge australien. Emma se demandait quel problème avait bien pu le pousser à revenir. Pouvait-il être tombé dans la drogue ? Son comportement était-il celui d'un accro en manque ? Elle n'en avait pas la moindre idée. Peut-être sa déprime – car elle pensait qu'à tout le moins il était déprimé – découlait-elle d'une rupture amoureuse. Il ne lui vint pas à l'idée que l'arrivée de Chris à Elvet pouvait avoir le moindre rapport avec Abigail Mantel.

Ils en étaient maintenant au fromage et aux fruits. James lui dit, tout doucement :

— Écoute, tu ne tiens plus debout. Va te coucher quand tu veux. On ne s'en formalisera pas.

— Non !

La tête de Christopher avait de nouveau sursauté.

— Ça sert à rien. J'arrive pas à dormir.

— Eh bien, je crois que moi, je vais y aller. Je commence tôt demain matin.

Il lança à Emma un regard éloquent. Peut-être pensait-il pouvoir reprendre là où Chris les avait interrompus.

— Je ne vais pas tarder non plus.

Mais elle prit soin de ne laisser transparaître aucune promesse dans sa voix. Et elle le connaissait. Une fois couché, James s'endormait immédiatement.

Elle attendit qu'il soit monté puis alla chercher une nouvelle bouteille de vin à la cuisine, l'ouvrit et leur servit un verre à chacun. C'était le plus qu'elle ait bu depuis qu'elle avait appris qu'elle était enceinte. Elle n'avait jamais eu à jouer les grandes sœurs auparavant.

Enfant, c'était elle qui avait besoin d'attention. Chris était indépendant, autonome.

— Qu'est-ce qu'il y a, Chris ? Qu'est-ce qui se passe ?

Il s'assit droit pour la première fois, la regarda dans les yeux.

— Tu sais pas ? Brutal, cruel.

— T'es bouchée au point d'avoir jamais compris ?

Elle sentit des larmes lui piquer les yeux.

— Excuse-moi, se reprit-il. Je suis à bout. J'ai pas dormi depuis que tout a recommencé.

— Quoi ? demanda-t-elle. Qu'est-ce qui a recommencé ?

— Abigail Mantel. Tout ça.

— Mais le suicide de Jeanie n'a été publié qu'hier.

Emma n'y comprenait rien.

— C'est ce qui m'a poussé à venir, évidemment. Mais ça a commencé bien avant. Il y a eu ce papier dans *The Guardian*. J'ai l'impression qu'on parle d'elle depuis des semaines.

— J'ignorais qu'Abigail était importante pour toi.

Elle repensa au soir du jour où elle avait découvert le corps, tous les deux regardant par la fenêtre de sa chambre les porteurs de civière au clair de lune. Il ne paraissait pas choqué à ce moment-là, si ? Ou bien était-elle si absorbée par sa propre place dans le drame qu'elle ne s'en était pas aperçue ?

— Elle était tout pour moi, répondit-il. À ce moment-là.

— Mais tu étais tout jeune.

— Quatorze ans. À tendances obsessionnelles.

— Ne me dis pas que tu es sorti avec elle ?

Abigail s'estimait trop raffinée pour les garçons de son âge. À coup sûr elle n'aurait jamais daigné sortir avec quelqu'un comme Chris.

— Non, dit-il. Pas ça.

— Eh bien alors ?

— Je la suivais. Partout où elle allait. Pendant tout l'été.

Il fixait son verre sans le voir.

— Ça a commencé quand on l'a croisée à la Pointe. La première fois que tu lui as parlé. On venait d'emménager. Papa nous avait traînés faire une balade à vélo. Tu te souviens ?

— On mangeait des glaces.

— Oui !

Il criait presque.

— Et Abigail est arrivée en voiture avec son père et elle est venue se présenter.

— Tout a commencé là. Après ça, j'ai plus arrêté de penser à elle. Littéralement. Je pensais à elle en me réveillant, elle était là, tapie au fond de ma tête toute la journée, et la nuit je rêvais d'elle.

— C'était ton idée fixe de l'été.

Sa gravité l'effrayait et elle espérait l'en faire sortir par la plaisanterie, mais il lui répondit avec sérieux.

— Non. Les idées fixes, c'est intellectuel. Abigail était plus que ça. Je suis incapable de l'expliquer aujourd'hui encore. Je m'attends pas à ce que tu comprennes. Regarde-toi. Mariée, mère de famille, trop raisonnable pour avoir des rêves.

— Être mariée n'empêche pas de rêver, fit-elle observer, mais tout bas et de toute façon, il n'écoutait pas.

Elle se dit soudain : Si Abigail m'avait entendu dire ça elle aurait fait mine d'avoir envie de vomir. Trop prévisible. Trop rebattu. Pour la première fois depuis des années elle regretta l'absence de celle qui avait été une véritable amie en dépit de tous les doutes survenus par la suite.

Christopher poursuivit.

— C'est jamais parti, tu sais. Si elle était pas morte j'imagine que je serais passé à autre chose, je l'aurais oubliée. Mais en l'occurrence je suis resté coincé. Une passion pour toujours inassouvie. Un fantasme impossible à réaliser.

Il essaya de sourire.

— C'est dingue, hein ?

Il attrapa la bouteille de vin. Elle s'aperçut qu'il tremblait.

— Tu sais que j'ai jamais eu de copine ? reprit-il. Pas à proprement parler. Parfois une nuit foireuse sans lendemain. Généralement quand je suis bourré. Généralement avec une rousse. Mais rien de plus.

Pendant un moment Emma ne dit rien. Elle le regardait par-dessus la table, perplexe. Christopher ne lui avait jamais parlé comme ça. Il ne lui avait jamais parlé de rien d'important. Elle n'était même pas certaine de le croire.

— Je ne m'en suis jamais aperçue, déclara-t-elle enfin. Pourquoi tu me le dis maintenant ?

— Parce qu'il fallait que j'en parle à quelqu'un. Je crois que je deviens fou. Je sais plus ce qui est vrai.

— C'est fou, oui, répondit Emma. Tu dois lâcher prise.

— Et toi, t'as lâché ?

— Comment ça ?

— Tu te raccroches à des trucs. Qu'est-ce que c'est ? Culpabilité ? T'as jamais beaucoup aimé Abigail, pas vrai ? Ça a dû te faire un choc mais je pense pas que t'aies eu beaucoup de chagrin.

— C'était ma meilleure amie.

— Non. C'était ta *seule* amie. Tout ce que t'avais. Et elle se privait pas de te le rappeler, hein ? Elle veillait à ce que t'oublies surtout pas tout ce que tu lui devais.

Il soutint son regard un moment.

— J'ai toujours pensé..., lança-t-il mais il hésita avant de poursuivre :... que tout au fond de toi, tu la détestais.

– Non, déclara Emma, mais l'image d'un peu plus tôt, d'Abigail faisant des grimaces, de toutes les deux riant ensemble, avait disparu.

15

Emma laissa Chris à table, le regard perdu dans son verre de vin, maussade. Il était devenu muet et amorphe, et quand elle lui souhaita bonne nuit il ne parut pas entendre. Elle gravit lentement l'escalier, pas disposée à faire plus d'efforts envers son frère, mais pas encore prête à se coucher.

La veille, ils avaient déménagé Matthew dans sa chambre. James l'avait préparée pendant qu'Emma était enceinte. Un vrai acte d'amour, car les couleurs qu'elle avait choisies n'étaient pas du tout à son goût. Suivant ses consignes il avait repeint le vieux papier sale en jaune et posé une frise ornée de vagues, de bateaux et de poissons. Un mobile d'étoiles argentées pendait au plafond. Devant la porte ouverte elle s'arrêta pour regarder. Le bébé était sur le dos dans son couffin, bras en croix, détendu et mou comme une poupée de chiffon.

Comme elle s'y attendait, James dormait déjà. Elle le contempla en essayant de recréer un peu de l'excitation qu'elle avait éprouvée en le touchant tout à l'heure, mais la sensation avait disparu. Il ne cilla pas quand elle circula dans la chambre. Elle entreprit de se déshabiller, mais se sentait encore trop agitée pour dormir. Le parquet sans tapis était teinté et verni et son contact sur ses pieds nus rappelait toujours à Emma les cours d'EPS au gymnase du collège. L'une des profs était férue de danse contemporaine et, vêtues de justaucorps noirs, les filles bondissaient et se tortillaient dans toute la salle sur d'étranges musiques électroniques. Elles s'exprimaient. Abigail avait trouvé l'exercice ridicule et l'avait bien fait comprendre. Emma s'était sentie déchirée. Secrètement elle avait aimé la liberté de mouvement. Comme courir sur une plage pour rejoindre la mer. La même euphorie. Mais à cause d'Abigail, elle avait dû hausser les épaules elle aussi.

Chris avait raison dans un sens. Après la mort d'Abigail, les cours étaient devenus plus supportables. Pendant les quelques semaines précédant les vacances d'été et la première moitié du trimestre suivant, elle n'était connue que comme « la copine d'Abigail ». Après, on s'était intéressé à elle pour elle-même ; les élèves étaient curieux de l'enquête, les profs, compatissants. Sous les feux de leur attention elle s'était épanouie.

Était-ce à cet automne-là qu'elle avait découvert sa facilité pour les langues ? Un exercice de traduction, d'allemand en anglais, et quand son tour était venu elle l'avait débité d'un trait, comprenant tout de suite ce que l'auteur avait voulu dire.

« Très bien, Emma », avait dit le prof machinalement. On la félicitait souvent depuis la mort d'Abigail. Comme si ça offrait quelque compensation au traumatisme d'avoir découvert un cadavre étranglé. Mais ensuite le prof avait répété, sincère, étonné : « Vraiment, c'était très, très bien. »

Et les langues étaient devenues son truc. Français et allemand jusqu'au bac avec espagnol en option en terminale, puis russe pour la licence. Elle n'avait pas fait d'étincelles. Péniblement arraché une mention assez bien. Mais c'était plus que ses professeurs ne lui auraient prédit à quinze ans. Ses parents aussi avaient été surpris, même s'ils avaient fait leur possible pour n'en rien laisser paraître. Saurait-elle l'expliquer ? *Eh bien, c'est beaucoup plus facile de parler avec la voix d'un autre. On se sent plus à l'aise.* Comment pourraient-ils comprendre ça ?

Tout cela avait mené à sa rencontre avec James. Après la fac, Emma avait pris un job dans une petite compagnie de navigation basée à Hull. Pourquoi était-elle revenue ? Au bout de trois années à Exeter et une à Francfort, elle s'était crue libérée de l'influence de Robert et Mary. Elle aurait pu trouver du travail n'importe où dans le pays, n'importe où dans le monde. Pourtant, presque sans décision consciente, elle s'était retrouvée là. Elle se sentait une certaine responsabilité envers sa mère, bien sûr. Elle n'arrivait pas à concevoir ce que ça pouvait être pour Mary, seule avec Robert, perdus dans cette grande maison. Aujourd'hui encore le couple de ses parents restait un mystère pour Emma. Qu'avait donc Robert pour inspirer pareil dévouement ? Non seulement chez sa mère, mais chez toutes les femmes de la paroisse. Toutefois ce n'était pas la seule raison de son retour. Elle avait eu peur tout le temps qu'elle était au loin. Peur des lieux étranges et des villes trépidantes et des gens qu'elle ne connaissait pas. Peur de l'imprévu. Peut-être était-ce là l'héritage de la découverte du corps d'Abigail. L'idée de tomber sur une nouvelle horreur la terrifiait. Elle savait qu'elle ne pourrait pas s'en remettre seule. Ici, ses parents lui mettaient les nerfs en pelote, mais ils seraient là pour la soutenir, comme la première fois.

Il y avait un peu de traduction au bureau de Hull mais Emma avait senti sa maîtrise des langues lui échapper par manque de pratique. Quand on lui avait proposé l'enseignement pour adultes elle avait accepté à contrecœur, juste pour garder le russe au moins présent à son esprit. Et au premier cours James était là, venu tout droit du travail, encore en uniforme. Les rêves qu'Emma avait faits à son propos étaient aussi prégnants que ceux qu'elle faisait à propos de Dan Greenwood. N'est-ce pas ?

Elle s'approcha de la fenêtre, dut lutter contre la compulsion de revivre son fantasme préféré : *Emma se voit se faufiler dehors et, rasant les murs, traverser la place jusqu'à la forge. Elle pousse l'un des battants de la grande porte en arc brisé, pareille au porche d'une église, et se campe à l'intérieur.* Qu'il serait difficile d'y renoncer… Mais comment pourrait-elle continuer maintenant qu'elle savait que Dan n'éprouvait pas d'attirance, mais une simple gêne d'avoir reconnu une collégienne autrefois concernée par l'une de ses enquêtes ? Elle regretterait ces après-midi alanguis où elle s'abîmait dans la rêverie, les soirs où elle regardait par la fenêtre pour voir s'il était là.

Il y avait de la lumière à la poterie et la porte n'était pas cadenassée. Dan était encore au travail. Emma présuma que Vera Stanhope l'avait accaparé toute la journée et qu'il fallait qu'il rattrape le temps perdu. Ou peut-être ses gardes de nuit dans la police lui avaient-elles donné le goût de travailler tard. La lumière s'éteignit. Dan émergea de l'atelier et resta un moment devant, scrutant la place de part et d'autre. Il referma la porte et fixa le cadenas, mais ne s'en alla toujours pas. Emma eut la certitude soudaine, irrationnelle qu'il l'attendait. Elle le regarda fixement, l'adjura silencieusement de lever les yeux. Mais sans éclairage dans la chambre comment pourrait-il la remarquer ? La lumière orange du réverbère devait se refléter dans la vitre et former une barrière infranchissable au regard. Elle envisagea de soulever la guillotine comme le soir où James et lui avaient parlé du suicide de Jeanie Long, se demanda si elle y parviendrait sans réveiller son époux.

Une voiture arriva sur la place. Elle était noire et longue. Elle s'arrêta en souplesse à côté de Dan et il monta. Emma ne distingua pas le conducteur. Elle supposa qu'il pouvait s'agir de Vera Stanhope avec de nouvelles questions, bien qu'il y ait eu quelque chose de furtif dans la manière dont Dan avait regardé autour de lui avant de monter. Peut-être était-ce une femme, une maîtresse qu'il avait réussi à cacher au reste du village. La voiture accéléra et fila bien vite. Emma se glissa dans son lit et s'allongea le dos tourné à James.

Elle se réveilla, paniquée, avec la lumière.

— Où est Matthew ?

James était habillé. La lumière était celle de la lampe de la coiffeuse. Penché devant le miroir, il nouait sa cravate.

— Il dort, dit-il. Il est encore tôt.

— Tu es sûr ? Il ne fait jamais ses nuits d'une traite.

Son cœur battait la chamade. Elle se sentait lucide, tout à fait éveillée.

— Je suis allé voir.

Il fit la moue pour avouer qu'il avait paniqué aussi.

Comme sur commande un grésillement résonna dans l'écoute-bébé, suivi d'un petit cri.

— Ne bouge pas, dit James. Je vais le chercher.

Elle se cala sur tous les oreillers du lit et se demanda pourquoi elle ne pouvait pas être heureuse comme ça : un bon mari et un bébé à nourrir.

Elle garda Matthew avec elle et lut jusqu'à ce que le jour commence à filtrer par la fenêtre et la circulation à augmenter. James était parti depuis longtemps. Elle changea le bébé et le reposa dans son berceau, puis descendit faire du thé. Elle s'attendait à moitié à trouver son frère là où elle l'avait laissé, avachi sur la table au milieu des reliefs du repas, mais les déchets étaient seuls. Chris avait dû trouver assez d'énergie pour se traîner jusqu'à la chambre d'amis. Mais tard sans doute. Elle ne l'avait pas entendu. Elle remplit la bouilloire puis chargea le lave-vaisselle et le mit en route.

Le thé infusé, Emma décida de le partager avec Chris. Elle s'imagina assise au bout de son lit, la couette autour de ses pieds, poursuivant la conversation de la veille. Il n'était pas trop tard pour se rapprocher. Elle dut poser le plateau sur la table du palier pour frapper à sa porte. Pas de réponse. Elle ne s'en étonna pas. Il devait être quasiment inconscient après tout cet alcool et ces nuits blanches. Pourtant elle insista. Elle frappa plus fort, puis ouvrit la porte.

Le lit était vide et pas défait, quoiqu'un peu chiffonné, comme si Chris s'était étendu dessus. La couverture fripée était la seule trace de son passage. Son sac avait disparu et il n'avait pas laissé de mot.

Au rez-de-chaussée, Emma s'installa au chaud dans la cuisine. Elle but le thé avant qu'il ne refroidisse. Après deux tasses, elle téléphona chez ses parents. Pas de réponse.

16

Michael revenait à la vie, se dégelait. Et c'était douloureux. Comme quand un pied gourd cède la place aux fourmis ou à la crampe. Ç'avait commencé à l'église : l'accès de fureur qui l'avait poussé à recracher son vin sur Robert Winter avait tranché dans le vif l'austère froideur. Puis Vera Stanhope, forte, chaleureuse, généreuse, avait poursuivi le processus. Maintenant il était agité, nerveux. Il ne pouvait pas rester chez lui à attendre qu'il se passe quelque chose.

« Qu'est-ce que je peux faire ? avait-il dit en se levant pour raccompagner l'inspectrice. Je veux vous aider. »

Elle avait hésité et Michael avait retenu son souffle, redoutant une réponse condescendante. *Laissez-nous faire. Je vous contacterai si je pense à quelque chose.* Le silence s'était prolongé si longtemps qu'il avait cru qu'elle ne répondrait jamais. Qu'elle s'en irait dans la rue, l'abandonnerait en train d'attendre.

« Mantel, avait-elle enfin lâché. Il est toujours actif dans la vie du village ?

— Autant que je sache, oui. J'ai pas eu beaucoup de contact depuis que Peg… »

Il avait eu honte de reconnaître combien il s'était isolé. Il ne sortait jamais. Avant l'incartade de l'église et l'enterrement de Jeanie, sa seule sortie était le coiffeur une fois par mois, et encore y allait-il tôt et en semaine, quand il savait que le salon serait désert.

« Ce serait bien de savoir ce qu'il fricote. Pas seulement le travail. S'il a une femme, par exemple, dans son espèce de manoir. Les gens vous parleront plus volontiers qu'à moi.

— Vous êtes pas allée le voir ?

— Pas encore. Je vais le faire, bien sûr, mais avant je veux savoir à quoi m'en tenir.

— Vous pensez quand même pas qu'il a tué sa fille ? »

Michael s'était senti pris de vertige à cette idée. Était-ce vers cela que tendaient les questions de Vera ?

Elle n'avait pas répondu. Elle était restée là un moment, debout devant la porte, puis avait dit d'un ton très formel, « Au revoir, monsieur Long », lui avait décoché un grand clin d'œil et s'en était allée.

Vers midi il se prépara à sortir. Il ne revêtit pas le costume qu'il avait mis pour l'église, mais choisit ses habits avec soin, acteur souhaitant que sa tenue transmette la bonne impression. Confortable, voilà ce qu'il cherchait.

Confortable et détendu, comme dans le temps, avant la mort d'Abigail et l'emprisonnement de Jeanie. Il opta pour un pantalon en velours côtelé qui conservait une tache de vernis à un genou et un pull fauve à grosses côtes, et aussi un imperméable, parce que des gouttes de pluie s'écrasaient encore contre la fenêtre. Dehors, il s'emmêla un peu avec ses clefs en fermant mais il n'éprouvait rien de la panique habituelle. Il passa dos droit et tête haute devant le petit groupe de journalistes de la place.

À la porte de l'*Anchor* il s'arrêta et s'émerveilla de sa métamorphose. Puis il ouvrit la porte et l'odeur était la même que toujours. Houblon et tabac – le mari de Veronica, Barry, fumait de gros cigares courts – ainsi qu'un soupçon de friture venant de la cuisine à l'arrière, même si aujourd'hui personne ne mangeait. Veronica tenait le comptoir et Barry, un homme menu, cheveux blond-roux et yeux de poisson, était assis côté salle, sur un des tabourets. La rumeur disait qu'il se mourait de quelque maladie rare, mais Michael avait entendu ça quinze ans plus tôt et Barry était toujours en vie. Toujours appuyé au bar à écouter les ragots comme une commère. Son nom s'affichait au-dessus du comptoir mais tout le monde savait que c'était Veronica qui faisait tourner la boutique.

Ce fut elle qui vit Michael la première. Elle leva les yeux du verre qu'elle était en train d'astiquer et lui décocha un sourire rapide, poli, comme à un étranger, un touriste entré par hasard pour manger. Puis elle réalisa qui il était. Eut un moment d'étonnement, l'air d'avoir peine à en croire ses yeux.

— Bonjour, mon grand, dit-elle. Comme d'habitude ?

Toutes ces années et elle se rappelait. Ça, c'était une patronne digne de ce nom. Elle portait un corsage blanc d'une matière soyeuse et Michael distinguait le blanc plus dense de son soutien-gorge au travers. Il se souvint brusquement qu'il avait eu un faible pour elle, même quand Peg était encore en vie. Tout comme de façon très différente il avait eu un faible pour Abigail Mantel. Mais tous les hommes sont pareils, non ? Pas de quoi ressentir cette honte oppressante au creux de l'estomac.

Veronica ne le quittait pas des yeux.

— Tu veux bien une Theakston ?

— S'il te plaît.

Barry pivota sur son tabouret en plastique comme s'il faisait un effort insurmontable. Il était toujours curieux et se tenait généralement de profil à la porte, pour voir qui entrait. Il manqua tomber à la renverse en découvrant Michael.

Michael avança lentement vers eux. Qu'est-ce que ça lui rappelait ? Un de ces westerns qu'il avait aimés enfant. Il était le vieil adjoint du shérif qui revenait une dernière fois dans sa ville natale pour écraser le méchant. Qui débarquait avec assurance dans le saloon. Qui montrait à ses concitoyens qu'il était de retour, toujours en vie.

Veronica déposa sa pinte sur le bar.

— Cadeau de la maison, dit-elle. Contente de te revoir, mon grand.

— Quand est-ce qu'on l'enterre ? intervint Barry, sans ciller de ses grands yeux vitreux. Ta Jeanie, je veux dire.

Il ne fera jamais une *bonne* commère, se dit Michael. Pas de tact. Pas de subtilité.

— C'est déjà fait. Je voulais quelque chose de simple et discret.

Il regardait Veronica. Si Barry continuait comme ça, il risquait d'avoir envie de lui en coller une. Mieux valait l'ignorer, essayer de ne pas l'entendre. Les obsèques avaient été organisées par l'aumônier de la prison, en l'occurrence une « aumônière », une jeune femme si petite que Michael avait eu du mal à ne pas la considérer comme une enfant. Ils s'étaient mis d'accord sur l'incinération. Michael ne supportait pas l'idée d'être enterré et à la dernière minute il avait décidé que ça ne conviendrait pas à Jeanie non plus. Elle devait détester les endroits exigus et étouffants, elle aussi. L'aumônière était assise à côté de lui. Le directeur qui était venu le voir avait lu un passage de la Bible. Il y avait deux femmes qu'il n'avait pas reconnues. Sans doute des employées de la prison, des profs peut-être. Élégantes en tout cas, en tailleur. À la fin de la cérémonie l'aumônière avait posé sa main sur celle de Michael et il avait sursauté de surprise. Pas seulement à cause du contact physique – même si ça représentait un choc en soi après tout ce temps. Mais parce que cette main ressemblait comme deux gouttes d'eau à celle de Jeanie, les doigts effilés et puissants, malgré sa si petite taille. Elle portait même un anneau argenté très semblable à celui que possédait Jeanie. À cet instant, pour la première fois, il n'avait pas été loin de pleurer.

— Tu aurais dû me prévenir, dit Veronica. J'aurais aimé y assister. Tu sais que j'aimais énormément Jeanie.

— Oui, euh…

Michael se sentit à nouveau au bord des larmes.

— J'avais pas toute ma tête.

— Paraît qu'elle a jamais commis ce meurtre…

Barry se nourrissait d'information. Peut-être que c'était ça qui le maintenait en vie depuis si longtemps. La détermination à ne rien rater. Le plaisir de tout dégueuler à la bande de potes qui se retrouvaient au pub tous les soirs. À présent sa bouche était entrouverte et il respirait fort. Michael se demandait ce que Veronica avait jamais pu lui trouver.

Elle reprit la parole avant que Michael ait eu le temps de trouver une réponse.

— Évidemment que Jeanie n'a pas tué cette gamine, dit-elle avec fermeté. Personne n'a jamais cru une seconde qu'elle était coupable.

Michael croisa son regard. Il espéra qu'elle ne lisait pas dans ses pensées.

— Je me suis dit que je devrais faire un effort pour sortir plus souvent. Je pouvais pas rester à croupir chez moi *ad vitam aeternam*.

Encore une fois, il ne s'adressait qu'à elle.

— Tout à fait d'accord, mon grand. Une autre pinte ?

Il constata avec étonnement que son verre était déjà vide. Il hocha la tête et glissa un billet de dix livres sur le comptoir.

— Sers-toi quelque chose, ajouta-t-il. À Barry aussi.

Le pub était désert. Dehors la pluie se calmait et le ciel était plus clair. Il y avait une toile d'araignée, jusqu'alors invisible dans l'obscurité, dans le coin du plafond au-dessus du bar. Barry alluma un cigare. Il gonfla les joues pour rejeter la fumée.

— Alors, dit Michael. Quoi de neuf par ici ?

Il reconnut à peine sa propre voix. L'intonation joviale. Pas celle de quelqu'un qui a enterré sa fille unique la semaine précédente.

— Qu'est-ce que j'ai raté ? Il paraît que le canot de sauvetage est sorti le mois dernier pendant la tempête.

— Un chalutier de Grimsby, dit Barry. Panne des machines.

— Des victimes ?

— Aucune. Ils ont récupéré tout le monde en entier.

— Bon boulot, par un temps pareil.

Michael essaya de ne pas penser de trop près au sauvetage. S'il s'y voyait, s'il arrivait à entendre le moteur siffler et le vent, et le bois crisser, à sentir le sel et le gasoil, il ne ferait que réaliser combien son travail sur les pilotines lui manquait.

Barry renfourna son cigare, aspira si fort que ses joues devinrent creuses et ses yeux plus saillants que jamais. Michael attendit en silence.

— Keith Mantel essaie de lever des fonds pour un canot pneumatique, lança finalement Barry. Pour les interventions côtières. Les pêcheurs qui échouent sur les bancs de sable, les gamins qui perdent pied en nageant.

Parler de Mantel était malintentionné. En plus du reste le patron était un fouteur de merde. Il voulait voir quelle réaction ça provoquerait.

Michael sirota lentement sa pinte, l'air de réfléchir avant de répondre.

— Bonne idée. C'est plus rapide à faire sortir. Moins cher à l'emploi. Plus pratique dans les bas-fonds. Keith est toujours un ténor du comité, alors ?

Keith. Comme s'ils étaient potes. Amis intimes.

— Ils s'en sortiraient jamais sans ses collectes de fonds.

Ils s'en sortaient bien avant qu'il débarque, se dit Michael, mais il se contenta de hocher la tête.

— Faut quelqu'un pour tenir les cordons de la bourse.

— T'as changé de disque, répliqua sèchement Barry, piqué au vif par l'absence de réaction. Je croyais que tu pouvais pas le piffer.

— Ouais, ben j'ai peut-être acquis un peu de raison avec l'âge.

— Il organise une soirée de collecte de fonds chez lui.

Barry s'acharnait.

— Je peux te vendre un billet si ça te dit.

— Je vais te dire, Barry, je t'en prends même deux. Je crois que j'inviterai quelqu'un.

— Tu rigoles !

— Pas du tout. C'est pour une bonne cause.

Barry ne savait pas quoi répondre alors il se renfonça le cigare dans la bouche.

— Keith habite toujours l'Ancienne Chapelle ? demanda Michael.

— Oui, acquiesça prudemment Veronica. Toujours.

— Tout le monde a cru qu'il déménagerait après la tragédie de sa fille.

Barry tentait une autre tactique. Michael se dit qu'il était pareil à ces gamins retors comme il y en avait dans toutes les classes, le genre à harceler les autres à coups de railleries et d'insultes jusqu'à se faire tabasser. Et après, à se mettre à pleurer comme un veau jusqu'à ce que le prof arrive.

— Mais finalement il est resté. Il disait qu'il avait besoin des souvenirs.

— Ouais… Je peux le comprendre, opina Michael.

Mais ses propres souvenirs de Jeanie dans leur ancienne maison au bord de l'eau étaient désagréables – disputes, silences boudeurs, portes fermées sous lesquelles filtraient de la musique comme des sanglots. Il enviait Mantel d'en avoir de bons.

— Il vit seul ou il a une femme ?

— Évidemment qu'il a une femme.

Barry émit un gloussement déplaisant. Veronica lui décocha un regard farouche, qu'il ne releva pas.

— Keith peut jamais s'en passer bien longtemps. Celle-ci s'appelle Deborah. Debs. Une actrice. Enfin c'est ce qu'elle dit. Blonde. Beaux nichons. Assez jeune pour être sa fille.

Michael ne put se retenir cette fois.

— Il les a toujours aimées jeunes.

Barry réfléchit sérieusement à ces mots.

— Pas toujours. Il les aime grandes, maigrelettes. Et canon. Mais il en a eu quelques-unes de plus vieilles.

— Tu en parles comme d'un marché aux bestiaux.

Veronica était exceptionnellement irritable. Elle ne donnait pas dans le féminisme. La discussion l'avait mise mal à l'aise pour d'autres raisons. Michael se dit qu'elle ne gobait pas aussi facilement que Barry sa conversion au fan-club de Keith Mantel.

— Depuis quand il traîne avec cette Debs ? demanda-t-il.

Barry regarda sa femme pour confirmation.

— Six mois ? Quelque chose comme ça. En tout cas, elle a glandé au village tout l'été. Elle devait s'ennuyer quand Keith était au boulot. Elle a passé pas mal de temps ici.

— Il bosse toujours dans le même secteur ?

— J'ai jamais su ce que c'était, son secteur. Impossible de lui tirer une réponse précise. Immobilier. Loisirs. C'est ce qu'il dit. Ça peut vouloir dire n'importe quoi. Nous, on est propriétaires de l'*Anchor*. Alors on est dans l'immobilier et les loisirs aussi, si t'y réfléchis.

Manifestement ce n'était pas la première fois qu'il faisait cette remarque. Il la trouvait spirituelle, attendait qu'on la reconnaisse comme telle.

— T'as raison.

Michael esquissa un sourire.

— C'est bien vrai.

— Je te sers une autre pinte ? demanda Veronica.

Dos tourné, elle rangeait des verres, et s'adressa à lui par-dessus son épaule. La bande arrière de son soutien-gorge était fine. Une seule agrafe, estima Michael. Plus jeune il l'aurait détachée en quelques secondes.

Une troisième pinte était tentante, mais il secoua la tête. Il avait des choses à faire. Il fut à nouveau frappé de constater combien la situation avait changé. Il refusait un verre, et pour la première fois depuis la mort de Peg, il avait des choses à faire.

— Faut que je rentre, dit-il. Je veux pas m'épuiser dès ma première sortie.

Il sourit pour montrer qu'il plaisantait, qu'il n'avait rien d'un invalide. Il tira son portefeuille de la poche de sa veste.

— Alors, combien ils vont me coûter, ces billets pour le canot de sauvetage ?

Barry glissa au bas de son tabouret et se traîna jusqu'à l'arrière-salle pour aller chercher les billets. Veronica se pencha sur le comptoir au point que Michael sentit le shampooing dans ses cheveux. Elle murmura :

— Tu sais où tu vas, mon grand, hein ? Tu vas pas faire une scène ?

Avant d'avoir pu se retenir il lui tapota le dos de la main, le même geste que celui de la petite aumônière au crématorium.

— T'inquiète pas pour moi. Je sais très bien ce que je fais.

17

Le lendemain matin, Michael se réveilla de nouveau très tôt. Il faisait encore nuit noire et il n'y avait pas la moindre circulation dans la rue. Aujourd'hui, réalisa-t-il, il n'avait pas à se forcer à rester au lit. Il pouvait se lever. Il se répéta le mantra réconfortant qu'il avait étrenné au pub. Il avait des choses à faire. Les choses qu'il avait à faire étaient encore floues dans son esprit, mais ce n'était pas grave.

Les vêtements qu'il avait ôtés la veille au soir étaient toujours pliés sur une chaise au pied de son lit. Peg n'était pas maniaque, mais elle aimait qu'il soit bien habillé.

Les deux derniers mois de sa vie, quand elle n'était plus capable de quitter le lit, ça l'avait beaucoup inquiétée. Elle l'avait attiré contre elle, pour lui faire entendre son murmure rauque. Il avait cru qu'elle voulait lui dire quelque chose d'important, lourd de sens, une déclaration d'amour, et peut-être était-ce le cas d'une certaine manière. *Tu t'en sors ? Avec les lessives et le repassage ?* Il avait appris tout seul à se débrouiller pour qu'elle ait moins à se tracasser.

Ce souvenir lui rappela qu'il risquait de manquer de slips. Il prit le linge sale du panier de la salle de bains et alla le fourrer dans la machine à laver. Une semaine plus tôt la lessive l'aurait occupé toute la journée. Il la prévoyait à l'avance, s'asseyait dans la cuisine pour regarder tournoyer ses slips kangourou dans l'eau savonneuse, avec le sentiment de faire quelque chose d'utile. Aujourd'hui c'était une corvée dont il fallait se débarrasser. Il avait des choses à faire.

Il était affamé. Avait-il mangé la veille en revenant de l'*Anchor ?* Impossible de s'en souvenir. Il avait la tête pleine de projets, d'enthousiasme exacerbé par le whisky, dont il avait terminé la bouteille. Ce matin il dévalisa le frigo comme un enfant affamé après une journée d'école, se fit frire des œufs, du bacon, un reste de pommes de terre cuites. Il laissa l'assiette dans l'évier, impatient déjà d'être dehors, sans savoir exactement où il irait. Comme il sortait de chez lui le clocher de l'église sonna les trois quarts d'heure. Huit heures moins le quart. Encore trop tôt pour tout ce qu'il avait prévu la veille au soir, mais retourner dans le pavillon était au-dessus de ses forces.

La pluie avait cessé. Michael prit le chemin de l'estuaire. L'allée était éclairée par des lampadaires largement espacés et la chaussée humide luisait, noire comme du goudron fondu. D'un côté se dressait une rangée de petites maisons en brique. Les lumières étaient allumées maintenant et par moments un bruit – une porte qui claque, un éclat de radio – s'échappait, aussitôt emporté par le vent. De l'autre côté s'étendaient des prés d'herbe rêche où paissaient quelques moutons. Michael ne distinguait pas les moutons mais il savait qu'ils étaient là. Il les entendait bouger. Un mur de pierre séparait les champs de l'allée et Michael le longea vivement face au vent jusqu'à atteindre une ouverture. Il n'y avait plus de maisons à présent. Il était arrivé à l'orée du village.

Une grille barrait l'ouverture et un instant Michael pensa qu'elle pourrait bien être fermée et qu'alors il serait obligé de l'escalader tant bien que mal. Il était déjà venu mais seulement en plein jour. En fin d'après-midi, généralement, quand le soleil dardait ses rayons obliques au travers des grands sycomores. Mais pas récemment. Récemment il avait négligé même de venir. Les sycomores conservaient toujours leur feuillage jusqu'à tard dans l'automne et certains étaient encore verts. Le vent bruissait dans les feuilles, si bien que Michael s'y laissa prendre un instant, crut entendre la marée qui descendait dans l'estuaire.

La grille était fermée au loquet et s'ouvrit sans difficulté. Il était à l'intérieur. Entouré par les arbres de toute part. Il ne s'arrêta pas pour lire le panneau. Il savait qu'il disait : CIMETIÈRE D'ELVET. FONDÉ EN 1853. À l'est le ciel commençait à s'éclairer et Michael put distinguer les rectangles blêmes des pierres tombales. Il aurait su retrouver celle de Peg même dans le noir complet. Elle avait voulu être enterrée. C'était une des consignes qu'elle lui avait données, exhalée du bout de ses lèvres sèches de la même manière qu'elle lui avait expliqué comment utiliser la machine à laver.

Il était venu faire la paix avec Peg. Il avait agencé les mots chemin faisant. *Je me suis effondré après ta mort.*

Tu me connais. Je suis bon à rien sans toi. Maintenant ça va changer.

Mais au lieu de lui parler voilà qu'il se rappela le moment où il avait compris qu'elle était malade. C'était deux semaines après la mort de la petite Mantel. Le meurtre l'avait bouleversée. *Vraiment* bouleversée, comme si elle avait été la mère d'Abigail. Et c'est ce qu'elle avait dit, qu'elle avait l'impression d'avoir perdu une fille. Ç'avait été une période terrible. Jeanie errant comme une âme en peine dans la maison, s'obstinant à essayer de joindre Mantel bien que ce dernier lui ait clairement fait comprendre qu'il ne voulait pas lui parler. Peg pleurant une enfant qu'elle avait à peine connue. Ce matin-là ils étaient tous les deux dans la cuisine. Peg était en train de confectionner des scones pour quelque célébration à l'église. La fête de l'automne ? Elle avait abaissé la pâte et commencé à la découper avec un verre à vin retourné. Tout à coup elle s'était comme crispée et avait laissé échapper le verre. Elle était restée là, pliée de douleur. Michael venait de rentrer du travail, assis à table il buvait un thé. Il avait rattrapé le verre juste avant qu'il ne roule par terre, mais quand il s'était levé pour aider Peg elle l'avait écarté d'un geste comme si elle savait quoi faire, et il avait su que ce n'était pas la première fois que ça lui arrivait. Puis on avait sonné à la porte et Peg avait dit : « Va répondre, tu veux ? » Avec impatience. Il avait compris que la douleur la rendait acariâtre, mais aussi qu'elle avait besoin d'un peu de temps pour se remettre d'aplomb.

Deux officiers de police se tenaient sur le seuil. Pas en uniforme, mais il les reconnut. L'un était une femme, l'inspectrice, et l'autre son adjoint, le grand gaillard. Greenwood. Michael les revoyait distinctement, debout devant lui. Il neigeait et les gros flocons mous qui s'accrochaient à leurs manteaux fondaient lentement, sans perdre leur forme cristalline. La femme avait souri. Pas un sourire forcé, mais comme si elle était vraiment contente de le voir, et Michael avait adoré ce sentiment. Il avait toujours été niais avec les femmes. Toujours dupe de leurs minauderies.

« On peut entrer quelques minutes ? » avait-elle dit, et elle avait tapé ses bottes sur le perron pour en faire tomber la neige. Des bottes à talons fins, presque aiguilles, et bien que sa tenue soit sobre par ailleurs, Michael avait trouvé qu'il y avait quelque chose de frivole, de vulgaire même, dans ces bottes. L'homme, Dan Greenwood, paraissait mal à l'aise, nerveux. Plus tard, quand il s'était installé au village, des rumeurs l'avaient accompagné. Michael avait entendu dire qu'il avait fait une dépression. Peut-être couvait-elle déjà alors. Michael avait eu l'impression qu'il se faisait violence pour suivre sa patronne à l'intérieur.

« Jeanie est là ? » avait demandé Fletcher, pas comme si elle voulait lui parler à tout prix. Davantage l'air de dire que puisqu'elle passait par là autant en profiter pour lui dire deux mots. Par la porte de la cuisine Peg avait accroché le regard de Michael. Il avait bien pensé qu'elle essayait de lui faire comprendre quelque chose, mais n'avait pas saisi de quoi il pouvait s'agir. Il n'avait pas perçu le danger.

« Elle est à l'étage », avait-il répondu et il avait braillé à Jeanie de descendre. Peg s'était retournée de désespoir. Elle avait toujours été plus maligne que lui. Elle devait avoir compris, déjà, pourquoi les policiers étaient venus.

Jeanie n'était pas descendue tout de suite, et ils étaient restés dans l'entrée les yeux rivés sur le palier, le cou crispé d'appréhension. Il n'y avait pas eu de réponse à l'injonction criée de Michael, pas un bruit ni un geste et il avait senti monter la tension, comme un élastique prêt à se rompre. Avait-il compris à ce moment-là la véritable raison de la présence des policiers ? Ou était-il encore trop bête ?

Le clic caractéristique d'une porte qui s'ouvre s'était fait entendre et Jeanie était apparue en haut de l'escalier. Elle portait un jean et un pull vert avec un grand col boule. Pas de chaussures mais de grosses chaussettes de laine qui ne faisaient aucun bruit quand elle marchait. Ce fut la première chose qu'ils virent, ces chaussettes au travers de la rambarde tandis qu'elle descendait vers eux. Elle avait maigri depuis le meurtre d'Abigail. Michael s'en était rendu compte en la regardant d'en bas, une perspective inhabituelle. Il avait pensé sans indulgence que ce n'était pas le deuil de la petite qui lui avait fait perdre l'appétit. C'était un pitoyable chagrin d'amour. Elle s'était étiolée parce que Mantel ne voulait plus rien avoir à faire avec elle.

À ce moment Peg était sortie de la cuisine, le corps tout raide comme si elle craignait que la douleur ne revienne, mais combative malgré tout.

« Qu'est-ce que vous lui voulez encore ? » Elle avait craché les mots à l'intention de l'inspectrice.

Fletcher s'était tournée vers Peg et ses cheveux avaient ondulé comme dans les pubs pour shampooings, brillants, retombant docilement en place. Elle avait regardé Peg un moment, se demandant si une réponse était nécessaire.

« Nous souhaiterions poser de plus amples questions à Jeanie. Au commissariat. Nous avons besoin de son aide pour notre enquête.

— Vous ne l'interrogerez pas sans avocat !

— Non », avait opiné l'inspectrice, avec un bref hochement de tête, comme si Peg était la seule personne assez intelligente pour saisir la gravité de la situation. « Je crois que vous devriez le contacter pour qu'il vienne au plus vite. » Elle avait marqué une pause avant d'ajouter :

« Et vous devriez peut-être préparer quelques affaires pour Jeanie. Le minimum vital. On va probablement l'inculper. » Sa voix était posée, mélodieuse, mais avec le recul Michael se rendait compte que ç'avait été son heure de gloire.

Elle les avait regardés l'un après l'autre.

« Vous comprenez ce que je vous dis ? Si on arrête votre fille, elle sera mise en détention provisoire jusqu'au procès. Elle n'obtiendra pas la liberté conditionnelle. Aucune chance quand on est accusé de meurtre. Vous devez savoir que c'est une possibilité. »

Elle leur avait souri comme si c'était une faveur qu'elle leur faisait de les mettre dans la confidence.

« Qu'est-ce qui se passe si elle refuse de vous accompagner ? avait demandé Peg.

— Dans ce cas on l'arrête sur-le-champ. »

Peg avait accusé le choc comme un coup de poing, mais Michael ne saisissait pas les implications de la scène qui se jouait sous ses yeux. Il avait vu remuer les lèvres de l'inspectrice, mais quelqu'un d'autre retenait son attention : Dan Greenwood, qui se tenait juste derrière elle. Greenwood s'était avancé, avait même, songea à présent Michael en se remémorant la scène pour la première fois depuis des années, tenté de s'interposer. « Madame… » Une main levée. Une bouche ouverte. Un mot. « Madame. » La neige avait complètement fondu sur sa veste. L'eau comme des perles de rosée restait accrochée au tissu.

L'inspecteur Fletcher lui avait jeté un regard pardessus son épaule.

« Oui, Greenwood ? » Aussi glaciale que le temps dehors. Et Michael s'était dit qu'il devait y avoir quelque chose de personnel entre ces deux-là, quelque chose qui allait au-delà de la rivalité professionnelle. Une liaison avortée ? Peut-être que c'était ça. C'était ce genre de tension. Voilà ce à quoi Michael pensait pendant que Peg digérait le fait qu'on allait peut-être arrêter sa fille unique pour meurtre. Et Jeanie, à quoi pensait-elle ? À l'époque il ne s'était pas du tout préoccupé de ses sentiments.

Le brigadier avait tardé à répondre et l'inspectrice, consciente de son avantage, avait répété plus sèchement : « Alors, Greenwood, qu'est-ce qu'il y a ? »

Et pour une raison ou une autre le courage de l'homme l'avait brusquement abandonné. Il s'était écrasé. « Rien, madame. » Puis il s'en était voulu de sa lâcheté. Michael avait reconnu le sentiment. Lui-même n'avait-il pas déjeuné avec Keith Mantel ? Ça aussi, ç'avait été une trahison.

À ce moment-là, Michael s'était aperçu qu'on en attendait plus de lui. Sa perspective avait changé et au lieu du détail il voyait l'ensemble du tableau : Peg en larmes, Jeanie pâle comme la mort. Il devait jouer son rôle de chef de famille et il s'en était acquitté de la seule manière qu'il connaisse, en rageant et tempêtant.

« De quel droit vous débarquez chez moi pour accuser ma fille de meurtre ? »

Mais le cœur n'y était pas et ils s'en étaient rendu compte. Jeanie était allée jusqu'à la voiture flanquée des deux policiers, se retournant une fois pour adresser à ses parents ce regard vide et inexpressif qui les avait toujours exclus de sa vie. Lorsqu'un flocon de neige lui était tombé sur la joue elle avait comme tressailli.

Les yeux baissés sur la tombe de Peg, Michael frissonna. Furtivement, il perçut un mouvement à l'autre bout du cimetière. Un autre endeuillé. Il se rendit compte qu'il devait avoir l'air passablement étrange, debout dans la semi-obscurité, dépenaillé et larmoyant. Un fou échappé de l'asile. Mais la silhouette qui venait de passer la grille en fer forgé semblait tout aussi égarée et il était évident qu'elle n'avait pas remarqué Michael.

Les deux faisaient la paire. Le nouveau venu était certes plus jeune, grand et filiforme, mais apparemment il traversait aussi une crise émotionnelle. Il portait un long imperméable, ouvert. Les mains profondément enfoncées dans les poches il marchait d'un pas saccadé tout en agitant les bras, de sorte que l'avant de son imper battait au vent comme des ailes. Il s'arrêta, le dos tourné à Michael, une main collée à l'oreille. On aurait dit qu'il se parlait à lui-même. Puis il redémarra, dépassa la rangée de tombes. N'importe quelle personne respectable passant par-là conclurait, se dit Michael, à une évasion de masse de l'asile.

Michael ne bougea pas. Il ne tenait pas à déranger l'étranger, qui semblait si absorbé par ses propres pensées qu'il était aveugle à tout ce qui sortait de son champ de vision direct. Le jeune homme trouva la sépulture qu'il cherchait et s'arrêta. Après une hésitation il l'effleura d'une caresse comme s'il écartait tendrement les cheveux du front de l'être aimé. Puis il se détourna brutalement et s'éloigna au pas de charge.

Michael s'exhorta à le suivre, mais la curiosité fut plus forte. Il s'approcha de la tombe où le jeune homme s'était recueilli. Quand il vit le nom il ne fut pas surpris. C'était inéluctable. *Abigail Mantel.*

Lorsque Michael regagna le chemin il ne vit aucune trace du jeune homme perturbé. Peut-être était-il parti dans l'autre direction, vers la rivière, bien qu'il n'y ait pas d'endroit où s'abriter là-bas à ce niveau de la marée, rien qu'une étendue de vase, deux rafiots échoués sur le sable, des goélands argentés en maraude.

Au centre d'Elvet, une flopée d'adolescents attendait le car de ramassage scolaire devant le porche de l'église. Une troupe dépenaillée et turbulente. Sa Jeanie ne s'était jamais comportée comme ça. On ne l'aurait pas pincée attifée d'une jupe qui montrait son derrière et plus maquillée qu'un travesti d'opérette. Voilà ce que se disait Michael en approchant. Qu'il désapprouvait et que leurs parents ne devraient pas laisser passer ça. Il trouvait particulièrement à redire à deux filles qui se tenaient un peu à l'écart. L'une d'elles était en train de fumer tandis que l'autre parlait dans un portable. Sa posture, le téléphone collé à l'oreille, lui rappela quelque chose et il se revit au cimetière devant la tombe de Peg, à nouveau perdu dans le passé. La gamine éclata d'un rire perçant qui le ramena dans le présent. Il comprit qu'il se mentait à lui-même. Il ne les condamnait pas du tout. Il les admirait. Elles avaient la même espèce de vitalité qu'Abigail Mantel. Et elles l'excitaient aussi avec leurs cheveux frisés noués au-dessus de la tête, leurs yeux pleins de défi et leurs jambes soyeuses. Il aurait aimé leur dire quelque chose, rien d'important, juste un mot pour entrer en contact, mais le car apparut sur la route, haletant et grinçant. Les filles hissèrent leur sac dans leur dos. La fumeuse jeta son mégot sur le trottoir et l'écrasa de sa grosse chaussure. À la bonne heure, pensa Michael. Il n'aurait fait que se ridiculiser.

Quand le car s'éloigna il vit qu'il n'était pas le seul à regarder. Devant l'Ancienne Forge, s'apprêtant peut-être à ouvrir boutique, l'ex-flic était là, celui qui était venu avec Fletcher pour arrêter Jeanie. Éclairé par un réverbère, il avait cette expression mélancolique dont Michael réalisa qu'il devait avoir la même lui aussi. Que regrettait-il ? Sexe ou âge. Ce ne pouvait être que l'un ou l'autre. Michael pressa le pas pour aller téléphoner à Vera Stanhope.

18

Quand James arriva à la maison tout était calme. Il revenait du travail, avait piloté un pétrolier depuis l'embouchure de l'estuaire jusqu'au port de Hull. Trajet rapide. Pas de complications. Pas de visions fantômes. Il avait déjà collaboré à plusieurs reprises avec le capitaine et ils s'entendaient bien. Pendant qu'il attendait à la Pointe que la pilotine le conduise au navire, James avait regardé la maison de Wendy et vu les rideaux tirés. Il y avait de la lumière derrière et il crut remarquer un mouvement. Pas une ombre : deux. Mais à ce moment-là Stan, l'autre patron-vedette, l'avait appelé à la pilotine et il n'avait pu en être sûr. Pas ses affaires de toute façon.

Donc tout avait été normal jusqu'au moment où il s'était approché de la porte de chez lui, les clefs prêtes dans la main. Alors il s'était mis à trembler. Il dut s'adosser à l'encadrement pour se calmer. Il éprouva une peur subite, irrationnelle, que soit arrivé quelque chose de terrible à l'intérieur. Soudain il était de nouveau un jeune homme, qui rentrait chez lui pour découvrir le drame. Il eut du mal à ouvrir la porte et enfin la poussa.

— Emma ? Emma, tu es là ?

Elle vint l'accueillir dans l'entrée.

— Évidemment. Qu'est-ce qui t'arrive ?

Il ne répondit pas tout de suite. Il entendait une étrange voix de femme, comprit qu'elle venait de la radio. Il essaya de recouvrer son calme.

— Rien. Je ne savais pas ce que j'allais trouver. Je veux dire, quel désordre Christopher pouvait avoir semé.

Emma fronça les sourcils.

— Tu n'as plus à t'inquiéter de lui. Il est parti. Il n'a même pas pris la peine de dire au revoir.

Il la suivit dans la cuisine et vit qu'elle s'était activée aux fourneaux. Une pile de petits gâteaux refroidissait en équilibre sur une plaque métallique. Elle éteignit la radio et fit une horrible moue.

— Pas terribles, hein ? Je ne sais pas pourquoi ils n'ont pas gonflé.

— Je suis sûr qu'ils seront délicieux. Ils sentent très bon.

Il savait que les gâteaux étaient pour lui. Pas expressément pour les manger. Plus un symbole. *Regarde, je fais de mon mieux pour être conforme à tes désirs.* Il se demanda pourquoi elle avait éprouvé le besoin de faire cet effort aujourd'hui. Quelque chose à voir avec Chris ?

Elle sourit et il se dit qu'elle était comme une petite fille qui jouait à la maman, avec le torchon glissé sous sa ceinture à la manière d'un tablier et la traînée de farine sur sa joue. Exactement ce qu'il aimait.

— C'est vrai, reprit-elle. Chris a disparu.

— Comment ça ?

— Il était déjà parti quand je me suis levée. Tu l'as vu ce matin ?

James secoua la tête. Il se concentrait sur la préparation du thé. Il aimait le thé en feuilles, le rituel de la passoire et de la théière préchauffée.

— Il est sans doute à Springhead.

— Il n'a même pas appelé Maman et Papa. Ils n'étaient pas au courant de sa venue.

— Alors j'imagine que c'est pour ça. Il s'est enfui avant d'avoir à les affronter.

— Par moments, déclara Emma, je sais exactement ce qu'il ressent.

Elle tira le chiffon et s'essuya le visage avec. Il crut d'abord qu'elle nettoyait simplement la farine, puis il vit qu'il y avait aussi des larmes. Pas de chagrin, pensa-t-il. De colère. D'énervement.

— Papa est passé. Il a apporté des billets pour le feu d'artifice de ce soir à l'Ancienne Chapelle. Il pense que je devrais y aller. Que ça me ferait du bien. M'aiderait à accepter la mort d'Abigail, le suicide de Jeanie. Il a tout prévu, il a même demandé à une vieille bonne femme de l'église de venir garder Matthew pour que tu puisses venir aussi. J'ai dit que tu étais de quart, mais il a repéré que si tu travaillais ce matin il y avait peu de chances pour qu'on te rappelle ce soir. Tu te rends compte, quel culot ! Il n'a même pas demandé. Il a décrété qu'il avait raison, que j'avais juste besoin d'une bonne fête en famille pour tout oublier.

Elle était à bout de souffle, inspira dans une sorte de sanglot.

La première réaction de James fut un élan de panique. Depuis qu'il était à Elvet il avait passé son temps à esquiver Keith Mantel, discrètement, en se contentant d'éviter les endroits où le promoteur aimait à être vu. Plus par superstition que par réel sentiment de danger. Au bout de tant de temps et de plans, il pensait que Mantel ne pouvait pas l'atteindre.

— Qu'est-ce que c'est au juste, cette soirée chez Mantel ?

— Une collecte de fonds pour la RNLI[1]. Ils veulent acheter un canot pneumatique.

— Une bonne cause.

James servit le thé. Les tasses étaient en porcelaine, si fine que l'on voyait le niveau du liquide monter au travers, comme dans du verre opaque. Il avait acheté le service dans une foire aux antiquités avant son mariage. Une autre des possessions qui le définissaient.

— Ne me dis pas que tu veux y aller !

---

1. *Royal National Lifeboat Institution*, la Société nationale de sauvetage en mer britannique.

Il y réfléchit. Peut-être le jugement de Robert sur la situation d'Emma valait-il aussi pour lui. Il avait amplifié Mantel dans son esprit jusqu'à en faire un monstre, un agent de destruction doté du pouvoir d'anéantir tout ce qu'il avait créé ici. Sans doute était-il temps d'affronter le cauchemar en face, d'exiler les fantômes.

— J'aimerais passer une soirée avec toi sans m'inquiéter du bébé.

— Mais je m'en inquiéterais, moi. S'il se réveillait, s'il avait faim ?

— Mais non. Tu le connais. Réglé comme la marée.

— Mais une occasion comme celle-là… Le village au grand complet venu fureter discrètement pour voir la maison où Abigail a vécu… Tout le monde parlant d'elle…

— Si c'est trop affreux on peut toujours rentrer. Ou aller boire un verre au pub. Au moins, là, ce sera calme.

Il se demanda pourquoi il se donnait tant de mal pour la convaincre et se rendit compte qu'à présent il avait désespérément envie de revoir Mantel. La curiosité le rongeait et il voulait savoir si le drame de l'assassinat de sa fille avait en rien changé le promoteur. Aujourd'hui, à l'anniversaire de sa mort, comment pouvait-il ouvrir en grand les portes de sa maison pour une fête, aussi bonne que soit la cause ?

— Tu crois que Papa a raison alors ? Tu vois cette soirée comme une thérapie ?

Le ton d'Emma était amer.

— Dans ce cas, dommage que Chris ne soit pas resté pour en bénéficier aussi.

James l'attira contre lui. Il sentait qu'il aurait gain de cause.

— Je ne veux pas que tu fasses quoi que ce soit qui te mette mal à l'aise. Je ne cherche pas à te manipuler.

— La réalité est là, dit-elle. C'est atroce, mais elle est là. La réalité. Peut-être que mon père a raison et qu'il est temps de l'accepter.

Robert vint les chercher pour les emmener à l'Ancienne Chapelle, bien que James lui ait précisé que comme il était de quart il ne pourrait pas boire beaucoup de toute façon. James eut l'impression que son père traitait Emma comme une invalide. Il lui demanda si elle avait pris un manteau assez chaud, lui ouvrit la portière, attendit qu'elle se soit glissée à côté de Mary sur le siège arrière avant de la claquer. Les billets qu'il leur avait donnés indiquaient « *Portes ouvertes* » mais quand ils arrivèrent ils trouvèrent bien peu de l'Ancienne Chapelle ouvert. Ils se garèrent dans l'allée derrière une file de voitures, puis un garçon que James reconnut pour être le fils de l'un des sauveteurs les aiguilla vers l'arrière de la propriété. Il avait surgi du brouillard avec un sourire, habillé d'un ciré jaune et agitant une lampe torche, comme une créature sortie d'un film d'horreur pour adolescents. Le temps avait fraîchi, le nuage bas se trouait çà et là pour laisser apparaître les étoiles. Les arbres gouttaient encore mais la pluie avait cessé. James songea qu'il gèlerait peut-être dans la nuit. Il avait écouté les prévisions marines qui annonçaient de hautes pressions, un front froid arrivant par l'est.

— J'avais peur qu'il y ait des journalistes, dit Robert. Partout où je suis allé hier il y en avait une meute. Très intimidant. Ce n'est peut-être pas un temps à faire le pied de grue. Ou alors l'affaire Mantel est déjà oubliée. En tout cas c'est un soulagement.

James se dit qu'il était plus probable que Mantel ait dissuadé les reporters de venir. Il avait ce pouvoir.

Un grand bûcher avait été dressé dans un enclos séparé du jardin par une barrière peu élevée. Il n'avait pas encore été allumé, mais un groupe de silhouettes indistinctes se détachait devant, comme en train de débattre pour savoir si le moment était venu. Emma suivit le regard de James.

— Abigail a eu un poney, expliqua-t-elle.

Elle était juste à côté de lui. Mary et Robert discutaient déjà avec des gens de l'église venus les aborder.

— Mais c'était avant qu'on arrive à Elvet. Quand je l'ai connue, elle trouvait qu'elle était trop grande pour les poneys. Mais elle en parlait encore. Il s'appelait Magic. C'était son écurie.

Et l'écurie, à présent ouverte sur un côté, stalles supprimées, avait été transformée en cuisine d'été. On avait construit deux barbecues à l'aide de parpaings empilés et de longues grilles métalliques. Le charbon était prêt, crachait au contact de la graisse des saucisses. Les étincelles éclairaient le visage des grands gaillards qui retournaient les steaks en buvant de la bière.

— Ça va ? demanda James.

Elle lui prit la main et dans le noir il sourit.

Le bar était dans la grande véranda qui s'étendait à l'arrière de la maison et l'on apercevait au-delà une pièce où des tables étaient disposées le long des murs. Quelques personnes âgées s'y étaient réfugiées à l'abri du froid. Le reste de l'Ancienne Chapelle était dans le noir.

— Le piano n'est plus là, dit Emma.

— Pardon ?

James venait d'apercevoir Mantel. Il avait la tête ailleurs.

— Dans cette pièce il y avait un piano à queue. Jeanie en jouait. Le père d'Abigail a dû s'en débarrasser…

James crut l'entendre dire autre chose mais les mots se noyèrent dans un déferlement de rock venu d'une sono d'extérieur, suivi des applaudissements de la foule quand des flammes s'élevèrent du bûcher. La musique redescendit à un niveau moins pénible mais Emma avait cessé de parler.

Mantel était posté à la porte de la véranda pour accueillir les gens à mesure qu'ils entraient. Il avait un art de politicien pour les saluer comme de vieux amis, alors même qu'il passait si peu de temps au village qu'il ne pouvait en aucun cas les connaître tous. Une grande blonde en jean et chemisier de lin blanc se tenait à ses côtés. Elle avait des bottes à talons qui la rendaient plus grande que lui. *Très belle, Keith. Beaucoup plus classe que les femmes avec qui tu traînais dans le temps. Mais c'est vrai, tu as toujours eu du goût…* James crut un instant qu'il avait dû parler tout haut car Emma lui serra soudain le bras. Il éprouva une bouffée d'anxiété à l'idée que Mantel aurait pu l'entendre, puis il vit que la scène se déroulait le plus normalement du monde autour de lui, et il ne lui resta plus qu'un mélange d'euphorie et de peur. Ç'avait toujours été comme ça avec Keith. Le couple qui les précédait dans la courte queue avança et il se trouva face à Mantel. Il inspira rapidement, mais ce fut Emma que Mantel reconnut et vers qui il se tourna. Il l'attira contre lui pour la serrer dans ses bras. James sentit la gêne de sa femme mais il ne pouvait pas y faire grand-chose.

— Emma, ma chérie. Comme c'est courageux de ta part de venir ici dans un moment pareil. J'ai beaucoup pensé à toi. Toute cette affreuse publicité.

Sa voix était calme.

— C'est une bonne cause, répondit Emma.

James crut déceler de l'ironie dans cette répétition de ses propres mots mais Mantel les accueillit tels quels.

— Oh, absolument. J'ai toujours soutenu les sauveteurs. Même quand j'habitais en ville.

— Je vous présente James. Mon mari.

Mantel, les yeux braqués sur Emma, serrant toujours sa main dans la sienne, leva à peine la tête.

— Tu es de retour à Elvet, il paraît. Dans la Maison du Capitaine.

— James est pilote sur la Humber. C'est idéal.

Cette fois Mantel se tourna vers lui et fronça légèrement les sourcils. James n'y vit pas un signe de reconnaissance mais un tic qu'il avait déjà remarqué auparavant : Mantel enregistrait l'information parce qu'un jour elle pourrait lui être utile. Le froncement s'estompa presque immédiatement.

— Bon, qu'est-ce que vous voulez boire ? Debs va vous servir quelque chose. Je vous présente Debs, la nouvelle femme de ma vie.

Nouveau froncement de sourcils pour montrer qu'il n'oubliait pas la délicatesse de la situation. Cela ne faisait tout de même que quelques jours qu'une ex-jeune maîtresse s'était pendue. Un certain tact était de mise.

— Tes parents vivent toujours à Springhead, Emma ? Et tu n'avais pas un frère ? Un garçon brillant qui est parti pour l'université. Il a eu un petit béguin pour Abigail, je me souviens.

C'était la première fois qu'il mentionnait sa fille. Il marqua une pause et James se dit qu'il était comme un acteur qui attendait les applaudissements. Il voulait qu'on reconnaisse son courage. Et Debs, bien entraînée, lui serra les épaules avec compassion. Emma avait été émue par ses mots, mais Mantel n'attendit pas de voir quel effet ils lui faisaient. Il se détourna rapidement et déjà il souhaitait la bienvenue à la personne suivante.

19

Emma n'était pas dupe de Keith Mantel. Il donnait bien le change mais elle pensait qu'il était toujours désespéré du meurtre de sa fille. C'est pour ça qu'il s'était détourné si vite après avoir parlé d'elle. Il ne voulait pas qu'Emma voie combien il était encore bouleversé. Et comment avait-il su pour Christopher ? Abigail avait dû se rendre compte qu'il s'était entiché d'elle et en parler à son père. Emma espérait qu'ils ne s'étaient pas moqués. Elle eut une vision horrible d'Abigail ricanant, le père et la fille se payant la tête de Chris pour être si fleur bleue, tous deux assis sur l'épais canapé rose où maintenant une vieille femme se cramponnait à son sherry.

Tout au long de la soirée, elle se surprit à chercher Dan Greenwood. C'est ce qu'elle avait toujours fait dans ces événements où presque tout le village était réuni. Même quand elle parlait avec James ou échangeait des histoires plus horribles les unes que les autres avec une jeune maman rencontrée aux cours de préparation à l'accouchement, elle restait à l'affût de sa présence. Écoutait et observait en cachette. Espérant le voir apparaître. Puis elle était récompensée par le son de sa voix à l'autre bout de la pièce, sa silhouette massive au loin. Et elle essayait d'accrocher son regard.

Et ce soir encore elle était sur le qui-vive. Parce qu'après tout ce temps c'était dur d'arrêter. C'était devenu une habitude, comme regarder depuis la fenêtre de sa chambre les soirs de vent quand James était au travail. Lorsqu'elle l'entendit échanger quelques mots avec Mantel, elle se força à ne pas se retourner, mais elle ressentit la même excitation. Elle tenta immédiatement de l'étouffer. Je ne suis pas une adolescente, se dit-elle. Je n'ai plus quinze ans. Sa réaction quand il m'a vue m'a flattée et même ça, c'était une erreur. Mais elle ne pouvait pas s'en empêcher. Cette excitation était comme une drogue.

Debout près du bar elle tendit l'oreille pour écouter. Mantel avait dû demander à Dan où en était l'enquête. *Il y a du neuf ? Vous pouvez me dire ce qui se passe ?* À voix basse, discrètement. Certainement il n'avait pas essayé de l'ébruiter. Emma n'avait rien entendu, mais elle distingua bien la réponse de Dan.

— Vous savez que je ne peux pas vous aider. Je ne suis plus sur l'affaire. Je suis un civil. Je n'en sais pas plus que vous.

Les mots étaient plats, voire conciliants, mais Emma avait pris l'habitude d'analyser ses propos et il lui sembla soudain qu'il n'aimait pas Keith Mantel. Elle avait cru que tout le monde au village appréciait le père d'Abigail, n'éprouvait que sympathie pour lui. D'abord Vera s'était montrée dédaigneuse. Maintenant la réponse de Dan la surprenait et la déroutait.

Elle alla flâner dehors, passa si près de Dan Greenwood qu'elle put sentir la cire de sa veste imperméable Barbour. Au-dessus le ciel s'était complètement dégagé. Il y avait une maigre lune et l'éclat perçant des étoiles. Le brouillard devait s'attarder en mer, car sous les voix Emma entendait résonner la corne de brume de la Pointe. Un grondement sourd comme le tonnerre. La soirée avait commencé plutôt digne et tiède, mais à présent un tas de canettes de bière vides s'amoncelait près du barbecue et les sauveteurs cuisiniers riaient et braillaient.

La courte accalmie sonore surprit tout le monde. La musique s'était arrêtée inopinément et le cuisinier le plus tapageur était en train de déposer une saucisse dans un petit pain, très concentré, sa grosse langue pointant entre ses dents en étau. Quelqu'un lança au cœur du silence sans l'avoir voulu : « Nom de Dieu, v'là ce vieux Mike Long. Je l'ai pas vu depuis des années. » Puis le brouhaha reprit, mais entre-temps tout le monde avait dévisagé le grand maigre et la femme qui marchait à ses côtés.

Emma reconnut le nom puis l'homme à la lumière des flammes que le froid semblait teindre en bleu. Elle se demanda si Robert l'avait remarqué, s'il y aurait une autre scène. Mais Michael Long n'avait plus l'air en colère. Il circulait avec hésitation dans la foule, retrouvait de vieux amis. S'il reconnut Robert il ne le montra pas.

La femme qui l'accompagnait était Vera Stanhope. Elle vit Emma la regarder et vint à sa rencontre, agitant une canette de bière blonde en guise de bonsoir. Elle avait troqué son habituelle robe informe contre un pantalon bouffant chiffonné et un immense pull marin à col roulé. Elle portait toujours ses sandales.

— Qu'est-ce que vous faites ici ? demanda Emma.

C'était illogique mais elle en voulait à Vera d'avoir interrompu son dîner avec James la veille au soir. L'image de l'inspectrice debout sur le perron, tambourinant à la porte, avait été si vive qu'elle n'arrivait pas à s'en défaire, bien qu'en réalité il se soit agi de Christopher.

— Tout le monde a le droit de se détendre, mon lapin.

Oh non, pas toi. Tu te fais passer pour un clown, mais tu es la femme la plus intelligente que j'aie jamais rencontrée.

— En plus, c'est une bonne cause, non ?

Vera souriait jusqu'aux oreilles.

— Les canots de sauvetage, tout ça. Sauver des vies.

Elle tourna la tête vers la maison. Le feu se reflétait dans la longue fenêtre de la chapelle.

— C'est donc ici qu'Abigail et vous avez passé cet été-là. À partager vos petits secrets. Meilleures amies.

Emma la dévisagea brusquement en se demandant comment diable l'inspectrice avait pu deviner que « meilleures amies » décrivait bien mal leur relation. Parce que le ton de Vera faisait écho à celui de Christopher quand il avait dit la veille : « C'était ta seule amie. J'ai toujours pensé que tu la détestais. » Était-ce de la haine qu'elle avait éprouvée ? Emma se le demandait. Abigail était la maîtresse et elle, la demoiselle de compagnie, flatteuse, riant de ses plaisanteries, compatissant quand Jeanie Long était venue tout gâcher. Elle avait eu du ressentiment, certainement. Mais de la haine ? Pourquoi avait-elle tenu si longtemps ? Parce qu'il y avait des moments de réelle affection. Et parce que chez les Mantel elle trouvait un charme sophistiqué qui manquait au reste de sa vie.

Vera la regardait comme si elle attendait une réponse.

— On habitait depuis peu à Elvet, dit Emma. Je me sentais seule et Abigail a été la première à venir vers moi. Oui, on a passé une bonne partie de l'été ensemble.

— C'était un beau brin de fille.

Vera vida sa canette, l'écrasa dans son poing et l'envoya sur le tas qui s'était formé à côté des cuisiniers.

— J'ai vu des photos. Je peux pas croire qu'elle n'ait pas eu des admirateurs.

— Elle en avait plein.

Des garçons qui lui proposaient de faire ses devoirs et venaient à l'école en serrant des cassettes de compilations spécialement enregistrées pour elle. Des gars dont le visage se marbrait et qui perdaient leur langue dès qu'elle leur donnait le moindre encouragement.

— Mais personne en particulier ?

— Pas que je sache. Elle disait que les gamins ne l'intéressaient pas.

— Quelqu'un de plus vieux alors ? Un étudiant peut-être. Revenu pour l'été.

— Elle ne m'a parlé de personne.

— Est-ce qu'elle l'aurait fait ?

Fut un temps Emma aurait répondu dans l'instant. *Bien sûr. Évidemment. On se disait tout.* À présent elle hésitait et choisit ses mots avec attention.

— Je ne sais pas. En y repensant récemment, je ne la connaissais probablement pas aussi bien que je le croyais. Je veux dire, les enfants aussi peuvent être sournois, non ? Et puis parfois on n'a pas envie de livrer ses secrets à qui que ce soit. Même pas à sa meilleure amie.

Vera arqua ses sourcils gros comme des chenilles et semblait s'apprêter à répondre quand quelque chose détourna son attention. Une femme se tenait devant le feu. Elle était de profil, à contre-jour, seule. Elle tenait un verre de vin rouge qui, avec la vive lumière en arrière-plan, paraissait noir.

— Tiens, tiens…

Vera avait l'air contente d'elle. Comme si on venait de lui faire une bonne surprise.

— Qu'est-ce qu'elle peut bien faire là ?

Puis, à Emma :

— Vous la reconnaissez, hein, mon lapin ? Elle a pas tellement changé. Sûr qu'elle s'est entretenue. Le genre à aller en salle de sport deux fois par semaine, je dirais. Et le maquillage peut faire des merveilles. Du moins à ce qu'on m'a dit.

La femme se retourna. Mince, brune, impeccable. Ses ongles étaient de la même couleur que le vin.

— Si j'étais peau de vache, reprit Vera, je dirais qu'elle s'est fait refaire le nez. À votre avis ?

Emma allait dire qu'elle ne l'avait jamais vue de sa vie, mais aux mouvements de la chevelure noire et brillante, elle se souvint.

— C'est Caroline Fletcher, l'inspectrice chargée de l'affaire Mantel à l'époque.

— Dix points pour l'observation.

— On aurait pu croire qu'elle essaierait de faire profil bas. Après tous ces commentaires dans la presse.

— D'après ce qu'on m'a dit, la brave Caroline a jamais fait profil bas de sa vie. Mais elle a du cran. Je dois lui reconnaître ça. Je suppose qu'elle est venue titiller quelques personnes. Faire monter la pression. Paraît que c'était une bonne petite inspectrice en son temps. Elle a pas perdu le coup de main. Ou alors elle est venue à la pêche, peut-être. Tout le monde relax et de bonne humeur, on cause plus facilement. Elle doit chercher à savoir dans quel sens souffle le vent.

Vera marmonnait presque dans sa barbe. Si elle l'avait croisée en ville, Emma l'aurait prise pour une clocharde, une de ces femmes nauséabondes et sans âge, qui prennent racine et parlent aux arbres sur les bancs publics. Elle chercha James du regard, se dit qu'il pourrait être amusé de savoir que c'était là l'inspectrice envoyée pour reprendre l'enquête, mais il semblait avoir disparu.

— Vous devez déjà avoir discuté avec Caroline de ce qui s'est passé à l'époque, lança-t-elle.

— Vous croyez ? Nan, mon lapin. C'est pas comme ça que je travaille. Je commence par me faire ma propre idée. Je lis les rapports, je parle aux gens qui comptent. Et la police compte pas pour grand-chose dans la plupart des cas. J'irai voir Caroline quand ça me chantera.

— C'est peut-être pour ça qu'elle est ici. Pour vous parler.

— Vous croyez ?

Vera émit un petit rire et s'éloigna, chipant la bière d'un autre en route. Quand Emma la revit elle marmonnait toujours, mais cette fois à l'oreille de Dan Greenwood. Dan avait été flic, se dit Emma. Et apparemment il comptait. Quand elle chercha Caroline Fletcher, la femme brune avait elle aussi disparu.

Le hurlement commença à peu près à la même heure que le feu d'artifice, si bien que pendant quelques instants il échappa à Emma, parce qu'il était couvert par les sifflements et l'éclat des bombes. Elle fut la première à l'entendre parce qu'elle était la plus éloignée de la zone de tir. Elle n'aimait pas le reconnaître, mais les feux d'artifice lui faisaient peur. C'était l'instant d'appréhension entre la mise à feu et l'éruption sonore. Pendant ce laps de silence son cœur battait la chamade et elle se sentait faiblir. Elle aurait aimé être enlacée par le bras de James pour pouvoir combler le silence par une conversation, mais il discutait avec Dan Greenwood et Robert. Ils riaient, debout, entre hommes. Une fusée s'élança dans le noir, explosa en une averse d'étoiles bigarrées et elle entendit hurler.

Elle contourna la maison en direction de la route parce que c'est de là que le cri semblait provenir. L'allée était éclairée par de rares lampadaires et la lune squelettique. Une femme debout hurlait. C'était comme quand Emma avait découvert le corps d'Abigail Mantel, mais en négatif, une image inversée, un univers parallèle. Parce que cette fois c'était sa mère qui criait et elle qui courait. Et sa mère la tira par le bras et lui montra le bas-côté de la route. Et à nouveau il y avait un corps.

Mais Abigail était laide dans la mort, beaucoup plus laide que de son vivant. Christopher, étendu sur le dos dans le fossé, était éclairé par la lune qui donnait à sa peau l'éclat bleuté de la glace, rappelant à Emma le tissu de sa robe de demoiselle d'honneur pour le mariage d'une cousine. Un satin serré à finition mate et filetage argenté. Toutes ces pensées l'assaillaient tandis qu'elle prenait Mary dans ses bras et murmurait les mêmes mots de réconfort qu'elle avait reçus dix ans plus tôt. « Ça va aller. Ne t'en fais pas, tout ira bien. » Sans croire à ce qu'elle disait, mais sentant s'atténuer les sanglots de sa mère et s'apaiser sa respiration.

Puis Vera Stanhope apparut, solide et brusque.

– Qui c'est ?

– Mon frère, Christopher.

Il y eut un silence horrifié puis : « Oh, mon lapin », et elle prit brièvement le visage d'Emma dans ses deux mains, si bien qu'un instant, dans sa confusion, Emma crut que Vera voulait l'embrasser. Mais l'inspectrice passa un bras autour des épaules de chacune des femmes et les éloigna de la scène. Puis elle se posta au milieu de la route pour qu'aucun véhicule ne puisse passer et parla avec insistance au téléphone.

DEUXIÈME PARTIE

20

L'eczéma de ses jambes importunait Vera Stanhope. Elle avait l'impression que ses membres étaient vivants, comme si de petits animaux fouisseurs en avaient traversé la surface, se nourrissaient de sa graisse et de son sang. Elle s'imaginait les sentir renifler et creuser. C'était toujours pareil quand elle mettait un pantalon. Il lui tardait de laisser sa peau à l'air libre, mais elle ne pouvait pas y faire grand-chose pour le moment. Ce serait inconvenant pour un inspecteur de police chargé de l'enquête de baisser son froc devant l'effervescence du lieu du crime. Qu'en penseraient donc le légiste, les experts dans leur combinaison de papier blanc et les agents de police du cru ? Si toutefois elle était l'inspecteur chargé de l'enquête, ce qui restait encore à déterminer.

Son médecin avait dit que le stress aggravait ses problèmes de peau, mais ce n'était pas du stress qu'elle éprouvait en ce moment. C'était de l'euphorie et de la culpabilité. Elle ne croyait pas les policiers qui se défendaient d'être excités par le meurtre. Qui manquerait d'être émoustillé par le drame, les costumes et le spectacle ? Pour quelle autre raison s'étaient-ils engagés ? C'était différent pour les proches, bien sûr, et c'est là qu'intervenait la culpabilité. Vera avait une responsabilité. Elle avait pris son temps, furetant comme sous sa peau les créatures mythiques, avançant à tâtons dans les complexités de la situation, repérant inimitiés et mensonges. Elle était tracassée par l'idée que, si elle avait adopté une méthode plus orthodoxe, cette nouvelle mort n'aurait peut-être pas eu lieu.

Ouais, et tu serais toujours dans le noir, mon lapin. Si tu les avais convoqués au commissariat pour reprendre leur première déposition, mot pour mot, t'en saurais pas plus que le jour de ton arrivée. Comme ça au moins tu comprends les gens. Tu t'es fait une idée de ce qui se passait.

Elle n'avait jamais manqué de confiance et d'une manière générale ne voyait pas l'intérêt d'avoir des regrets.

Ils avaient monté des projecteurs et une tente par-dessus le fossé. Un groupe électrogène bourdonnait, des quatre-quatre faisaient demi-tour au bout de l'allée exiguë, des conversations sérieuses étaient en cours. Vera se dit qu'elle n'avait rien à gagner à rester là. Elle travaillait en collaboration sur l'affaire Mantel avec un inspecteur du coin du nom de Paul Holness. C'était un homme d'une quarantaine d'années, direct et enjoué, et il était arrivé de son Lancashire natal après la mort d'Abigail. Ambitieux en théorie, il était trop paresseux sur le terrain pour représenter une menace. En aucun cas il ne voudrait prendre la direction de l'enquête. Trop de responsabilité dans cette affaire précise. Trop de merde dans le tableau. Il était en train de discuter avec la légiste dans l'entrée de l'Ancienne Chapelle. Elle alla le rejoindre.

— Meurtre, sans l'ombre d'un doute, lui dit Holness. Ça se voit pas parce qu'il est sur le dos, mais il a le crâne défoncé.

— Des traces de l'arme du crime ?

— Pas encore, mais ils ont pas eu le temps de faire une fouille en règle. On l'organise maintenant.

Il tapa des pieds et croisa les bras sur sa poitrine. Malgré ses gants en peau de mouton il avait l'air frigorifié. Vera se dit qu'ils étaient bien fragiles, ces Yorkies.

— Mais qu'est-ce qu'elle fichait ici, la mère ? poursuivit-il. Quelqu'un vous l'a dit ?

— Elle avait froid alors elle était allée chercher une autre veste dans la voiture, d'après le mari.

Vera n'avait pas réussi à tirer un seul mot cohérent de Mary.

— On a une idée de l'heure du décès ? Je veux dire, est-ce qu'il aurait pu être là depuis des heures, mais que personne l'ait remarqué en arrivant ?

Holness secoua la tête.

— Vous connaissez les légistes. Ils veulent jamais se mouiller. Mais c'est fortement improbable, d'après elle. Elle pense qu'il était mort depuis moins d'une heure quand Mme Winter l'a découvert.

— Vous pouvez prendre le relais pour ici ? demanda Vera. Je voudrais entendre les témoins avant qu'ils aient le temps d'enjoliver. Vous savez ce que c'est. Ils veulent tous une histoire cohérente alors ils bouchent les trous, sans se rendre compte de ce qu'ils font.

Elle vit avec une certaine satisfaction qu'il avait décroché.

— Je serai à Springhead House si on me cherche.

Ce n'était pas mauvais de marquer son autorité, se dit-elle. De faire en sorte que tout le monde comprenne bien qu'elle considérait ce meurtre comme partie intégrante de l'affaire Mantel. Qu'elle tenait toujours la barre.

Vera avait fait raccompagner les Winter chez eux. Mary ne pouvait pas s'arrêter de sangloter et ça mettait tout le monde à cran. Robert avait voulu prendre son propre véhicule.

— Nous sommes sur le lieu du crime, avait-elle répondu. Il pourrait y avoir un indice, vous savez, quelqu'un qui aurait heurté votre voiture. Il faut qu'on l'examine.

Il avait accepté l'argument et fini par s'en aller sans faire trop de difficulté.

Là-haut, le ciel était toujours dégagé, mais le brouillard s'était accumulé en nappes au-dessus des fossés et avait formé des flaques dans les champs. Le chemin de Springhead était criblé de nids-de-poule et les pneus de Vera craquaient sur les flaques gelées. Depuis la maison, ils avaient dû entendre le moteur mais ils ne bougèrent pas quand elle arriva. Une policière en uniforme lui ouvrit la porte et la conduisit à la cuisine où ils étaient tous assis, les yeux tournés vers une grosse théière brune posée sur un plateau, sans parler. Robert Winter était en bout de table, sa femme effondrée à côté de lui. James serrait une tasse de thé de ses deux mains. Emma tenait un enfant endormi sur ses genoux.

Vera hocha gentiment la tête en direction du bébé.

— Finalement vous êtes allée chercher le marmot ?

C'était la plus grande préoccupation d'Emma quand Vera les avait tous priés de sortir de l'allée et de l'attendre. Robert voulait rentrer à Springhead. Mary était hystérique, disait-il. Elle avait besoin de se retrouver chez elle. Emma s'inquiétait de Matthew et insistait pour passer d'abord à la Maison du Capitaine. Vera en avait été étonnée. Son frère venait d'être assassiné et sa seule réaction était d'insister calmement pour passer prendre son fils à Elvet. Mais bon, Vera ne pouvait pas imaginer ce que c'était que d'être mère et de toute façon chacun exprimait sa peine à sa manière.

Vera ne s'attendait pas à trouver Mary encore avec eux. Son chagrin avait été brut et d'autant plus choquant qu'elle paraissait si réservée. Plus tard Vera dirait à son adjoint que c'était comme une femme de pasteur qui monterait sur l'estrade de la salle paroissiale pour se lancer dans un striptease. On se sent mal à l'aise. L'inspectrice avait dit à l'agent désignée pour rester avec la famille de faire venir un docteur, et elle pensait trouver la mère de Christopher au lit, sous sédatifs.

Même s'ils étaient tous emmitouflés dans de gros pulls, il faisait plus chaud dans la cuisine que dehors. L'augmentation brutale de température réveilla l'eczéma de Vera. Elle résista à l'envie de se gratter à l'arrière du genou et s'assit avec eux autour de la table.

— Thé, madame ? Il vient d'être fait.

La policière s'attardait. Elle la renvoya d'un geste impatient. Les autres, assis, regardaient Vera avec des expressions figées, hébétées, attendant qu'elle parle. Malgré elle, Vera savoura le moment. Elle avait toujours aimé avoir un public.

— Nous pensons que Christopher a été assassiné, annonça-t-elle prudemment.

Elle savait qu'ils auraient du mal à assimiler les faits. C'était leur rendre service que d'être directe avec eux.

— Il a une blessure au crâne.

— Il pourrait avoir glissé ? s'enquit James. La route était très verglacée.

— Il aurait pu glisser et se cogner la tête sur la route, peut-être. Mais ça n'expliquerait pas sa présence dans le fossé. Il n'y avait rien à cet endroit qui puisse causer ce type de blessure. Je suis désolée.

Mary prit une profonde inspiration qui s'exhala en un sanglot.

— Vous êtes prêts pour cette conversation ? demanda Vera. Je peux revenir demain si vous préférez. Vous voulez qu'on appelle un docteur ?

La dernière question s'adressait à Robert mais avant qu'il ait pu répondre Mary lança sèchement :

— Non. Pas de docteur.

— Ça me serait utile de savoir ce que Christopher pouvait bien faire chez M. Mantel.

— Il était peut-être à notre recherche.

Vera se dit qu'Emma avait parlé à contrecœur, mais peut-être s'exprimait-elle simplement à voix basse par crainte de réveiller le bébé.

— Mais oui. Ça doit être ça !

Mary semblait maintenant gagnée par la fièvre. Elle avait les yeux brillants et le rouge aux joues.

— C'est pour nous qu'il est allé chez Mantel. Il y avait des affiches dans tout le village pour la soirée portes ouvertes au profit du canot de sauvetage. Je te l'avais dit, Robert ! Je t'avais bien dit qu'il ne retournerait pas à la fac sans être passé nous voir.

— Christopher était étudiant ?

— Chercheur, en postdoctorat à l'université d'Aberdeen, répondit Robert.

Il marqua une pause.

— Il était zoologiste. Extrêmement doué.

Il lança à Vera un regard penaud, comme s'il venait de se rendre compte que le moment était mal choisi pour la gloriole parentale.

— Il y avait une raison particulière à cette visite ? Elle était prévue ?

— Non, fit Emma. Mais quasiment rien de ce qu'il faisait n'était prévu. À part son travail. Il était toujours complètement absorbé par son boulot.

— Il avait averti M. et Mme Winter de sa venue ?

— Non, dit Robert. On n'était au courant de rien. On ne savait pas qu'il était à Elvet jusqu'à ce qu'Emma m'appelle au bureau à midi.

— Vous êtes conseiller d'insertion et de probation, monsieur Winter ?

— C'est exact.

— Vous avez travaillé avec Jeanie Long ?

— J'ai établi le rapport de situation familiale pour la commission de mise en liberté surveillée. C'est tout.

Vera ne fit aucun commentaire. Il y eut un silence, qu'Emma interrompit.

— J'ai appelé ici dès que je me suis aperçue que Chris était parti, mais à cette heure-là, mes parents étaient déjà tous les deux sortis. J'évite de les déranger avant le déjeuner. Je ne l'ai pas vu ce matin, vous voyez. Il n'était plus là quand je me suis levée.

— Il était lève-tôt ?

— D'ordinaire, non. Ça m'a étonnée, un peu inquiétée même, je crois.

— Inquiétée ? Pourquoi ? C'est un peu bizarre de s'inquiéter pour un adulte.

Vera se tut un instant.

— Comment l'avez-vous trouvé hier soir ?

Emma et James se regardèrent. Vera soupçonna une prière tacite d'Emma, dont James ne tint pas compte.

— Il avait un comportement étrange, dit-il. Il était saoul mais il y avait autre chose. Il a toujours donné l'impression d'être passionné par son travail, assez égocentrique, mais hier soir il semblait totalement obnubilé par un problème bien à lui. Je me suis demandé s'il ne faisait pas une sorte de petite dépression. Ça peut paraître froid, mais j'étais trop fatigué pour le supporter et j'étais toujours de quart. J'ai fini par laisser Em s'occuper de lui. Je ne sais pas si elle a réussi à en tirer quoi que ce soit.

— Alors, Emma ? intervint Robert.

Il était toujours très calme, suivait la conversation. Vera n'arrivait pas à le comprendre. Son fils venait d'être assassiné mais elle ne le sentait pas en souffrance. Il y avait là une terrible maîtrise de soi. Peut-être sa foi y était-elle pour quelque chose ? Dan Greenwood lui avait dit que Winter était évangéliste. Elle avait toujours pensé que c'était une bande de poseurs qui agitaient les mains en l'air, même s'il n'y avait rien eu de tel pendant l'office auquel elle avait assisté. Jugerait-il mal de pleurer un fils qui se trouvait maintenant aux côtés de son Créateur ? Est-ce pour cela qu'il se tenait ainsi, raide et figé, au point que seuls ses yeux bougeaient ?

— On a discuté, répondit enfin Emma. Comme James l'a dit, il avait beaucoup bu. Il n'était pas très cohérent.

Vera acquiesça avec bienveillance, mais elle ressentit la bouffée d'excitation qui était la raison pour laquelle elle avait choisi ce boulot, sa véritable essence. *Tu mens, mon lapin. T'en sais plus que tu le dis. Pourquoi ça ? Qu'est-ce que ton frère t'a raconté ? Un cadavre dans le placard, peut-être. T'essaies de protéger ta mère et ton père ? Ou bien c'est plus sinistre que ça ?*

— Quel âge avait Christopher quand Abigail Mantel est morte ? demanda-t-elle.

— Quatorze ans, dit Emma. Il avait un an de moins que moi.

— Il la connaissait ?

— Il l'avait vue traîner avec moi. Et à l'école.

— Revenez à ce dimanche, le jour où vous avez trouvé son corps. Christopher était à la maison ?

— Il est venu avec nous à l'église, répondit Robert. Ensuite, on a déjeuné tous ensemble. Il était encore là quand Emma est sortie. Ce n'était pas un temps à mettre le nez dehors.

— Les enquêteurs l'ont interrogé ?

— Je ne m'en souviens pas, fit Robert en fronçant les sourcils. Ils sont venus, naturellement, cet après-midi-là, pour parler à Emma. Je suppose qu'ils ont entendu Christopher mais je n'arrive pas à me le rappeler.

— Ce doit être consigné quelque part, de toute façon, fit Vera, bien qu'elle n'en soit pas convaincue.

Il y avait plus de trous dans le dossier Mantel que dans un chalut séchant sur le quai aux poissons de North Shields. Et l'odeur était à peu près la même.

— Mais s'il a passé toute la journée à la maison, il ne peut pas avoir vu quoi que ce soit de dangereux pour l'assassin. Vous suivez mon raisonnement ?

— J'ai dit que c'était un garçon réservé, mais il ne manquait pas d'assurance, répliqua Robert avec impatience. S'il avait vu quelque chose de suspect, il l'aurait fait savoir à ce moment-là.

— À mon avis, pas nécessairement.

Vera posa ses deux avant-bras à plat sur la table.

— La police n'a pas mis longtemps à arrêter Jeanie. Il n'avait aucune raison de mettre son jugement en doute. Les marmots ne sont pas les seuls à nous croire infaillibles. Il aura écarté tout ce qui tendait dans une autre direction, non ?

— Jusqu'à maintenant, intervint doucement James. Jusqu'à ce que l'erreur judiciaire devienne évidente. Alors il se sera souvenu. Est-ce qu'il a évoqué quelque chose comme ça hier soir, Em ?

Emma secoua la tête.

— Il n'était pas très cohérent, mais non, on n'a pas parlé du meurtre d'Abigail. Pas expressément.

— En plus, ajouta Robert, nous avons déjà établi que Christopher avait passé tout ce dimanche avec nous. Il ne peut rien avoir vu ou entendu d'important.

Vera trouva qu'il avait le ton d'un instituteur irascible essayant de faire entrer l'évidence à coups de marteau dans le crâne d'un cancre.

— De sa chambre, on voyait le champ où j'ai trouvé Abigail, annonça lentement Emma.

Elle se tourna vers Vera :

— Sa chambre est tout en haut de la maison. Plus tard, ce soir-là, on s'est mis à la fenêtre. On a vu les projecteurs, les scientifiques dans leurs combinaisons en papier blanc. Comme ce soir. On les a regardés emporter le corps d'Abigail.

Elle paraissait perdue dans le souvenir.

— Il passait beaucoup de temps dans sa chambre ?

— Des heures, répondit Robert plus irritable que jamais. Je vous ai expliqué. Il n'était pas du genre à avoir besoin de compagnie.

Vera cru qu'Emma allait intervenir, mais la voyant se raviser, elle se leva d'un bond, sa chaise raclant sur le sol carrelé.

— Ça suffit pour ce soir, dit-elle. On poursuivra demain.

Elle toucha le bras d'Emma.

— Avant de partir, vous pouvez me montrer où dormait le garçon ?

Emma tendit le bébé à James et mena Vera à l'étage. En arrivant sur le palier du deuxième elles entendirent Matthew pleurer. Emma s'arrêta un moment, puis les cris s'apaisèrent et elle repartit.

La chambre se trouvait au troisième étage et n'avait guère changé depuis l'époque où Christopher l'occupait. Elle était longue et étroite, l'une des longueurs constituée par le mur extérieur et trouée de deux fenêtres. La cloison opposée était couverte de rayonnages. Les livres étaient surtout des ouvrages de littérature non romanesque et semblaient provenir de boutiques de bonnes œuvres et de ventes de bienfaisance. Il y avait un lit à une place avec un édredon rayé et une armoire peinte en blanc. Du givre pareil à une fine dentelle s'étendait du rebord jusqu'à la vitre, pour le reste couverte de buée. Les fenêtres étaient basses et les appuis suffisamment larges pour s'y asseoir. Emma s'adossa à l'un des montants et de la main dégagea un espace au milieu de la buée. Vera prit la même position à la fenêtre voisine.

— C'est là qu'on s'est assis, dit Emma. Tous les deux. On ne voit pas grand-chose à cette heure-ci. Il faudra revenir de jour.

Vera observait la scène. La lune était pâle et on ne distinguait aucun des détails du paysage.

— Où se trouvait le corps ?

— À peu près au niveau du troisième champ.

Il n'y avait pas une maison en vue, pas de réverbères ni de phares de voitures. La résidence Mantel était cachée par un bosquet et une légère déclivité.

— Plat comme une planche à pain, dit Vera. On peut voir à des kilomètres, non ? Tout individu qui irait ou viendrait sur le chemin. Vous vous rappelez si votre frère a été interrogé ?

Elle connaissait la réponse avant qu'Emma n'ait secoué la tête.

21

Vera roula lentement pour rentrer à Elvet. Il était tard, mais elle se sentait plus réveillée que jamais depuis son arrivée dans l'East Yorkshire. Elle avait les idées claires, acérées, et centrées sur Caroline Fletcher. Elles se présentaient à sa conscience complètement formées, aussi belles que les cristaux de glace sur la fenêtre de la chambre de Christopher Winter.

Caroline devait attendre un appel depuis que les charges contre Jeanie Long étaient tombées. Forcément. Elle devait attendre un coup de fil ou une lettre, une convocation officielle au commissariat pour interrogatoire. Elle avait dû préparer les questions dans sa tête. *Pouvez-vous expliquer vos raisons pour accabler la suspecte à ce point ? Pourquoi avez-vous restreint de la sorte votre champ d'investigation ?* Et elle avait dû répéter ses réponses. Encore et encore.

Caroline devait être au courant que Vera et son équipe avaient été mandatés. Sans doute comptait-elle encore des amis dans la place. Peut-être avait-elle pris quelques renseignements, posé des questions sur le style de Vera, jeté un œil sur d'anciennes enquêtes. Elle devait être survoltée, fin prête. Mais les jours s'étaient écoulés et rien ne s'était passé. Son assurance avait dû commencer à s'effriter. C'est peut-être pour ça qu'elle était venue à la soirée portes ouvertes. Il fallait du cran pour attendre les bras croisés. Et maintenant elle devait être plus tendue que jamais. Un autre meurtre et elle sur les lieux.

Vera préparait son entrée. Elle débarquerait à la porte de Caroline. Sans préavis. Rien d'officiel. *J'ai pensé que ce serait une bonne idée qu'on ait une petite conversation, mon lapin. Pas besoin d'avocat, pas vrai ? Mettez donc la bouilloire à chauffer et voyons si on peut régler ça entre nous.* Elle jouerait sur leur sororité, les difficultés qu'elles avaient eues toutes les deux pour être prises au sérieux par leurs collègues masculins. Elle s'imaginait prendre Caroline dans ses filets, la désarmer. Les belles filles ne voient jamais les femmes grosses et laides comme une menace. Elle avait hâte de s'attaquer à Caroline maintenant, était presque trop excitée pour attendre, mais elle savait qu'il ne fallait pas. Il était déjà minuit et si jamais Caroline appelait bel et bien un avocat compétent, Vera ne voulait pas se retrouver accusée de harcèlement. Elle rentrerait à son hôtel, boirait un whisky ou deux, dormirait quelques heures et irait tomber sur le paletot de Caroline Fletcher demain à la première heure.

Son téléphone se mit à sonner. Vera s'arrêta sur le bas-côté. Le verglas rendait la route glissante et, de toute façon, elle ne savait pas faire deux choses à la fois, même dans les meilleures circonstances. La réception n'était pas terrible alors elle descendit de voiture. Le froid la saisit. Ses pieds cassaient les brins d'herbe gelés.

— M'dame.

Faible et familier, légèrement ironique. Elle sourit lentement.

— Joe Ashworth. Où t'étais passé ?

— Vous m'aviez dit de vous laisser quelques jours. Mais quand on a appris le meurtre du fils Winter je me suis dit que vous voudriez que je vienne sur-le-champ.

— Tu t'es mis à la télépathie, fiston ?

— Pas vraiment. C'est le patron qui a eu l'idée.

Mais toi qui la lui as suggérée, pensa Vera. Tu voudrais pas manquer quelque chose.

— Où tu es ?

— À la station-service de la M62. À Hull. Ils m'ont réservé une chambre dans le même hôtel que vous.

— Tiens donc ! L'endroit est correct. J'espère que le budget suffira.

Elle resta là un moment avant de reprendre la route. Ashworth était son adjoint. Pas parfait même en cherchant bien. Trop crédule d'abord, citadin de naissance ensuite. Trop préoccupé de sa femme et de son bébé. Mais ce serait un allié contre tous ces satanés Yorkies. Et puis Joe était ce qu'elle aurait jamais de plus comparable à un fils.

Ils arrivèrent chez Caroline Fletcher tôt le lendemain matin. L'accalmie était terminée. Il soufflait un vent d'est polaire et la pluie était chargée de tessons de glace, pointus et gris comme du silex. Il était sept heures du matin et la rue s'éveillait. Caroline habitait deux villages plus loin qu'Elvet, à l'intérieur des terres, dans un lotissement neuf et coquet. Doubles garages et corniches tape-à-l'œil, une grande véranda saillant à l'arrière de chaque pavillon. Le genre d'endroit où Ashworth aimerait vivre un jour, quand il aurait été promu. Vera, elle, en serait renvoyée pour jardin en friche et amis turbulents.

Elle se posta dans l'allée et regarda autour d'elle, incitant le voisinage à la remarquer.

— Je trouve qu'on a été bien discrets, lança-t-elle. On aurait pu venir en voiture de service.

Ashworth savait qu'elle s'amusait et se garda bien de gâcher son plaisir. Un enfant lorgnait derrière les rideaux de la maison voisine. C'était une petite fille en peignoir rose et aux cheveux frisés, à peu près du même âge que sa fille. Il lui fit coucou et elle disparut. Vera tambourinait déjà à la porte. Il y avait de la lumière à une fenêtre de l'étage. Ils entendirent un bruit de pas.

La porte s'ouvrit. Un grand homme à tête de triton au sommet d'un long cou les regarda. Il portait un costume sobre et une cravate sombre. *Croque-mort ou comptable*, se dit Vera. Ses cheveux étaient encore mouillés de la douche.

— Pourriez-vous dire à Caroline que nous aimerions lui parler ?

Vera lui offrit un grand sourire détendu.

Un livreur de journaux en anorak noir se traîna jusqu'à eux. Sa capuche masquait tout sauf ses yeux, telle une femme en burqa. Il flanqua un numéro du *Financial Times* dans les mains du triton. Comptable, donc. Le triton parut distrait par le titre et ne répondit pas tout de suite.

— On n'a pas toute la journée.

— Je sais pas…

Vera prit une profonde inspiration, puis parla fort, en articulant exagérément.

— Je suis Vera Stanhope. Police de Northumbrie. Je veux voir Caroline Fletcher.

Le livreur de journaux s'arrêta au portillon et se retourna pour zieuter. Tout le lotissement serait au courant avant qu'il ne revienne de l'école. L'homme devint écarlate, la couleur du rideau qui couvrait la petite fenêtre à côté de lui. *Tout à fait ravissant*, songea Vera. *Peut-être que c'est pas un triton, finalement. Plutôt un caméléon.*

— Entrez, dit-il prestement. Caroline est là-haut.

Puis, tentant d'avoir l'air digne :

— Vous devrez m'excuser. Je partais travailler.

Il attrapa des clefs de voiture sur le guéridon, une serviette au bas de l'escalier, et les poussa pour sortir.

Caroline se tenait au milieu du salon. Elle avait dû entendre la conversation, mais elle attendit que Vera et Ashworth soient entrés et aient fermé la porte derrière eux pour prendre la parole.

— Vous désirez ?

Sur le ton de ces femmes glaciales qui vendent du parfum dans les grands magasins de luxe. Celles qui laissent généralement passer Vera sans l'importuner. Il n'était pas encore sept heures et demie mais elle était déjà habillée et maquillée. Comme si elle avait su que Vera viendrait, alors qu'elle n'avait pu en être avertie. Vera n'avait confié son projet à personne au QG. Mais dame, Caroline avait bossé à la PJ pendant six ans. Elle avait grimpé rapidement, c'était un bon élément. Vera l'avait sous-estimée. C'est comme ça qu'elle aurait réagi elle aussi.

— Qui c'était ? demanda-t-elle. Votre mari ?

Ils étaient toujours tous les trois debout.

— Vous savez que je ne suis pas mariée. Vous aurez vérifié. Alex et moi vivons ensemble depuis quatre ans.

Elle avait l'air sévère, vêtue d'une jupe noire sur des bottes noires et d'un pull à col roulé couleur de prunes mûres. Pas de boursouflure ni d'affaissement, tout bien soigné et à sa place.

— Drôlement bien, lâcha distraitement Vera.

Elle s'assit dans un fauteuil à côté du radiateur à gaz, tira un bloc-notes et un stylo de son sac.

— Ça vous fait quel âge maintenant ?

— Vous aurez vérifié aussi. Quarante-six ans.

— Vous ne les faites pas, déclara Vera avec admiration.

Elle le pensait vraiment. Elles n'avaient pas une grande différence d'âge mais Caroline faisait dix ans de moins.

— Qu'est-ce que vous faites de beau, maintenant ?

— Je suis agent immobilier.

— Ça marche bien ?

— Je suis la meilleure vendeuse de la boîte.

Il faut que tu sois la meilleure, quoi que tu décides d'entreprendre, pensa Vera. *D'où tu tiens ça, dis-moi ? Et c'est pour ça que t'as quitté la police ? Rien de plus sinistre que la peur de se planter. Parce que dans ce boulot l'échec est inévitable. Pas systématique. Mais fréquent.*

— Café ? proposa Caroline.

— Oui, pourquoi pas ? Au lait, un sucre. Joe ici présent le prend noir.

Pendant que le café se préparait Vera gribouilla sur son carnet. Des araignées et des toiles emboîtées. Joe Ashworth, qui la regardait, se dit qu'un psychiatre en ferait ses choux gras. Caroline devait déjà avoir tout préparé dans la cuisine, dressé le plateau, allumé la bouilloire, car elle revint presque immédiatement, précédée par le parfum du café. Elle déposa tous les éléments sur la table – une grande cafetière, trois mugs assortis, sucrier, pot à lait, un choix de petits sablés sur une assiette marron. Vera leva les yeux.

— Vous étiez encore chez Mantel quand le corps a été découvert hier soir ?

— Non.

Caroline concentrait toute son attention pour servir le café.

— Je n'ai pris un ticket que parce que c'était une bonne cause. Je ne me suis pas attardée.

— Mais vous savez qui a été tué ?

— Ils l'ont dit à la radio ce matin.

Et quelqu'un t'aura appelée, pensa Vera. *Obligé.*

— Christopher Winter, le frère de la petite qui avait découvert le corps d'Abigail Mantel.

— Drôle de coïncidence, répondit calmement Caroline.

Elle tendit un mug à Ashworth.

— Oui. Peut-être, fit Vera.

— Vous croyez que sa mort est liée à la première affaire ?

Vera ne jugea pas utile de répondre à ça.

— Vous avez dû l'interroger à l'époque. Qu'est-ce que vous avez pensé de lui ?

Il y eut un bref silence pendant que Caroline buvait une gorgée de café. Elle laissa une trace de rouge à lèvres sur la porcelaine blanche.

— Je ne m'en souviens pas. Je veux dire, je ne me rappelle même pas lui avoir parlé. Ce n'était qu'un gamin. Plus jeune qu'Abigail. Pas dans la même classe.

— Mais il pouvait avoir vu quelque chose.

Vera gardait un ton égal, raisonnable.

— Il a passé toute la journée en famille. Église à dix heures et demie, puis retour à la maison pour le déjeuner. Il n'est pas sorti. Dan Greenwood a discuté avec lui le jour du meurtre.

Donc, tu te souviens très bien. Ou t'as relu tes notes. Au moins, préparé ton histoire. En regardant Caroline de plus près, Vera remarqua combien elle était fatiguée. Avait-elle dormi ? S'était-elle même couchée ? Avait-elle veillé toute la nuit, à écumer ses souvenirs en quête de faits à avancer pour sa défense ? Vera tenta de repousser une vague de sympathie.

— Vous avez vu sa chambre ?

Il y eut une pause. Pas de réponse immédiate. Elle était bonne, se dit Vera. Elle aurait fait merveille au tribunal. Inébranlable. Le ministère public l'aurait adorée.

— Je ne m'en souviens pas. Il faudrait que je reprenne mes notes.

Vera se pencha en avant.

— Écoutez, dit-elle. Je comprends pas ce qui vous pose problème. Je veux dire, qu'est-ce que vous avez à perdre en jouant franc jeu avec moi ? Vous avez déjà quitté la police. Personne ne vous taxera de négligence. À quoi ça servirait ? Et même si ça devait arriver, ce serait dans un rapport interne dont la presse n'aurait jamais connaissance.

— Je suis le bouc émissaire idéal, alors, non ?

— C'est moi qui ferai le rapport. Je vous collerai pas toute la merde sur le dos. Sauf si vous me menez en bateau. Je sais ce que c'est que d'être une femme au milieu de cette clique.

Elle marqua un temps d'arrêt.

— Alors je vous repose la question. Est-ce que vous êtes allée voir la chambre du garçon ?

— Non.

Puis, curieuse malgré elle :

— Pourquoi, j'aurais dû ?

— De sa chambre il avait vue sur le champ où le corps d'Abigail a été découvert. Il y a passé tout l'après-midi. Il aurait pu être témoin du meurtre.

Caroline se crispa comme si elle avait reçu un coup dans l'estomac et manquait d'air.

— Merde ! s'écria-t-elle. Oh merde ! Comment j'ai pu laisser passer ça ?

— Vous avanciez avec des œillères. Vous étiez persuadée depuis le début que Jeanie Long était l'assassin.

— Tout l'accusait. Elle avait le mobile, l'occasion, un alibi impossible à vérifier.

— Mais aucune preuve. Et pas d'aveux, même au bout de dix ans.

— C'était le meurtre d'une jeune fille. D'une enfant. Vous savez ce que c'est. Sa photo tous les soirs au JT. La presse, les politiques, tout le monde exige un résultat. On est sous pression pour boucler rapidement.

— Oui, dit Vera. C'est bien vrai.

Elles se turent. La pluie crépitait sur la fenêtre.

— Alors c'était pas personnel ? demanda Vera.

— Comment ça ?

Caroline redressa vivement la tête. Elle était de nouveau prête au combat.

— Peut-être que vous en aviez après Jeanie Long.

— Je ne l'avais jamais vue avant le meurtre.

— C'est pas ce que je voulais dire. Certains suspects… On a du mal à rester neutre… Ils vous portent sur les nerfs…

— Peut-être qu'il y avait de ça, concéda Caroline. Elle n'était pas facile. Arrogante, je dirais. Hautaine. Comme si un diplôme et des connaissances en musique chic la rendaient supérieure à nous tous.

— Je vois le genre.

— Et elle détestait Abigail. D'accord, j'admets maintenant qu'elle n'a pas pu la tuer. Mais elle était contente qu'elle soit morte.

— Il y avait d'autres suspects ? Avant que vous appréhendiez Long, je veux dire.

— Pas vraiment. Keith Mantel nous a très vite aiguillés sur elle. Il disait qu'elle avait toujours été jalouse de sa fille et que quand il lui avait demandé de partir, c'est Abigail que Jeanie avait tenue pour responsable.

— Vous avez contrôlé les cinglés et les maniaques sexuels de la région ?

— Évidemment, même si je n'ai jamais cru à une agression de pervers. Elle n'avait pas subi de sévices sexuels. Ses vêtements n'avaient même pas été dérangés. Et s'il ne s'agissait pas de ça, alors qui d'autre, à part Jeanie Long, pouvait avoir un mobile ? Abigail n'avait que quinze ans, bordel. Une collégienne. Pas d'argent à léguer. Elle n'avait pas vécu assez longtemps pour déranger qui que ce soit.

— Elle était vierge ?

Vera connaissait la réponse, bien sûr. Elle avait lu tous les rapports existants.

— Non, mais ce n'est pas rare à quinze ans, même il y a dix ans.

— Vous avez retrouvé des petits copains ?

— Aucun qui reconnaisse avoir couché avec elle. Mais ils n'allaient pas le dire, pas vrai ? Elle était mineure.

— Comment a réagi son père ?

— Il n'a pas été choqué qu'elle ait eu des rapports sexuels. Il m'a dit qu'il n'avait jamais joué les papas répressifs. Pas son style. Il la prévenait simplement de prendre ses précautions.

— Est-ce qu'elle lui demandait son avis ? Lui parlait des garçons avec qui elle sortait ?

— Il disait que non, et je l'ai cru. Pourquoi aurait-il menti ?

— Emma, la fille qui a trouvé le corps…

— Oui ?

— On aurait pu croire qu'elle savait avec qui Abigail couchait.

— Peut-être.

Caroline hésita.

— Je ne lui ai pas demandé. Une fois Long arrêtée ça ne paraissait plus très utile. Je ne voyais pas l'intérêt d'aller fouiner dans le passé d'une gamine.

Vera réfléchit à ces mots en silence. Ashworth, lui aussi, avait l'air perdu dans ses pensées. Derrière la fenêtre un chat miaulait, mais, malgré la pluie, personne ne se leva pour lui ouvrir.

— Pourquoi vous avez démissionné ? lança Vera.

C'était une question que Caroline n'avait pas prévue. Une omission incroyable, comme ne pas interroger Christopher. Son échec ne se résumerait-il qu'à ça ? se demanda Vera. Un manque de rigueur dans la manière d'aborder l'enquête ?

— Pour des raisons personnelles, finit-elle par répondre. Rien à voir avec le travail.

— Arrêtez de louvoyer, jappa Vera. Y a rien de personnel dans mes questions.

— J'étais fiancée. Je croyais que c'était ce que je voulais. Mariage, enfants, la totale. Je voyais pas comment ce job cadrerait dans le tableau.

— Qu'est-ce qui s'est passé ?

— Ça n'a pas marché. Je veux dire, j'ai pas pu aller jusqu'au bout. Je dois pas être du genre à me marier.

— Pourtant vous n'êtes pas revenue.

— Je m'étais habituée aux horaires réguliers, aux nuits complètes, aux grosses, foutrement grosses commissions.

— Vous aimez ce que vous faites ?

— Je vous l'ai dit. Je suis bonne à ce jeu-là. Vendre. Parfois je me dis que je suis née pour ça.

Je suis née pour quoi, moi ? se demanda Vera. *Percer à jour ceux qui me mentent ? Alors pourquoi j'arrive pas à cerner ce qui se passe ici ?* Elle savait qu'il y avait bien d'autres questions à poser mais n'arrivait pas à trouver les bons mots pour les formuler. Elle se leva.

Joe Ashworth l'imita, surpris que l'entrevue soit déjà terminée. Caroline Fletcher ne manifesta aucun soulagement à leur départ. Vera pensa qu'elle savait qu'ils reviendraient.

22

Quand ils arrivèrent à la Maison du Capitaine, Emma était assise à la table de la cuisine au milieu des reliefs du petit déjeuner. James était sur le départ, habillé pour aller au travail. Vera l'admira des pieds à la tête quand il leur ouvrit la porte. L'uniforme lui allait bien, malgré son teint pâle et ses traits tirés.

— Je suis content que vous soyez là, dit-il à voix basse.

Ils se tenaient sous le haut plafond de l'entrée mais la porte de la salle à manger était ouverte et ils pouvaient voir jusqu'à la cuisine.

— Ça ne me plaît pas trop de laisser Emma toute seule et elle ne veut pas que je fasse venir ses parents. Elle dit qu'ils ont leur propre peine à supporter.

— Et vous, vous n'avez pas un parent qui pourrait lui tenir compagnie ? s'enquit Ashworth.

Il venait d'une famille très soudée et sa femme également. Il ne pouvait pas imaginer un événement important dans leur vie sans un public familial. Dans pareil cas, la petite terrasse de ses parents serait pleine à craquer, des gens assis genoux contre genoux sur des chaises récupérées dans toute la maison, des enfants faisant les fous à l'étage, sa mère dans la cuisine préparant des quantités industrielles de sandwichs et de thé, son père offrant des bières aux hommes. Avec le recul, les circonstances qui les avaient réunis – décès, mariages, baptêmes – se mélangeaient toutes.

James, cependant, parut prendre la question avec défiance.

— Personne dans la région, dit-il, puis il cria au revoir à Emma et s'en alla.

Emma s'excusa du désordre mais ne fit pas un geste pour y remédier.

— Qui êtes-vous ? lança-t-elle à Ashworth, puis elle porta immédiatement la main à sa bouche. Pardon. Je ne voulais pas être impolie. Je suppose que j'ai l'habitude de voir Dan.

— Je vous présente mon adjoint, Joe Ashworth.

Vera ne releva pas la référence à Greenwood. Elle ne savait pas comment la prendre. Se passait-il quelque chose qu'elle ignorait ? Dan Greenwood jouait au con ? Elle le voyait bien du genre sentimental, capable de s'éprendre d'une femme inaccessible comme celle du pilote.

— Joe travaille avec moi dans le Northumberland. Il est venu me donner un coup de main. Discutez donc avec lui pendant que je fais du café.

Ashworth s'installa en face d'Emma. Il poussa une boîte de céréales pour qu'il n'y ait pas d'obstacle entre eux. Vera alluma la bouilloire et s'adossa au bord de l'évier, regarda la conversation, tint sa langue même quand elle était tentée d'intervenir pour poser une question.

— Est-ce que Christopher avait une petite amie ? demanda doucement Ashworth. Quelqu'un à avertir de son décès ?

— Je ne crois pas. Personne de fixe.

Emma leva brusquement la tête. Vera vit qu'elle avait pleuré. Elle avait dû passer presque toute la nuit éveillée, en larmes. La peau autour de ses yeux était irritée et gonflée, comme si elle avait été frappée. Elle semblait prête à se décoller de la pulpe du pouce, comme celle d'une betterave trop cuite.

— Christopher disait que c'était à cause d'Abigail. Quand on a discuté l'autre soir, il m'a avoué qu'elle l'obsédait. Depuis cet été-là. Que personne ne lui arrivait à la cheville. Ce n'était pas vrai bien sûr. Si ses copines n'étaient pas à la hauteur, c'était seulement de ses fantasmes. Comment voulez-vous rivaliser avec une chimère ?

— Vous êtes en train de me dire qu'il est sorti avec Abigail l'été précédant sa mort ?

— Non. Bien sûr que non. Dans ses rêves.

— Vous en êtes sûre ?

— Elle ne l'aurait même pas regardé. Sauf pour se moquer. Il était plus jeune qu'elle, polard, un peu bizarre. Je croyais qu'il avait changé en grandissant, mais peut-être pas. Il m'a paru franchement bizarre avant-hier soir.

— Pourtant Abigail avait un petit ami.

Non, cria mentalement Vera. Change pas de sujet. Pas encore. Continue sur sa bizarrerie. Est-ce qu'il était différent des autres fois où il est venu ? En quoi ?

Mais Emma répondait déjà à Ashworth.

— Je n'étais pas au courant. Ça me paraît peu probable. Je veux dire, on a passé une bonne partie de l'été ensemble et elle ne m'en a jamais parlé.

— Elle n'était pas vierge. Vous le saviez ?

— Non !

Emma paraissait stupéfaite, choquée. Il y eut un silence le temps qu'elle assimile l'information.

— Mais j'étais très innocente, très naïve. Je menais une vie protégée. Quand je pensais aux garçons, je les imaginais m'embrasser, me prendre dans leurs bras. Rien de plus. Je connaissais les aspects biologiques, mais ça ne me serait pas venu à l'esprit…

— Abigail avait plus d'expérience ?

— À tous les niveaux, mais ce n'était pas très difficile. Je la trouvais sophistiquée. Elle en savait tellement plus sur tout.

— Comme quoi ?

— La musique. Je n'avais jamais entendu la moitié des groupes dont tout le monde parlait à l'école. On n'avait pas la télévision. Vous savez ce que ça représente, comme handicap ? J'allais chez elle pour regarder *Top of the Pops*, et ils avaient le satellite, déjà à l'époque… Le maquillage. Je ne savais même pas comment utiliser le démaquillant et la crème hydratante. Ce n'était pas qu'on me l'interdisait. Simplement que ç'aurait été considéré comme frivole, une perte de temps et d'argent… La mode… Le nom des stars de cinéma… Elle me faisait prendre conscience que j'étais ignare.

Ashworth sourit.

— Vous deviez bien savoir des choses qu'elle ignorait.

— Oui, c'est ça. Les conjugaisons latines. Les équations. La Bible. Tout à fait le genre de choses dont on a envie de se vanter devant les copines à quinze ans.

Elle s'interrompit, puis :

— Écoutez, en gros, elle parlait et j'écoutais. Je ne m'en rendais pas compte à l'époque, mais c'est pour ça que j'étais là. Pour lui montrer à quel point elle était intelligente par rapport à moi.

— À vous entendre elle n'était pas très sûre d'elle, peut-être ? Ce besoin d'avoir toujours raison.

— Vous croyez ? Je n'ai jamais vu les choses comme ça.

Il y eut un moment de silence. Dans l'écoute-bébé posé sur le buffet, Matthew reniflait en dormant. Au même moment, il commença à gémir.

— Est-ce qu'il lui arrivait de vous parler de sexe ?

— Toujours en termes généraux. À cet âge, on ne pense quasiment qu'à ça. Mais ça tournait plutôt autour des gens pour qui on craquait. Quels chanteurs, quels profs, quels garçons à l'école. En tout cas, elle ne m'a jamais dit qu'elle couchait avec quelqu'un.

— Pourquoi, à votre avis ? Est-ce qu'elle craignait de vous choquer ?

Nouveau silence. Enfin, Emma dit :

— C'est si difficile après tout ce temps de savoir ce qu'elle pensait. J'avais un certain souvenir d'elle et Christopher m'en a donné un autre. Je ne sais plus très bien ce qui se passait dans sa tête. Je ne crois pas qu'elle ait eu peur de me choquer. Elle aimait bien me faire passer pour coincée et vieux-jeu. Peut-être que son copain n'était pas aussi impressionnant ou cool qu'elle aurait voulu. Sinon je ne vois pas pourquoi elle aurait tenu à garder le secret.

— Même envers son père ?

— Non. J'ai toujours pensé qu'elle et Keith s'entendaient très bien. Je veux dire, ils ne se disputaient pas. Keith ne la grondait jamais. Abigail pouvait faire ce qu'elle voulait. Je pensais qu'il lui faisait confiance. Mais matériellement il ne pouvait pas passer beaucoup de temps avec elle. Il avait Jeanie à ménager et son travail lui prenait presque tout son temps. Abigail obtenait tout ce qu'elle désirait mais je ne suis pas sûre qu'il l'écoutait. Il avait la tête ailleurs.

— Pauvre petite fille riche ?

— Oui, c'est un peu ça. Je suppose qu'elle se sentait seule et que c'est pour ça qu'elle s'est prise d'amitié pour moi.

— Vous pouvez me donner le nom de ses autres amis ?

— C'est bizarre mais il n'y en avait pas. Pas une fois que j'ai été là. Pas de filles, en tout cas. Comme si elle considérait que personne d'autre ne méritait qu'elle fasse un effort. Je trouvais ça flatteur à l'époque.

— Des garçons alors ?

— Il y en avait un. Nick Lineham. Son père était adjoint au directeur du collège. Il avait un ou deux ans de plus que nous et elle craquait complètement pour lui.

— Ç'aurait pu être lui l'amant ?

— Je ne vois pas pourquoi elle ne me l'aurait pas dit.

— Il habite toujours dans la région ?

— Il est prof d'anglais au centre de formation continue en ville. On est restés en contact après le lycée. Un coup de fil de temps en temps, vous voyez. Il ne s'était jamais soucié de moi du vivant d'Abigail, mais peut-être qu'il m'a prise en pitié. Ou qu'il a eu la sensation qu'on avait un point commun. Il m'a obtenu un poste au centre. Cours pour adultes. J'enseignais les langues.

Vera saisit une pointe de nostalgie dans la voix d'Emma et se demanda ce qui l'avait causée. L'homme ou le travail ? Elle versa l'eau sur le café instantané, le leur apporta. Elle s'était retenue assez longtemps comme ça.

— Hier soir votre mari a dit que Christopher était ivre quand vous l'avez vu. Ivre et perturbé. Comme en crise. À votre avis qu'est-ce que c'était ?

Elle tira une chaise et s'affala dessus. C'était un de ces machins en bois courbé, vieux et déglingué. Qui grinçait au moindre mouvement.

— Je crois que Christopher dramatisait, qu'il avait fait une montagne d'une taupinière. D'accord, peut-être qu'il a eu le béguin pour Abigail à quatorze ans. Et alors ? Il m'a dit l'autre soir qu'il la suivait partout comme un harceleur juvénile mais je ne crois pas que c'était si grave que ça. On s'en serait rendu compte s'il était allé faire le guet tous les jours dans les champs. Vous l'avez dit vous-même, c'est assez plat dans le coin. Il n'y a pas beaucoup d'endroits où se cacher. Et je ne me rappelle pas avoir remarqué de changement cet été-là. Il restait absorbé par les sujets qui l'avaient toujours passionné

– histoire naturelle, astronomie. S'il se mourait d'amour, il ne l'a pas montré.

— Alors qu'est-ce qui a pu le bouleverser à ce point maintenant ? insista Vera. Le suicide de Jeanie Long ?

— Peut-être. Pourtant je ne crois pas qu'il l'ait jamais connue. Je ne vois pas comment il aurait pu.

Emma hésita.

— Je pense que la médiatisation autour de l'anniversaire de la mort d'Abigail lui a fourni une bonne excuse. Il était malheureux. Peut-être qu'il s'était fait plaquer. Ou que son boulot ne se passait pas bien. Alors il a ressuscité ses fantasmes adolescents et il s'est persuadé qu'Abigail était la cause de sa dépression.

Les gémissements du bébé s'étaient mués en une plainte stridente qui lacérait les nerfs de Vera.

— Écoutez, dit Emma. Il doit avoir besoin d'être changé. Il faut que j'aille le chercher. Vous avez d'autres questions ?

— Pas pour l'instant, mon lapin.

Vera était bien contente d'avoir une excuse pour partir.

— Vous croyez que le frère était fou ?

Ils étaient assis dans la voiture, isolés du reste du village par la pluie qui fouettait à l'horizontale. Ashworth, au volant, attendait les instructions. La question était venue comme ça. Sans y penser. Il avait ouvert la bouche et elle était sortie.

— Je sais pas, fit Vera. Déprimé peut-être.

— Vous ne croyez pas…

Il hésita.

— Vas-y, mon lapin. Crache.

— Il aurait pas pu tuer la fille ? S'il était *vraiment* obsédé, contrairement à ce que dit sa sœur. Obsédé et qu'il le gardait pour lui comme un secret honteux.

Peut-être qu'elle le provoquait, qu'elle se moquait de lui, et qu'il a craqué.

— Et puis il est rentré et il a fait comme si de rien n'était ?

Au début de leur collaboration Ashworth n'aurait pas insisté. Mais il avait pris de l'assurance à présent.

— Oui, à tel point qu'il a fini par s'en convaincre lui-même. Il a planqué son crime quelque part au fond de son cerveau, s'est dit quand Jeanie a été reconnue coupable que tout n'était qu'un mauvais rêve. Jusqu'à ce qu'elle se suicide et qu'on rouvre l'enquête. Ça expliquerait pourquoi il se comportait si bizarrement. Imaginez, vous vous réveillez un beau matin pour vous rappeler que vous avez étranglé une gamine. Il vous faudrait quelques verres pour digérer.

— Tu regardes trop la télé en journée. Les laïus à la con des psychologues de service. Je crois pas à ce genre d'amnésie. Trop pratique. En plus, il est pas sorti de chez lui le dimanche où Abigail est morte. Tout le monde l'a dit.

— Est-ce qu'ils s'en souviendraient ? Dix ans après ? Est-ce qu'ils sont sûrs ? Il pourrait s'être éclipsé alors qu'ils le croyaient dans sa chambre.

Elle visualisa l'agencement de Springhead. Il y avait une porte entre la cour et la cuisine, que les Winter utilisaient le plus souvent, mais aussi une autre au pied de l'escalier donnant sur un petit jardin clos. C'était une vieille maison aux murs épais. Ils ne l'auraient pas entendu sortir.

Elle vit le garçon, maigre et menu, comme sur la photo qu'il y avait de lui dans l'entrée de Springhead, courir vent debout sur le chemin à travers les champs en direction de la résidence Mantel. Espérait-il épier Abigail ? La voir dans sa chambre par une fenêtre sans rideaux, en train d'essayer de nouveaux vêtements, de se brosser les cheveux ? Mais peut-être l'adolescente s'était-elle ennuyée, abandonnée une fois encore par son père. Peut-être avait-elle décidé d'aller chez les Winter pour y trouver un public. Et ils s'étaient croisés.

Christopher était un garçon étrange. Tout le monde l'avait dit. Indépendant. Obsessionnel. Vera le voyait barrer la route à la jeune fille. Insistant.

Je dois te parler.

Qu'est-ce que tu veux ?

J'arrête pas de penser à toi.

Quoi ? Comme si l'idée la dégoûtait. Même si tout au fond elle était flattée, il ne s'en rendait pas compte.

Peut-être avait-elle essayé de passer en force et il l'avait attrapée par l'épaule, prêt à tout pour lui faire comprendre, maintenant qu'il l'avait pour lui tout seul. Et, excité par son contact, il ne l'avait pas lâchée.

Va te faire foutre, petit con.

Mais il l'avait retournée vers lui, plus fort qu'il n'y paraissait, et avait mis l'autre main sur son cou, presque une caresse. Elle lui avait hurlé de la lâcher, débité ce qu'elle pensait de lui dans un langage susceptible de choquer un garçon bien élevé. Il avait serré son écharpe autour de son cou, ne pensant qu'à faire cesser les mots qu'elle lui crachait à la figure mais incapable de s'arrêter, même quand il s'était rendu compte de ce qu'il faisait.

Le grondement d'un camion-poubelle, que la pluie brouillait en une forme méconnaissable, ramena Vera dans le présent. Elle secoua la tête pour évacuer le cauchemar.

— Je peux imaginer Christopher la tuer, dit-elle. Y être poussé selon la manière que tu m'as décrite. Mais tout oublier après… Non, ça, j'y crois pas.

23

Ils roulèrent en silence jusqu'à Springhead. Vera avait la tête pleine des Winter et de ce que ç'avait dû être pour Emma et Christopher de grandir là-bas. Ça ressemblait un peu trop à un travail de romancier, songea-t-elle, cette façon de chercher à récréer le passé. Mais comment faire autrement ? Elle ne pouvait pas se fier aux souvenirs de la famille. Même s'ils croyaient lui dire la vérité, après tout ce temps il y avait forcément des trous, des passages qui s'étaient modifiés à force de les raconter au fil des ans.

Une fois arrivés ils restèrent un moment devant la maison. La vieille cour de ferme était vide. Il n'y avait même pas la voiture de Robert pour s'abriter du mauvais temps.

— Plutôt lugubre, comme endroit, commenta Ashworth. On comprend pourquoi le garçon ne tenait pas à revenir trop souvent. Ils sont comment, les parents ?

— Corrects. Travailleurs. Du moins en surface. On ne sait jamais avec les familles, pas vrai, fiston ?

Elle lui coula un regard malicieux, taquin. Il adorait les familles.

Elle frappa à la porte de la cuisine et fut étonnée quand Mary répondit. Elle était en survêtement gris et polaire éculée, rendue pelucheuse par de trop nombreux lavages. Elle avait vieilli depuis la veille, rétréci à l'intérieur de sa peau.

— Qu'est-ce qui se passe ? Il y a du nouveau ?

Vera n'aurait su dire si elle cherchait à se raccrocher à cette possibilité ou si elle avait peur de devoir affronter pire encore.

— Pas encore, mon lapin.

Elle marqua une pause.

— Où est Linda ?

Linda était l'agent qui était restée là pour la nuit.

— Je l'ai renvoyée. Elle était très gentille, mais parfois on a besoin d'être seul.

— Et Robert ? demanda Vera d'une voix douce.

— Il est à l'église.

Mary les invita à entrer.

— C'est moi qui lui ai dit d'y aller. Il ne tenait pas en place. Je l'ai entendu toute la nuit tourner dans la maison. Je me suis dit qu'il trouverait peut-être un peu de paix là-bas. Mais je ne pensais pas qu'il s'attarderait autant. C'est pour ça que j'étais si nerveuse quand vous avez frappé.

Vera ne dit rien. Son père lui avait inculqué l'idée que l'athéisme était la seule position rationnelle, à un moment où tous ses camarades étaient envoyés au catéchisme. Elle les avait regardés revenir les uns après les autres de la salle paroissiale, serrant leurs coloriages des apôtres en train de pêcher et de Jésus marchant sur les eaux, et elle aurait aimé avoir le droit de se joindre à eux. L'église était une attraction prohibée, l'unique centre social de leur petit village. Hormis le pub. Elle s'était faufilée à l'intérieur une fois lors d'une fête des moissons et avait adoré le bruit de l'orgue et les chants, la couleur des vitraux et les tas de fruits. Mais elle ne voyait pas ce que ça pourrait apporter à Robert d'aller à l'église à un moment pareil. Un bâtiment lugubre ou un autre, n'était-ce pas du pareil au même ? Est-ce qu'il ne serait pas mieux ici, à consoler sa femme ?

Peut-être Mary sentit-elle sa désapprobation car elle éprouva le besoin d'expliquer :

— Il est désorienté, en colère. C'est un moment difficile.

— Pour tous les deux.

— La foi a toujours été plus importante pour lui que pour moi.

Elle hésita, puis continua à toute vitesse :

— Robert fait tellement de bien ici. Au village. Dans son travail. Ce serait terrible s'il venait à perdre ça. Mon rôle a toujours été de le soutenir dans ce sens.

Vera aurait aimé poursuivre sur le sujet mais elle ne savait pas quelles questions poser. Elle perdait pied. Elle avait envie de dire : *Vous êtes une femme intelligente et lui, il est adulte. Pourquoi ce ne serait pas lui qui vous soutiendrait dans votre travail ?* Mais elle ne voulait pas la blesser. Elle jeta un œil à Ashworth. Lui aussi avait l'air mal à l'aise avec la notion de foi.

— Est-ce qu'il était particulièrement proche de Christopher ? demanda-t-elle enfin. Son seul fils ?

La fin de la phrase avait une sonorité imprécise mais elle ne la reprit pas et se demanda pourquoi Mary la regardait si bizarrement.

— Robert était fier de Christopher, naturellement.

Sa voix était claire et posée. Elle accordait de l'importance aux mots.

— C'était un enfant brillant, de ceux capables de réussir leurs études sans vraiment faire d'effort. Mais je ne crois pas qu'on puisse dire qu'ils étaient proches. Non. Pas comme certains pères et leur fils.

Elle s'arrêta pour rassembler ses idées et quand elle reprit, le ton était mélancolique.

— Je travaille dans une bibliothèque. La plupart de mes collègues sont des femmes et elles bavardent beaucoup de leur famille. Je les entends parler de maris qui emmènent leur fils aux matchs de foot, à la pêche, puis, quand ils sont plus vieux, au pub. Notre famille n'est pas comme ça. Pas unie par cette espèce d'aisance relationnelle. Vous comprenez ? C'est peut-être un sacrifice qu'on a tous dû faire. Pour le travail de Robert. Ça devait passer avant tout le reste. Ç'a été dur pour les enfants.

— Mais vous voyez James et Emma, et votre petit-fils.

Vera éprouvait le besoin de la rassurer.

— Oh oui, et c'est merveilleux ! Une bénédiction ! Nous déjeunons ensemble tous les dimanches.

Elle se tut, puis ajouta, tristement :

— Mais c'est plus formel, convenu. Nous ne sommes pas très doués pour la spontanéité. Nous faisons tous très attention à la manière dont nous nous traitons les uns les autres. C'est peut-être une conséquence de la mort d'Abigail. Quand on sait que la tragédie peut frapper à n'importe quel moment, il semble important d'éviter les conflits. On s'était disputés cet après-midi-là…

Elle s'interrompit mais Vera attendit. C'était pile ce dont elle avait besoin. Une image du foyer dans lequel Christopher avait grandi. Bientôt Mary reprit.

— Je ne tiens pas Robert pour responsable de ce formalisme. Non, ce n'est pas du tout ce que je veux dire. En réalité, Robert est un peu plus sociable que moi. Il a proposé la semaine dernière encore de faire une fête pour mes cinquante ans. Inviter toute la famille, les amis. C'est le genre de choses que font les gens normaux, n'est-ce pas ? Nous-mêmes, on organisait des fêtes quand on habitait à York, on sortait dîner, on déjeunait avec des amis. En ville c'est très différent bien sûr. Peut-être que je suis devenue asociale, mais l'idée d'une réunion comme ça ici me terrifiait.

Une pensée lui traversa l'esprit.

— J'imagine que maintenant j'ai une bonne excuse pour l'annuler.

À peine eut-elle prononcé ces mots qu'elle leva la tête, les traits tendus par le choc.

— Ce que je viens de dire est atroce. Comment ai-je pu ? Je subirais mille fêtes pour que Christopher revienne à la vie.

— Je sais, dit Vera. Je sais.

Machinalement Mary s'approcha de la cuisinière. Elle souleva le couvercle et glissa une large bouilloire sur la plaque.

— Je vais faire du thé, non ? Je suppose que vous aimez le thé.

— Est-ce que nous pouvons vous parler d'hier ? demanda Vera.

— Bien sûr. Je me sens tellement impuissante. Voilà au moins une chose que je peux faire. Répondre à vos questions.

— Vous saviez que Christopher prévoyait un séjour à Elvet ?

— Non, mais ça n'avait rien d'étonnant. Il lui arrivait parfois de venir à l'improviste. Il n'avait pas perdu le don de la spontanéité, sans doute. C'était toujours un plaisir de le voir, mais je n'aurais pas voulu qu'il le ressente comme un devoir, une obligation.

Vera se rappela que Michael Long avait tenu des propos similaires. *Les enfants ne doivent rien à leurs parents.* Ainsi, une fois Christopher parti, Mary avait été contrainte à la patience, ne rien dire, attendre que son fils vienne la voir sur un coup de tête.

— Il a dû vous manquer. Ce n'était pas comme Emma qui habite juste à côté.

— Oui, soupira Mary. Il me manquait beaucoup.

— Qui a eu l'idée d'aller à la collecte de fonds pour le canot de sauvetage ?

— Robert. Une décision de dernière minute. Il a pensé, je crois, que nous avions tous besoin de nous remonter le moral. Ce temps est tellement déprimant.

Ça finit par vous flanquer le cafard. Et Emma n'avait pas pu sortir depuis la naissance de Matthew.

— Vous étiez amis avec M. Mantel ?

— Amis ? Non !

L'idée même lui paraissait impensable.

— Vos deux filles étaient très proches. Je me demandais si vous aviez eu l'occasion de vous fréquenter à l'époque.

— Non. Il est très occupé, vous savez. Et assez seigneurial dans sa belle maison avec sa voiture rutilante. Je ne suis pas sûre que nous aurions grand-chose en commun. Je veux dire, on le connaissait assez pour le saluer. On le croisait dans les événements du village. Mais il y a toujours eu une gêne. C'était ridicule, je sais, mais je me sentais coupable quand on se rencontrait.

— Parce que votre fille était en vie et pas la sienne ?

Mary leva les yeux avec gratitude.

— Oui, c'est exactement ça.

Il y eut un instant de silence puis elle ajouta :

— Maintenant, on a tous les deux perdu un enfant et peut-être que je me sentirai autrement.

La bouilloire se mit soudain à siffler. Vera trouva le bruit insupportable et dut se retenir de bondir pour aller la retirer du feu. Pendant un moment, Mary sembla ne pas l'entendre. Enfin elle se leva pour préparer le thé.

— Vous pouvez nous raconter la soirée d'hier ? demanda Vera quand Mary se fut rassise. Depuis votre arrivée à l'Ancienne Chapelle, si ça ne vous ennuie pas.

— Nous nous sommes garés dans l'allée comme tous les autres et avons contourné la maison pour rejoindre le jardin. Les gens faisaient la queue pour saluer Keith et sa jeune amie. Comme si on était à un mariage où les jeunes époux accueillent les invités à la porte de la salle de réception. Ou comme s'ils étaient de la famille royale.

— La façon dont vous en parlez, vous n'avez pas l'air de beaucoup apprécier M. Mantel.

— Vraiment ?

Mary fronça les sourcils.

— Ce n'était pas intentionnel.

— Qu'est-ce que vous pensiez de l'amitié d'Emma et d'Abigail ?

— Nous étions soulagés qu'Emma se soit fait ne serait-ce qu'une amie. Nous avions sous-estimé, je crois, combien le départ de York l'affecterait.

Elle fit une courte pause.

— Il les a affectés tous les deux, différemment.

— Mais est-ce qu'Abigail était le genre d'amie que vous lui auriez choisie, qui lui convenait ?

— Pourquoi pas ? Elle avait un tempérament différent de celui de notre fille. Plus sûre d'elle. Plus extravagante, peut-être. Mais nous n'avions rien contre elle. J'étais surtout inquiète, je crois, qu'elle ne finisse par se lasser d'Emma et la laisse tomber pour quelqu'un d'autre. Je ne pense pas qu'Emma l'aurait supporté.

Vera abandonna cette série de questions et revint à la veille au soir.

— Donc, vous avez salué Keith et sa petite amie ? Qu'est-ce qui s'est passé ensuite ?

— Nous avons pris un verre et essayé de nous joindre aux autres. Il y avait beaucoup de vieux amis. Des gens de l'église. Robert est assez en vue parce qu'il est premier responsable laïc. Il est bien connu dans le village. Je suis restée à l'intérieur un moment. La plupart des personnes âgées s'étaient installées là. Dehors il faisait froid et c'était un peu trop animé. La musique cassait les oreilles. J'ai discuté avec des dames de la Mother's Union[1], puis je suis allée retrouver Robert.

---

1. La *Mothers'Union* (Union des mères) est une association internationale de femmes anglicanes dont le but est de renforcer et de préserver le mariage et la famille par la foi chrétienne.

— Vous êtes certaine que Christopher n'était pas là ?

— Je ne peux pas en être sûre. Il y avait beaucoup de monde quand je suis sortie. Et puis il faisait nuit. Les gens qui se trouvaient près du feu n'étaient que des ombres.

— Vous avez remarqué Caroline Fletcher ?

— Désolée. Je ne vois pas du tout de qui vous parlez.

— C'est l'inspectrice qui a enquêté sur le meurtre d'Abigail.

— Mais bien sûr. J'avais oublié son nom. J'aurais dû m'en souvenir. Elle nous a soutenus pendant le procès. Elle était là ? Je ne suis pas sûre que je l'aurais reconnue. Pas après tout ce temps. Est-ce que ça veut dire qu'elle est restée en contact avec M. Mantel ? Quelle délicate attention !

— Oui, marmonna Vera. On peut le voir comme ça.

— Que faisiez-vous dans l'allée, madame Winter ?

Ashworth prenait la parole pour la première fois et Mary parut désarçonnée. Elle regarda Vera comme si elle avait besoin de sa permission pour répondre.

Vera l'y encouragea d'un sourire.

— Je ne m'amusais pas vraiment. Je ne m'amuse jamais, ces temps-ci, dans les endroits surpeuplés. C'est drôle comme les choses changent, n'est-ce pas ? Quand nous étions plus jeunes, j'aurais adoré ça… J'ai demandé à Robert si on pouvait s'en aller. J'étais sûre que quelqu'un d'autre accepterait de raccompagner Emma et James au village. J'ai dit que j'avais froid, et c'était la vérité, mais aussi une excuse, je dois bien l'avouer. Robert l'a pris au pied de la lettre. Il a dit qu'il y avait une veste plus chaude dans la voiture. Il m'a proposé d'aller la chercher mais j'ai préféré le faire moi-même. J'étais contente de pouvoir passer quelques instants toute seule.

— Qu'est-ce qui vous a poussée à regarder dans le fossé ? poursuivit Ashworth.

— Pardon ?

— L'allée était dans le noir. Pas d'éclairage digne de ce nom. Juste un devant la maison. Et le clair de lune apparemment. Mais vous deviez regarder où vous mettiez les pieds. Il y avait du verglas. Alors j'essaie de comprendre comment vous avez découvert le corps de votre fils. Si vous vous concentriez pour ne pas glisser. Je suis désolé de vous faire revivre ça, mais parfois un détail peut tout changer. Est-ce que quelque chose dans la haie a attiré votre attention ?

— Non. Ça ne s'est pas passé comme ça. On s'était garés tout au bord du fossé pour laisser le passage aux autres véhicules. L'herbe n'est pas entretenue et la voiture n'était pas bien droite. C'était celle de Robert. Il s'en sert pour son travail et je ne la conduis jamais. Je savais qu'il y avait un levier pour ouvrir le coffre sur le tableau de bord mais je n'arrivais pas à le trouver. En tâtonnant j'ai allumé le phares sans le vouloir. Ils ont éclairé le fossé. C'est là que j'ai vu Christopher.

Elle les regarda d'un air absent.

— Est-ce qu'il aurait pu se trouver déjà là quand vous êtes arrivés ? Ou bien vous l'auriez vu en vous garant ?

— J'étais à l'arrière avec Emma. On discutait. J'essayais de faire comme si ça ne me dérangeait pas que Christopher soit reparti à la fac sans avoir fait l'effort de venir nous voir. Mais James et Robert l'auraient vu s'il avait été là. Non, Christopher a dû mourir pendant que nous étions chez Mantel. Il était si près de nous. Mais nous n'avons rien pu faire pour le secourir.

24

— Qu'est-ce que t'as pensé d'elle ? s'enquit Vera. Elle disait la vérité ?

— Elle m'a pas eu l'air du genre à mentir.

Ils faisaient une pause thé et pâtisseries. Décision de Vera. Elle voulait voir Robert Winter mais il était toujours à l'église – du moins sa voiture était garée sur la place – et elle s'était dit qu'elle ne pourrait pas l'affronter avec une glycémie en berne. Elle aurait besoin d'être au mieux de sa forme pour cette conversation. En plus, ça la gênait de lui tomber dessus comme ça. Imaginez qu'il soit en train de prier. Elle ne se voyait pas s'asseoir sur un banc à côté de lui pendant qu'il était à genoux. À deux pas de la maison des Bennett il y avait une boulangerie. Vera avait senti la levure et le sucre depuis la Forge, une fois, et Dan l'y avait emmenée. La boutique était flanquée d'une petite salle sombre avec deux tables où ils servaient un mauvais café instantané et des sandwiches au bacon. Et les gâteaux gluants de la boulangerie. Par la fenêtre étroite ils voyaient l'église et la voiture de Winter. Personne ne pouvait les entendre. L'autre table était vide et la serveuse discutait avec la boulangère au magasin.

— Peut-être pas, concéda Vera. Mais il y a une différence entre mentir et dire toute la vérité. Elle choisissait bien ses mots, non ?

— Même ça, je vois pas. Elle m'a fait l'effet de quelqu'un de bien.

— Pas très marrante, sa vie, non ? Boulot et église. Tu crois que ça s'arrête là ?

— Peut-être qu'elle en demande pas plus.

Ashworth haussa les épaules.

— Une femme de son âge…

— Écoute, fiston. Elle a à peu près le même âge que moi et j'arrive encore à me marrer. Mais j'ai l'impression qu'il y a pas beaucoup de sujets de rigolade à Springhead.

Elle versa une cuillère de sucre dans son thé. Vu son état elle avait besoin d'énergie.

— Tu crois que son mari la bat ?

— Non !

Ashworth était choqué. Mais il faut dire qu'un rien le choquait. Certains jours c'était la seule distraction de Vera, provoquer une réaction de sa part.

— T'as pas eu l'impression qu'elle avait peur de lui, alors ?

— Non, répondit lentement Ashworth. Peur *pour* lui peut-être. Inquiète qu'il reste si longtemps à l'église. Protectrice, je dirais. Comme si elle était sa mère et lui, un enfant.

— Un enfant gâté. Si j'ai bien compris, il a intégré la bande à Dieu, décidé de plaquer son boulot à York et de venir s'installer ici et elle, elle a accepté sans rien dire en traînant la famille à sa suite.

Elle s'interrompit net. Elle venait de remarquer Dan Greenwood, qui sortait de son atelier et clignait des yeux au contact de l'air froid sur son visage. Sans prendre la peine de verrouiller la porte, il courut jusqu'à la boulangerie. Vera le regarda, se demanda pourquoi diable elle ne pouvait pas le quitter des yeux. Il disparut, mais ils l'entendirent dans la boutique demander un sandwich pain au levain-jambon fumé-moutarde et une part de gâteau à la vanille à emporter. Il retourna à l'Ancienne Forge sans les voir.

— Qui c'est, ce Dan Greenwood ? s'enquit Ashworth.

— Il a travaillé sur la première enquête Mantel. Fletcher était sa patronne.

— Comme vous et moi donc, dit Ashworth.

Il avait l'air d'un gosse de six ans, se dit Vera. Une bavure de confiture rouge de son beignet sur le menton. Pas capable, vraiment, d'être livré à lui-même.

— Ah, ouais, je ressemble beaucoup à Caroline Fletcher.

— Il y a eu quelque chose entre eux ? Genre, il lui faisait les yeux doux ?

— Non. Ils se sont jamais entendus.

Quoique ça n'aurait pas empêché Dan de s'amouracher d'elle, puis de se mépriser pour ça, songea Vera.

— Ah ?

— T'as vu comment est Fletcher. Implacable. Du moins en surface. Et Dan était trop sensible. Il fait partie de ces gens qui n'aiment pas jouer la comédie pour s'entendre avec les autres. Il est simple. Pas au sens de « bête », c'est pas ce que je veux dire. Mais carré. Pas de faux-semblants. Pas de paroles inutiles.

Entier, pensa-t-elle. *C'est pour ça que tu peux pas le quitter des yeux. Trop d'intensité émotive.* Puis elle se demanda si elle était folle.

— C'est pour ça qu'il est parti ? Incompatibilité d'humeur ? Il aurait pu demander sa mutation.

— Il a fait une dépression. Le stress. Je l'ai toujours trouvé un peu nerveux. Du genre à pas tenir en place. Il est parti en congé maladie peu de temps après l'arrestation de Jeanie Long. Plus tard il a emménagé à Elvet et ouvert son atelier de poterie sur la place.

— C'est l'affaire Mantel qui l'a rendu malade ? J'aurais pas cru qu'il y avait une telle pression. Les journalistes devaient pas les lâcher, c'est sûr, mais ils ont bouclé l'affaire vite fait bien fait, non ?

Vera se rendait compte que Joe pensait à des affaires sur lesquelles il avait lui-même travaillé. Des enquêtes qui avaient duré des mois, des jours sans dormir, sans voir sa famille, et au final aucun résultat.

— Il a jamais cru Jeanie coupable, dit-elle. Mais il a pas eu le courage de faire du foin à l'époque.

— Et maintenant il culpabilise pour son suicide ?

— Peut-être.

— Comment vous l'avez connu ?

— On s'était croisés plusieurs fois, dans des stages, des formations. Plus tard un gars de Wooler s'est défilé pour sa comparution au tribunal et on l'a retrouvé par ici. Je suis descendue quelques jours. Dan m'a plu. Un de ces types pour qui on se prend tout de suite d'amitié. Comme je disais, pas de face cachée. Pas d'idée derrière la tête. Il m'a appelée avant de démissionner. Ils lui avaient proposé un compromis et il voulait mon avis.

— Qu'est-ce que vous lui avez dit ?

— Qu'on avait besoin de gens consciencieux, mais que si ça le rendait malade il ferait mieux de se tirer avec le fric.

— Pourquoi il pensait que Jeanie Long était innocente ?

— Il avait assisté aux interrogatoires. Il la croyait.

— C'est tout ?

— Ils avaient aucune preuve matérielle. Et Dan disait que tout s'était passé très vite. Facilement. Comme si ç'avait été un coup monté. Comme si quelqu'un tirait les ficelles.

— Vous croyez que c'était Mantel ?

— Quand un père en deuil te montre quelqu'un du doigt et te dit qu'il sait qui a tué sa fille, c'est difficile de pas en tenir compte. Surtout quand il le dit en public. Et que c'est une figure locale. Dont les amis sont magistrats ou siègent au conseil de police.

— Tout le monde avait intérêt à ce que l'affaire soit réglée au plus vite, alors.

— Tout le monde sauf Jeanie Long.

— Mais il tirait les ficelles de qui, Mantel, en fait ?

Vera enfourna une demi-tartelette à la crème.

— Va falloir aller lui demander, non ? Mais ça attendra. Voilà Robert Winter qui sort de l'église.

Winter était toujours sous le porche quand ils le rejoignirent. Il se tenait comme prêt à partir vers la grille, retenu, aurait-on dit, par une barrière invisible. L'allée était jonchée de feuilles humides et à un moment Ashworth faillit glisser, mais rien chez Winter n'indiqua qu'il les avait vus approcher. Il regardait d'un œil vide les arbres nus qui bordaient le cimetière.

— Votre femme va s'inquiéter, dit Vera.

Ce n'est qu'alors que Robert prit acte de leur présence par un hochement de tête courtois. Il ne réagit pas, cependant, au propos.

— On revient de chez vous. Mary ne s'attendait pas à ce que vous tardiez tant. Tenez, appelez-la.

Vera tâtonna dans son sac à la recherche de son portable.

— Dites-lui qu'on voudrait d'abord discuter un peu avec vous, mais que ça ne sera pas long.

— Oui, dit Robert. C'est vrai. Je me suis montré bien négligent.

Il prit le téléphone et fit enfin l'effort de quitter le porche, s'éloigna de quelques pas, leur tournant le dos pour qu'ils n'entendent pas sa conversation.

— Est-ce qu'on peut discuter quelque part ? lui demanda Vera quand il eut terminé.

— Ici ? À l'église ?

Il avait réagi comme si, dirait-elle plus tard à Ashworth, elle lui avait proposé de s'entretenir dans un bordel ou une pissotière.

— Si on ne dérange pas.

— Je ne préférerais pas.

Ainsi se retrouvèrent-ils à nouveau dans la petite salle attenante à la boulangerie, à boire encore du thé.

Sur le chemin ils passèrent devant le magasin de journaux où les titres des gazettes locales hurlaient le nom de Christopher. Mais Vera n'arrivait pas à avoir de la peine pour Robert Winter et pendant tout le temps de la conversation elle aurait aimé être plus pugnace, tenir bon. Qu'avait donc cet homme pour réussir à avoir toujours le dessus ?

Elle commença par une question à laquelle il ne devait pas s'attendre, dans l'espoir de le désarçonner.

— Pourquoi conseiller d'insertion et de probation ? C'est un peu différent de l'architecture.

— Plus stimulant.

Il sourit poliment. Elle se dit qu'il avait déjà joué à ce genre de joute verbale auparavant.

— Qu'est-ce que ça vous apporte ?

— Pas de l'argent, ça c'est sûr. L'architecture, c'était plus lucratif. Comme presque toutes les professions.

À côté d'elle, elle sentait qu'Ashworth l'adjurait de changer de tactique. Elle savait ce qu'il pensait. Robert Winter était un père en deuil qu'il fallait traiter avec un peu plus de délicatesse.

— Quoi, alors ? insista-t-elle.

— Parfois on peut servir à quelque chose, dit Robert. Changer des vies. Quand ça arrive, c'est le métier le plus gratifiant du monde.

— Est-ce que vous avez servi à quelque chose pour Jeanie Long ?

— Manifestement pas.

Il gardait son calme, pas même une pointe d'irritation.

— J'ai accepté le jugement du tribunal qui la déclarait coupable. J'ai manqué à mon devoir envers elle parce que je n'ai pas cru à son histoire.

— Vous devez vous sentir mal.

— Bien sûr, mais ça ne doit pas affecter mon travail avec les autres détenus. Je ne crois pas que je puisse me le reprocher. Beaucoup des gens avec qui je travaille sont manipulateurs et convaincants. Beaucoup clament leur innocence. Il arrive qu'on se trompe…

– Vous savez, l'interrompit Vera, je crois que c'est un peu comme entrer dans la police. La même motivation, je veux dire. Ça donne le droit de s'immiscer. Ça nous donne accès à tout ce fumier et cette corruption que nous autres citoyens respectables ne connaîtrions pas autrement. Il y a quelque chose de fascinant dans le crime, n'est-ce pas ? Une excitation. Tout le monde s'y intéresse, mais nous, on est payés pour fourrer notre nez dedans. Et vous aussi.

– C'est une interprétation, inspecteur. Mais je n'y adhère pas.

– Est-ce que Christopher a eu des petites amies quand il habitait chez vous ?

– Pas que je sache.

– Vous l'auriez su ? Est-ce que c'est le genre de chose dont vous auriez parlé ?

– Sans doute pas. Christopher était un jeune homme très secret.

– Quelle ironie, non ?

Elle sourit pour bien lui montrer qu'elle avait dit ça sans aucune mauvaise intention.

– Vous connaissiez probablement mieux la vie des délinquants dont vous vous occupez que celle de votre propre fils.

Elle poursuivit rapidement avant que Robert n'ait eu le temps de répondre.

– Pourquoi teniez-vous tellement à emmener votre famille chez Mantel hier soir ?

– On traversait tous un moment difficile. Le suicide de Jeanie, l'affaire Mantel qui revenait dans tous les journaux, ça a fait remonter les mauvais souvenirs. Je me suis dit que ça nous ferait du bien de passer la soirée dehors. D'arrêter de ruminer.

— Vous n'avez pas pensé que revoir Keith Mantel pourrait avoir l'effet contraire. Sur Emma, au moins ?

— Non.

Et Vera vit qu'il disait peut-être la vérité. Il ne s'était pas rendu compte que ce pourrait être douloureux pour Emma de retourner dans la maison où vivait sa meilleure amie au moment de son assassinat. Et Ashworth qui la trouvait insensible, *elle*.

— Non. C'était il y a longtemps. Emma a dépassé tout ça. Comme nous tous. Je pensais qu'on passerait un bon moment.

— Vous ne vous attendiez pas à y retrouver Christopher ?

— Pas du tout. J'étais persuadé qu'il était rentré directement à Aberdeen. C'était blessant – il sait que sa mère se fait toujours une fête de le voir – mais tout à fait dans son caractère.

Assez soudainement il sembla perdre patience.

— Est-ce qu'il y a quelque chose d'urgent, inspecteur ? Rien qui ne puisse attendre ? Parce que ma femme est seule depuis longtemps. Comme vous l'avez dit. Franchement, je crois que je devrais aller la rejoindre.

Sans attendre de réponse il se leva et s'en alla. Par la fenêtre ils le regardèrent s'éloigner à grands pas. Une femme âgée, manifestement affligée, se précipita vers lui pour lui présenter ses condoléances. Il s'arrêta, se pencha vers elle et prit sa main dans les siennes. Puis il repartit vers sa voiture.

— Je me demande, dit Vera, pourquoi il m'est aussi antipathique.

— La religion ? hasarda Ashworth. Ça n'a jamais été votre truc.

– Peut-être. Mais tu vas me trouver la liste des gens présents hier soir chez Mantel et interroger tout le monde. Est-ce que quelqu'un a vu Robert Winter s'absenter ? Est-ce que quelqu'un l'a vu dans l'allée ?

– Et vous, qu'est-ce que vous allez faire ?

– Moi ? Je vais à la prison. Où Jeanie Long a passé ces dix dernières années. Il y a une autre victime dans cette affaire. Et j'ai pas l'impression de savoir quoi que ce soit d'elle.

25

Vera se gara au parking visiteurs. Il était presque vide. Celui du personnel était plus près, mais il y avait une barrière commandée depuis la guérite du gardien. Certains jours elle aurait pris un malin plaisir à sonner à l'interphone pour exiger qu'on la laisse entrer, mais aujourd'hui elle n'était pas d'humeur bagarreuse.

Elle avait appelé pour annoncer sa visite et était attendue. Elle avait demandé à s'entretenir avec quiconque avait bien connu Jeanie et fut surprise qu'on la conduise directement dans le bureau du directeur. Elle crut comprendre pourquoi. Un suicide en détention était une affaire délicate. Chaque prison devait être notée, avec classement national à la clef. Le directeur voudrait expliquer que son établissement n'était pas responsable, qu'ils avaient suivi les directives à la lettre. Mais dès qu'elle le vit elle comprit qu'elle s'était méprise sur son compte. Debout devant la fenêtre, il regardait une cour de béton, déjà plongée dans la nuit à cause des hauts murs qui l'entouraient. Un groupe de femmes la traversait sous bonne escorte. Elles attendirent, tapant des pieds et criant, pendant qu'une surveillante verrouillait la porte d'un bâtiment et les contournait pour ouvrir celle d'un autre.

— C'est le bloc d'enseignement, précisa le directeur. Jeanie y passait beaucoup de temps. Je pensais que ça pourrait l'aider, qu'elle y verrait une manière constructive de passer le temps. Apparemment, j'avais tort.

— Vous n'envisagiez pas le risque de suicide, alors ?

Il se retourna vers l'intérieur de la pièce.

— Non. Mais ça ne m'a pas surpris pour autant. Je me sens coupable. J'aurais dû le voir venir.

— Vous avez beaucoup de femmes sous votre responsabilité.

Elle l'avait dit comme on énonce un fait, pas comme une excuse, mais il rejeta l'idée en secouant la tête.

— Aucune n'était là depuis aussi longtemps que Jeanie. C'était un affreux gâchis. Elle n'a jamais posé le moindre problème de sécurité. Si elle avait dit ce qu'il fallait, elle aurait pu être transférée dans une prison ouverte il y a des années.

— Mais elle refusait de jouer le jeu ?

— Je crois qu'elle était incapable de mentir. Je suis dans l'administration pénitentiaire depuis vingt ans et je n'avais jamais rencontré quelqu'un comme elle.

— Donc, vous avez cru les arguments de sa défense ?

— Jeanie Long n'a tué personne, dit-il fermement. J'en ai été convaincu dès que je l'ai rencontrée.

Vera pensa qu'il avait eu un petit béguin pour elle, et qu'il était un peu trop émotif pour diriger une prison pour femmes.

— Comment elle était intégrée, ici ?

— Elle n'était pas intégrée. Elle ne cadrait pas avec les autres femmes. Les condamnées à perpétuité deviennent souvent des célébrités. Non pas que toutes les détenues soient morbides. C'est plus lié à la médiatisation de l'affaire qu'à la nature du crime. Et pour les condamnées, c'est facile de se sentir flattées par l'attention qu'elles suscitent et ça peut leur simplifier le quotidien. Jeanie refusait de jouer ce rôle. Elle ne parlait de son crime que pour protester de son innocence.

— Est-ce qu'elle était proche de quelqu'un ?

— Je vous l'ai dit, pas parmi les détenues. Mais l'an dernier une nouvelle aumônière est arrivée, et Jeanie avait l'air de la respecter.

— Et les surveillantes ? Les enseignants ?

— Non. La prison fonctionne sur le principe du consentement. Les criminels reconnaissent leur culpabilité et le droit aux autorités de régenter leur vie. Jeanie ne l'a jamais fait. Elle contestait, elle défiait. Ça l'a mise à l'écart. L'enseignement dans les prisons, et notamment dans celle-ci, qui reçoit peu de détenues de longue durée, est forcément assez rudimentaire. Jeanie pouvait se montrer hautaine, presque insolente. Elle avait fait plus d'études que la plupart des profs et ne s'en cachait pas.

— Comment s'entendait-elle avec son conseiller d'insertion ?

— Ils ne se voyaient pas beaucoup. Les conseillers sont censés entretenir un lien avec les criminels en détention, mais ils ont souvent plus urgent à faire. J'ai regardé le rapport de situation après le décès et Robert Winter me semble avoir été très juste. Il a essayé de l'encourager à faire et dire tout ce qu'il fallait. Il a rendu visite à son père dans l'espoir de lui trouver un foyer et un soutien après sa libération. J'ai bien peur que M. Long ne l'ait pas beaucoup aidée.

— Long pensait qu'elle avait tué la gamine et méritait de se trouver ici.

Le directeur parut incapable de parler. Vera eut envie de le ranimer à coup de baffes.

— Vous saviez que M. Winter était indirectement impliqué dans l'affaire Mantel ? C'est sa fille qui avait trouvé le corps.

— Non.

Le directeur avait l'air choqué.

— Mais il faut dire que je ne l'ai jamais rencontré. Je n'avais aucune raison. Je suis en contact régulier avec les assistants sociaux résidents, bien sûr, mais pas avec ceux qui viennent de l'extérieur.

— Quand est-il venu voir Jeanie pour la dernière fois ?

Le directeur tendit la main et tira un dossier d'une pile impeccable de la table sous la fenêtre, mais Vera eut l'impression qu'il connaissait déjà la réponse.

— Trois jours avant sa mort.

L'aumônière jouissait d'un petit bureau derrière la chapelle. En temps normal elle serait déjà partie, précisa le directeur, mais elle était restée spécialement pour Vera. Il fit accompagner l'inspectrice par une surveillante, une jeune femme sympathique qui appelait toutes les détenues par leur nom. C'était l'heure du thé et elles avaient formé une queue irrégulière dans le couloir pour aller chercher leur ration au guichet. Une fille très mince, cheveux en bataille et cicatrices aux poignets, chantait toute seule. Un air violent et agressif. Personne n'y prêtait la moindre attention. *Jeanie aurait été là aussi*, se dit Vera. Isolée et sans amie.

— Vous connaissiez Jeanie Long ? demanda-t-elle à la surveillante.

— Oui.

— Qu'est-ce que vous pensiez d'elle ?

Elle haussa les épaules.

— Je l'aimais pas beaucoup, à vrai dire. Elle se croyait supérieure aux autres. Et elle avait réussi à embobiner le grand patron. Pas que ce soit bien difficile. Il se laisse avoir par toutes leurs histoires à faire pleurer.

Elle se rendit compte qu'elle venait de commettre une indiscrétion et elles poursuivirent leur chemin au milieu des femmes turbulentes et curieuses sans plus échanger un mot.

L'aumônière était petite. Elle portait un pull à col roulé en nylon blanc – évoquant le col ecclésiastique – sous son gilet de couleur vive, et un pantalon rouge en velours côtelé. Elle fit du thé pour Vera.

— Certaines ne viennent que pour ça, expliqua-t-elle. Un thé dans une tasse en porcelaine et des biscuits. Ça ne me dérange pas. Ce n'est pas beaucoup demander, il me semble.

— Et Jeanie Long, elle venait pour quoi ?

— Elle disait que c'était pour avoir des conversations intelligentes et se reposer du bruit du bloc. Elle se croyait différente des autres détenues. Elle n'était pas disposée à leur donner leur chance.

— Elle était innocente, dit Vera en essayant de contenir sa colère. Donc différente. Vous la voyiez souvent ?

— Une fois par semaine, le vendredi matin. Le directeur m'a demandé de lui parler dès que j'ai été nommée ici. Il m'a dit qu'elle en bavait. Elle ne s'entendait pas avec son conseiller attitré. On a pris l'habitude de se voir toutes les semaines. Je ne sais pas très bien ce que ça lui apportait.

— Vous parliez de quoi ?

— Pas de religion, répliqua vivement la petite femme. Elle m'a fait comprendre dès le départ qu'elle refusait d'aller sur ce terrain-là. « Ma mère croyait à toutes ces conneries et regardez le bien que ça lui a fait. » Elle se méfiait toujours de tout ce qui risquait de la détourner du combat. Comme si elle devait entretenir sa colère pour ne pas se trahir. Un jour elle m'a dit : « Ce serait si facile de céder. De lâcher prise. » Les seules fois où je l'ai vue lâcher prise, justement, c'était quand elle parlait de musique. Là elle devenait quelqu'un d'autre. Plus douce, plus détendue.

— Est-ce que vous parliez de l'affaire Mantel ?

— Elle oui, bien sûr. À la moindre occasion. Ça me mettait mal à l'aise. Je ne savais pas comment réagir. Je ne voulais pas attiser de faux espoirs. Il y a eu un procès en appel, peu après sa condamnation, mais elle a été déboutée. Il n'y avait pas de nouveaux éléments. Je n'imaginais pas que le dossier pourrait être rouvert. Et puis toute ma formation, ma foi, et la philosophie de la prison, reposent sur l'acceptation de la faute commise. C'est le préalable à toute possibilité de réhabilitation.

— Donc, vous la croyiez coupable ?

Vera songea que c'était un tas d'inepties moralisatrices.

— Je suis naïve. Je ne pensais pas que le tribunal ait pu se tromper à ce point. Je me disais qu'elle s'était peut-être convaincue de son innocence parce qu'elle ne pouvait pas accepter l'horreur de son acte. Et je ne pouvais pas exclure la possibilité qu'elle soit manipulatrice, que je me faisais avoir.

— Est-ce qu'elle a entrepris des démarches concrètes pour prouver son innocence ?

— Je crois que oui, au début. Elle a écrit aux journaux et à tous les gens qui lui venaient à l'esprit en protestant de son innocence. Mais elle est vite passée de mode et la presse ne s'est plus intéressée à elle, jusqu'au papier de *The Guardian* pour les dix ans du procès. Peu de temps après sa condamnation sa mère avait passé une annonce dans un journal londonien, avec une photo, pour demander à toute personne qui aurait vu Jeanie le jour de l'assassinat de se présenter à la police. Et puis sa mère est morte, et je suppose qu'elle a perdu espoir.

Tout ce qu'elle pouvait faire, c'était ressasser les faits encore et encore.

— Et c'est ce qu'elle faisait lors de vos entretiens ?

— La plupart du temps. Je ne trouvais pas ça très sain, de répéter les mêmes histoires semaine après semaine. Elle disait qu'il fallait qu'elle se souvienne. Que tous les autres oublieraient ce qui s'était passé. Qu'un jour, elle aurait peut-être à exposer une nouvelle fois sa version des événements à la cour. Il faudrait alors qu'elle sache quoi dire.

— Vous vous rappelez ce qu'elle vous racontait ?

— Oh, je crois bien ! Je l'ai entendu assez souvent.

Elle pivota légèrement dans sa chaise, de sorte qu'elle n'était plus complètement en face de Vera. Dehors il y eut un court moment de tapage, des voix s'élevèrent, une surveillante cria, mais l'aumônière n'y prêta pas attention.

— Jeanie était passionnée de musique. Ambitieuse. Elle voulait faire carrière dans ce domaine. Pas prof, elle disait. Elle n'aurait pas été capable. Elle savait que ce serait difficile de se faire une place dans le métier, alors à la fac elle s'était concentrée, avait travaillé d'arrache-pied. Elle est sortie avec un ou deux garçons, mais rien de sérieux. Ils l'auraient freinée. Puis elle a rencontré Keith Mantel et elle est tombée amoureuse. Comme la plupart des gamines de quinze ans qui s'amourachent d'une pop star. Sauf que Keith Mantel était réel et disponible, et qu'il avait l'air de partager ses sentiments.

— Dans quelles dispositions était-elle vis-à-vis de lui, ici ?

— Elle disait qu'elle ne regrettait rien. Que cet été-là était le plus beau moment de sa vie. Qu'elle ne tenait le coup que grâce à ce souvenir. Je crois qu'elle se berçait toujours de l'illusion qu'une fois qu'elle serait innocentée, ils se remettraient ensemble.

— Est-ce qu'elle parlait d'Abigail ?

— Oui, et c'était presque comme si elle lui en voulait de s'être fait assassiner. Je détestais sa manière de parler d'elle. Elle disait qu'Abigail exerçait sur son père un drôle de pouvoir, pas naturel. « Si j'étais croyante, répétait Jeanie, je dirais qu'elle était maléfique. J'ai essayé de la comprendre, mais c'est difficile de comprendre quelqu'un d'aussi pervers et égocentrique. Évidemment, je saisissais le processus – la mort de sa mère quand elle était toute petite, son père qui la gâtait. Mais elle était devenue un monstre et il n'y a pas d'excuse à ça. » Naturellement, elle tenait Abigail pour responsable de la décision de Keith de la renvoyer. Je voyais que cette plaie était toujours à vif. Elle continuait à chercher des excuses, une explication dans laquelle elle n'aurait pas eu le rôle de la maîtresse éconduite.

— Elle racontait le jour du meurtre ?

— Oui, et ça correspondait à ce qu'elle avait déclaré au tribunal. Elle avait appelé l'Ancienne Chapelle tôt le matin. Elle était tombée sur le répondeur. Ce qui ne voulait pas dire que Keith n'était pas là. Elle pensait qu'il ne voulait pas lui parler, que s'ils discutaient il serait obligé de la laisser revenir. Elle a été tentée d'aller le voir, mais c'était le week-end et elle savait qu'il ne serait pas lui-même si Abigail était là. Sur un coup de tête elle a décidé de partir pour la journée. Elle est allée à Hull en voiture et a pris le premier train pour Londres. Elle est rentrée en fin d'après-midi. Personne ne l'a vue ni ne lui a parlé. En arrivant chez ses parents, elle a appris la mort d'Abigail. Elle a essayé d'appeler Keith pour lui présenter ses condoléances, mais là encore, pas de réponse. Ses parents l'ont dissuadée d'aller chez lui. Plus tard on lui a dit qu'il s'était réfugié chez des amis pour pleurer en paix. Quelques jours après, on l'arrêtait.

— Est-ce qu'elle avait des hypothèses sur l'assassin ?

— Elle disait vaguement qu'Abigail cherchait les ennuis. Avec sa manière de s'habiller et d'aguicher les hommes. De poser, glousser, flirter. Un pauvre vieux détraqué, elle disait. Je me suis bien demandé…

— Oui ?

— Je me suis bien demandé si Jeanie ne parlait pas de son père. Si ce n'était pas pour ça qu'elle le détestait autant. Pas parce qu'il avait tué Abigail. Ça, elle le lui aurait pardonné. Mais de l'avoir laissée accuser à sa place. Moisir ici. Mais je n'y ai pas cru. Pas plus d'un instant. Je pensais qu'elle était coupable.

26

Quand Vera rentra à son hôtel il était presque l'heure du dîner et elle bouillait d'en découdre. Après la prison elle s'était rendue à Crill, au commissariat, où la cellule technique avait été installée. Elle s'était attendue à être traitée comme chez elle. Pas tout à fait comme une déité femelle, mais comme quelqu'un dont la parole comptait. Ça n'avait pas été le cas. Paul Holness était là, régnait en maître sur la cellule technique, criant ses ordres, distribuant des bribes de compliments à une équipe en adoration. Il avait traité les requêtes de Vera d'abord avec un amusement condescendant puis avec une franche hostilité. Elle s'était trompée sur son compte. Holness n'était peut-être pas brillant mais il ne voulait pas qu'elle joue un rôle actif dans l'enquête sur le meurtre de Christopher Winter.

Arrivée à l'hôtel, elle fila droit au bar. Il était meublé comme un club de gentlemen avec lumière tamisée et musique si douce qu'il était impossible de distinguer de quoi il s'agissait. Ça ressemblait plus à une vibration qu'à de la musique, un horripilant bourdonnement d'insecte. Une douche ne lui aurait pas fait de mal mais elle avait encore plus besoin d'un verre. Et elle n'avait pas envie de boire toute seule. Elle appela Ashworth sur son portable.

— T'es où ?

— Je viens d'arriver.

Il sentit dans quel état d'esprit elle était et ajouta précipitamment : « madame ». Mesure de précaution. Ça ne faisait pas de mal et parfois, ça la calmait. Pas ce soir.

— Amène-toi. C'est moi qui régale.

Elle s'assit, occupant presque tout un canapé de cuir avec ses sacs et son manteau, écumante, jusqu'à ce qu'il arrive.

— Alors, cette visite à la prison ? hasarda-t-il.

— Intéressante, mais on en parlera plus tard.

— Et votre entrevue avec les poulets du coin ?

Elle ne répondit pas directement.

— Qu'est-ce que tu penses d'eux, au fait ? Ils t'ont lâché la liste des témoins présents chez Mantel ? Sans faire d'histoire ?

— Aucun problème. Mais ça leur évitait pas mal de boulot, non ? Un homme de plus pour vérifier les déclarations et faire les visites de routine. Ils allaient pas refuser ça.

— Je les ai trouvés foutrement peu coopératifs.

Il ne moufta pas, se dit : *Alors comme ça, t'as pas fait ta loi.*

— Ils veulent traiter les deux enquêtes comme des affaires distinctes. Aucun élément ne permet de les relier pour le moment. Qu'ils disent. Que dit Holness. C'est du délire. Et que même s'il y avait un lien, je ne suis pas là pour découvrir qui a tué Abigail, mais uniquement pour déterminer comment la première équipe s'est plantée.

— Ça doit être une question de politique, répondit Ashworth. Ils ne veulent pas que quelqu'un de l'extérieur leur pique une affaire de meurtre toute fraîche. Ça les ferait passer pour des incompétents. Vous avez quand même pas cru qu'ils vous laisseraient diriger l'enquête ? Vous accepteriez jamais ça sur *votre* terrain.

— Peut-être.

— Holness aurait pu vous demander de suspendre l'enquête Mantel jusqu'à ce que le meurtre Winter soit résolu.

— Qu'il essaie !

Elle détestait Ashworth quand il prenait la voix de la raison.

— En plus, la presse verrait ça comme une tentative d'étouffement, ajouta-t-elle.

— Est-ce qu'il y a d'anciens agents de l'affaire Mantel dans l'équipe qui enquête sur le meurtre de Christopher Winter ?

— Non.

— Alors je vois pas comment vous pourriez vous y opposer. C'est une nouvelle équipe. Il y a peu de chances qu'ils commettent les mêmes erreurs. Et ils vous tiendront informée des développements…

— Ils *disent* qu'ils me tiendront informée. Notamment s'ils découvrent quoi que ce soit qui rattache ce meurtre à l'affaire Mantel.

— Alors c'est parfait.

Vera but son Scotch et brusquement lui sourit.

— T'occupe pas de moi, mon lapin. J'ai simplement envie d'être à la maison. Tu sais bien.

Il hocha la tête.

— Alors, qu'est-ce que ça a donné ? demanda-t-elle.

— Je crois pas qu'on puisse tirer grand-chose des témoins. Apparemment, les Winter sont arrivés à l'Ancienne Chapelle parmi les derniers. Caroline Fletcher s'est pointée plus tard mais elle a dit aux collègues hier soir qu'elle avait croisé personne dans l'allée.

— Donc si Christopher a été tué par quelqu'un de la fête, c'est elle la plus probable ?

— Non. N'importe qui aurait pu aller le retrouver discrètement sans que personne le remarque. Aucun des témoins n'a vu s'éloigner Robert Winter, mais ils n'ont pas non plus repéré l'absence de Mme Winter quand elle est allée chercher son manteau.

— Ils ont retrouvé l'arme du crime ?

— Non. Ils reprendront les recherches à la première heure.

— Ils ont pas beaucoup avancé alors, dit-elle, incapable de dissimuler une pointe de satisfaction.

— Quel est le programme pour demain ?

— Faut qu'on parle à Mantel. Ils peuvent rien y redire. C'est le père de notre victime. Rien de plus normal.

Quand ils approchèrent de l'Ancienne Chapelle le lendemain matin il faisait à peine jour. La pluie avait cessé, mais il restait le vent, qui faisait voler un sac d'engrais devant eux sur la route, les brindilles mortes des arbres courbés, et des tourbillons de sable et de paille. Ce furent les premiers mots de Mantel en leur ouvrant la porte.

— Vent de tempête, dit-il en levant les yeux sur les nuages gris qui filaient, comme s'il avait vécu là toute sa vie, comme s'il s'y connaissait en bateaux et en marée et en météo.

Vera se présenta.

— C'est vous qui avez repris l'enquête sur la mort de ma fille ? lança-t-il.

— C'est exact. Et voici mon adjoint.

— Vous auriez pu venir me voir plus tôt. Ç'aurait été courtois. Je n'ai appris la réouverture du dossier que par les journaux.

Vera marmonna vaguement qu'elle n'avait encore procédé qu'à des recherches préliminaires, mais elle savait qu'il avait raison et de toute façon il n'avait pas dit ça de manière agressive. Quel que soit son passé, quelle que soit l'opinion de Michael Long, en le voyant maintenant, elle avait de la peine pour lui.

— Vous avez de la chance de me trouver. J'ai décidé de travailler à la maison aujourd'hui, annulé tous mes rendez-vous. Je n'étais pas en état. La mort de ce garçon l'autre soir, ça a tout fait remonter à la surface.

Ils se tenaient toujours devant la porte en ogive d'où l'on pouvait voir le lieu du crime. Un segment de ruban bleu et blanc s'était détaché et frétillait furieusement comme la queue d'un grand cerf-volant, de ceux qu'on manœuvre à deux ficelles. Dans le champ voisin un cordon d'agents en uniforme et anorak bleu marine avançait lentement, les yeux rivés au sol.

— Deux enfants morts, soupira Mantel. Quel affreux gâchis !

— Trois, rectifia Ashworth.

Mantel ne réagit pas, mais Ashworth avait parlé tout bas, peut-être ne l'avait-il pas entendu.

Ils le suivirent jusqu'à la pièce où les vieilles dames s'étaient réfugiées deux soirs plus tôt. Il ne restait pas trace de leur présence. Les chaises supplémentaires avaient été enlevées, la moquette nettoyée. Au-delà, dans la véranda, une caisse en plastique barrait la porte du jardin. Elle contenait des bouteilles de vin vides, certaines enfoncées, tête en bas, au milieu des autres. Derrière les vitres on voyait les restes du bûcher et des lambeaux de feux d'artifice calcinés éparpillés sur l'herbe.

Mantel les invita à s'asseoir d'un signe de tête.

— Vous croyez qu'ils ont été tués par la même personne ? demanda-t-il.

Puis, comme la réponse se faisait attendre :

— Je veux dire Abigail et le jeune Winter.

— Pour l'instant, rien ne permet de l'affirmer.

— J'étais convaincu que Jeanie était coupable. C'est tout ce qui m'a permis de tenir. La colère. Le procès. La voir sous les verrous. Je suis allé au tribunal tous les jours, au balcon après avoir fait ma déposition. J'ai patienté pendant les quatre jours qu'il leur a fallu pour aboutir au verdict. Je l'aurais pendue de mes propres mains à l'époque, si ç'avait été possible.

Il s'interrompit brusquement.

— Vous êtes bien sûrs qu'elle était innocente ? Ce n'est pas la presse qui court après du sensationnel, ses avocats qui manipulent le système ?

— On est sûrs.

Il ne cilla pas.

— Je n'y croyais pas jusqu'à l'autre soir, reprit-il. Je pensais que c'était une manœuvre des bondieusards et des libéraux pour la disculper. Et puis il y a eu cet autre cadavre… Même moi, j'ai compris que ça ne pouvait pas être une simple coïncidence.

Il leva brusquement les yeux.

— À votre avis ? C'est un fou lâché dans la nature ?

— Il est trop tôt pour tirer des conclusions. Ils traitent les deux affaires séparément tant qu'il n'y a pas de nouveaux éléments.

Il parut sur le point de protester, mais se ravisa.

— Qu'est-ce que vous attendez de moi ?

— Parlez-moi des mois précédant le décès d'Abigail.

— À quoi bon, après tout ce temps ? Vous devez avoir accès aux dépositions.

— Ce n'est pas pareil que de les entendre de votre bouche.

Il ferma les yeux, les serra fort comme un enfant qui essaie de refouler ses larmes, mais quand il les rouvrit et commença à parler, sa voix était calme.

— Abigail avait six ans quand sa mère est morte. Cancer du sein. Liz n'avait que trente-trois ans. Toujours jolie comme un cœur. Si vous avez bien fait votre boulot vous saurez que je n'ai pas toujours été tout blanc dans ma jeunesse, mais à l'époque où elle est tombée malade je m'étais rangé. Je trouvais que je ne méritais pas ça – de la perdre, je veux dire. J'avais peut-être poussé les règles jusqu'à leurs limites, mais sans jamais les franchir. À l'époque en tout cas. J'avais le vent en poupe. La baraka. Ce genre de tragédie ne pouvait pas m'arriver.

» Quand Liz est morte j'ai voulu fuir, faire comme si ce n'était jamais arrivé. Mais je ne pouvais pas à cause d'Abigail. Je l'ai sans doute gâtée mais tous les pères font ça, non ? Ils gâtent leur petite fille. Et puis le travail me prenait tellement de temps… Alors le peu qu'on passait ensemble, je voulais que ce soient des moments d'exception.

Il marqua une pause.

— Il y a eu d'autres femmes avant Jeanie. Certaines étaient venues à la maison. Mais elles savaient toutes qu'Abigail passait avant.

— Jeanie devait être très spéciale, alors.

— Pas particulièrement, non. Elle était jeune, plutôt jolie. Musicienne de talent. Mais il y en a eu d'autres plus jolies, plus sexy.

— Et pourtant c'est la première que vous avez invitée à s'installer.

— Je ne l'ai pas invitée. Elle a débarqué à l'improviste, avec toutes ses affaires, après une dispute avec son père. Quand je suis rentré du travail elle avait déjà défait ses bagages. Elle m'a mis devant le fait accompli.

— Pourquoi vous l'avez laissée rester ?

— Par apathie. Par malice. Son père ne m'avait jamais aimé et ça m'amusait de le faire bisquer. Et elle avait quelque chose. Une sorte d'innocence, je suppose. Elle me rappelait un peu Liz quand elle était jeune fille. Me faisait l'effet d'une cure de jouvence. Le premier soir elle était si pleine de reconnaissance, si désireuse de me faire plaisir. Elle aurait fait n'importe quoi pour moi. C'était flatteur. J'ai choisi la solution de facilité. Je n'étais pas souvent à la maison. Je me suis dit que ce serait bien pour Abigail d'avoir une compagnie plus jeune, plus proche de son âge.

— Mais Abigail ne l'aimait pas ?

— Elle ne pouvait pas la voir, répondit-il sans détour. Trop habituée à faire ses quatre volontés, j'imagine. À être au centre de mes préoccupations.

— Alors vous avez dit à Jeanie qu'elle devrait partir ?

— Au bout d'un moment. À l'automne. J'avais compris que ça ne marcherait pas. J'étais trop vieux, finalement. Elle était trop passionnée et je voyais bien qu'elle attendait beaucoup plus que moi de notre relation.

— Mariage ?

— Peut-être. Elle n'en a jamais parlé mais ça ne m'aurait pas surpris.

Il hésita.

— Et puis j'avais quelqu'un d'autre. Il me fallait une excuse pour me débarrasser de Jeanie. La situation était compliquée, un vrai casse-tête.

— Qu'est-ce qui s'est passé quand vous avez demandé à Jeanie de partir ?

— Ç'a été horrible. Je savais qu'elle pouvait être lunatique, imprévisible, mais ce jour-là elle a complètement disjoncté. Elle a tout rejeté en bloc sur Abigail. Elle que j'avais toujours trouvée un peu guindée, elle s'est mise à déverser des monceaux d'injures.

— Qu'est-ce qu'elle a dit ? demanda Vera. Précisément.

— Elle l'a traitée de sale petite pute. Entre autres.

— Vous n'en avez pas fait état dans votre déposition.

Vera attendit mais comme Mantel ne répondait pas elle reprit lentement.

— Je comprends votre colère. À votre avis, pourquoi est-ce que Jeanie s'est montrée si grossière ?

— Parce qu'elle savait que ça me ferait mal. Elle était jalouse.

— Mais pourquoi « pute » ? Pourquoi ce terme en particulier ?

— Si c'est le passé sexuel d'Abigail qui vous intéresse, vous n'avez qu'à le demander, répliqua Mantel et Vera se sentit à nouveau ver de terre, comme à leur arrivée.

— Oui, dit-elle. Je suis confuse. Mais je suis sûre que vous comprenez pourquoi ça peut être important.

— Ils m'ont posé des questions sur ses petits copains pendant l'enquête. « Partenaires sexuels », ils disaient. Il ne m'était pas venu à l'esprit qu'elle avait pu coucher avec quelqu'un.

— Vous avez été choqué.

— Je n'avais pas le droit de l'être. Je couchais avec des femmes, dont beaucoup étaient à peine plus âgées qu'Abigail. Non, j'ai été surpris. J'avais cru qu'elle me parlerait de ce genre de chose. Je savais que ça arriverait, bien sûr. Je m'y étais préparé. Je l'avais imaginée ramener un garçon à la maison. Je savais qu'il me déplairait, aussi convenable et respectable qu'il soit, mais je pensais pouvoir donner le change. L'accueillir parmi nous. Pour ne pas la perdre. Je n'avais pas envisagé qu'elle puisse me le cacher.

— Elle était mineure. Le garçon aurait commis un délit.

— Oui, c'est peut-être ça.

— Vous ne saviez pas du tout qui elle voyait ?

— Absolument pas. Elle a organisé une fête pour ses quinze ans. Il y avait des garçons. Je pourrais sans doute me rappeler quelques noms. Mais je suis resté presque tout le temps avec eux et je n'ai remarqué personne en particulier.

— Nick Lineham ? Ça vous dit quelque chose ?

— Le fils du prof. Oui, il était là.

— Et Christopher Winter ?

— Emma était là bien sûr. Elle et Abigail étaient inséparables. Mais je ne me souviens pas d'avoir vu le garçon. Abigail s'était moquée de lui, m'avait dit qu'il avait le béguin, mais je ne crois pas qu'elle l'aurait invité. Il était nettement plus jeune, non ?

— Un an, dit Vera. Rien qu'un an.

Mantel regardait dans le jardin, distrait un moment par la nuée de corbeaux qui s'égaillait au-dessus d'un vieux sycomore, et il n'eut pas l'air d'entendre.

— Revenons à la soirée portes ouvertes.

Mentalement Vera le revit, debout à l'entrée de la véranda, accueillant ses invités avec sa petite amie d'apparat à ses côtés. La cinquantaine certes mais fringant et charmeur. L'homme qu'elle avait devant elle paraissait plus vieux. Elle le préférait à l'autre.

— Vous avez vu Christopher Winter pendant la soirée ?

— Je ne crois pas que je l'aurais reconnu. Dix ans, ça fait une sacrée différence à son âge, et je n'avais fait que l'apercevoir du vivant d'Abigail. Assis à l'arrière de la voiture de sa mère quand elle venait chercher Emma. Une fois à la Pointe, je crois. Mais ses parents étaient là. Ils l'auraient vu, sûrement, s'il avait été parmi les invités.

— Probablement. Il y avait beaucoup d'étrangers ?

— Des gens que je ne connaissais pas, absolument. Les billets étaient en vente au pub et à la poste. Les sauveteurs étaient venus avec leurs amis.

— Vous avez reconnu Caroline Fletcher ?

— Oui. L'inspectrice chargée de la première enquête.

— Vous l'aviez invitée ?

— Non.

— Qu'est-ce qu'elle venait faire là ?

Vera le vit concocter une réponse évasive, puis laisser tomber, trop fatigué peut-être pour faire l'effort de mentir.

— Me surveiller. Me rappeler qu'on pourrait tous les deux avoir des ennuis si je parlais aux autorités.

Puis, désinvolte :

— Parce qu'elle ne peut pas garder ses distances.

— Je ne suis pas sûre de vous suivre.

Quoique. La lumière commençait à filtrer dans son esprit comme l'eau de mer dans l'estuaire.

— Écoutez. Je vous ai dit que j'avais rencontré quelqu'un d'autre avant que Jeanie ne vienne s'installer, et que ça rendait la situation difficile, compliquée…

Il s'arrêta.

— Continuez.

Vera, immobile, le regardait droit dans les yeux. Il lui rendit la pareille. À nouveau elle pensa qu'il refuserait de répondre.

— Cette femme, c'était Caroline.

— Vous sortiez avec Caroline Fletcher pendant qu'elle enquêtait sur le meurtre de votre fille ?

Vera était au bord de l'apoplexie, écarlate, les yeux ronds comme des billes. À deux doigts de défaillir.

— On était proches, oui.

— Et ça ne lui est pas venu à l'esprit de déclarer un conflit d'intérêt ? Elle aurait pu tout faire foirer.

— On était restés discrets. On pensait que personne ne serait jamais au courant.

Dan Greenwood avait deviné, se dit Vera, mais il avait été trop bête et trop loyal pour rien dire. Pas étonnant que Fletcher ait pris Jeanie en grippe dès le départ.

— Qu'est-ce que vous lui avez promis en échange d'une condamnation ? demanda Vera.

— Rien. Ce n'était pas la peine. Elle la voulait autant que moi.

Elle était mordue, se dit Vera. Qu'est-ce qui va pas chez toutes ces bonnes femmes ? Fletcher est forte, intelligente, et elle a bazardé sa carrière pour un con comme toi. C'est pour ça qu'elle a démissionné. Pour être libre de t'épouser quand tu le lui demanderais. C'est ça, que tu lui avais promis ? Mais tu lui as jamais demandé. Elle était encore plus poire que Jeanie Long.

Mantel les raccompagna à leur voiture, attendit en frissonnant pendant qu'Ashworth cherchait les clefs en palpant ses poches.

— Une dernière chose, fit-il.

— Oui ?

— Le mari d'Emma. Celui qui se fait appeler Bennett. Le pilote.

— Eh bien ?

— Je l'ai reconnu l'autre soir. Il ne s'en est pas rendu compte. Vous devriez vous intéresser à lui. Il ne portait pas ce nom-là quand je l'ai connu.

— Il s'appelait comment ?

Mantel haussa les épaules et Vera ne parvint pas à savoir s'il ne se le rappelait pas ou s'il estimait leur en avoir assez dit.

Avant qu'ils aient pu lui poser d'autres questions il tourna les talons et rentra vivement chez lui.

27

Vera était affalée au fond du grand fauteuil. Il était trop bas pour qu'elle puisse s'en extraire avec la moindre dignité. Elle mangea sa dernière frite, se lécha le doigt pour glaner les dernières miettes de panure, puis froissa le papier gras en boule et l'envoya en lob vers la poubelle. Dan Greenwood le ramassa par terre. Ils étaient à l'Ancienne Forge, dans la pièce contiguë à son bureau. Rien que tous les deux. Elle avait envoyé Ashworth au centre de formation continue où travaillait Emma pour qu'il interroge Nicholas Lineham qui, dans sa jeunesse, avait peut-être un jour eu des relations sexuelles avec Abigail Mantel. Que de connexions, se dit-elle. Une valse de gens dont les vies s'entrecroisent, se rejoignent puis se séparent. Elle sentit ses yeux s'embrumer en visualisant les trajectoires, les lignes de convergence. Ses paupières commencèrent à s'affaisser. À son âge elle méritait une sieste l'après-midi.

Il est des tentations auxquelles on ne peut céder.

— Tu l'as fait, ce café ? lança-t-elle.

Dan hocha la tête en direction du plateau posé sur la caisse retournée à côté de lui.

— Eh ben, il me sert à rien là où il est.

Il lui tendit le mug.

— Comment t'as su que Mantel se tapait Fletcher ?

— Je savais pas.

Défensif, susceptible.

— Mais ça te surprend pas.

— Elle a jamais pu être heureuse sans un homme dans sa vie. On dirait pas comme ça, mais c'était comme si elle pouvait pas avoir confiance en elle sans un mec pour l'admirer.

— Misère…

Vera se laissa aller en arrière, jambes tendues droit devant, talons au sol, et fixa le plafond.

— Encore un.

— Quoi ?

— J'ai Ashworth qu'arrête pas de psychologiser depuis qu'il est arrivé.

Elle se redressa un peu pour pouvoir regarder Greenwood en face.

— Est-ce qu'elle a tenté le coup avec toi ?

— Comment ça ?

Il sortit une boîte de tabac et entreprit de se rouler une cigarette. Ses mains tremblaient.

— Fais pas ta sainte nitouche avec moi, Danny. Tu sais très bien ce que je veux dire.

Sous la barbe, son cou était écarlate.

— Non. J'étais pas assez important. Elle m'a jamais pris au sérieux à ce point.

— Est-ce que tu les as vus ensemble, Fletcher et Mantel ?

Il secoua lentement la tête.

— J'ai entendu une conversation téléphonique. Elle savait pas que j'étais là. Enfin, elle aurait pu parler à n'importe qui. À ce moment-là, mes capacités de discernement étaient au plus bas et ma paranoïa au plus haut, mais j'ai pensé que c'était lui.

— Qu'est-ce qu'elle racontait ?

— C'était juste après l'arrestation de Jeanie. Elle disait simplement qu'elle serait inculpée d'ici la fin de la journée. Rien de plus. Mais c'était la manière. Elle parlait comme une petite fille. Une petite fille qui avait fait ce qu'on lui demandait.

— Bon Dieu. C'est à gerber.

— À vrai dire elle me faisait de la peine.

Greenwood pinça le bout de sa cigarette.

— Comme je te disais, j'avais plus aucun discernement. J'aurais dû lui tenir tête. Je savais qu'on brûlait les étapes.

Vera but son café comme si elle se méfiait de ce qu'elle aurait été capable de proférer.

Dan faisait rouler la cigarette entre ses doigts mais ne l'allumait toujours pas.

— Je l'ai vue la semaine dernière.

— T'as vu Fletcher ?

— Elle m'a téléphoné, proposé d'aller boire un verre. Je lui ai dit que j'étais trop occupé. Elle a insisté, juste un petit verre en vitesse avant la fermeture. Elle est venue me chercher ici…

Il regarda Vera, mais elle refusa de lui venir en aide.

— À cette heure-là, les pubs étaient fermés alors on est allés chez moi.

Il rougit.

— Il s'est rien passé. Rien de cet ordre-là. On a juste discuté autour d'une bière.

— Qu'est-ce qu'elle voulait, alors ?

— Savoir si j'étais au courant de quoi que ce soit, si t'étais entrée en relation avec moi. Elle comprenait pas pourquoi elle n'avait pas été contactée.

— Et tu lui as dit. Naturellement.

— Elle me faisait de la peine. Je lui ai expliqué. Elle est pas aussi dure qu'elle veut bien le montrer.

— Tu te rends compte qu'elle est suspecte dans une affaire de meurtre ? Probablement la suspecte numéro un, vu ce qu'on sait maintenant.

— Non.

Rejet total de l'idée même.

— Elle avait un mobile pour tuer Abigail Mantel et arrêter Jeanie Long. Personne ne peut confirmer qu'elle a pas interrogé Christopher Winter au moment des faits. Il est possible qu'il l'ait vue avec Abigail cet après-midi-là et qu'elle l'ait convaincu que c'était sans importance. Tu sais mieux que personne combien elle peut être persuasive. Surtout avec un jeune garçon. C'est peut-être pour ça qu'il était revenu. Pour remettre de l'ordre dans cette histoire.

— Non, répéta Greenwood.

Vera se dit qu'il aurait aimé se boucher les oreilles des deux mains pour ne pas l'entendre.

— Elle était là le soir de la mort de Winter, continuat-elle impitoyablement. Elle avait l'occasion, peut-être le mobile. Et elle s'est évaporée juste avant qu'on découvre le corps. Il y a plus d'éléments contre elle que contre personne d'autre.

Dan l'avait écoutée les yeux rivés sur son carrelage fissuré et poussiéreux. À présent, il la regarda en face.

— Tu crois pas vraiment qu'elle a tué deux personnes ?

— Probablement pas. Mais elle me met des bâtons dans les roues. Si elle reprend contact avec toi, dis-le-moi.

Ils restèrent longtemps à se regarder sans mot dire.

— Qu'est-ce que tu sais de James Bennett ? lança enfin Vera.

— Il est pilote sur la Humber.

— Ça je le sais, vieux. C'est même tout ce qu'on entend à son sujet.

— Tu peux pas le considérer comme suspect. Il habitait pas la région quand Abigail Mantel a été tuée.

— Comment tu le sais ?

— Il n'est arrivé à Elvet que quand il s'est marié avec Emma et qu'ils ont acheté la maison sur la place.

— C'était quand ?

— Y a pas longtemps. Deux ans maxi.

— Vous êtes copains, non ?

— J'imagine.

La notion semblait le gêner.

— On joue au cricket dans l'équipe du village. On boit des bières ensemble après les matchs.

— Alors il a dû te parler de lui, de sa famille. Tu sais où il a grandi.

— Pas vraiment. On cause surtout arrêts de volée et où trouver un lanceur potable.

— Tu te fiches de moi.

— Il aime bien parler de son boulot. Le pilotage.

— Sujet sans risques. Il peut pas être pris en défaut là-dessus.

— Qu'est-ce que tu veux dire ?

— D'après Mantel, il est pas qui il prétend.

— Qu'est-ce qu'il en sait ?

— Il l'a reconnu, apparemment.

— Et tu crois Mantel ?

— Oui, dit Vera. Je crois que oui.

Elle se leva. Elle avait fixé rendez-vous à Ashworth au salon de thé de l'autre côté de la rue. Il leur servirait de bureau pour le moment. Mieux que le commissariat en ville, qui s'était révélé territoire ennemi. Au bout d'un moment, supposait-elle, il faudrait bien qu'elle y refasse une apparition, qu'elle passe la tête par la porte de la cellule technique, qu'elle sourie pour montrer qu'ils étaient tous du même bord, qu'ils travaillaient ensemble. Mais pour l'instant ça lui convenait de rester ambiguë et distante. Tant mieux si personne ne savait où elle était et ce qu'elle fabriquait. Caroline Fletcher, semblait-il, arrivait encore à inspirer une certaine loyauté à ses anciens collègues. Vera regarda Greenwood. Il était penché en avant, épaules tendues.

— Ça va aller ?

Elle essayait de calmer le jeu.

Il leva la tête et se força à sourire.

— Ouais. Il serait temps que je me mette au boulot. Il y a une foire-expo à la fin de la semaine. Je devrais être en train de la préparer.

— Tu devrais plutôt te trouver une bonne petite femme.

Il hésita avant de répondre et elle attendit, escomptant quelque confidence, mais apparemment il se ravisa.

— Ouais, enfin… plus facile à dire qu'à faire. J'ai jamais eu beaucoup de chance dans ce domaine.

Il la regarda dans les yeux. Ce regard ténébreux qui vous faisait penser comme les magazines sentimentaux.

Je serais bien ta petite femme, moi. Bonne ou mauvaise. Seulement aucun homme n'a jamais voulu de moi. Les mots avaient jailli dans son esprit sans crier gare et elle fut choquée par leur amertume. Elle se détourna. Dehors la lumière du jour s'était presque éteinte et la rue était silencieuse. Il flottait une odeur de feu de bois. Pas un feu de joie. Sans doute y avait-il des poêles à bois dans les grandes maisons de l'autre côté de la place. C'était un village cossu que celui-ci, se dit-elle. Pas tape-à-l'œil comme le lotissement de Fletcher, mais il y avait beaucoup d'argent dans le coin. Elle s'apprêtait à traverser quand Ashworth arriva. Pendant qu'il se garait elle regarda un groupe de filles en uniforme scolaire sortir de la poste avec des canettes de coca et des barres chocolatées. Elle se demanda ce qu'elles pouvaient trouver comme distractions dans un endroit comme celui-ci pour passer une soirée. Traîner les unes chez les autres et chercher des sites porno sur Internet ? Se saouler ? Coucher avec des garçons peu recommandables ? Une fille comme Abigail devait s'ennuyer à mourir ici. À quel jeu avait-elle joué pour mettre un peu de piment dans sa vie ? Avant les meurtres, on aurait rangé Elvet parmi les endroits les plus sûrs de la terre.

— On ferme dans cinq minutes, lança la boulangère dès qu'ils poussèrent la porte.

— Hé, ma belle, qu'est-ce que vous faites de la merveilleuse hospitalité si souvent vantée du Yorkshire ? Un thé et deux tartelettes aux groseilles et on vous embêtera pas. Vous pouvez nous laisser tout seuls pendant que vous finissez ici.

La femme haussa les épaules mais leur fit signe de passer dans l'arrière-salle avant de retourner l'affichette de la porte côté FERMÉ. Elle devait savoir qui ils étaient maintenant. En parler avec ses copines. De nouveau Vera songea qu'Elvet était un endroit comme ça. Il fallait trouver son piment où on pouvait.

Toutes les chaises étaient déjà à l'envers sur les tables. L'inspectrice choisit la plus éloignée de la boutique et s'installa confortablement.

— Alors ?

Ashworth s'assit en face d'elle.

— Lineham est vraiment un brave garçon…

Vera poussa un soupir théâtral. Ashworth pensait du bien de tout le monde. À côté de lui, la plupart des travailleurs sociaux qu'elle avait pu rencontrer étaient des sans-cœur.

— Je vous jure ! Il se demandait s'il devait venir nous parler. Puis il s'est dit que c'était peut-être pas utile et qu'on le considérerait comme une sorte de déterreur de cadavres qui voulait se retrouver mêlé à une enquête pour meurtre.

Ashworth arrêta de parler quand la boulangère entra avec un lourd plateau, et recommença quand elle fut partie.

— Il était plus vieux qu'elle, en terminale quand elle est morte.

— Il a couché avec elle ?

— Une seule fois, à ses dires. Un après-midi. Peu de temps après la fête qu'elle a donnée pour ses quinze ans. Ils ont séché les cours, bu deux bouteilles de vin qui restaient de l'anniversaire, et se sont retrouvés au lit ensemble.

— Où ?

— Chez elle.

— Je croyais qu'il y avait une sorte de gouvernante pour la surveiller.

— Il y en a eu plusieurs apparemment. Elles restaient jamais longtemps. D'après Lineham, c'était son jour de congé.

— Donc, c'était calculé ?

— Par Abigail au moins. C'était son idée.

— D'après lui.

— Il m'a paru sincère, dit Ashworth. Son père était adjoint au proviseur du lycée et il ne pouvait pas faire grand-chose sans que ça se sache. À la manière dont il le raconte, c'était une sorte de challenge. Elle l'a défié de sécher un cours pour aller chez elle. Après, il a vomi. Plus par anxiété qu'à cause de l'alcool, il m'a dit.

— Elle avait de l'expérience ?

— Plus que lui, mais ça ne veut pas dire grand-chose.

Vera essaya de se représenter la scène, de la voir clairement dans sa tête. Elle regretta de n'avoir pas assisté à l'entretien. Elle aurait aimé savoir quel temps il faisait, où ils s'étaient assis pour boire le vin, quelle musique ils avaient écoutée.

— Comment ils ont fait pour rentrer de Crill ?

— Le car de midi jusqu'au village, le reste à pied.

— C'était une habitude, chez elle, de sécher les cours ?

— Il a dit qu'il avait eu l'impression qu'elle l'avait déjà fait. Mais elle pouvait se faire mousser.

— Comment Emma Bennett pouvait-elle l'ignorer ? Vera se parlait presque à elle-même.

— Elle a bien dû se rendre compte qu'Abigail faisait l'école buissonnière. À moins qu'elle ne lui ait donné le change, fourni une explication plausible à ses absences. Ou alors Emma nous a menti.

Elle partagea entre eux le fond de la théière.

— Qu'est-ce que t'en penses ?

Mais Ashworth ne l'avait pas écoutée.

— C'est pas tout, lança-t-il.

Quelque chose dans sa voix fit dresser l'oreille à Vera.

— Crache le morceau, fiston.

— Après coup Lineham s'est dégonflé. Peut-être que la…

Il cherchait désespérément un terme idoine.

— … le tête-à-tête n'avait pas été à la hauteur de ses attentes. Peut-être qu'il avait trop peur de son père pour être prêt à risquer un autre après-midi coquin avec la petite, même si c'était super. En tout cas, il lui a dit que c'était terminé. Il voulait pas que ça se reproduise. Pas avant qu'elle ait seize ans, au moins, et que lui ait décroché son bac.

— Oh, ça a pas dû lui plaire. Pas à une petite fille gâtée comme Abigail.

— Justement, Lineham dit que si, ça lui a plu, d'une façon tordue. Elle a pris ça comme un défi, un jeu.

Nous y voilà, pensa Vera. *C'est comme ça qu'elle prenait son pied.*

Ashworth continuait.

— S'il lui avait emboîté le pas, elle se serait probablement lassée, mais là, ça lui a donné une excuse pour changer de ton.

— Dans quel sens ?

— Elle a répliqué qu'il avait pas le droit de la traiter comme ça. S'il refusait de recommencer, elle irait raconter à son père ce qui s'était passé. Mais en disant que tout était la faute de Lineham. Qu'il l'avait fait boire pour la séduire.

— Pauvre enfant innocente, railla Vera. C'est pas comme ça qu'un journal l'a appelée à l'époque ?

— On peut pas vraiment lui faire de reproche, dit Ashworth. Quinze ans seulement et pas de maman pour la guider sur le droit chemin. Le garçon n'avait pas à profiter d'elle.

Vera ne répondit rien. Peut-être Ashworth avait-il raison. Et peut-être Caroline était-elle incomprise elle aussi, et aussi vulnérable que Greenwood l'avait laissé entendre. Mais elle se disait que le cerveau des hommes était vraiment ramolli. Ils n'y voyaient pas clair. Face à une jolie femme ils semblaient tous perdre la raison. Puis elle eut un sursaut, se ressaisit. Qu'est-ce qu'elle pensait là ? Que la petite avait mérité de périr atrocement au bord d'un champ battu par les vents un après-midi de novembre ? Qu'elle l'avait cherché ? Cette idée la rendait aussi mauvaise que Jeanie, qui ruminait dans sa cellule en traitant Abigail de créature maléfique.

— Alors qu'est-ce qui s'est passé ? demanda-t-elle. Lineham lui a dit chiche ?

— Il a pas eu besoin. Elle a été tuée la semaine suivante.

— C'est pas vrai... Encore un foutu suspect.

— Non. Il a passé le week-end à Sunderland avec sa famille. L'enterrement de sa grand-mère. Je vérifierai, évidemment, mais je suis sûr qu'il dit la vérité.

— Donc, Abigail jouait les maîtres-chanteurs pour mettre un peu de piment dans sa vie, résuma Vera.

Elle vit la boulangère dans l'embrasure de la porte, armée d'un balai à franges et d'un seau, et se leva pour montrer qu'ils s'en allaient.

— Quoi d'autre l'excitait, à ton avis ?

28

Vera avait du mal à voir Jeanie et Mantel comme un couple. Michael Long lui avait décrit leur rencontre, mais au travers de son propre prisme. Il avait désapprouvé dès le départ et ne s'était pas donné la peine d'essayer de comprendre. Le directeur de la prison portait Jeanie aux nues et l'aumônière ne s'entendait pas avec elle. Vera voulait comprendre ce qui les avait rapprochés. Elle trouvait qu'elle devait bien ça à Jeanie. Ashworth était parti vérifier l'alibi de Lineham pour le jour où Abigail Mantel avait été étranglée. Debout dans la rue, Vera réfléchissait, pas prête encore à regagner l'hôtel.

Le pub venait d'ouvrir pour la soirée, il était désert. Elle poussa la porte. Elle était experte en pubs et se dit que celui-ci ne lui déplairait pas comme quartier général. Il y avait un juke-box, mais pas de musique de fond et aucun de ces engins qui bipent et flashent. Les cendriers étaient propres et les tables, cirées. La bière devait être de bonne tenue. Pas qu'elle soit snob sur ce genre de chose.

Elle resta un moment assise au bar avant qu'une femme ne débouche de l'arrière-salle pour la servir, s'excusant de l'avoir fait attendre. La cinquantaine, élégante, et si elle l'avait croisée dans la rue, Vera l'aurait prise pour une de ces femmes d'affaires efficaces capables de tenir une entreprise à bout de bras. Elle commanda une mousse. Trop tôt pour le whisky, décida-t-elle.

— Et pour vous, ce que vous voudrez…

La patronne tira la bière puis attrapa une petite bouteille de jus d'orange, l'ouvrit d'une main experte, vérifia que le verre était bien propre et le remplit.

— Vous devez être Veronica, dit Vera. Michael m'a parlé de vous. Je suppose que vous savez qui je suis. Dans un village comme celui-ci, tout se sait.

— Vous êtes l'inspectrice venue découvrir pourquoi une innocente a passé dix ans en prison, puis s'est tuée parce qu'elle ne voyait pas d'issue.

Sa colère surprit Vera. Depuis son arrivée à Elvet, c'était la première fois que quelqu'un affichait un soutien sans équivoque à Jeanie. La femme lui plut.

Elle porta son verre à ses lèvres. Elle ne s'était pas trompée, pour la bière.

— Oui, dit-elle. C'est une tragédie.

— C'est un crime.

— À l'époque, vous l'avez dit aux enquêteurs, que vous pensiez qu'ils se trompaient ?

— J'ai essayé, répondit Veronica. J'ai pris rendez-vous avec l'autre femme. Fletcher.

— Qu'est-ce qu'elle a dit ?

— Que si je n'avais pas de preuve ou ne pouvais pas fournir d'alibi à Jeanie, je perdais mon temps. Mais d'après moi, ils n'avaient pas de quoi l'inculper. J'étais secrétaire chez un avocat avant qu'on reprenne ce pub, Barry et moi. Je n'ai jamais vu une affaire aussi mal ficelée. Je crois que le problème, c'est que personne n'était vraiment là pour se battre au nom de Jeanie. Michael ne l'avait jamais comprise et Peg était déjà malade quand le procès a commencé.

— Vous les connaissiez tous ? Mantel et Jeanie et la petite ?

— Mantel et Jeanie surtout. Mon fils était à l'école avec Abigail, mais comme il était un peu plus jeune, je ne la connaissais pas vraiment. Une fois elle est venue ici avec deux garçons, tellement pomponnée que je l'ai à peine reconnue. Elle espérait qu'on voudrait bien la servir. C'était idiot de croire que ça pourrait marcher, mais ils essaient tous à un moment ou un autre.

Vera eut une autre idée.

— Christopher Winter devait avoir le même âge que votre fils. Vous le connaissiez ?

— Pas à cette époque-là, au moment du crime. Il venait d'arriver au village, et même s'il était dans la même classe que mon fils, ce n'était pas du tout le même genre. Intellectuel. Plus tard, j'ai eu l'occasion de mieux le connaître.

— Comment ?

— Il passait ici de temps en temps, quand il était étudiant et revenait voir ses parents. Il avait l'air d'avoir besoin de parler à quelqu'un. S'il n'y avait pas trop de monde, je discutais avec lui.

— Il venait seul ?

— Oui, toujours.

— Et vous parliez de quoi ?

— De tout et de rien. Ce qui lui passait par la tête. Les nouvelles du monde. Les potins du village. J'avais l'impression qu'il cherchait une excuse pour sortir un peu de chez lui. Heureux d'échapper à son père, peut-être. Je ne crois pas qu'ils s'entendaient très bien.

Vera réfléchit un moment, réfléchit à un garçon dont la seule distraction quand il rentrait de la fac était de s'asseoir dans un pub tranquille pour discuter avec une femme d'âge mûr.

— Est-ce qu'il buvait ?

— Parfois. Pas plus que d'autres garçons de son âge. Mais il n'avait pas l'alcool agressif, il n'a jamais causé le moindre ennui. Je l'ai vu s'apitoyer sur son sort une ou deux fois et c'était en parlant de son père. « Des fois j'imagine pas que je suis son fils. Je peux pas croire qu'il ait quoi que ce soit à voir avec moi. »

Un homme âgé entra. Avant qu'il ait atteint le bar Veronica avait déjà tiré sa pinte. Il déposa deux pièces sur le comptoir et emporta son verre dans un coin sans rien dire. Vera attendit qu'il soit assez loin pour ne pas être entendue.

— Vous avez dû bien connaître Jeanie, en revanche. Elle travaillait pour vous.

— Oui. En salle d'abord, pour les repas, puis quand elle a eu ses dix-huit ans au bar aussi. Je l'aimais beaucoup, même si Barry la trouvait trop discrète comme barmaid. Pas assez extravertie. Je m'en fichais. Elle était intéressante. Je me faisais une joie des jours où elle travaillait. On parlait musique et livres. Je n'ai pas souvent ce genre de conversation ici.

Sous-entendu « avec Barry », songea Vera.

— Apparemment, tout le monde ne l'appréciait pas, dit Vera. J'ai parlé à quelques personnes. Arrogante, ils l'ont décrite. Hautaine.

Veronica réfléchit à ces mots.

— Peut-être qu'elle pouvait donner cette impression quand on ne la connaissait pas bien. Elle était différente des autres filles du village. Elle n'arrivait pas à leur parler. Mais c'était plus par timidité qu'autre chose. Et après le procès, j'imagine qu'il lui a fallu se blinder pour survivre.

— Vous êtes allée la voir en prison ?

— J'ai dit à Peg que j'irais si elle le souhaitait. Je lui ai demandé de dire à Jeanie de m'envoyer le formulaire de visite. Mais elle ne l'a jamais fait. Peut-être qu'elle ne pouvait pas supporter que quelqu'un d'autre que sa mère la voie là-bas.

Nouvelle pause.

— Elle était fière. Adolescente déjà. Parfois on a droit à des commentaires ici. Les garçons quand ils ont trop bu, ils ricanent, ils jouent les machos. Jamais elle n'aurait laissé paraître que ça l'affectait.

— Et l'attitude de son père, ça l'affectait ?

— Oh que oui. Je ne sais pas ce qu'il avait, Michael. Il ne pouvait pas la laisser tranquille. Toujours à la critiquer et à lui faire des remarques. Sur ses vêtements ou ses cheveux ou ses activités. Mais il était hors de question qu'elle lui montre que ça la touchait. Comme je disais : fière.

— Racontez-moi comment elle a rencontré Keith Mantel. C'était pendant qu'elle travaillait ici ?

Veronica regarda intensément la porte, comme si elle espérait que quelqu'un arrive pour ne pas avoir à répondre.

— Ça me tourmente, parfois. Comment les choses s'enchaînent. Si je ne l'avais pas embauchée, peut-être qu'elle serait toujours en vie.

— Vous pouvez pas penser comme ça, mon lapin. Ça vous rendrait folle.

— Je sais, mais peut-être que j'aurais dû la mettre en garde plus sérieusement contre Mantel. Elle m'aurait peut-être écoutée. Mais il l'a envoûtée. Keith peut être irrésistible quand il déploie son charme. Je l'ai vu en action ici même.

— Et lui, qu'est-ce qui l'attirait ? Je veux dire, pourquoi Jeanie ? J'ai pas l'impression qu'elle était son type.

— Elle était superbe, répondit simplement Veronica. À la manière de certains top models. Ceux qui gagnent le plus. Pas « jolie ». Abigail était jolie. Jeanie était éblouissante. Et c'est arrivé très vite. Comme si un jour, c'était une adolescente empotée et boutonneuse et, le lendemain, cette ravissante jeune femme. Tout le monde ne s'en est pas rendu compte. Ils voyaient toujours l'ancienne Jeanie, alors qu'ils avaient la nouvelle sous les yeux. Même Michael ne s'est aperçu de rien. Mais Mantel, si. Je le voyais la regarder. Jeanie n'avait pas non plus réalisé combien elle avait changé, jusqu'à ce qu'il le lui fasse remarquer.

— C'est pour ça qu'elle est tombée amoureuse, alors ?

— Oui, il était plus vieux, un peu escroc, mais grâce à lui elle s'est sentie séduisante pour la première fois…

Veronica fit une pause.

— Et naturellement, le fait que son père ne puisse pas le voir ne gâtait rien.

— À propos, d'où ça venait, ça ? Qu'est-ce qu'il avait contre lui ?

— Michael était quasiment le chef du village avant son arrivée. Sa famille est d'Elvet depuis des générations. Son père était patron du canot de sauvetage. Il avait un bateau de pêche. Et Michael a commencé très jeune à travailler pour les pilotes. Là-dessus, Keith Mantel est arrivé, il s'est mis à distribuer de l'argent à droite à gauche et les gens ont commencé à le préférer à Michael. Complètement débile. Des gamins dans une cour d'école. Ça donnait envie d'en prendre un pour taper sur l'autre.

— Est-ce que Jeanie a continué à travailler ici après s'être installée chez Mantel ?

— Non. Il n'aurait pas été d'accord. Il aime que ses femmes soient dépendantes de lui. Et je sais ce qu'il a dit au tribunal, que Jeanie s'était pointée à sa porte et qu'il n'avait pas pu la renvoyer. Comme si elle lui avait été complètement indifférente. Mais je ne suis pas sûre que c'était vrai. Pas au début. Au début, il l'avait vraiment dans la peau.

Vera soupesa un moment ces propos. Peut-être s'était-elle trompée au sujet de Mantel. Peut-être avait-il été capable d'aimer après tout. Peut-être que si on les avait laissés tranquilles, si Abigail et Michael et tous les habitants d'Elvet leur avaient fichu la paix, ils auraient pu être heureux. Non, rectifia-t-elle alors. Leur amour n'aurait jamais été un conte de fées. Il aurait quand même continué à voir Caroline Fletcher en même temps. Ça n'aurait jamais marché.

Elle vida son verre et le reposa sur le comptoir.

— Une autre ? demanda Veronica.

Vera y réfléchit sérieusement.

— Vaut mieux pas.

Elle se laissa glisser au bas du tabouret.

— J'ai vu Jeanie, lança précipitamment Veronica, et Vera se hissa derechef sur son siège. La semaine précédant le meurtre d'Abigail. Je n'en ai pas parlé à l'époque. Si les policiers m'avaient posé des questions, ils se seraient fait des idées.

— Dans quel sens ?

— Elle a déboulé juste avant l'ouverture et je lui ai fait un café. Elle avait juste besoin d'évacuer. À propos de la petite… Abigail. De l'espèce de chipie que c'était. « Je sais pas quoi faire. Si je dis à Keith ce qu'elle fricote, il me croira jamais. Mais je peux quand même pas la laisser faire sans réagir. »

— La laisser faire quoi ?

Veronica secoua la tête.

— Aucune idée. Si j'avais insisté peut-être qu'elle me l'aurait dit. Mais il était presque l'heure d'ouvrir et un représentant est arrivé. Jeanie a dit qu'elle ne voulait pas me retenir plus longtemps et qu'elle reviendrait. Dix jours plus tard elle était arrêtée pour le meurtre.

29

Le lendemain Vera se rendit à la Pointe. Il y avait un parking dans les dunes. Elle se gara face à la Humber et descendit le chemin vers la jetée. Il était neuf heures et la lumière était éclatante, matinale. Contours nets et reflets miroitants de l'eau. Elle était contente d'être sortie du village, loin des regards mauvais, soupçonneux, de ses habitants et de la sempiternelle indiscrétion des journaleux qui semblaient rôder à tous les coins de rue.

Depuis qu'ils l'avaient vue à la boulangerie certains s'y étaient installés à demeure.

Elle avait envoyé Ashworth vérifier que Bennett était bien celui qu'il disait être. Acte de naissance, numéro de Sécurité sociale, fiche d'identité. Ça prendrait du temps, mais il s'en sortirait très bien. Il avait déjà établi que Nick Lineham pleurait toutes les larmes de son corps dans un crématorium de Sunderland au moment où Abigail avait été tuée. Elle lui avait suggéré de travailler depuis le commissariat. Elle voulait savoir où en était l'enquête Winter et à elle, Holness ne livrerait rien. Pas après la façon dont elle lui avait parlé la dernière fois qu'ils s'étaient vus. Ashworth attirait la sympathie. Où qu'il aille on lui faisait confiance, on lui causait. Vera savait qu'elle prenait les gens à rebroussepoil. Elle espérait qu'en rentrant, Ashworth pourrait lui donner une idée de l'avancement de l'enquête Winter. Si elle posait des questions précises ses collègues lui répondraient sans doute, mais elle voulait plus que ça. Elle voulait les théories échevelées, les discussions au pub en fin de journée. Et de toute façon, elle était trop fière pour demander.

Elle était contente d'être en plein air pour s'éclaircir les idées. Tous les jours elle se promettait de ne pas boire de la soirée mais elle n'y arrivait jamais vraiment. Elle ne se saoulait pas à la façon imbécile des étudiants, mais certains soirs elle savait que ce serait le seul moyen de trouver le sommeil. Elle devait alors atteindre ce moment précis où ses idées se faisaient rondes et floues, et où les détails de l'enquête ne comptaient plus tant que ça finalement. Le lendemain, au réveil, elle se sentait lointaine, étourdie. C'était le cas ce matin. Elle avait continué à boire en rentrant à l'hôtel.

Un parfum de bacon en train de frire émana d'une des maisons de la station de sauvetage et Vera accéléra le pas, parce que vu son état elle préférait avoir du sel et des algues dans les narines. Au-delà des maisons modernes des sauveteurs se dressaient les deux pavillons blancs, carrés, qui jadis abritaient les garde-côtes et aujourd'hui les patrons-vedette. L'un des deux avait vu Jeanie Long grandir, et Michael soigner sa femme jusqu'à son trépas.

Une femme sortit du pavillon le plus proche de l'eau. Elle portait l'uniforme des patrons-vedette mais sa chemise n'était pas boutonnée au cou et elle ne se dirigea pas vers la jetée, où mouillait la pilotine. Elle tenait un saladier blanc émaillé. Elle contourna la maison pour entrer dans une cabane blanchie à la chaux et revint avec le saladier à moitié rempli de patates terreuses.

— Un peu tôt pour le dîner, lança Vera.

La femme s'arrêta. Elle avait l'air disposée à discuter.

— Je vais bosser presque toute la journée, autant les éplucher tout de suite.

Avec un semi-clin d'œil :

— Je reçois à dîner. Mon père a un potager. Il m'inonde de légumes.

— Rien de tel que ceux du jardin.

— C'est ce qu'il me dit tout le temps.

Vera sortit sa carte de police.

— J'enquête sur le meurtre d'Abigail Mantel. Vous avez un peu de temps à m'accorder ? Vous pouvez éplucher pendant qu'on discute.

— Nan. Ça me donnera une bonne excuse pour prendre un café. Entrez. Je vais mettre la bouilloire en route.

Elle s'appelait Wendy Jowell. La première femme patron-vedette sur la Humber, précisa-t-elle. Ce n'était pas la même chose que d'être un vrai pilote. Son rôle se limitait à aller récupérer le pilote sur le navire qu'il venait de faire sortir de l'estuaire. Ou à l'y conduire pour qu'il le mène au port.

— Les pilotes, demanda Vera, c'est tous des hommes ?

— Évidemment. C'est là qu'est le fric, non ?

Elles rirent en chœur.

— Fut un temps, dit Vera, y avait pas d'inspectrices dans la police. Pas une femme au-dessus du grade de brigadier. Les choses évoluent.

— Je suis pas sûre que ça me plairait, de toute façon. Trop de responsabilités. Trop de pression. Je suis très bien où je suis.

— Vous connaissez Michael Long ?

— Il m'a supervisée sur quelques sorties quand j'étais en formation. Pas qu'il le faisait de gaieté de cœur, cet emmerdeur. Il comprenait pas comment ils avaient pu engager une femme. Ensuite je l'ai remplacé quand il a pris sa retraite. Je l'ai pas vu depuis un moment. Il se terre depuis la mort de Peg.

— Vous habitiez dans le coin au moment du meurtre d'Abigail ?

— À Elvet, dans une des maisons HLM. J'étais encore mariée à l'époque. C'était juste avant que je retrouve la raison.

— Vous avez connu Jeanie ?

— Un bled de cette taille, on connaît presque tout le monde. Au moins assez pour se dire bonjour. Elle bossait parfois à l'*Anchor*. Si ça se trouve on a même été à l'école ensemble, sauf que je m'en souviens pas. Elle devait être plus jeune que moi.

— Qu'est-ce que vous pensiez d'elle ?

— Je l'aimais bien. Certaines personnes disaient qu'elle pétait un peu plus haut que son cul simplement parce qu'elle a eu son bac haut la main et qu'elle est entrée à la fac. Je crois qu'elle était timide, voilà tout. Fallait la voir au pub, les blagues cochonnes des mecs, ce vicelard de Barry qui la reluquait, elle détestait ça. Elle encaissait stoïquement. Je l'admirais pour ça. Mais elle était pas habituée. Elle était partie faire ses études et pourtant elle avait toujours l'air d'une petite fille. Pis ça devait pas être marrant d'avoir Michael Long comme père.

— Pourquoi donc ?

— Pas précisément sensible, le brave Michael. L'archétype de l'autochtone carré et fier de l'être. Un peu tyran sur les bords aussi.

— Violent ?

— Pas que je sache, mais agressif. Surtout avec quelques verres dans le nez. À l'entendre parler aujourd'hui, on dirait que Peg et lui se disputaient jamais, mais il n'a pas toujours été comme ça. Avant qu'elle tombe malade il se gênait pas pour s'en prendre à elle. En public parfois. Une fois à l'*Anchor*, alors qu'elle essayait de le convaincre de rentrer à la maison, il s'est mis à lui hurler dessus, à la traiter de tous les noms. J'aurais pas supporté ça, moi.

— C'est humiliant, concéda Vera. Quand c'est en public.

— À qui le dites-vous !

Il y eut un silence pendant lequel elles semblèrent toutes deux perdues dans leurs souvenirs.

— Et Emma Bennett ? demanda Vera. Emma Winter, à l'époque. Vous la connaissiez au moment du meurtre ?

— C'est un peu l'exception qui confirme la règle. Je l'aurais pas reconnue même si j'étais tombée sur elle dans la rue. Elle était beaucoup plus jeune que moi et ils venaient juste d'emménager à Springhead. Après le meurtre, les gens se sont mis à la remarquer. Vous savez comme ils ragotent – « T'as vu cette fille, c'est celle qu'a découvert le corps de la petite Mantel. » Mais, jusque-là, je savais pas qui c'était.

— Et maintenant elle est mariée à un des pilotes.

— Oui, James.

Elle s'attarda juste assez longtemps sur son nom pour donner un sentiment d'appréciation. Vera ne dit rien, espéra qu'elle continuerait.

— James Bennett, reprit enfin Wendy. Voilà bien un homme qui est trop beau pour être vrai.

— Comment ça ?

Vera garda une voix égale, à peine intéressée.

— Ben, il est formidable, non ? Beau, attentionné. Et super pro.

— C'est ce que tout le monde me dit.

— Certains des pilotes nous voient à peine. Je veux dire, c'est comme s'ils avaient appelé un taxi un vendredi soir pour rentrer chez eux. Au mieux on a droit à un grognement. James est pas comme ça. Même quand il est visiblement crevé, il reste poli.

— Emma est consciente de la chance qu'elle a ?

— James est fou d'elle, ça j'en suis sûre.

— Et Emma ?

— Difficile à dire. Elle est un peu comme Jeanie Long. Toute secrète et retenue. Refoulée. Encore une fille au père dominateur.

— Vous connaissez Robert Winter ?

Vera était étonnée. Elle n'aurait pas cru qu'ils évoluaient dans les mêmes milieux. Mais peut-être que, comme disait Wendy, dans un bled de la taille d'Elvet tout le monde connaissait tout le monde. Ou croyait connaître.

Wendy ne répondit pas tout de suite et pendant un moment Vera crut qu'elle botterait en touche.

— Je me suis mariée avec un raté, annonça-t-elle enfin. Un frimeur, plein de projets et de rêves et de promesses qu'on deviendrait riches, mais c'était que de la poudre aux yeux. Tout ce qui s'est passé, c'est qu'il a atterri au tribunal pour fraude et vol de cartes de crédit.

— Il s'est retrouvé en liberté surveillée.

— Oui, et comme il avait toujours mieux à faire que d'aller à ses rendez-vous obligatoires, Robert Winter venait fouiner dans le coin à sa recherche.

— Vous n'aimiez pas M. Winter ?

— Il dégoulinait de condescendance. Comme s'il était parfait ou je ne sais quoi et que nous, on était trop bêtes pour organiser nos vies. Jed, mon ex, c'était pas un ange. Il trempait dans tout un tas de magouilles dont je savais rien et voulais rien savoir. Et il pouvait devenir méchant quand il avait un peu bu. Comme Michael Long. Je connaissais le genre. Mais j'avais pas besoin que Robert Winter vienne me le dire. Et j'aurais plaqué Jed bien plus tôt si Winter m'avait pas seriné de le laisser tomber.

Elle sourit.

— J'ai toujours été une vraie tête de mule, j'ai jamais supporté qu'on me donne des ordres.

— Oui, dit Vera. Moi non plus. C'est pour ça que je me suis hissée un peu plus haut sur l'échelle. Pour pouvoir être celle qui les donne. Mais j'aurais pas cru ça de M. Winter. Je pensais qu'il aurait défendu la sainteté du mariage. Il est croyant non ?

— Il est puant.

Mais Wendy semblait s'être lassée de la question.

— Bref, en tout cas, j'ai pas trop eu à le revoir par la suite. Jed s'est refait pincer et il a été mis à l'ombre. Quand il est sorti de prison j'avais trouvé du boulot sur les ferries. J'ai attrapé le virus et c'est ce qui m'a menée ici.

— Et James, qu'est-ce qui l'a mené ici ?

La question paraissait la plus naturelle du monde, comme si, en fait, Vera n'en avait rien à faire.

— Je veux dire, quel est son parcours ?

— Je sais pas, répondit Wendy. C'est une de ses grandes qualités, ça : il parle pas beaucoup de lui. La plupart des mecs, ils ont que *moi, moi, moi* à la bouche. Pas James. Lui, il a l'air de s'intéresser aux autres.

En ressortant dans la lumière éblouissante du soleil, Vera se dit qu'en effet, tout ça paraissait un peu trop beau pour être vrai. Elle s'assit sur un des bancs en bois de la buvette et but un crème, sans trop savoir ce qu'elle attendait. Deux ornithologues amateurs coiffés de chapeaux ridicules bâfraient des hot-dogs. Ils parlaient la bouche pleine des oiseaux qu'ils avaient vus et de ceux qu'ils avaient ratés. Vera, dont le père avait été ornithologue amateur à sa manière, éprouva une étrange nostalgie. Un filet de graisse bava sur le menton d'un des hommes mais il l'essuya avant qu'elle ne goutte sur l'optique des jumelles qui pendaient à son cou. Wendy Jowell sortit de son pavillon et descendit la jetée jusqu'à la pilotine. Vera regarda la vedette glisser hors de son abri pour prendre le large, rebondir contre les vagues, puis disparaître en contournant la Pointe. Les ornithologues s'éloignèrent et elle commençait à avoir froid, mais elle n'arrivait pas à s'en aller.

Son portable sonna juste au moment où la pilotine réapparaissait. Ashworth.

— J'ai pensé que vous voudriez savoir ce qu'on a jusqu'ici.

On. Ainsi donc sa magie avait déjà commencé d'opérer, créant des alliances, jetant des ponts. L'équipe locale devait le plaindre d'être sous les ordres d'une grosse vache comme elle.

— Vas-y.

— Je me suis renseigné au service des permis de conduire et à celui des passeports. De leur côté tout a l'air en règle. James Richard Bennett. Né le 16 juin 1966, à Crill, East Yorkshire.

— Dans le coin donc. Mantel a dû se tromper quand il nous a dit que Bennett n'était pas son vrai nom.

Ou vouloir lui créer des ennuis. D'après Michael Long, Mantel vient aussi de Crill. Si ça se trouve c'était une manière de régler de vieux comptes.

Elle était déçue. Elle avait senti dans ses tripes que James Bennett n'était pas réel. Elle ne pouvait pas croire à un homme comme ça. Comme disait Wendy, trop beau pour être vrai.

— Pas nécessairement.

— Ah ?

— Il y a pas d'acte de naissance à ce nom. Pas de numéro de Sécurité sociale, aucune trace de son existence jusqu'en 1987.

— Ça lui aurait fait vingt et un ans. Donc si Mantel l'a connu sous un autre nom il devait être très jeune. Mais c'est possible. Ils habitaient Crill tous les deux. Et je crois pas que Mantel se serait gêné pour entraîner des jeunots dans ses magouilles. Ça revient moins cher, après tout.

— J'ai vérifié auprès de l'état civil. Il a changé de nom légalement en 1987. Démarche effectuée en bonne et due forme. Un de ses anciens profs a appuyé sa demande. Il faut quelqu'un qui vous connaisse depuis au moins dix ans. C'est paru dans la *London Gazette* comme il se doit. Il a signé l'acte de ses deux noms, l'ancien et le nouveau.

— Quel était l'ancien ?

— Shaw. James Richard Shaw.

— Pas de quoi rougir, commenta Vera. Je veux dire qu'il y a des noms, on peut comprendre que les gens veuillent en changer. Mais pas Shaw. Alors pourquoi se donner autant de mal ? Pour se cacher de qui ?

— Mantel ? suggéra Ashworth.

— Peut-être. Bennett est parti courir les mers. Pour moi ça ressemble à une fuite. Peut-être qu'il est revenu quand il s'est cru à l'abri.

— Dans le même village que Mantel ? Ça paraît pas très logique.

— Peut-être que la situation avait tourné. Peut-être qu'il était prêt à prendre ce risque pour que sa femme reste auprès de ses parents. On peut beaucoup changer en quinze ans, physiquement. Tu crois qu'Emma est au courant du changement de nom ?

— Pas forcément. Quand ça intervient après le mariage, le conjoint doit en être informé, mais dans le cas contraire rien n'empêche de publier les bans sous le nouveau nom.

— Quand même, fit Vera, c'est lourd à cacher. Il faut une sacrée bonne raison pour pas dire à sa future femme qu'on a grandi sous un autre nom. Et puis elle a dû l'apprendre en rencontrant sa famille, non ?

— Peut-être qu'elle ne la connaît pas.

— Je suppose que James Richard Shaw n'a pas de casier judiciaire. Qu'il a pas été en centre de détention pour mineurs jusqu'en 1987 et changé de nom pour tirer un trait ?

— J'ai vérifié, dit Ashworth. C'est la première chose à laquelle j'ai pensé.

Petit futé.

— Alors ?

— Rien. Jamais de problème sous aucun des deux noms. Même pas un PV pour excès de vitesse.

Elle ne répondit pas immédiatement. La pilotine était de retour à la jetée. Elle vit deux ombres à bord, deux silhouettes qui se découpaient sur l'eau scintillante. Elles commencèrent à descendre à l'échelle.

— Qu'est-ce que je fais maintenant ? demanda Ashworth.

Les silhouettes arrivèrent en haut de la jetée et Vera parvint à les distinguer. L'une d'elles était James Bennett.

— Rien, dit-elle à regret. Creuse encore un peu. S'il y a quelque chose de pas net chez Bennett, il faut pas qu'il sache qu'on s'intéresse à son cas. Pas tant qu'on sait pas un peu plus de quoi il retourne.

Elle était toujours assise devant la buvette quand le pilote la dépassa en voiture. Elle se dit qu'il ne l'avait pas remarquée.

30

Quand Michael Long lui ouvrit la porte, elle fut surprise par sa réaction, mélange d'irritation et de soulagement.

— J'arrête pas d'essayer de vous joindre, lança-t-il, comme si elle l'avait délibérément évité.

— Eh ben maintenant que je suis là, laissez-moi donc entrer.

Il se poussa et elle passa devant lui dans le petit salon où ils s'étaient assis pour discuter la semaine précédente.

— Chaque fois que j'ai appelé je suis tombé sur quelqu'un de différent. Des fois personne, rien qu'un message enregistré. Et ils voulaient pas me passer votre poste.

— Ils sont occupés, jappa Vera. Une affaire comme ça, vous savez combien d'appels ils reçoivent à la cellule technique ?

Il la regarda comme si elle l'avait mordu, mais cessa de se plaindre. Elle se dit qu'elle n'avait pas besoin de se montrer si sèche envers lui. Lui était-il moins sympathique à cause de ce que Wendy Jowell avait raconté, ses tendances tyranniques ? Elle chercha quelque chose à dire pour lui faire croire qu'elle était toujours de son côté, mais ce fut lui qui parla le premier.

— Je mets de l'eau à bouillir ? Je parie que vous seriez pas contre un petit thé.

Bon sang, pensa-t-elle. *Encore une goutte de thé et je vais dériver sur la Humber comme un de ces porte-conteneurs remplis à ras bord.*

— Oui, dit-elle. C'est pas de refus.

Lorsqu'il revint, portant le plateau, il avait tellement envie de lui faire plaisir, de lui servir le thé bien fort, comme elle l'aimait, qu'elle n'eut aucun mal à paraître compréhensive.

— Alors dites-moi, pourquoi vous cherchiez tant ma charmante compagnie ? Qu'est-ce qu'il y avait de si urgent ?

— J'ai vu le garçon, Christopher Winter, le jour de sa mort. Je savais pas que c'était lui quand je l'ai vu. Mais ils ont publié sa photo dans le journal, avec un appel à témoins. C'est comme ça que je l'ai reconnu.

— Vous auriez dû le dire aux agents de la cellule technique, répondit-elle prudemment, pas tout à fait en le grondant, juste une remarque. Ça pourrait être important.

Mais en même temps elle ne pouvait réprimer une jubilation infantile à l'idée de coiffer au poteau l'équipe locale.

— Oui, bon. Je l'aurais peut-être fait s'ils avaient été moins grossiers.

Vera ne releva pas.

— Vous l'avez vu où ?

— Au cimetière au bout du village. J'étais allé sur la tombe de Peg. J'y avais pas été depuis un moment et je voulais me recueillir auprès d'elle. Lui montrer que j'avais repris du poil de la bête, en quelque sorte.

Il leva les yeux.

— C'est tarte, je sais.

— Pas du tout, fit Vera. C'était à quelle heure ?

— Tôt. Vers huit heures du matin.

— Que faisait Christopher Winter ?

— Comme moi, je crois. Venu se recueillir. Il était à côté de la tombe de la fille que notre Jeanie était censée avoir tuée.

— Vous vous êtes parlé ?

Michael Long secoua la tête.

— Il était trop tourmenté pour me remarquer. Je veux dire, il faisait encore sombre, mais même en plein jour, je crois pas qu'il m'aurait vu. Et puis j'étais pas vraiment d'humeur à discuter non plus.

— Comment il était habillé ?

— Il avait un long imperméable avec un pull en dessous. Et un jean, je crois.

Elle acquiesça. C'étaient les vêtements qu'il portait quand Mary avait découvert son corps.

— Vous avez vu où il est allé ensuite ? Ou bien vous avez quitté le cimetière avant lui ?

— Il est parti avant moi, mais il s'est comme volatilisé. J'ai repris le chemin du village peu de temps après son départ mais je l'ai pas vu devant moi.

— Peut-être qu'il marchait plus vite que vous.

— Oui, peut-être. Mais je trotte pas mal pour mon âge. C'était pas un temps à flâner. Et s'il était rentré à Elvet quelqu'un l'aurait vu. Il serait passé devant l'arrêt de bus et il y avait plein de gamins qui attendaient.

Un instant il parut penser à autre chose. Vera attendit qu'il continue.

— Sur le moment je me suis demandé s'il était pas parti dans la direction opposée, vers la rivière, mais je vois pas ce qui aurait pu l'attirer là-bas à cette heure.

— Il y a autre chose ?

— Je sais pas trop… Je peux me tromper, et je sais à quel point c'est important de pas tirer de conclusions hâtives…

— Vous savez à quel point c'est important de parler. Si le garçon qui a vu Jeanie à King's Cross l'avait dit tout de suite…

— Je l'ai entendu parler, déclara Michael. Sur le moment j'ai cru qu'il délirait. Enfin, c'est l'impression qu'il donnait. Un fou. On aurait pu croire qu'il parlait tout seul. Mais après coup je me suis demandé s'il avait un portable. Vu comment il se tenait, il aurait pu être au téléphone. En rentrant, j'ai vu deux gamines à l'arrêt de bus pendues à leur portable. C'est ce qui m'y a fait penser.

— Vous avez entendu ce qu'il disait ?

— Il avait l'air en colère, contrarié. Mais j'ai pas distingué les mots.

— Merci. Votre témoignage pourrait tout changer.

Elle resta un moment sans bouger avant de se rappeler la raison de sa venue.

— Vous avez dû travailler avec James Bennett.

— Oui. Il a commencé un an et quelques avant que je prenne ma retraite.

— Qu'est-ce que vous pensiez de lui ?

— Très bien. Pilote compétent.

— Vous saviez que sa femme était la fille qui a découvert le corps d'Abigail Mantel ?

— On a dû me le dire. Un village comme ici, on apprend des choses sans même s'en rendre compte.

— Quand vous jouiez les détectives, en fouinant dans le passé de Keith Mantel, vous n'êtes jamais tombé sur le nom de Bennett ?

Michael la regarda comme si elle était folle.

— Bien sûr que non. Pourquoi ?

— Sais pas. Sans doute une idée idiote. Est-ce que Bennett vous a parlé de son passé, sa famille, ce qu'il faisait quand il était enfant ?

— On n'avait pas ce type de relation.

Non, pensa-t-elle. *James Bennett n'avait ce type de relation avec personne.* Elle fouilla dans son sac à la recherche de son portable.

— Il faut que je passe un coup de fil, dit-elle. Je peux ?

— Je vous laisse. Je vais laver les tasses.

Il approchait de la cuisine quand elle l'interpella.

— Après, vous voudrez bien m'emmener où vous avez vu le garçon ? Le cimetière d'abord, et ensuite on pourrait descendre jusqu'à la rivière. Pour me montrer le chemin que vous pensez qu'il a pu prendre. Si ça vous ennuie pas.

— Non.

Il sourit, heureux d'être à nouveau dans ses petits papiers.

— Ça m'ennuie pas du tout.

Ashworth devait être à la cantine car il y avait un brouhaha de couverts et de conversations en fond sonore.

— Tu peux parler ?

Autrement dit, était-il seul ?

— Allez-y.

— Winter avait un portable sur lui ?

— Pas entendu parler. Vous voulez que je me renseigne ?

— J'ai un témoin qui l'a vu tôt ce matin-là. Il pense que Winter parlait dans un téléphone portable. Du moins, peut-être. Si le garçon avait bien un téléphone, ils ont déjà dû vérifier les appels, mais avec cette info ça devient prioritaire, non ? Et avant que tu me fasses la leçon, oui, j'amènerai mon témoin faire sa déposition cet après-midi. Attends-moi là-bas.

Elle raccrocha avant qu'il ait eu le temps de lui demander plus de détails et appela Michael qui affectait d'attendre avec tact dans la cuisine.

— Quand vous voulez, mon lapin. Allons faire une petite balade. Un peu d'air me fera du bien.

Vera se rendit compte que les gens les observaient comme ils descendaient la rue ensemble. Rien de flagrant, pas de regards insistants ou de main écartant les rideaux. Mais c'était perceptible dans la manière étudiée dont les vieilles dames devant le bureau de poste continuèrent leur conversation, ne l'interrompant que plus tard pour les suivre des yeux. Et dont le prêtre, sur le point de traverser la rue pour venir parler à Michael, s'arrêta net en voyant Vera et se contenta d'un salut de la main. Seul un journaliste solitaire s'approcha d'eux, mais elle le rabroua d'un geste et sans ses collègues il n'eut apparemment pas le courage de les poursuivre. Vera se demanda si les habitants étaient juste très curieux ou s'ils croyaient qu'elle s'intéressait à Michael pour des raisons professionnelles. Pouvaient-ils penser qu'elle était en train de l'arrêter ? Quelle pouvait être la cause de leur embarras ?

Elle connaissait les petits villages, les patelins où les gens ont grandi ensemble et savent tout des secrets de chacun, mais Elvet la déprimait. C'était lié à la platitude du paysage, tout couleur de boue, le vent incessant. Pas étonnant que Christopher Winter ait eu du mal à revenir une fois qu'il s'était échappé. Qu'est-ce qui l'avait fait rappliquer ? Il n'avait pas été convoqué à une réunion de famille. Il aurait pu rester à l'écart.

Il y avait une crotte de chien sur le trottoir et Michael lui attrapa brièvement le bras pour la lui faire éviter. Elle se fit la réflexion que les gens qui ne les connaissaient pas pouvaient les prendre pour un couple marié. Vacillant et dysfonctionnel, dépendant l'un de l'autre pour survivre. Elle s'éloigna de lui et ils parcoururent l'allée à plusieurs décimètres d'écart, sans mot dire.

Il n'y avait pas de tombes anciennes au cimetière ; il devait avoir été ouvert quand celui de l'église avait manqué de place. Le soleil était parti et la brise, plus froide que jamais, écorchait les dernières feuilles mortes du sycomore, les dépouillait de sorte que seules en restaient les tiges et les nervures.

— Christopher était là avant vous ? demanda Vera.

— Impossible. J'aurais dû passer devant lui pour rejoindre ma Peg.

— Vous avez vu par où il était arrivé ?

Michael se contenta de secouer la tête. L'endroit semblait lui avoir fait perdre tout entrain. Vera regarda un moment les alentours. Le mur de pierres sèches était entouré sur trois côtés par les champs, de grosses touffes d'herbe broutées par les moutons. Dans un pré gisait quelque chose de mort. Trop petit pour un mouton, sans doute un lapin. Les corbeaux l'avaient déchiqueté et il n'en restait que des os et un lambeau de peau. Le mur était trop haut pour être escaladé. Christopher Winter avait dû entrer par la porte.

— Alors, montrez-moi où mène ce chemin, dit-elle en lui ouvrant la grille. Est-ce qu'on peut aller jusqu'en bas en voiture ?

— Oui, il y a des bateaux qui y mouillent en été, et une sorte de parking pour les gens qui veulent se promener le long de la rivière. Vous voulez retourner chercher votre voiture ?

— C'est loin ?

— Huit cents mètres tout au plus.

— Alors allons-y à pied, non ?

Elle se disait qu'elle devrait prévenir Joe Ashworth qu'ils tarderaient encore un moment avant d'arriver au commissariat, mais quand elle regarda son portable elle n'avait pas de réseau. Le chemin était tout droit, flanqué d'une haie d'aubépines clairsemée d'un côté et d'un grand fossé bordé de roseaux noircis de l'autre. Les buissons d'aubépine avaient les branches nouées, tachées de lichen, et quelques baies éparses. Un petit groupe de mauvis se poursuivaient au-dessus de la haie, virant parfois en piqué dans le champ voisin. Au loin se dressait une ferme entourée d'un cimetière d'engins en train de rouiller.

— Qui habite là ? s'enquit Vera.

— Plus personne. Cyril Moore est mort il y a environ un mois. J'ai entendu dire que ç'avait été vendu. Ils vont en faire une école d'équitation. L'agriculture fait plus recette ces temps-ci.

La marée était basse quand ils arrivèrent à la rivière. Des hectares de sable ondulé et de vase, qui semblaient s'étendre presque jusqu'en face, sur la côte du Lincolnshire. Une nuée de petits échassiers, regroupés comme des insectes en essaim, s'envola en tournoyant à leur approche puis revint se poser sur l'estran. La coque d'un bateau à clins pourrissait, à l'envers sur le rivage. À côté d'un parking rudimentaire trônait une cabine téléphonique rouge, accompagnée d'un panneau qui avait dû expliquer comment contacter les garde-côtes avant de devenir illisible, et d'un poteau de bois blanc où pendait une bouée de sauvetage.

— C'est tout ? demanda Vera.

Elle avait faim et froid et se disait qu'elle était venue pour rien.

— Je vous avais bien dit que je voyais pas ce qui pouvait l'avoir attiré ici.

— C'est vrai.

Elle réessaya de téléphoner. L'appareil refusa encore de fonctionner.

Ils avaient déjà regagné les abords du village quand elle comprit combien elle avait été idiote. Elle recréa mentalement cette matinée au cimetière, essayant de lui donner vie. Christopher Winter est chez Emma. Il passe la nuit à se complaire dans le vin triste, décide avant même que le jour soit levé qu'il faut qu'il aille sur la tombe d'Abigail. Et ensuite ? Il appelle quelqu'un. Pour l'accuser du meurtre ? Exiger une explication ? Un soutien ? De l'aide ? S'il a essayé de son portable, c'est probablement qu'il connaissait le numéro par cœur, ou l'avait déjà enregistré dans l'appareil. Donc ce devait être quelqu'un qu'il connaissait bien, ou dont il avait cherché le numéro à l'avance. Mais si le réseau n'avait pas fonctionné ? Peut-être le cimetière était-il un de ces trous noirs qui absorbaient les signaux de téléphonie mobile ? Il était possible que ce que Michael avait entendu soit la colère du garçon qui s'emportait contre les limitations de la technologie. Qu'aurait-il fait dans ce cas ? Sûrement il aurait cherché une cabine téléphonique, et s'en serait servi. La plus proche était celle du parking de la Humber. Il devait la connaître. Il avait dû jouer au bord de l'eau quand il était enfant.

Vera s'arrêta brusquement et Michael la considéra d'un air anxieux.

— Tout va bien ?

— Rentrez chez vous et appelez ce numéro. C'est celui de mon adjoint Joe Ashworth. Indiquez-lui comment se rendre au parking sur la Humber et dites-lui de m'y retrouver immédiatement. Précisez que c'est urgent.

— Qu'est-ce que vous allez faire ?

— Ça vous regarde pas, lança-t-elle, avec un clin d'œil pour adoucir la gifle.

Qu'aurait-elle pu dire même si elle lui avait fait entière confiance ? *Je vais me geler les miches à garder une cabine téléphonique puante au cas où un péquin penserait recouvrir les empreintes de Winter qui pourraient encore s'y trouver.*

— Est-ce que le garçon portait des gants quand vous l'avez vu au cimetière ?

— Non, répondit Michael. Sur le moment je me suis dit qu'il devait avoir froid.

Quand Ashworth arriva, Vera prit sa voiture et le laissa attendre le technicien scientifique au parking. Elle était assise dans la petite annexe de la boulangerie, repue de hot-dog et d'éclair au chocolat, quand il la rejoignit. Les journalistes résidents devaient suivre quelque autre piste car elle avait l'endroit pour elle toute seule. Il faisait bien chaud et elle se sentait s'assoupir. Elle savait qu'elle serait plus utile en emmenant Michael au commissariat pour prendre sa déposition, mais elle était curieuse.

— Alors ?

Ashworth attendit de s'être assis en face d'elle, se pencha en avant pour que les employées ne l'entendent pas.

— Il a trouvé quelques empreintes potables. Une sur le combiné et une sur la poignée intérieure de la porte. Ils vont voir si elles correspondent.

— Mais ça pourrait être celles de n'importe qui, non ? Enfin, même si j'ai du mal à imaginer que les gens se bousculent dans cette cabine, quelqu'un d'autre peut l'avoir utilisée ces derniers jours. Ça vaudrait la peine de vérifier si un appel a été passé le matin de la mort de Winter.

— Pas vraiment.

— Pourquoi ça ?

— Elle est en panne. Depuis au moins une quinzaine de jours, d'après British Telecom, mais comme elle ne sert quasiment pas à cette période de l'année, la réparation n'était pas prioritaire.

— Merde ! lança Vera.

Pas en colère. Résignée. C'était une journée comme ça.

— Les empreintes nous diront s'il a essayé d'appeler. Au fait, il avait pas de portable sur lui.

Elle leva les yeux.

— Est-ce qu'il en possédait un ?

— Ils essaient de le savoir.

— Tu ferais bien de dire à M. Holness, déclara-t-elle, qu'essayer ne suffit pas.

31

Vera rattrapa Caroline Fletcher dans une affreuse maison de Crill, la ville où Keith Mantel avait gagné ses premières livres, un peu plus haut sur la côte. L'agence immobilière lui avait fourni la liste des propriétés qu'elle devait faire visiter ce jour-là et Vera l'avait poursuivie de l'une à l'autre, la manquant toujours de peu.

La route de Crill passait devant Spinney Fen, la prison. Une file irrégulière s'en échappait d'un pas vif. La fin des visites de l'après-midi. Après la mort de sa mère Jeanie n'avait plus reçu aucun visiteur. Elle avait dû écouter ses codétenues revivre leurs conversations avec leurs proches, tout en sachant que si elle reconnaissait sa culpabilité elle serait transférée dans une prison moins sécurisée, aux conditions plus humaines, où il y aurait plus de contacts avec le monde extérieur. Vera avait arrêté la voiture un moment et réfléchi : aurait-elle, elle-même, été si intransigeante ou têtue ? Peut-être. Elle était connue pour son obstination après tout. Mais elle aurait juré n'importe quoi pour éviter les bons soins de Robert Winter, ses sermons et sa pitié.

La maison que Caroline essayait de vendre était une monstruosité simili-Tudor construite au bord d'une route qui longeait la falaise à la sortie de la ville. Encore vingt ans d'érosion, estima Vera, et le jardin s'éboulerait dans la mer. Les acheteurs potentiels n'avaient pas l'air très enthousiastes non plus. Il faisait presque nuit déjà. Ils avaient dû venir directement en sortant du travail et elle voyait bien qu'ils n'avaient envie que d'une chose : un alcool fort et une débilité à la télé. Vera attendit dans sa voiture et les regarda s'esbigner, trop pressés même pour serrer la main de l'agent immobilier sur le perron.

Caroline était encore en train de fermer la porte quand Vera la rejoignit. Elle savait se mouvoir sans bruit quand elle voulait. C'était un des talents qu'elle avait appris de son père. Mais Caroline ne parut pas prise au dépourvu. Peut-être pensait-elle que c'étaient les acheteurs qui revenaient ? Peut-être avait-elle la conscience tranquille ?

— Inspecteur, dit-elle. J'espère que vous savez ce que vous faites.

— Probablement pas, mais qu'est-ce que vous entendez par là ?

— Je ne voudrais pas vous voir compromettre votre situation dans la police. Il y a trop peu de femmes qui réussissent. Pas très orthodoxe, non ? Venir m'ennuyer chez moi. Et maintenant au travail. Particulièrement toute seule. À moins que votre camarade de jeu ne vous attende dans la voiture ?

— Nan, fit Vera d'un air détendu. La maman de Joe l'a pas autorisé à jouer dehors aujourd'hui. C'est à vous que je songe, mon lapin. On peut aller au poste si vous préférez, mais j'ai pensé que ce serait gênant pour vous. D'être interrogée en présence d'un de vos anciens collègues, je veux dire. Sauf s'ils étaient tous au courant pour Keith et vous ?

La main de Caroline s'immobilisa un moment, suspendue avec la clef devant la serrure, mais il n'y eut pas d'autre réaction.

— Il vous l'a dit, je suppose.

— Vous pensiez vraiment qu'il le garderait pour lui ?

— Je pensais, les choses étant ce qu'elles sont, qu'il avait autant à perdre que moi.

— Est-ce qu'on peut entrer pour en discuter ? Comme je disais, c'est plus discret qu'au commissariat.

Dans son dos, Vera croisa les doigts. Pas plus que Fletcher elle ne tenait à rendre cette conversation officielle.

Caroline haussa les épaules, comme pour dire qu'ici ou au commissariat peu lui importait, cependant elle ouvrit la porte et fit entrer Vera. La maison avait été intégralement vidée mais les propriétaires avaient dû laisser le chauffage parce qu'il n'y faisait pas le froid habituel des maisons inoccupées. Dépourvues d'abat-jour, les ampoules nues soulignaient la trace d'humidité au plafond et le papier qui se décollait dans l'entrée. Caroline ouvrit en grand la porte du séjour et laissa passer Vera devant elle, comme elle avait dû le faire un peu plus tôt avec les acheteurs potentiels. C'était une grande pièce, avec un bow-window donnant sur la mer. Pour la première fois Vera se dit que ce ne serait peut-être pas si mal d'habiter là. Au loin brillait une constellation d'étincelles – des bateaux sans doute, attendant la marée à l'embouchure de la Humber – et quelque part en contrebas sur la côte, le rayonnement hypnotisant d'un phare. Dans l'encorbellement se trouvaient une table de bridge et trois chaises pliantes, sur la table une pile de brochures immobilières, un plan de la maison, des informations sur les emprunts. Il n'y avait aucun autre meuble. C'est là que Caroline devait faire asseoir ses clients, en les plaçant face à la vue, le dos tourné aux plinthes abîmées et à la peinture vert morve. Vera s'installa et d'un signe de tête invita Caroline à faire de même. Elle étendit les jambes et la chaise craqua. En face, l'agent immobilier l'observait avec dégoût.

— Alors, qu'est-ce qu'il a à perdre, Keith Mantel ?

— Ça ressemble à de la corruption, non ? Il voulait un résultat et il l'a obtenu. C'est un pilier de la société maintenant, il siège à des commissions, s'adresse aux ministres pour la réhabilitation de la région. Avoir commis quelques frasques dans sa jeunesse, c'est une chose. Pittoresque. Ça peut lui être pardonné. Mais tirer les ficelles dans une affaire de meurtre qui ne date que de dix ans et refuse de se laisser oublier, ça, ça n'a plus rien à voir.

— Alors pourquoi il m'en a parlé ?

Caroline semblait hypnotisée par le rythme régulier du phare.

— Allez savoir. Peut-être qu'il joue les bons citoyens depuis si longtemps qu'il s'est pris à son propre jeu. Peut-être qu'il a tant d'amis influents qu'il se croit intouchable. Peut-être qu'il me déteste à tel point qu'il s'en fiche.

Vera fut surprise par l'amertume et la peine dans la voix de Caroline.

— Quand est-ce que ça a commencé, entre lui et vous ?

— Avant que Jeanie Long ne s'installe chez lui. Bien avant.

— Comment il a justifié ce coup-là ?

Caroline se détourna de la fenêtre et haussa les épaules.

— Il n'a pas eu besoin de le justifier. Je savais que Jeanie ne durerait pas. Elle n'était qu'une passade, pas vraiment son type.

— Ça vous embêtait pas de le partager ?

— Moins que de le perdre tout à fait.

Caroline se tenait bien droite sur sa chaise, engoncée dans son tailleur, sa jupe courte impeccable et son collant noir, attendant la question suivante. Mais elle ne vint pas.

— Il ne s'est pas passé un seul jour depuis notre rencontre sans que je pense à lui. Je me répète sans arrêt que je réagis comme une ado demeurée et que ça va passer, mais ça ne passe pas. J'ai emménagé avec Alex parce que je pensais que ça réglerait la question, mais ça n'a rien changé.

Elle regarda Vera.

— Vous devez me prendre pour une folle.

Vera ne répondit pas directement.

— Comment vous vous êtes rencontrés ?

— À une soirée. On avait un ami commun. J'imagine que Keith avait été informé que je travaillais dans la police, qu'il s'est dit que ça pourrait lui être utile. Je venais de passer inspectrice. Peut-être même que c'est lui qui m'a fait inviter. Tout ce que je savais à l'époque, c'est qu'il était homme d'affaires, veuf et père d'une petite fille. Je ne sais pas ce qu'il a fait ce soir-là, ce qu'il a pu dire de différent des autres hommes qui m'ont draguée lors d'une soirée. Mais il y a eu quelque chose. Il s'est insinué dans ma tête et m'est entré dans la peau. Une drogue. La dépendance est toujours là. Le soir où Christopher Winter est mort, je n'étais pas allée à l'Ancienne Chapelle pour savoir si vous aviez parlé à Keith. Je me *disais* que c'était pour ça, mais c'était faux. Je voulais qu'il me touche. Je voulais ma dose. Aucun amour-propre, vous voyez. C'est ça, la dépendance.

— Qu'est-ce qui s'est passé ?

— Rien. Il m'a dit de m'en aller. De le laisser tranquille…

Elle s'arrêta un moment.

— On s'était retrouvés quelques jours plus tôt à la Pointe. Je l'avais appelé pour qu'on accorde nos violons avant que vous ne veniez nous interroger. Il m'a sommée à ce moment-là de ne plus l'approcher. Mais je ne pouvais pas.

Vera ne savait pas quoi dire. Mantel avait perdu patience. C'est pour ça qu'il lui avait avoué sa liaison avec Caroline. Elle était devenue encombrante et il voulait que la police fasse le sale boulot à sa place. Vera ne pouvait se résoudre à l'enfoncer plus avant. Elle choisit une question au hasard.

— Vous avez rencontré Abigail ?

— Quelques fois.

— Qu'est-ce que vous pensiez d'elle ?

— Sincèrement ? Je crois que je ne l'aimais pas. Keith était fou d'elle. J'ai essayé de sympathiser avec elle parce que je savais que c'était ce qu'il voulait, mais elle ne m'a jamais appréciée. Elle avait sans doute compris ce que je cherchais. C'était une gamine intelligente. Dommage, parce qu'il me semblait qu'on avait beaucoup de points communs. Deux personnalités obsessionnelles peut-être, et il était évident qu'elle se sentait seule. Si elle s'était rangée de mon côté les choses auraient peut-être été différentes. *Vraiment* différentes.

— Mariage ? Bonheur familial ? Une robe meringue blanche et un enfant bien à vous ?

— Parfaitement, répliqua-t-elle sur la défensive. Pourquoi pas ? Les autres y ont bien droit.

— Certes, concéda Vera. Mais on n'est pas les autres, pas vrai, mon lapin ?

Elles se regardèrent par-dessus la table bancale.

— À votre avis, qui l'a tuée ? reprit Vera, soudain très pro. On sait que c'était pas Jeanie Long, alors qui ?

— Je croyais vraiment que c'était elle. J'ai peut-être pris quelques raccourcis, omis certaines choses, mais pas parce que ça m'arrangeait de l'évincer.

Elle leva les yeux sur Vera et répéta, plus fermement :

— Je croyais vraiment que c'était elle.

Vera ne pouvait pas laisser passer ça.

— Oui, et Keith aussi. Il a dû être drôlement content que l'affaire soit résolue si vite. Reconnaissant ? Je parie que oui. Mais quand même pas au point de vous épouser. C'est ce qu'il vous avait promis ?

— Quelque chose comme ça.

— Où est-ce que vous étiez, vous, l'après-midi où elle a été assassinée ? Vous avez dû y réfléchir. Vous saviez que je vous poserais la question.

— Toute seule. Dans mon appartement en ville. Jour de repos.

Elle marqua une pause.

— À pleurer toutes les larmes de mon corps parce que Keith avait promis de m'emmener au restaurant et qu'il avait annulé à la dernière minute. Abigail avait décidé de lui préparer un bon petit dîner alors il devait rester à la maison. C'est pour ça que j'étais là quand on a reçu l'appel.

— Keith était chez lui quand le corps a été découvert ?

Vera retournait le couteau dans la plaie et n'en était pas très fière.

— Non. Ils ont fini par le dénicher au bureau. Un imprévu. C'est ce qu'il a dit. Comme je vous disais, Abigail et moi avions beaucoup de choses en commun. Il l'a laissée tomber, elle aussi.

— Vous ne m'avez pas dit qui vous pensez être l'assassin, puisque que ce n'était pas Jeanie.

— Vous allez vraiment me prendre pour une folle…

— Dites toujours.

— La petite qui l'a trouvée, Emma Winter…

— Emma Bennett, maintenant.

— Elle avait quelque chose, ce jour-là, quand je suis arrivée chez eux pour l'interroger. Quelque chose d'étrange. J'ai mis ça sur le compte du choc. Tomber sur sa meilleure amie comme ça, pas étonnant qu'elle ait un comportement bizarre. Mais c'était comme si rien n'était réel. Comme si elle racontait une histoire qu'elle avait inventée à l'avance, qu'elle avait répétée, en quelque sorte, encore et encore. Mais c'était impossible. On est arrivés très vite, ce jour-là.

Vera resta un moment immobile, assimilant ces mots.

— Est-ce qu'elle aurait pu la tuer ? Est-ce que ça aurait collé, par rapport au timing ?

— Le légiste a dit qu'Abigail ne pouvait pas être morte depuis bien longtemps quand Emma l'a trouvée. Vous savez que ce n'est jamais très précis. Je dirais qu'elles auraient pu se retrouver sur le chemin, se disputer, et qu'Emma l'ait tuée à ce moment-là. Je ne dis pas que c'est ce qui s'est passé. Mais vous insistiez pour que je vous donne mon avis.

— Oui, peut-être bien. Vous aviez d'autres éléments pour tendre dans ce sens ? À part le comportement d'Emma quand vous l'avez interrogée.

— La façon dont j'avais entendu Abigail parler d'elle. Terriblement condescendante. Comme si elle n'avait jamais connu quelqu'un d'aussi bête qu'Emma. Une fois elle a dit à son père, en ma présence : « Emma, elle sait *rien de rien.* » Si j'avais été Emma, j'aurais eu envie de la tuer.

— Est-ce qu'Abigail la rudoyait ?

— Probablement pas. Elle se contentait de faire semblant d'être sa meilleure amie et sapait tous ses espoirs. Et Emma était du genre à se laisser dominer. Une victime née. Elles peuvent devenir dangereuses quand elles explosent.

— Mais il est peu probable qu'elle ait éliminé son frère.

Vera semblait réfléchir tout haut.

— Et j'aurais peut-être pas su que la chambre de Christopher donnait sur le champ si elle me l'avait pas fait remarquer.

Mais c'est une femme étrange, t'as raison sur ce point. Pleine de fantasmes. Et où est la place du mari dans tout ça ?

— Qu'est-ce que vous savez de James Bennett ?

— Rien. Il n'habitait pas ici quand Abigail a été tuée.

— Keith ne vous a jamais parlé de lui ?

— Je ne vois pas pourquoi.

— J'ai eu l'impression qu'ils avaient été amis. Dans le temps.

— Oh, Keith avait plein d'amis dans le temps. Il ne m'en a pas présenté beaucoup.

— Est-ce qu'il vous a demandé d'autres services ?

— Comment ça ?

Vera écrasa son poing sur la table. Le bruit résonna dans la pièce vide.

— Arrêtez de jouer au plus fin avec moi, ma petite dame ! Vous savez parfaitement ce que je veux dire. Est-ce qu'il vous a demandé des informations ? Suggéré de fermer les yeux ? Influencé d'autres enquêtes dans un sens ou dans l'autre ?

— Une fois seulement.

Les mots sonnèrent comme un murmure après la sortie théâtrale de Vera.

— Et c'était des renseignements qu'il aurait sans doute pu obtenir autrement de toute façon.

— Eh bien ?

— Il m'a demandé une copie du registre des délinquants sexuels.

— Et pourquoi ça ?

Il y eut un silence.

— Le travail de Keith repose sur l'influence. Il a besoin d'appuis. Conseillers municipaux. Urbanistes. Peut-être qu'il s'est dit qu'il serait un poil plus efficace s'il savait des choses sur ses interlocuteurs.

— Il s'intéressait à quelqu'un en particulier ?

— Peut-être. Il ne me l'a pas dit.

Chantage, pensa Vera. Voilà ce qu'il cherchait. C'était donc un trait de famille. Elle garda une voix égale :

— C'était quand ?

— Peu de temps avant l'assassinat d'Abigail.

32

Vera avait décidé qu'il était temps de parler à James Bennett. Elle aurait pu retourner voir Keith Mantel, mais jamais il ne lui en dirait plus que ce qu'il voulait. Joe Ashworth avait fouiné, mais n'étant pas de la région il n'avait pas les contacts nécessaires, et Vera ne voulait pas attendre davantage. Elle apprit que James était au travail et emmena Ashworth avec elle pour aller le cueillir à la Pointe. Elle pensait le conduire au poste. Comme ça ils ne seraient pas interrompus. Elle avait beau se répéter qu'il pouvait y avoir toutes sortes d'explications à son changement de nom, elle se laissait emporter par son imagination. Il avait participé à certaines opérations illégales de Mantel, pensait-elle. Pour quelle autre raison voudrait-il se cacher derrière une nouvelle identité ? Ça ne faisait pas de lui un assassin, mais quelqu'un qui méritait d'être interrogé, ça oui. Ils l'attendirent sans ostentation, se contentèrent de rester dans leur voiture garée à côté de la sienne jusqu'à ce qu'il arrive.

Quand Vera le vit s'approcher elle se ravisa. James s'était levé à l'aurore, il avait les traits tirés et le teint gris des nuits de sommeil perturbé. Elle le voulait concentré. Et à sa mine, elle l'imaginait fort bien s'assoupir dans la salle d'interrogatoire, la tête sur le bras, bon pour personne.

Il les avait déjà repérés si bien qu'ils ne pouvaient plus s'en aller.

— On peut repousser à plus tard, proposa-t-elle. Ce n'est pas urgent.

Mais James insista.

— Bien, alors est-ce que vous voulez prévenir votre femme ?

— J'ai fini plus tôt que prévu. Elle ne m'attendra pas avant au moins deux heures.

Ils se trouvaient dans une salle dépourvue de lumière naturelle, avec un néon vacillant, une odeur de tabac froid. Vera et James étaient assis face à face à la table et Joe Ashworth les regardait, sa chaise tirée à l'écart à la manière d'un observateur impartial, un arbitre peut-être dans une partie d'échecs. Vera portait une de ses robes de grand-mère informes et un gilet qu'elle avait boutonné de travers. James, toujours en uniforme, était impeccable.

— C'est une conversation informelle, précisa Vera. On découvre des choses quand on enquête. Ça n'a sans doute rien à voir, mais il faut les tirer au clair. Je suis sûre que vous comprenez.

Il acquiesça.

— Keith Mantel nous a dit qu'il vous connaissait. Seulement à l'époque vous vous appeliez autrement. On a dû vérifier.

— Naturellement.

Très poli, presque comme s'il s'excusait de leur avoir donné le tracas de fureter dans son passé.

— Donc, j'espérais que vous pourriez nous apporter quelques éclaircissements. Nous expliquer de quoi il retourne. Et du même coup peut-être nous donner des détails sur le passé de Keith Mantel.

Vera ne savait pas très bien à quoi elle s'était attendue. Probablement à une réaction fadasse. S'entendre dire que changer de nom était parfaitement légal et n'exigeait aucune justification. Que ça ne les regardait pas. À tout sauf à ça. Car James tripota brièvement sa casquette posée à l'envers devant lui, ferma les yeux un instant pour se décider et puis commença à parler, les ramenant au tout début, leur racontant, de fait, l'histoire de sa vie.

— Quand j'étais petit, mon père était chalutier. J'ai baigné dans le légendaire marin – les tempêtes, les capitaines plus vrais que nature et les grandes prises inespérées – mais quand je suis entré à l'école, il était revenu à terre. Peut-être que le danger et les difficultés avaient eu raison de l'aventure ; à cette époque déjà il fallait aller plus loin pour trouver du poisson. Le salaire était durement gagné. Mais il est plus probable, je crois, que ma mère l'ait convaincu d'abandonner. Ça ne devait pas être très drôle pour elle quand il était en mer.

Vera acquiesça, ne dit rien, attendit qu'il continue.

— À ce moment-là, ma mère et lui tenaient un magasin de journaux et bonbons dans le quartier où ils avaient tous les deux grandi. J'étais fils unique, mais j'avais mes cousins avec qui jouer dans la rue, ma grand-mère pour préparer le goûter quand mes parents ne pouvaient pas. Ça semblait chaleureux et sans danger. Les médisances allaient bon train, évidemment. Les petites communautés appellent les ragots blessants, j'imagine. Mais ça ne me touchait pas. J'en garde un bon souvenir.

« Quand il était marin mon père était syndicaliste actif et il a continué à s'intéresser à la politique par la suite. En toute logique il aurait dû être conservateur, un petit patron qui se frayait son chemin tout seul, mais ce n'était pas le cas. Il n'était pas communiste. Quand même pas. Mais socialiste oui, un socialiste de la vieille école. Je ne peux pas l'imaginer avoir le moindre commerce avec un gouvernement New Labour. Il avait toujours été membre du parti et à ce moment-là, il avait du temps pour s'impliquer. Je le revois pendant les campagnes où il faisait du démarchage électoral, il rentrait à la maison enflammé par les débats qu'il avait eus avec les gens sur le pas de leur porte. Je ne sais pas ce que ma mère en pensait. Elle devait se rendre compte qu'il avait besoin de s'occuper pour ne pas s'ennuyer. Au début, je crois qu'elle voyait ça comme un hobby inoffensif, comme aller à la pêche ou regarder passer les trains.

« J'étais au lycée quand il s'est laissé convaincre de se présenter au conseil municipal. Pas qu'il ait fallu beaucoup insister, notez bien. À ce moment-là, ma mère et lui traversaient une mauvaise passe. Ils restaient polis devant moi, réussissaient à feindre l'affection quand ils étaient tous les deux à la maison, mais comme je vous l'ai dit, c'était une petite communauté et les gens n'étaient que trop pressés de se passer le mot. J'ai appris qu'il avait eu plusieurs maîtresses. Finalement, il semblait s'être fixé sur une autre militante du parti, une enseignante. D'après la rumeur, ils étaient inséparables. J'étais furieux, humilié. Comment pouvait-il se conduire comme ça et rentrer le soir auprès de ma mère ? Elle avait dû arriver à la même conclusion, parce qu'un soir pendant qu'il assistait à une réunion du conseil, elle a fait ses bagages et elle est partie. Elle ne m'a pas demandé de la suivre et même si elle l'avait fait, j'aurais probablement refusé. Malgré ses erreurs, j'ai toujours pensé que j'avais plus de points communs avec mon père et de toute façon c'était lui le plus vulnérable. Des deux il me semblait que c'était celui qui avait le plus besoin d'attention et que cette responsabilité m'incombait. Ma mère était capable de se débrouiller toute seule. Et j'avais sans doute raison parce que peu de temps après, elle s'est mise en ménage avec un assureur. Au moins elle devait bénéficier de revenus réguliers. Elle m'a invité à venir la voir dans leur nouvelle maison, quelque part dans les faubourgs, mais je n'ai pas pu. C'était irrationnel mais je lui en voulais pour mon père. Après le lycée, je me suis mis à travailler avec lui.

James s'arrêta pour reprendre son souffle et Vera vit combien il était fatigué.

— Vous voulez que je vous apporte quelque chose, capitaine Bennett ? Un café ? Un verre d'eau ?

Il parut surpris de son obligeance et secoua la tête.

— Je suis désolé d'être aussi long. Je suppose que rien de tout ça n'a d'importance.

Vera se pencha vers lui au-dessus de la table, parut sur le point de poser une main sur la sienne.

— Racontez à votre manière, mon lapin. Je vous écoute.

— Ce doit être vers ce moment-là que papa s'est lié avec Keith Mantel. Keith était un petit promoteur à l'époque. Il achetait des biens dans les quartiers délabrés de la ville, les retapait et les revendait. Ceux du bord de mer, il essayait de les louer pour les vacances. On voyait bien qu'il avait des projets ambitieux, mais Papa devait penser qu'ils jouaient dans la même catégorie – celle des hommes d'affaires indépendants qui essaient de s'accrocher face à la concurrence des gros.

— Ils se voyaient en dehors du travail ?

— Au début, ils ne se voyaient que comme ça.

— Vous sortiez avec eux ?

— Pas souvent. Parfois Keith venait chez nous. Pour échapper à une de ses femmes, disait-il. Ils passaient la nuit à boire. Papa se mettait à raconter ses histoires de marin et Keith l'écoutait avec complaisance. J'essayais de rester en dehors. Il fallait que quelqu'un se lève tôt pour trier les journaux et de toute façon, je me méfiais de Keith. Papa était conseiller municipal à l'urbanisme. Il me paraissait évident que Mantel n'était pas là que pour parler du bon vieux temps. Il devait avoir quelque chose en tête.

« Puis il a invité papa en vacances. La prof était sortie de sa vie à ce moment-là, et Keith a organisé un séjour dans une villa sur l'Algarve avec deux jeunes femmes dans leur sillage. Papa n'avait pas un sou à débourser. Il était d'une naïveté… “Tu ne vois pas que tu es en train de te laisser manipuler ?, je lui ai dit. À ton avis, qu'est-ce qu'il va te demander en contrepartie ?” Mais il n'a rien voulu entendre. Ils étaient copains. Et entre copains, c'était comme ça : quand on avait une aubaine, on en faisait profiter les autres.

— Que voulait Mantel en échange ? intervint Vera.

— La première fois, je ne sais pas. Je n'ai pas eu connaissance des détails. Je sais que peu après, un de ses lotissements a été approuvé par la commission à l'unanimité. Des appartements de retraités, je crois. Une résidence du troisième âge. Il y a eu une inauguration en grande pompe et papa a réussi à m'y entraîner. Je ne sais pas comment il s'arrangeait avec sa conscience. Peut-être que le projet aurait été accepté de toute façon. Mais après ça, ce ne serait plus jamais facile de s'opposer à Mantel. La crise est survenue avec l'appel à projets pour la construction d'un nouveau centre de loisirs. Mantel a fait la proposition la moins chère mais ses plans n'étaient pas aussi bons que ceux de ses concurrents. Après la réunion de la commission, mon père l'a appelé pour lui dire qu'il n'avait pas été retenu. J'étais là quand il a passé le coup de fil. "T'en fais pas, hein, vieux. Un coup on gagne, un coup on perd. T'auras plus de chance la prochaine fois." Il pensait vraiment que Mantel allait siffler quelques bières et se dire que l'échec faisait partie de l'expérience.

— Mais il se trompait.

— Mantel est passé chez nous ce soir-là. Une bouteille de whisky dans une main. Une grosse enveloppe en kraft dans l'autre. J'ai bien essayé de rester avec eux mais Mantel m'a congédié. Je suis sorti quelques heures et à mon retour, il s'en allait. Mon père était assis par terre. Je n'avais jamais vu ça. Dans sa génération on ne s'asseyait pas par terre. Tout autour de lui il y avait des photos du séjour au Portugal. Papa dans un transat avec une blonde à moitié nue vautrée sur lui. Papa à côté de Mantel dans un restaurant, riant à une de ses blagues. Il était assis par terre et il pleurait.

— Mantel l'avait menacé de divulguer les photos ?

— Il l'avait menacé de faire courir le bruit auprès des journaux qu'il l'avait soudoyé pour la résidence du troisième âge. Lui-même s'en remettrait très vite, disait-il. Mais pas papa. Imaginez les gros titres. *Les vacances débauchées du conseiller socialiste. Sexe et sangria aux frais des contribuables.* Dans un sens c'était vrai, bien sûr. Mon père s'était laissé influencer. Il avait été idiot.

« Ce n'était pas seulement l'opinion de ses amis du parti qui l'inquiétait. C'était celle des gens avec qui il buvait des coups au club, et de la famille. Toutes les tantes et les cousins qui l'avaient soutenu pendant le divorce parce qu'ils le croyaient différent des autres.

James fit une pause. Le néon tremblota une dernière fois puis s'éteignit. Ashworth grimpa sur sa chaise pour taper sur le faux-plafond en plastique. La lumière revint.

James poursuivit comme s'il n'y avait pas eu d'interruption.

— Le problème, c'est qu'il s'était laissé prendre à sa propre propagande. Marty Shaw, le défenseur des petites gens. Il y avait cru. Il n'aimait pas le vrai Marty Shaw… Je lui ai dit qu'il pouvait démissionner. Se faire oublier pendant un moment. "Je pourrais, a-t-il répliqué. Mais je ne le ferai pas. Toi non plus, tu ne le ferais pas, pas vrai ?" Je n'ai pas su répondre. Il avait beaucoup bu, je l'ai aidé à aller se coucher.

« Quand je me suis réveillé il n'était plus là et sa voiture non plus. J'ai pensé qu'il était juste allé prendre l'air quelques jours. C'était bien dans son caractère, de s'enfuir. Je le voyais terré avec un de ses vieux copains du temps où il était marin, s'apitoyant sur son sort et noyant ses malheurs dans l'alcool. J'ai continué comme d'habitude, je tenais le magasin et l'excusais auprès des clients.

— Mais il ne s'était pas enfui.

— Pas comme ça. Trois jours plus tard on retrouvait sa voiture abandonnée.

— Où ?

— À Elvet. Au parking de la Humber.

Là où Vera s'était rendue la veille avec Michael Long. Près de la cabine d'où Christopher Winter avait essayé de téléphoner.

— Il n'était pas dedans ?

— Il avait laissé un mot. Au moins il avait pris cette peine. Il m'exprimait toute sa tendresse. Me demandait de lui garder un souvenir affectueux…

James prit une profonde inspiration.

— Il a dû attendre que la marée monte. Puis il est entré dans l'eau. Il n'avait jamais appris à nager. Il a marché jusqu'à ce que le courant l'emporte, lui fasse perdre pied, l'attire vers le fond. Le rivage est inégal à cet endroit, il y a de la vase, des galets, des rochers qui affleurent. Peut-être a-t-il trébuché. Je me demande parfois s'il s'est débattu le moment venu. S'il a essayé de retenir l'air dans ses poumons quand il a coulé… Il a fallu presque un mois pour que son corps soit rejeté sur la rive. Il n'avait plus forme humaine. Ils l'ont identifié grâce à ses empreintes dentaires.

« Sur les docks quand je travaille tard, il me semble parfois l'apercevoir.

— C'est à ce moment-là que vous avez changé de nom ? demanda Vera. Au moment du suicide ?

— Oui.

— Un peu extrême, comme réaction.

— Vous ne comprenez pas. Ce n'était pas seulement une question de nom. Je ne voulais pas être le fils de Marty Shaw, associé aux pots-de-vin et à la corruption. Je ne voulais pas faire tourner la boutique familiale, supporter la pitié, les ragots venimeux des clients et de la famille. Je voulais tout recommencer à zéro.

— Tout de même…

— Écoutez, j'étais jeune. On a parfois des réactions excessives à cet âge. C'était une honte atroce. Les photos, Mantel… Tout ça paraissait tellement sordide, tellement vulgaire. Tous les dimanches je vendais ce genre d'articles à des imbéciles qui s'en délectaient, puis jouaient les parangons de vertu. Si mon père avait été impliqué dans une escroquerie de grande envergure, délit d'initié ou quelque chose comme ça, je l'aurais sans doute mieux vécu. Emma me traite parfois de snob. Elle a peut-être raison.

— Alors vous aussi, vous avez fui.

— Si vous voulez. Mais c'était plus que ça. J'avais l'impression d'être quelqu'un d'autre, de pouvoir tout recommencer, devenir celui que j'aurais dû être.

— Vous avez choisi de prendre la mer. Probablement une influence paternelle.

— Toutes ces histoires qu'il me racontait quand j'étais petit ? Peut-être.

— Pourquoi vous vous êtes installé à Elvet ?

— C'est de là que venait Emma.

— Vous saviez que Keith Mantel y habitait ?

— Oui, avec tout le battage médiatique autour de la mort de sa fille. L'assassinat d'Abigail me permettait d'envisager d'habiter au village. Je ne crois pas qu'autrement j'aurais pris le risque de le croiser. Je veux dire, quand je suis arrivé je savais que lui aussi, il avait perdu quelqu'un de proche. C'était plus difficile de le haïr.

— Vengeance ?

— Sa mort ne m'a pas attristé, dit-il sèchement. Mais je ne l'aurais pas tuée.

— Non ?

— En plus, poursuivit-il sans lui prêter attention, j'avais une nouvelle vie. J'étais James Bennett, pas Jimmy Shaw. Je ne pouvais plus le laisser m'atteindre. Et je ne pensais pas que nos chemins se croiseraient beaucoup.

— Vous êtes venu à Elvet à cause de votre père alors ? Pour le « souvenir affectueux » ?

— Non ! lança-t-il avec humeur. J'y suis venu parce que j'ai trouvé une maison qui me plaisait et pour me rapprocher de la famille de ma femme. Ça n'allait pas plus loin.

Vera n'insista pas. C'était un bon conteur. Convaincant. Ç'aurait même pu être vrai. Elle s'arrangea pour le faire ramener chez lui. Elle l'accompagna à la porte du commissariat et attendit avec lui que la voiture arrive.

— Pourquoi vous n'avez rien dit à Emma ? Vous ne pensiez pas qu'elle avait le droit de savoir ?

— C'est James Bennett qui lui a plu et qu'elle a épousé. Pourquoi devrait-elle entendre parler d'un étranger ?

— Vous devriez le lui dire, insista Vera. Évitez de vous retrouver dans une situation où Mantel pourrait vous nuire.

James avait l'air de l'avoir entendue et d'y réfléchir sérieusement, mais il ne répondit pas.

33

Vera et Joe étaient de retour à leur hôtel déprimant. Le bar était désert hormis deux femmes d'affaires qui discutaient, staccato de voix flûtées, d'un programme de formation pour conseillers en informatique. Après quelques mesures, Vera cessa d'écouter. Leur langue était inintelligible. Comment cet endroit peut-il faire le moindre bénéfice ? s'interrogea-t-elle. Puis elle se rappela soudain qu'un roman d'Agatha Christie tournait autour d'un hôtel respectable qui ne rapportait rien. Qui se révélait servir de couverture à une organisation criminelle internationale. Elle se creusa la tête à essayer de retrouver le titre, mais en vain.

Sur la table devant elle il y avait un double scotch. Elle plongea les yeux dans le liquide et se dit que c'était probablement la plus belle couleur au monde. Elle savait qu'elle avait déjà assez bu, qu'elle ne pourrait pas s'en autoriser un autre après celui-ci. Elle devrait donc le boire lentement, savourer chaque gorgée. Elle porta le verre à sa bouche, aspira une lampée de liquide.

— Qu'est-ce que vous avez pensé de Bennett ? demanda Joe Ashworth. Ou quel que soit son nom.

— Bennett, dit-elle. Légalement, c'est Bennett maintenant.

— Vivre dans le mensonge pendant toutes ces années.

— C'était un mensonge ?

— Il a dit à sa femme que ses deux parents étaient morts. Sa mère vit à la colle avec un assureur à deux pas d'ici. La pauvre femme a un petit-fils et elle le sait même pas !

— C'est pas un crime, objecta calmement Vera. Et puis on dit tous des mensonges.

Mais il était en proie à une vertueuse indignation et ne l'écoutait pas. Une partie du cerveau de Vera l'entendit s'emporter sur ce qu'il ressentirait si sa femme l'avait traité de la sorte. Mais ses réflexions suivaient leur propre cours. *Si quelqu'un me demandait combien j'ai bu ce soir, j'omettrais quelques verres. Automatiquement. Sans même y réfléchir. Pour me montrer sous un meilleur jour. On fait tous ça, non ? Trouver des excuses, des justifications. Même saint Joe Ashworth. Il adore son boulot. Ça le dérange même pas d'être séparé de sa femme et de sa mouflette. Pas vraiment. Au moins il peut se faire de bonnes nuits de sommeil et il a pas à changer les couches. Et qu'est-ce qu'il se dit à lui-même ? Que c'est un sacrifice. Mais qu'il est prêt à le faire pour servir la communauté. Comme s'il était une sorte de martyr.*

Elle se rendit compte que Joe avait arrêté de parler et la regardait bizarrement.

— Alors ? demanda-t-il.

— Pardon, j'avais la tête ailleurs.

— Est-ce que vous croyez que Bennett a tué la fille de Mantel pour venger le suicide de son père ?

— Non.

Poussée dans ses retranchements elle pourrait trouver un argument rationnel pour étayer son opinion, mais ça aussi ce serait une sorte de mensonge. Sa réponse était une question de confiance en son propre jugement. De foi, pas de raison.

— Mais il aurait pu tuer le frère, poursuivit-elle. Si Christopher avait découvert son passé. Pour protéger sa nouvelle identité, son bonheur familial, tout ça. Oui, je peux l'imaginer prêt à tuer pour sauver ça.

— Alors vous croyez qu'il pourrait y avoir deux assassins ?

Joe était sceptique, mais restait poli. Comme toujours.

Est-ce que je crois ça ?

— On ne peut écarter aucune possibilité.

Et je sais que c'est une pirouette parce qu'à cet instant précis j'ai pas la concentration nécessaire pour y réfléchir en détail.

— Il aurait eu l'occasion, dit Joe. J'ai interrogé les témoins. Il aurait pu s'éclipser pendant la soirée. Les gens n'arrêtaient pas d'aller et venir près du bûcher. Vous y étiez. C'est comme ça dans votre souvenir ?

— Oui, acquiesça Vera. Il y avait de la lumière autour du feu, mais elle n'éclairait que les plus proches. Les autres n'étaient que des ombres.

Elle sirota son whisky, le garda dans la bouche, l'avala lentement.

— Il aurait fallu que Bennett sache que Christopher serait là. Qu'ils se soient fixé rendez-vous.

— C'est peut-être lui que Christopher a essayé d'appeler.

— Oui, convint-elle. Peut-être.

Mais elle avait trop bu pour parvenir à se concentrer plus longtemps sur cette question. Son imagination prenait son essor, comme les autours qui s'envolaient de la forêt de Kielder, près de sa maison dans les collines. Elle eut l'impression qu'elle devrait pouvoir contempler de haut ce paysage plat et vide pour embrasser la situation dans son ensemble.

— Qu'est-ce qu'Abigail Mantel et Christopher Winter avaient en commun ? lança-t-elle brusquement, se rendant compte au moment où elle parlait que sa voix était trop forte.

Joe Ashworth la regarda.

— Pas grand-chose. Elle, c'était une enfant gâtée et lui, un collégien détraqué.

— Tous les deux détraqués, tu crois pas ?

Elle avait crié la question à toute vitesse.

— Je suppose.

— Par leurs parents ?

Vera aurait pu citer Larkin – *Ils te baisent comme il faut, ta maman, ton papa*[1] – mais ça aurait choqué Joe.

— Ben, la fille avait pas de mère. Et si ce que Bennett nous a dit est vrai, son père était pas terrible comme modèle.

— Et les Winter ? Qu'est-ce que tu penses d'eux ?

— Ils sont bizarres, admit-il enfin.

Il fit une pause.

— Je suis pas sûr que j'aimerais grandir dans leur famille.

— Je me demande comment sont les parents de Caroline Fletcher.

Et de Michael Long. Et de Dan Greenwood. Et leurs grands-parents. Jusqu'où peut-on remonter ? Le moment de clarté, de vision d'ensemble, était passé. L'autour s'était écrasé par terre. Il n'en restait plus à Vera qu'une migraine derrière l'œil, l'assurance que demain elle aurait encore la gueule de bois et que la solution entrevue n'avait probablement été qu'une illusion alcoolique.

— Je monte, dit Joe. Faut que j'appelle à la maison…

---

1. *This Be The Verse*, du poète britannique Philip Larkin (1922-1985). Traduction de Jacques Nassif sous le titre *Poète on le dira*, éd. Orphée/La Différence, 1994.

— Bien sûr.

— Enfin, si on a terminé…

— Oui, confirma Vera. File. Je vais pas tarder non plus.

Mais elle resta là, à regarder au fond de son verre vide, incapable d'affronter la chambre carrée surchauffée et son téléviseur fixé au mur. Les femmes d'affaires interrompirent un instant leur conversation pour la regarder avec pitié. Ça l'aiguillonna. Elle se leva, passa devant la réception et sortit dans la nuit noire.

L'hôtel était situé au bord de la grand-route à la sortie du village et il y avait des lampadaires, mais pas de trottoir. Quand un camion arriva dans l'autre sens elle dut monter sur le bas-côté et se serrer contre la haie. Elle se dirigeait vers Elvet sans trop savoir pourquoi, mais heureuse d'être dehors et seule. Sa migraine commença à s'estomper. Au centre du village, les rues étaient désertes. L'*Anchor* était encore ouvert et par la petite fenêtre elle aperçut deux hommes au comptoir, qui riaient à gorge déployée, debout à côté de la bouteille de whisky géante servant à collecter l'argent pour le canot de sauvetage. Et derrière eux une barmaid avec un diamant dans le nez. Mais elle continua son chemin et l'image disparut presque immédiatement.

Dans la Maison du Capitaine, les rideaux étaient tirés. Les Bennett étaient-ils en train de discuter douillettement au coin du feu ? James racontait-il à Emma la véritable histoire de sa vie ?

Il y avait de la lumière à l'Ancienne Forge. Elle tambourina à la porte. Rien ne se passa.

— Allez, vieux. Laisse-moi entrer. J'ai une terrible envie de pisser.

Enfin des bruits de pas se firent entendre et Dan Greenwood poussa un verrou, ouvrit la porte. Il avait l'air hébété, comme si elle l'avait réveillé d'un profond sommeil ou interrompu dans un travail qui exigeait une concentration extrême.

— Tu bosses tard, mon petit Danny.

— Ça tombe bien, si t'es aussi pressée que tu le dis. Les toilettes sont dans la cour.

Elle traversa l'atelier, mais s'arrêta à la porte du fond et jeta un coup d'œil sur Dan avant de sortir. Il ramassait des papiers sur son bureau et les fourrait dans un tiroir. Quand elle revint la surface du bureau était totalement nue.

— Tu travailles toujours aussi tard ? demanda-t-elle.

— Difficile de perdre l'habitude quand on a été flic. En plus, y a rien qui me pousse à rentrer chez moi.

— Pas de femme dans ta vie alors ?

Elle s'était rappelé le dernier commentaire qu'il avait fait à ce sujet, pensait qu'à cette heure tardive il serait peut-être plus enclin à en parler.

Il haussa les épaules d'un air évasif, eut un bref sourire.

— Peut-être. Je sais pas trop.

— C'est un peu obscur à cette heure. Qu'est-ce que tu sais pas ?

— Elle me plaît bien. Je sais pas ce qu'elle pense de moi. Je sais pas trop où ça va.

— Tu devrais peut-être lui demander. J'ai toujours préféré l'approche directe, moi.

Sauf que regarde où ça m'a menée, songea Vera. Il n'y a pas d'homme dans ma vie. Pas depuis des années.

Il sourit à nouveau et elle devina qu'il pensait la même chose, mais était trop poli pour le dire.

— Qu'est-ce que tu fabriques à traîner toute seule dans la nuit ? s'enquit-il. Tu lis pas les consignes de prévention du crime ?

— Je tenais pas en place. Tu sais ce que c'est.

— Comment ça avance, au fait ?

— Je m'y perds. J'arrive pas à garder le recul. Il se passe trop de choses. Tu sais comment c'est, avec une enquête de cette ampleur. Toutes les informations. Tous les détails. Trop de choses à assimiler. On est submergé.

— Oui. Je me rappelle.

— C'était pareil avec l'affaire Mantel, la première fois ?

— La première fois c'était comme s'il y avait pas eu d'autre suspect. Dès le départ.

— Mais t'as jamais cru que Jeanie Long était coupable, pas vrai ?

— Elle aurait pu. Simplement ça me paraissait peu probable.

— Pourquoi ?

— C'est bête à dire. Banal. Mais elle avait pas le type.

— Qui, alors ? Tu devais avoir ta petite idée. Quelqu'un que t'aurais bien vu comme coupable.

Il se laissa aller contre le dossier de sa chaise et s'étira.

— Non, fit-il. Pas vraiment. Je croyais pas que c'était Jeanie, c'est tout.

— Ça aurait pu être Caroline Fletcher ?

— Non ! Impossible. Elle a enfreint quelques règles, pris quelques raccourcis. Et elle était folle de Mantel. Mais c'était pas une meurtrière.

— Fletcher pense qu'Emma Bennett aurait pu être impliquée.

— Ah bon ?

Il avait l'air surpris, choqué même.

— Elle en a pas parlé au moment des faits. J'ai jamais interrogé Emma mais ça me paraît pas très vraisemblable. Aujourd'hui encore elle a l'air timide, craintive. Et elle était gamine à l'époque. Caroline doit se tromper.

— Tu penses toujours du bien de tout le monde, hein Dan ?

Il se leva d'un bond et s'éloigna, pressé, apparemment, de mettre une certaine distance entre eux.

— Je parie que tu veux du café.

— Ma foi, Danny, ce serait fort urbain. Et si tu pouvais déterrer tes biscuits au chocolat… À l'hôtel, vu ce qu'ils nous donnent, des portions pour enfants…

Elle le regarda passer dans la petite pièce miteuse avec le plateau et la bouilloire. La porte se referma derrière lui. Elle ouvrit le tiroir où il enfournait la pile de papiers quand elle avait fait irruption en exigeant qu'il lui ouvre. Sous un tas de factures il y avait un album photo, couverture cartonnée et reliure à spirale. Elle le posa sur le bureau, tourna les pages. C'était une chronique de l'affaire Mantel. Des coupures de presse grenues, proprement collées. Les références, nom du périodique et date de publication, étaient inscrites au stylo-bille noir en haut de chaque article. Ils étaient extraits de journaux nationaux et régionaux, certains achetés le même jour. S'ils étaient trop grands ils étaient simplement collés au sommet et pliés avec soin. Ils avaient été maintes fois consultés. Par endroits les plis menaçaient de se déchirer. Il y avait une copie toute passée des rapports de la police scientifique et du médecin légiste. Un cliché d'Abigail gisant sur le lieu du crime et un autre où elle était étendue sur la table en inox de la morgue.

La dernière page arborait une photo de l'adolescente de son vivant. Un portrait de photographe, en buste, corps de profil et visage tourné vers l'objectif. Abigail affichait un sourire séducteur. Elle posait devant un rideau à larges fronces, la lumière était peut-être filtrée, certainement l'image avait un air de flou artistique. Elle semblait avoir été maquillée par un professionnel et ses cheveux étaient ramassés en chignon sur sa tête. Elle avait le cou et les épaules nus, à l'exception d'un collier de perles. On lui donnait plus de quinze ans et la photo ne pouvait pas avoir été prise bien longtemps avant sa mort. Peut-être un cadeau d'anniversaire de son père, se dit Vera. C'était bien son style. Mais comment, alors, Dan Greenwood était-il entré en sa possession ?

Dans la petite pièce voisine Vera entendit la bouilloire s'éteindre et le cliquetis d'une cuillère contre un mug. Elle replia les coupures de journaux et referma l'album. Quand Dan arriva avec le plateau, le bureau était impeccable. Elle était affalée dans le fauteuil et faisait mine de s'être assoupie.

TROISIÈME PARTIE

34

Il fait toujours du vent, mais un vent du sud à présent, doux et lourd de pluie contenue. Emma est assise à sa fenêtre dans la Maison du Capitaine et regarde de l'autre côté de la place. C'est la fin de l'après-midi. Une lumière est allumée à la forge. Elle n'a pas vu Dan Greenwood depuis des jours et a faim de l'apercevoir. Mais alors qu'elle l'adjure d'apparaître, quatre vieilles femmes sortant précipitamment de l'église retiennent son attention. Toutes portent un chapeau de feutre ou de fausse fourrure en forme de champignon à l'envers ainsi qu'un trois-quarts en laine, et chaque mot qu'elles s'adressent fait l'effet d'un coup de bec. Il y a eu un office. Les vêpres hebdomadaires ou une réunion de la Mother's Union. Emma se demande si Mary y a assisté, si elle s'est forcée à sortir affronter le monde. Elle l'espère. Elle n'aime pas imaginer ses parents enlisés à Springhead, enveloppés par le silence et l'humidité, remâchant la perte de leur fils.

Emma considéra ce récit quelques instants. Avait-il besoin d'être peaufiné ? Réécrit ? Les femmes qui sortaient de l'église avaient-elles vraiment l'air de se donner des coups de bec ? Quelle était l'expression juste ? Et elle, avait-elle vraiment *faim* de voir Dan Greenwood maintenant qu'elle savait que c'était un ancien flic, dont le sursaut en la voyant avait été une réaction de gêne et non de désir ? Absolument, songea-t-elle. Et, dans ce cas, *avide* décrirait mieux ce qu'elle éprouvait. Mais pourquoi ? Toutes ses certitudes se fissuraient et vacillaient. Son ancienne vie, le modèle de bonheur familial, était construite sur des secrets et des semi-vérités. À présent l'image de ses parents et de James était brouillée, comme la cire d'une bougie en train de fondre. Depuis la mort de Christopher, le fantasme de Dan Greenwood paraissait plus réel que tout le reste de son existence. C'était un réconfort. Elle s'y accrochait avidement. Désirait Dan plus que jamais.

Elle s'arracha à la fenêtre et descendit. James était assis au salon, un livre sur les genoux. Il n'avait pas tiré les rideaux. Dès qu'elle entra il reprit sa lecture, mais elle vit qu'il avait du mal à retrouver où il en était. C'était un numéro qu'il jouait à son intention. Auparavant, il regardait le feu sans le voir, perdu dans ses pensées. Elle se demanda pour la première fois s'il avait une maîtresse fantasmée lui aussi. Ou même bien réelle. Ça ne lui était jamais venu à l'esprit. Dorénavant plus rien ne la surprendrait.

D'ordinaire, la lecture absorbait totalement James. Sa préférence allait aux ouvrages édifiants et instructifs, même dans la fiction. Celui-ci était un récit de voyage dont il avait lu une recension dans un journal du dimanche et qu'il avait commandé sur Internet. Il disait qu'il avait gâché sa première occasion de s'instruire et voulait se rattraper. Quand il parlait de ses lectures, Emma se sentait ignorante malgré son diplôme. Mais récemment, depuis la mort de Christopher, c'était comme si rien n'arrivait à retenir son attention. Elle se demanda si ce pouvait être la culpabilité qui le rongeait. Il n'avait jamais beaucoup aimé son frère, avait peut-être même, ce dernier soir, quand Christopher s'était montré si importun, souhaité sa mort. Peut-être maintenant regrettait-il son attitude si désagréable.

Elle s'assit par terre devant lui, le dos contre ses jambes, bras autour des genoux. Elle était si près du feu qu'elle sentit rougir son visage. Elle avait besoin de ce contact physique. Les jambes osseuses de James dans son dos. La chaleur sur son front. Ça l'ancrait dans le présent. Sans cela elle se perdait dans ses histoires. S'embrouillait. Comme quand Abigail avait été tuée. La même sensation d'incrédulité.

Elle tourna la tête vers lui.

— Il y a quelque chose dont tu voudrais qu'on parle ?

— Comme quoi ? demanda-t-il calmement.

Il cessa de faire semblant de lire et posa son livre. La couverture présentait la photo d'un compas, un grand compas de navigation dans son coffret de cuivre.

— Comme tout ce qui s'est passé ces jours-ci. Christopher. Abigail. Je n'arrive pas à croire que ça ait recommencé.

Les mots étaient impropres. Elle ne pouvait pas expliquer qu'elle avait perdu confiance dans le quotidien, dans sa propre mémoire.

— Bien sûr, parlons-en, si tu crois que ça peut aider.

Il était évident au ton de sa voix qu'il ne voyait pas à quoi ça servirait. En temps normal, elle aurait été d'accord avec lui. Elle trouvait souvent que les analyses relationnelles auxquelles se livraient ses amies quand elle était étudiante étaient une distraction bizarre, malsaine. Rien d'autre que de l'indiscrétion et des commérages. Elle avait trouvé attirante la réserve de James. Après la mort d'Abigail trop de gens avaient voulu discuter de ce qu'elle ressentait.

— Non, répondit-elle précipitamment. Ça ne ramènera pas Christopher.

Ils avaient couché Matthew et venaient juste de finir de dîner quand on frappa à la porte. Cela rappela à Emma le soir où Christopher avait fait irruption et elle regarda James par-dessus la table, se demandant si ça lui faisait le même effet, mais il était déjà debout, parti répondre.

Elle entendit une conversation étouffée dans l'entrée, puis James revint suivi de Vera Stanhope et de son adjoint.

— L'inspecteur Stanhope aimerait te poser encore quelques questions, annonça-t-il. Tu veux bien ?

Elle pensa que l'interruption le contrariait, mais comme toujours avec James, c'était difficile à dire.

— Oui. Bien sûr. Asseyez-vous.

— Il s'agit de Christopher, expliqua Vera. C'est pas vraiment à moi de vous interroger. Il y a une équipe du secteur qui enquête sur sa mort, maintenant. Mais vous nous connaissez déjà. J'ai pensé qu'il valait mieux que ce soit moi qui vienne plutôt que deux inconnus.

— Merci.

Emma se disait pourtant que des inconnus seraient peut-être moins déstabilisants que cette femme qui semblait régner sur la petite salle à manger, qui se sentait déjà ici chez elle. Elle s'était affalée sur une des chaises vides et ôtait son gilet, comme si la chaleur lui était insupportable. Emma eut envie de s'excuser pour la température, se retint juste à temps. Ils étaient tout de même chez eux.

— Est-ce que Christopher avait un téléphone portable quand vous l'avez vu ?

— Je ne me rappelle pas qu'il en ait utilisé un.

— Quelqu'un l'a aperçu à l'aube au cimetière municipal le jour de sa mort. Près de la tombe d'Abigail. Le témoin pense qu'il aurait pu être en train de téléphoner, mais on n'a pas trouvé de portable sur lui.

— Vous devez bien avoir le moyen de savoir s'il en possédait un, intervint James.

— On croirait, hein ? Mais c'est pas si facile, apparemment. Surtout avec les téléphones à carte. Les gens les échangent, les vendent. Sans facture, difficile de retrouver leur trace.

Vera changea soudain d'angle d'attaque, fixa Emma.

— Vous êtes déjà allée sur la tombe d'Abigail ?

— Non.

Si Emma avait réfléchi un peu plus, elle aurait pu être tentée de mentir. La négation pure et simple paraissait sans cœur.

— Mais vous saviez où elle était enterrée. Vous aviez assisté à ses obsèques ?

— Non, répéta Emma. Mes parents pensaient que ce serait trop dur. Et, bien que Keith ait souhaité des funérailles discrètes, apparemment toute la presse était là. J'étais contente de m'être abstenue.

— Et Christopher ?

— Je ne pense pas qu'il y était.

— Non ? Vous êtes sûre ? Vous en avez parlé ?

— Il n'y avait pas besoin. C'était impossible.

— Il aurait pu s'échapper du collège. Y aller tout seul.

— Je suppose, oui. Mais quelqu'un l'aurait vu et signalé à mes parents.

— Bien sûr. Vera hocha vigoureusement la tête.

— Un petit village comme Elvet, on croirait qu'on peut rien faire impunément.

Elle marqua une pause. Inutile d'ajouter : *Mais deux meurtres. Quelqu'un a commis deux meurtres impunément.*

— Christopher devait savoir où Abigail était enterrée. C'était de notoriété publique.

— Oui.

— Il avait déjà dû se rendre au cimetière. Le témoin affirme qu'il est allé directement sur sa tombe ce matin-là. Il faisait encore presque nuit, mais il savait où elle était enterrée.

— Je ne sais pas.

Emma avait la tête qui tournait. Les questions s'enchaînaient trop vite. Elle se sentait étourdie, comme à demi-éveillée avant de replonger dans un rêve. Elle dut faire un violent effort de concentration.

— Christopher a toujours été très secret. Petit déjà, il pouvait disparaître pendant des heures sans que personne ne sache où il était.

— Est-ce qu'il vous arrive de prendre ce chemin pour aller vous promener jusqu'à la rivière ?

Vera avait soudain changé de rythme. On aurait dit qu'elle devisait poliment autour d'un thé.

— Ce doit être une promenade agréable par beau temps. Plat pour pousser le landau. Parfait pour une petite balade en famille.

Bien que la question s'adresse à Emma, Vera jeta à James un coup d'œil entendu.

— Il m'est arrivé d'y aller, oui, répondit Emma, déconcertée par ce regard, se demandant ce qu'il pouvait vouloir dire. Quelquefois.

— Je suis surprise que vous ne soyez jamais allée voir la tombe. Ne serait-ce que par curiosité. C'était votre meilleure amie.

— J'ai passé ma vie à essayer d'oublier le meurtre d'Abigail.

Vera lui décocha un regard rapide, estimatif, mais n'insista pas.

— Je crois que Christopher pourrait avoir utilisé un portable pendant qu'il était ici, déclara James.

— « Pourrait » ? Qu'est-ce que ça veut dire ?

— Avant le dîner, il est monté à la salle de bains pour prendre une douche. En allant voir le bébé, je l'ai entendu parler.

— Vous avez entendu ce qu'il disait ?

— Je n'ai pas pour habitude d'écouter aux portes.

— Ah bon ? fit Vera, sincèrement étonnée. Je fais ça tout le temps.

— J'ai supposé, reprit James après un silence désapprobateur, qu'il parlait à quelqu'un d'Aberdeen. Une petite amie peut-être. Pour lui dire qu'il était bien arrivé. Notre ligne fixe est dans la cuisine. On l'aurait entendu s'il avait appelé de là. J'ai pensé qu'il voulait un peu d'intimité.

— Est-ce qu'il avait l'air de parler à une petite amie ?

— Je vous l'ai dit, je n'ai pas écouté.

— Mais sa voix, elle était tendre ? Intime ?

— Non, dit James. C'était plus sérieux que ça.

Vera tira un bloc de son sac et prit quelques notes.

— On n'arrive pas à comprendre ce qu'il a fait pendant le reste de la journée, dit-elle. À croire qu'il s'est évaporé. Il était au cimetière aux environs de huit heures, et ensuite on sait qu'il est descendu jusqu'à la rivière.

— Comment vous savez ça ? lança James.

À Emma la question parut trop forte, trop pressante. Qu'est-ce que ça pouvait bien lui faire ?

— On a retrouvé des empreintes dans la cabine téléphonique, expliqua Vera.

Là encore Emma trouva que ça sonnait faux. Comme si les mots avaient un autre sens, comme si tous les deux utilisaient un code qu'elle ne pouvait pas comprendre, qu'on ne lui avait pas révélé.

— On a vérifié, c'est bien celles de Christopher, continuait Vera. Alors ce que je veux savoir, c'est où il est allé après ça. On a interrogé des gens qui ont promené leur chien sur le rivage ce matin-là. Personne ne l'a vu. Il y avait du monde au village dans la journée. On pourrait penser qu'il ait voulu avaler quelque chose, non ? Au moins une tasse de thé. Mais il n'est entré dans aucun magasin ni dans la boulangerie. Apparemment, il pouvait difficilement passer inaperçu. Même si les employés ne le connaissaient pas, ils l'auraient remarqué. Est-ce que vous voyez quelqu'un qui aurait pu l'accueillir ? Chez qui il aurait pu se cacher ? Ou *de qui* il aurait pu vouloir se cacher ?

— Non ! fit Emma. J'ai l'impression que j'en savais aussi peu sur lui que sur Abigail. Et maintenant, je n'aurai plus l'occasion d'apprendre à le connaître.

— Je suis désolée.

Vera se leva tout à coup, enfila son gilet pendant qu'elle se dirigeait vers la porte.

— Ce que je fais n'est pas juste. Vous en avez déjà bien assez à supporter. Si vous pensez à quoi que ce soit qui pourrait nous être utile, appelez-nous.

L'adjoint, Ashworth, suivit. Il n'avait pas dit un mot depuis son arrivée mais à la porte il s'arrêta, regarda Emma avec tellement de sympathie et de compassion qu'elle en eut presque les larmes aux yeux.

— Faites attention à vous, dit-il.

Ce fut comme si James ne se trouvait plus dans la pièce. Soudain, elle était redevenue une petite fille. Elle se trouvait dans la maison d'York, assise dans l'escalier. Quelque chose l'avait réveillée dans son sommeil et elle était descendue en titubant, à demi endormie. C'était l'été et il faisait jour encore, derrière la porte le jardin était baigné de soleil et de chants d'oiseaux. Et des mots de ses parents. Ils parlaient d'elle. Elle avait entendu son nom et ça l'avait complètement réveillée, et elle avait couru les rejoindre. Ils étaient assis sur un banc en bois. Elle s'était élancée au-dehors. Il y avait un patio pavé de vieilles dalles, dures contre ses pieds nus mais chaudes aussi. Sa mère l'avait prise dans ses bras. Emma s'était attendue à être intégrée à la conversation, à recevoir une explication, car après tout, elle était au centre de la discussion.

— De quoi vous parliez ? avait-elle demandé.

— De rien, ma chérie. Rien d'important.

Et Emma avait su qu'il était inutile d'insister. Elle venait d'être irrévocablement exclue. À cet instant, dans la Maison du Capitaine, elle ressentait exactement la même chose.

35

Le lendemain Emma se rendit sur la tombe d'Abigail. Elle confia le bébé à James et partit seule, en disant simplement qu'elle avait l'impression d'être cloîtrée à la maison depuis des lustres et qu'elle avait besoin d'un peu d'exercice. D'ordinaire, les jours où il était en congé, James allait partout avec elle. Il aimait que tous les trois passent le plus de temps possible ensemble. En aimait l'idée, du moins. Aujourd'hui il la laissa partir sans même avoir l'air d'écouter son explication, et elle se demanda à nouveau ce qui le préoccupait.

Christopher ne serait pas inhumé à côté d'Abigail. Bien qu'ils ne sachent pas encore quand le corps leur serait rendu, Mary et Robert avaient d'ores et déjà décidé qu'il serait incinéré. Mary avait déclaré qu'elle ne supporterait pas que des étrangers viennent lorgner sa tombe ; ces temps-ci même les gens civilisés semblaient se transformer en voyeurs dès que les médias relayaient une mort violente. Emma n'avait pas été consultée sur la question, et ça lui paraissait bien normal. Bien sûr elle était triste que Christopher soit mort, mais pas terrassée. Pas accablée de chagrin comme on est censé l'être quand un frère a été tué. Elle se demandait ce qui ne tournait pas rond chez elle.

Emma se sentait aussi coupable d'avoir eu si peu de contact avec ses parents depuis la mort de Christopher. À cela elle pouvait remédier, et se promit d'aller bientôt à Springhead pour voir comment ils s'en sortaient. Elle se rendit compte qu'elle avait noté leur repli dans l'isolement avec une sorte de soulagement. Ça signifiait que son père ne venait pas frapper à sa porte toutes les cinq minutes pour lui offrir ses conseils et son soutien moral. Qu'elle n'avait pas à jouer les filles obéissantes.

Lorsqu'elle arriva au cimetière elle ne savait plus très bien pourquoi elle avait pris la peine de venir. Après tout ce temps, le geste était probablement dénué de sens. À la dernière minute elle regretta de n'avoir pas apporté de fleurs. Ç'aurait donné un but à sa visite. Elle tenta d'imprimer une image d'Abigail dans sa tête, mais chaque fois qu'elle se rappelait une occasion passée ensemble, l'adolescente lui échappait et elle ne se retrouvait qu'avec le décor de la scène. Par exemple, il y avait cette fois où Abigail lui avait annoncé d'un air triomphal qu'elle avait enfin réussi à convaincre Keith de renvoyer Jeanie Long. Vendredi soir. Patronage à la salle paroissiale, qu'Abigail snobait généralement, mais auquel Emma était tenue d'assister. Deux billards et un gros magnéto dans un coin qui diffusait une musique qu'elle ne connaissait pas. Les relents de poisson à la vapeur du déjeuner du club du troisième âge. Une buvette qui vendait des chips, des cocas à emporter et des friandises bon marché : chewing-gums, sucettes et torsades de couleurs vives qu'elle n'avait jamais vues dans les vraies boutiques. Emma savait qu'Abigail était éblouissante dans un top vert brillant – elle se rappelait la pointe de jalousie qui l'avait traversée en la voyant arriver de son pas nonchalant – mais elle n'arrivait pas à la *voir*. Elle visualisait la tête de tous les garçons présents, l'air mélancolique parce qu'ils savaient qu'elle leur serait toujours inaccessible. Y compris celle de Christopher, car il était là lui aussi. Il jouait au billard et s'était redressé, l'avait dévisagée intensément pendant un moment. Mais pas celle d'Abigail. Emma n'arrivait absolument pas à se souvenir de la réaction d'Abigail à tous ces regards.

Debout devant la tombe, la perspective d'Emma changea. Au lieu de faire partie du décor, Christopher passa au premier plan. C'était ici qu'il avait été vu pour la dernière fois. Et si l'inspectrice avait raison, il était déjà venu souvent. Elle le voyait assez nettement – le long imperméable qui battait au vent, les cheveux raides et mal coiffés, les traits tirés par le manque de sommeil et la gueule de bois. Mais elle n'avait pas la moindre idée de ce qui pouvait se passer dans sa tête. Elle éprouva le désespoir de l'occasion manquée. Si seulement elle s'était montrée plus compréhensive ou plus assurée. Si seulement elle l'avait persuadé de lui révéler ce qu'il savait.

Elle fut alors distraite par un fourmillement d'activité autour de la ferme qui se dressait au bout du champ. Un minibus était entré dans la cour et un troupeau d'agents de police en descendit. Il y avait deux chiens ; elle entendit crier des instructions. Les policiers patientèrent, puis une voiture arriva et deux silhouettes, asexuées dans leur blouse et calot de papier blanc, en sortirent. L'une d'elles devait avoir la clef de la bâtisse car elles y pénétrèrent. Les autres restaient près du bus, regardaient le bric-à-brac, les tas d'engins rouillés, l'air de se demander par où commencer. Vera Stanhope risquait d'apparaître, se dit Emma, et elle ne tenait pas à être surprise sur la tombe d'Abigail. L'inspectrice pourrait croire que c'étaient ses commentaires de la veille qui l'avaient poussée à venir. Emma ne voulait pas lui donner cette satisfaction.

En rebroussant chemin, elle vit Dan Greenwood appuyé à la grille. Il devait la regarder depuis un moment. Il sourit et leva une main en guise de salut. Elle sentit son visage s'empourprer, une excitation malsaine au creux du ventre. Il y avait toujours un frisson de complicité. Voilà ce qui rendait James différent, pensa-t-elle. Elle ne se sentait jamais vraiment complice avec lui. Ce n'était qu'un personnage dans une de ses histoires.

— À votre avis, qu'est-ce qu'ils font ?

Du menton elle désigna les formes bleu marine, qui avaient commencé à se diviser par équipes. Un groupe passait à la queue-leu-leu dans une brèche de la haie pour gagner le champ le plus proche de la rivière.

— Ils veulent savoir où Christopher a passé la journée avant d'être tué. Le cimetière est le dernier endroit où il a été vu et la ferme est inhabitée. Il aurait pu s'y réfugier. Ils essaient de trouver des traces de son passage.

Il ne faisait pas de conjectures. Elle supposa qu'il avait encore des amis dans la place qui le tenaient informé.

Elle passa la grille pour le rejoindre. Il sentait le tabac qu'il roulait ; elle s'écarta jusqu'à ce que l'odeur se perde dans celle des feuilles mortes. Mieux valait ne pas trop s'approcher.

— Alors, vous n'avez pas le bébé aujourd'hui ? dit-il.

— Non.

— Vous devez avoir besoin de quelques moments pour vous, de temps en temps.

— Oui, acquiesça-t-elle. Absolument.

— Je vais vous raccompagner au village. Je n'aime pas vous savoir toute seule dehors.

À nouveau elle se dit que James ne s'était pas inquiété de ça.

— Je ne pense pas qu'il y ait de danger. Pas avec tous ces policiers dans le coin.

Il ne répondit pas mais avança, s'approcha de la route et lui emboîta le pas. Malgré la bruine épaisse, il ne portait pas de manteau, juste un pull bleu marine en grosse laine, dont l'odeur moite couvrait celle du tabac. Elle se sentait mal à l'aise, empruntée.

— Qu'est-ce qui vous a poussé à choisir la poterie, quand vous avez quitté la police ? demanda-t-elle pour dire quelque chose.

Il ne répondit pas tout de suite.

— J'ai mis un moment avant de choisir quoi que ce soit. J'avais fait une sorte de dépression. Le stress. Je savais que je voulais exercer une activité créative. Quand j'ai démissionné, j'ai suivi des cours aux beaux-arts pendant deux ans, mais ça me dépassait un peu. L'« art conceptuel ». Qu'est-ce que c'était que ça ? Mais il y avait quand même des aspects qui me plaisaient. Le côté artisanal. La céramique, créer des objets concrets pour les gens, des objets utiles.

Il fit une pause.

— C'est un peu n'importe quoi, ce que je dis, non ?

— Non, pas du tout.

— Je touchais une petite pension de la police. Assez pour démarrer. Ensuite ma mère est morte et m'a légué suffisamment d'argent pour acheter la forge.

— C'est pour ça que vous avez quitté la police ? Parce que le stress vous minait ?

— Faut croire.

Il sourit pour tourner la question à la dérision.

— Trop sensible pour ce métier, je suppose. J'arrivais pas à oublier que les victimes étaient des personnes bien réelles.

Ils poursuivirent leur route en silence jusqu'au village. À la porte de la forge ils s'arrêtèrent. Emma savait qu'elle aurait dû continuer son chemin, traverser la place, entrer dans la Maison du Capitaine. James devait guetter son retour.

— J'imagine qu'il n'y a aucune chance pour que vous m'offriez un café, hasarda-t-elle. Elle sentit la couleur lui monter au visage : Comme vous l'avez dit, je n'ai pas souvent l'occasion de sortir sans le bébé. Je ne suis pas sûre d'être capable de retourner si vite m'enfermer.

— Je comprends.

Elle ne savait pas du tout ce qu'il pensait de sa requête. Se disait-il qu'elle devenait folle ? Que c'était un effet de son chagrin ?

— Mais vous êtes peut-être débordé, ajouta-t-elle. Peut-être que je devrais rentrer.

— Non.

La porte, gauchie, buta par terre contre une dalle. Il la poussa de l'épaule pour l'ouvrir.

— Ça me changera les idées.

Sur un banc juste à côté de la porte s'alignait une rangée de pots qu'il avait peints à la main, des volutes de verts et de bleus intenses.

— Ils sont magnifiques, s'écria-t-elle. Ça évoque l'eau, non ? On a l'impression de se noyer dans la couleur.

— Vraiment ?

Il paraissait sincèrement ravi.

— Quand ils seront vernis, je vous en réserverai un.

L'excitation malsaine revint.

Ils s'assirent dans la petite pièce où elle l'avait trouvé lors de sa première visite. Il fit le café, s'excusa pour le mug ébréché, l'absence de lait frais.

— Qu'est-ce que vous faisiez au cimetière ? lança-t-elle tout à coup.

Il faisait chaud. Elle était mal à l'aise. Maintenant qu'elle était là, elle était incapable d'assumer une conversation de pure forme. Elle aurait aimé savoir badiner sans façon comme le faisaient naturellement ses camarades de fac.

— Vous étiez venu sur la tombe d'Abigail ?

Elle se rappela ce qu'il lui avait dit sur le chemin du retour.

— Parce que, même si vous ne la connaissiez pas, Abigail Mantel était une personne bien réelle à vos yeux ?

Il parut interloqué.

— Non, fit-il. Rien de tout ça.

— Excusez-moi. Ça ne me regarde pas.

— J'avais appris que les gars allaient fouiller la ferme et même après tout ce temps, c'est difficile de pas être curieux. J'imagine que la police me manque, d'une certaine manière. L'amitié, en tout cas. Je suis resté en contact avec certains, mais c'est plus pareil.

Emma trouva ça triste, qu'il regarde ses anciens collègues travailler à deux champs de là.

— Vous avez connu Abigail de son vivant ?

Elle ne savait pas d'où était venue la question, la regretta à peine prononcée.

Il leva brusquement la tête du café qu'il tenait entre ses deux mains.

— Non. Bien sûr que non. Je vois pas comment.

— Excusez-moi. Ça m'a tout fait revenir en mémoire. La mort de Christopher.

— Lui, je l'ai rencontré. L'après-midi où vous avez trouvé le corps. Pendant que ma patronne était dans la cuisine avec votre mère et vous, je discutais avec lui dans la pièce d'à côté.

— S'il avait vu l'assassin, il l'aurait dit, n'est-ce pas ?

— Il a répondu à toutes mes questions. J'ai pas eu l'impression qu'il cachait quoi que ce soit. Il vous a parlé de quelque chose ?

— Non.

Elle reposa son mug. Il était encore presque plein.

— Je ferais bien de m'en aller. Vous prendre du temps comme ça…

— Je suis pas pressé. Mon travail est solitaire. À vrai dire, je suis content d'avoir de la compagnie.

— Vous devriez vous trouver une femme.

C'était dit avec légèreté et elle fut assez fière du ton badin. Ça ferait comprendre à Dan qu'elle n'avait pas de vues sur lui.

— J'en ai peut-être trouvé une. Mais ça se passe pas exactement comme je l'avais espéré.

Comme il la regardait fixement une idée ridicule lui passa par la tête. *Il veut que je lui demande ce que ça veut dire. Est-ce qu'il parle de moi ?*

— Écoutez, lança-t-elle. Il faut vraiment que j'y aille. James va se demander où je suis. Je ne veux pas qu'il s'inquiète.

— Revenez, dit-il. N'hésitez pas, quand vous avez envie de parler.

Elle ne savait qu'en penser et s'en alla sans répondre. Dehors elle resta un moment immobile, essayant de recouvrer son calme avant de rentrer chez elle. En face, l'encombrante silhouette de Vera Stanhope apparut à la porte de la boulangerie. Elle courba l'index et fit signe à Emma de la rejoindre. Comme la sorcière, songea la jeune femme, de *Hansel et Gretel*, l'attirant dans la maison de pain d'épice. Et comme les enfants elle se sentit obligée d'obéir.

— Qu'est-ce que vous fabriquiez ? demanda Vera.

— Je suis allée me promener. J'ai croisé Dan. Il m'a invitée à boire un café.

— Voyez-vous ça…

Il y eut une pause, chargée d'un sens qu'Emma ne put deviner. Puis Vera ajouta d'un ton dégagé :

— À votre âge, vous devriez savoir qu'il ne faut pas traîner avec des hommes bizarres.

— Dan Greenwood n'est pas bizarre.

Il y eut une nouvelle pause.

— Peut-être. Quand même, faites attention à vous.

Le même conseil que Joe Ashworth lors de leur dernière entrevue. L'inspectrice se détourna avec un petit signe de la main et Emma se retrouva seule, avec l'impression d'avoir été mise en garde.

36

Michael Long n'avait pas vu Vera depuis des jours. Pas pu lui parler, en tout cas. Il l'avait aperçue dans la rue sur le trottoir d'en face et une fois il s'était approché, mais elle s'était contentée de lui faire un signe amical en continuant son chemin, comme si elle était trop occupée pour discuter. Du moins il pensait qu'elle avait voulu lui donner cette impression et il trouvait ça injuste. Il méritait d'être mieux traité. Il n'était pas seulement le père de Jeanie, mais aussi celui qui avait orienté Vera dans la bonne direction à propos de Keith Mantel. Et un témoin important, le dernier à avoir vu Christopher Winter en vie. Michael ne l'aurait jamais exprimé en ces termes mais il se sentait comme un amant éconduit. Il voulait que Vera fasse de nouveau attention à lui. Il resta à la maison au cas où elle passerait. Chaque fois que l'on frappait à sa porte il espérait que c'était elle.

Puis il se dit : *Et merde.* Il n'allait pas se morfondre pour une bonne femme. Il ferait ses propres recherches, recueillerait ses propres informations, et les lui montrerait. Il se voyait lui présenter un gros dossier sur Mantel, bien classé et dactylographié. Qui lui fournirait tout ce dont elle avait besoin pour démontrer que l'homme était un assassin. Parce que c'était ça qu'il voulait lui prouver : Mantel était un monstre qui avait tué sa propre fille et le jeune Winter. Et il était responsable de la si longue incarcération de Jeanie, de son désespoir et de son suicide.

Il prit le bus pour rejoindre la ville où Mantel avait gagné ses premières livres, un peu plus haut sur la côte. Il savait qu'il y avait une bibliothèque de taille correcte. Le collège était là-bas aussi et il fit le trajet en compagnie des gamins qui s'y rendaient. Il se dit que c'était la barbe et en effet les hurlements des filles et des garçons campés dans un simulacre de bataille incessant l'irritèrent au dernier degré. Il grommela contre les parents incapables et pour le retour du service national. Mais ça avait ses compensations. Le car était plein et Michael était écrasé sur une banquette tournée vers l'allée centrale. À côté de lui se trouvait une fille de quatorze ou quinze ans, le teint blanc poudreux et de longs yeux soulignés de noir. Elle paraissait trop digne pour le bazar qui l'entourait et était aussi énervée que lui par les cris et les tirs de projectiles. Elle avait les jambes croisées et son sac sur les genoux. « T'en as pas marre de tes gamineries ? » jappa-t-elle à un garçon criblé d'acné quand un taille-crayon manqua sa cible et lui heurta le bras. Puis elle se tourna vers Michael et roula des yeux d'un air conspirateur, comme s'ils étaient les deux seules personnes sensées là-dedans.

Quand ils descendirent à Crill, sur la place balayée par le vent près du front de mer, il n'avait pas envie de l'abandonner. Il fut tenté de la suivre, juste pour le plaisir de la regarder marcher. Elle avait le dos droit, de longues jambes, un port altier. Mais il se dit qu'il avait des choses à faire. Sur la place, les employés municipaux étaient en train d'accrocher les illuminations de Noël, juchés dans la cabine hydraulique d'un camion. La bibliothèque était un édifice imposant avec une façade à colonnes et un grand escalier de pierre menant à une double porte. Elle était fermée et n'ouvrirait pas avant neuf heures et demie. L'irritation le reprit. Il fulmina dans sa barbe contre l'oisiveté des fonctionnaires. Il aurait pu marcher jusqu'au collège avec la petite, finalement. Puis il se dit qu'il ne devait pas se mettre dans tous ses états. Peg l'avait toujours prévenu qu'il finirait par avoir de sérieux problèmes s'il n'apprenait pas à se dominer.

Michael demanda à l'un des employés municipaux où boire un café et on lui indiqua une rue étroite. L'endroit s'appelait *Val's Diner* et était plein de bruit et de fumée. Ça lui rappela la buvette de la Pointe. Le bacon de son sandwich était pile comme il l'aimait – croquant et craquant – et la rogne lui passa. Ces temps-ci, pensa-t-il, il suffisait d'un détail aussi infime pour le faire changer d'humeur. Il se demanda s'il avait toujours été comme ça et si tout le monde était pareil.

Il connaissait la femme qui dirigeait la section d'histoire régionale de la bibliothèque. Elle s'appelait Lesley et était efficace et joviale, avec une voix forte qui faisait lever la tête et pousser des grognements désapprobateurs aux lecteurs de la salle d'étude. Il l'avait connue juste avant de prendre sa retraite. Il éprouvait la nostalgie de ce qu'il allait quitter. Lesley s'occupait des archives du pilotage et de la station de sauvetage de la Pointe, et Michael était venu les consulter, pour en connaître l'histoire. Il y avait une photo, se souvenait-il, de la maison où il avait vécu toutes ces années avec Peg. Le cliché datait des années vingt, et la Pointe était assez différente à l'époque. Les dunes s'étendaient plus loin et il n'y avait pas d'autres bâtiments que le phare et les deux pavillons. Sur la photo, un homme à grande moustache grise adossé au mur, à côté de la porte d'entrée, fusillait l'objectif du regard.

Lesley était assise à son bureau et leva la tête en le voyant approcher. Il vit à son expression qu'elle avait appris par les journaux ce qui était arrivé à Jeanie, mais elle ne dit rien. Ne manifesta même pas qu'elle le reconnaissait, ce qui le blessa parce que quand il faisait ses recherches sur la Pointe, il avait cru qu'elle l'aimait bien. Il lui expliqua qu'il souhaitait consulter les anciens numéros du journal local sur vingt, voire trente ans.

— Ils sont disponibles ?

— Oh, oui, dit-elle, et elle sourit. Vous cherchez quelque chose de précis ?

Parce qu'elle était toujours assise à son bureau, on aurait dit qu'elle le regardait de travers.

— Non ! Rien de spécial. Juste une curiosité générale.

Immédiatement, il se repentit d'avoir été si sec, mais elle n'avait pas paru s'en rendre compte. Elle le fit asseoir devant le lecteur de microfilms et lui montra comment s'en servir, répétant patiemment les instructions quand il le lui demandait.

— Si vous avez besoin de quoi que ce soit, appelez-moi.

Sa voix porta dans toute la salle, elle aurait pu s'adresser à n'importe lequel des lecteurs qui s'y trouvaient.

Il commença au moment du meurtre d'Abigail et remonta le temps. Au début il fut distrait par d'autres articles. Pas le meurtre. Il passa rapidement sur les faits et quand il tomba sur une photo de Jeanie il ferma les yeux. Il ne supportait pas l'idée qu'elle soit fixée dans la machine, accessible aux regards de n'importe qui. Ce furent les articles les moins dramatiques qui retinrent son attention. Le plus grand porte-conteneurs jamais entré dans l'estuaire. Des vaches qui s'étaient retrouvées coincées sur un banc de sable après s'être aventurées au milieu de la Humber à marée basse. Un rassemblement de grands voiliers. Lorsqu'il regarda l'horloge sur le mur il était près de onze heures et il n'avait rien découvert d'utile. Il se força à avancer plus vite et finit par trouver mention de Keith Mantel. Des brèves en mots et en images. Michael se mit à suivre sa trace à rebours. C'était comme regarder un vieux film haché en marche arrière.

Les articles les plus récents, ceux sur lesquels il tomba en premier, étaient positifs et il dut se retenir de ricaner tout haut. Il y avait une photo de Keith Mantel à côté d'un immense chèque en carton, don de Mantel Development à une œuvre de bienfaisance qui hébergeait temporairement des enfants handicapés pour soulager leurs parents. Une fillette rayonnante en fauteuil roulant tenait l'autre extrémité du chèque. Keith Mantel avec un tas d'autres gens, nommés au conseil d'administration de l'hôpital local. Keith Mantel en bottes de caoutchouc, plantant un arbre dans le jardin pédagogique d'une école primaire. Michael maugréa contre la crédulité du public, mais en regardant le visage souriant, confiant, il se dit que s'il n'avait rien su, s'il ne s'était pas embrouillé avec lui au village, il se serait laissé avoir aussi. Il aurait cru en Mantel, l'homme d'affaires à conscience sociale.

À mesure qu'il remontait l'histoire du père d'Abigail, ses souvenirs se réveillèrent. De-ci, de-là, une référence lui remémorait des incidents sur lesquels il s'était déjà penché, quand sa seule raison de ne pas aimer le promoteur était de le percevoir comme un salopard arrogant susceptible de saper sa position au village. Un court article sur l'inauguration en grande pompe d'un centre de loisirs lui rappela une conversation avec un vieux copain. Ils avaient été à l'école ensemble, mais Lawrence Adams était monté en grade au sein de l'entreprise familiale et avait soudain accédé au rang de gentleman. Il s'était mis au golf et avait été élu conseiller municipal conservateur. Mantel venait de décrocher deux gros contrats et Michael furetait pour comprendre pourquoi. Ils s'étaient retrouvés, à la demande de Lawrence, dans un petit pub miteux près de la prison de Hull. Ça lui avait paru un drôle d'endroit pour un rendez-vous, pas le genre de lieu que fréquentait Lawrence d'ordinaire.

« Pourquoi ici ? avait demandé Michael.

— Parce que je risque pas d'être reconnu. »

Et ça avait plu à Michael. Il avait compris que c'était une âme sœur, quelqu'un avec qui partager sa paranoïa sur Mantel.

« Mantel peut pas te nuire, non ? » Il pensait que Lawrence était trop riche pour être corruptible.

« Il peut nuire à tout le monde. Te mets pas en travers de son chemin. » Et alors son vieux copain s'était lancé dans un long monologue sur le centre de loisirs, une tirade si confuse que Michael s'était dit qu'il avait bu avant son arrivée. « Ça n'aurait jamais dû être pour lui. On a pris une décision en commission. Tout est réglé, on s'est dit. Et puis tout à coup notre adjudicataire se désiste. Sans explication. Alors finalement c'est Mantel qui l'a eu. » Lawrence avait levé les yeux de sa bière. « Tu sais comment ça a commencé, pas vrai ? Comment il a gagné ses premiers pence ? » C'était là que Michael avait appris l'histoire de la vieille dame qui avait légué sa maison à Mantel, celle qu'il avait racontée à Vera Stanhope quand elle avait frappé à sa porte. Et il ne savait toujours pas jusqu'où elle était vraie.

Quand ils avaient quitté le pub pour regagner leur voiture, trop saouls pour conduire légalement mais s'en souciant comme d'une guigne, Lawrence avait ajouté : « Je suis sérieux. T'approche pas de lui. Regarde ce qui est arrivé à Marty Shaw. C'était loin d'être un ami, mais j'aurais souhaité ça à personne. C'était à cause de Mantel, tu sais. »

Michael ne connaissait pas Marty Shaw et ne savait pas à quoi Lawrence faisait allusion, mais il avait mené son enquête, découvert que c'était l'homme qu'on avait retrouvé mort sur le rivage à Elvet. Il en avait entendu parler. Un pauvre couillon de Crill qui était entré dans la rivière et s'était noyé. Ils n'avaient eu que ça à la bouche à l'*Anchor* le jour où on l'avait découvert. Michael ne s'était pas rendu compte qu'il y avait un lien avec Mantel, sinon il s'y serait intéressé de plus près.

Ça n'avait pas été difficile de se mettre au courant des rumeurs. Michael avait des amis partout à l'époque. Il était sociable, réputé pour ça. Pas comme maintenant, où il se terrait dans son pavillon pour petits vieux démunis, à boire tout seul. À ce moment-là il n'y avait pas un seul pub de la région où il n'était pas connu. Où qu'il aille il retrouvait des gens avec qui il avait été à l'école, siégé à la commission de sauvetage, ou à qui il avait rendu service. Il était assis maintenant dans la bibliothèque silencieuse, fixait des lignes imprimées via l'écran du lecteur de microfilms. Elles donnaient la trame d'une histoire. Le souvenir de ses conversations passées l'étoffait de détails.

Un peu plus loin dans le temps. Il trouva le rapport d'enquête sur la mort de Shaw. Suicide. L'homme avait laissé un mot si bien que la conclusion était sans appel. Ils ne révélaient pas ce qui l'y avait poussé. Pauvre type, se dit Michael. À l'époque il s'était montré moins indulgent. Il avait toujours pensé que le suicide était la solution des lâches. L'article précisait que l'homme avait laissé derrière lui une femme et un fils. Michael n'arrivait pas à se souvenir s'il en avait eu vent au moment des faits. Ça lui parut soudain sordide, cette exhumation du passé, et il fut tenté d'abandonner. Puis il regarda par la longue fenêtre les employés municipaux qui s'escrimaient toujours à suspendre les lumières tartignolles et il se dit qu'il n'avait rien de mieux à faire que continuer.

Le poids de la photo faillit lui échapper. À première vue elle ressemblait à celles des articles plus récents. Keith Mantel en héros local. Elle montrait l'inauguration d'une résidence du troisième âge. Le genre d'endroit dans lequel Michael finirait par atterrir s'il ne faisait pas un peu plus attention à lui. La photo était prise dans une cour, ornée de plantes en bacs. Derrière le groupe, l'édifice en brique paraissait cruellement neuf et anguleux. Au centre madame le maire, quadragénaire grassouillette, brandissait une paire de ciseaux pour couper le ruban tendu devant la porte d'entrée. Mantel était à ses côtés, mais tout autour se pressaient bon nombre de conseillers et leur famille. Il devait y avoir un déjeuner gratis, songea Michael, pour attirer autant de monde. Il parcourut distraitement les noms, histoire de repousser le moment où il devrait quitter le confort de la bibliothèque. *Le conseiller Martin Shaw. James Shaw.* James se tenait à côté de son père. Il était évident qu'ils étaient père et fils. La ressemblance était frappante. Le visage de Marty Shaw lui parut familier et Michael se dit que peut-être il avait vu des photos au moment de sa mort. Puis un éclair lui traversa l'esprit et il le vit en uniforme. Un uniforme de pilote. Pas Marty bien sûr. Mais le fils de Marty.

Alors la vieille paranoïa le reprit et il imagina Keith Mantel et James Bennett travaillant main dans la main, un réseau de conspiration qui englobait le suicide de Jeanie, sa propre retraite forcée du pilotage, et deux meurtres.

37

Le psychiatre était un sale bonhomme pontifiant. Sitôt qu'elle entra dans son bureau du grand hôpital général tout neuf, Vera sut que ce serait une perte de temps. Il paraissait trop jeune pour être spécialiste, avec ses cheveux bruns et sa barbe noire si court taillée qu'elle donnait l'impression d'être peinte. Sans un poil de gris. Elle passa un moment à se demander si elle avait été teinte. Il leva les yeux de son bureau.

— Inspecteur Stanhope.

C'était un homme qui aimait la hiérarchie. Il devait appeler ses collaboratrices *infirmière chef* ou *infirmière* rien que pour leur rappeler où était leur place.

— Ma secrétaire m'a dit que c'était urgent.

— J'enquête sur le meurtre d'Abigail Mantel.

— Oui.

— L'un des premiers enquêteurs a été de vos patients.

Il ne répondit pas.

— Daniel Greenwood, précisa-t-elle. Vous le suivez toujours ?

— Vous savez très bien, inspecteur, que je ne peux pas parler de mes patients en termes individuels.

Mais il était intéressé, elle le voyait. Il avait été happé par le drame d'une affaire de meurtre célèbre, tout comme les lecteurs qui se repaissaient de cette même histoire dans les tabloïds, puis se montraient écœurés par tant de médiatisation. Le meurtre exerçait un attrait bien particulier.

— Naturellement.

Elle s'installa confortablement dans le fauteuil en cuir. Autant profiter de l'occasion pour se reposer les pieds.

— Je voulais un avis plus général. Profiter de votre expertise.

Il sourit, retroussant ses lèvres fines. Il avait une couronne en or à l'une de ses dents. Vera eut du mal à regarder ailleurs.

— Je suis à l'entière disposition de la police, du moment que cela ne compromet pas le secret médical, inspecteur… Bien entendu…

— Je m'intéresse à…

Elle s'interrompit, tentative de trouver les mots justes.

— … un individu à la personnalité obsessionnelle.

— Oui ?

— Je veux dire un harceleur. Quelqu'un qui est fasciné par une jeune femme. Il la suit peut-être…

— Un tel homme pourrait être dangereux.

Le psychiatre sourit à nouveau. Sous son pantalon de polyester, Vera eut la chair de poule.

— Ce serait forcément un homme ? lança-t-elle brusquement.

— Non, non. Pas nécessairement.

Il se caressa très lentement la barbe.

— Il y a eu beaucoup de cas de femmes éprouvant un intérêt malsain, délirant, pour un homme. Souvent un ancien amant. La plupart du temps, elles refusent de croire que la relation est terminée.

Jeanie Long n'a jamais accepté que Mantel ne l'aime pas, songea Vera. Et elle n'était pas folle.

— Mais si l'objet de l'obsession était une jeune femme ?

— Dans ce cas, il y a plus de chances que le harceleur soit un homme, concéda le docteur.

— De quelle manière l'obsédé pourrait-il devenir dangereux ?

— Son fantasme serait que l'objet de son désir partage ses sentiments. Si le fantasme venait à être détruit, il pourrait avoir recours à la violence.

Il la regarda.

— Il s'agit là de généralités. Je dois vous préciser que rien ne laisse présager pareil comportement chez aucun de mes patients.

Qu'est-ce que ça veut dire ? songea Vera. Que tu soupçonnes Dan Greenwood d'avoir harcelé et tué Abigail Mantel, mais que t'en as pas la preuve ? Ou qu'il ferait pas de mal à une mouche ?

Elle contint son impatience. Elle savait qu'il serait trop heureux si elle perdait son sang-froid.

— Ça existe, les harceleurs en série ?

— Dans quel sens ?

— Supposez que le scénario que vous avez décrit se déroule. L'obsédé a tué la jeune femme et n'a pas été arrêté. Est-ce qu'il est possible qu'il transfère son obsession sur une autre victime ?

— Tout à fait possible.

Il marqua une pause. Elle le soupçonna de se complaire à la faire attendre la fin de sa réponse.

— Il pourrait avoir été excité, stimulé par la violence. Une violence qui était peut-être involontaire la première fois, mais qui ferait partie intégrante du fantasme la deuxième fois.

— Donc, il rêverait de la tuer ? Ce serait ça, son intention ?

— Comme je vous l'ai dit, c'est possible. Certainement pas inévitable. Mais vous le savez sûrement, très peu de malades mentaux, même ceux qui souffrent de troubles sérieux, commettent des actes de violence.

— Si je le rencontrais, je m'en apercevrais ?

— Que voulez-vous dire ?

— Si je le croisais dans la rue, ou chez des amis, ou au travail, est-ce que je me rendrais compte qu'il est fou ?

Elle avait lancé le dernier mot comme une provocation. Il ne mordit pas à l'hameçon.

— Dans la rue, je suis presque certain que non.

— Est-ce qu'une personne pourrait mener une vie normale, conserver un travail régulier, et malgré tout avoir ce type de comportement ?

Il réfléchit un moment et ne parvint pas à trouver de réponse satisfaisante.

— Je ne suis pas expert en psychiatrie légale. Ce n'est pas vraiment mon domaine de compétence.

— Donnez-moi une opinion.

— Ça exigerait une maîtrise de soi considérable. La séparation entre la vie fantasmée et celle de tous les jours. Ce serait exceptionnel.

— Mais pas impossible.

— Non. Pas impossible.

Pendant le trajet de retour à Elvet, Vera se dit qu'elle avait été ridicule. Elle n'aurait jamais dû aller à l'hôpital. Ç'avait été un coup de tête, un prétexte pour sortir du village. Elle s'était un peu emballée en découvrant que Dan Greenwood conservait quelques souvenirs de sa dernière affaire. Ce n'était pas une bonne idée de répandre la rumeur que Dan était une sorte de cinglé. Dans un village comme celui-là, c'était la dernière chose dont il avait besoin.

En traversant la place elle vit qu'il était au travail à la forge. Elle fut tentée de s'arrêter. Pourquoi ne pas simplement aller lui demander pour quelle raison il conservait ce dossier sur l'affaire Mantel et comment il était entré en possession de la photo ? Mais elle poursuivit en direction de la côte jusqu'à la rue où il habitait. Elle se gara à l'angle de l'artère principale et termina à pied. La rue était déserte. Une vieille femme regardait un jeu télévisé dans son salon. Elle était assise, jambes enflées étendues sur un tabouret, un déambulateur à portée de main. Quand Vera passa devant sa fenêtre, elle resta rivée à l'écran.

Avant d'arriver chez Dan, Vera tourna pour aller sonner à la porte de la maison précédente. Il n'y eut pas de réponse. Elle fit de même à la maison suivante. La rue n'était construite que sur un côté. Elle formait une courbe autour d'un petit parc de jeux pour enfants. Convaincue que personne ne l'observait, l'inspectrice s'approcha de chez Dan. La porte était verrouillée comme elle s'y attendait. Elle regarda sous le paillasson. Pas de clef. Un de ses plus grands pots, contenant un arbuste à feuilles persistantes, était posé à côté du seuil. Elle le souleva. Rien. La fenêtre de la chambre était ouverte, mais Vera n'avait ni la force ni la forme pour escalader les gouttières.

Il n'y avait presque pas de jardin, juste un carré d'herbe boueuse séparé de ses voisins par une courte haie de troènes. Pas de cachette. Comme les pavillons étaient mitoyens, le seul moyen d'accéder au jardin de derrière était d'arriver par les champs. Vera fut sur le point d'abandonner. Elle n'était pas d'humeur à escalader des grilles de ferme ou à patauger dans la gadoue jusqu'aux chevilles. Puis elle retourna à l'arbuste et fouilla dans les morceaux d'écorce éparpillés sur le terreau. Une clef pour serrure encastrée. Elle l'essuya sur son pull et ouvrit la porte. Elle ôta ses sandales et les posa semelle en l'air sur le tapis. Elle referma la porte et s'insinua chez Greenwood pieds nus.

C'est un talent que de fouiner sans laisser de trace. Ça prend du temps. Mais la maison de Dan était plus facile à fouiller que la plupart. Il avait peu d'affaires et était ordonné. Vera commença par l'étage. Il y avait une petite salle de bains, probablement rénovée dans les années 1980, avec un mobilier vert avocat et de la moisissure noire sur le joint de la baignoire. Dans l'armoirette à miroir, elle trouva un tube de paracétamol et une boîte d'antidépresseurs. Prescrits par son généraliste, pas par le psychiatre de l'hôpital. La chambre de Daniel était dotée d'un lit à deux places, soigneusement fait avec draps et couverture. Pas de couette. Il y avait une table de chevet en pin. Il lisait un roman de James Lee Burke, un poche à couverture noir et mauve. Dans le tiroir elle découvrit deux boîtes de préservatifs. Pas ouvertes. Vœu pieux ? Ou s'était-il trouvé une petite amie ? Quelque femme secrète prête à le prendre ? Il avait reconnu avoir amené Caroline Fletcher chez lui pour boire un verre, après tout. Peut-être que cette relation allait plus loin qu'il n'avait bien voulu le dire. Ses vêtements étaient tous pliés et proprement rangés dans une penderie encastrée en plastique blanc. Le panier à linge sale était vide. S'il avait tué Christopher Winter, aucun élément médico-légal ne pourrait le prouver.

La deuxième chambre, plus petite, donnait sur l'arrière. Les rideaux étaient tirés. Ils étaient épais et quand Vera entra elle n'y vit goutte. Elle alluma la lumière. Dans la fraction de seconde avant que la pièce ne s'éclaire, elle se sentit fébrile, effrayée de ce qu'elle allait trouver. Mais d'abord elle ne remarqua rien qui sorte de l'ordinaire. Sous la fenêtre trônait une coiffeuse ouvragée, avec trois miroirs en arc de cercle, tous encadrés de dorures bon marché. Puis, à côté du mur, un petit lit à une place recouvert d'un édredon à fleurs. Sur la coiffeuse reposait une photo de femme. À en juger par sa mise elle avait été prise au début des années cinquante. Elle était jeune et souriait à l'objectif. La mère de Daniel, peut-être ? La femme qui était morte en lui laissant assez d'argent pour acheter la forge et démarrer son entreprise. Sur le lit s'étalait une culotte. Noire. Petite. Un cœur en paillettes brodé sur le devant. Pas le genre de sous-vêtements qui plairait à Caroline Fletcher. Trop insolent et bas de gamme. De là où elle était Vera voyait l'étiquette à l'intérieur. Le vêtement provenait d'une chaîne de magasins destinés aux jeunes. Il devrait être possible de retrouver de quand il datait. Vera espéra qu'il avait été ajouté au stock récemment, qu'il ne faisait pas partie de la collection dix ans plus tôt.

Au rez-de-chaussée elle ne découvrit rien d'intéressant. Elle fut méticuleuse sans toutefois oublier les minutes qui passaient. Voulait-elle que Daniel la trouve, afin de lui déballer tout ce qu'elle savait et de lui donner une chance de s'expliquer ? Quoi qu'il en soit elle prit son temps, détailla les CD du salon et les tiroirs de la cuisine, vida le petit compartiment congélateur du frigo pour l'explorer jusqu'au fond.

Enfin elle fut satisfaite. Elle ouvrit la porte d'entrée et jeta un coup d'œil dehors. La rue était toujours déserte et le terrain de jeu vide. Elle remit ses sandales et se posta sur le seuil, verrouilla la porte et replaça la clef. Quelques morceaux d'écorce tombèrent du pot. Elle les ramassa et les jeta dans le caniveau en regagnant sa voiture.

38

Michael savait qu'il était trop tôt pour aller voir Vera Stanhope. Sa tête bouillonnait, une idée chassant l'autre, toujours plus folle et fantastique, mais il était assez sensé pour se rendre compte qu'elle aurait besoin d'autre chose que des théories et des allégations. Sans autres éléments elle le verrait comme un vieux maboul plein de rancune. Pourquoi l'écouterait-elle ?

Il quitta la bibliothèque à la hâte, prenant à peine le temps de remercier Lesley, sans même enfiler son gros manteau mais l'emportant sous son bras. Sur la place les hommes avaient fini d'accrocher les décorations et testaient les lumières. Elles n'avaient rien de spécial, songea Michael. Il ne voyait pas l'intérêt de tous ces efforts. Une matinée de travail entière, pour quoi ? Les ampoules étaient aussi grosses que celles des installations domestiques, mais avec des couleurs criardes, rose, vert citron et un jaune soufré. Un bonhomme de neige sculpté dans du polystyrène sale pendait à un filin tendu entre deux lampadaires. Son sourire louchait sur les passants. Michael trouvait ce rictus inquiétant. Il le sentit le suivre jusqu'au *Val's Diner*, où il but une tasse de café et essaya de mettre de l'ordre dans ses idées. Il avait besoin de planifier la suite.

À l'arrêt de bus, il y avait deux femmes d'Elvet venues en ville faire leurs courses. Il les entendit parler de loin. « Plus qu'un mois avant Noël. Chouette. » Elles portaient des bottines en cuir doublées de fourrure, identiques, et étaient entourées de quantité de sacs blancs posés par terre sur le trottoir, de sorte que chacune était échouée sur son propre îlot de plastique. Michael les connaissait. S'il s'était autorisé un moment de réflexion, il se serait rappelé leur nom. C'étaient des amies de Peg. Mais il courait toujours après les idées qui semblaient s'enfuir au galop et rien d'autre n'avait d'importance. Il s'installa derrière elles pour faire la queue, s'aperçut soudain qu'on lui adressait la parole.

— C'est sympa de te voir sortir, Michael. Des affaires à régler en ville ?

C'était la plus petite, celle aux cheveux blancs mousseux. Il la regarda avec intérêt, se demandant s'il y avait quelque chose de sinistre dans sa question. Il lui traversa même brièvement l'esprit que c'était peut-être une espionne de Mantel. Sa paranoïa allait jusque-là. Puis il se dit qu'il se laissait déborder par son imagination.

Il avait passé trop de temps à ruminer tout seul. Malgré tout, autant rester prudent.

— Non. J'étais juste venu faire un tour à la bibliothèque.

— Tu n'as rien trouvé qui te plaise, alors ?

— Pardon ?

— Des livres. Tu n'as pas de livres.

Elle parla très lentement, puis regarda sa voisine d'un air affligé.

— Non, j'étais pas venu emprunter. Je voulais consulter des ouvrages de référence.

— Dommage. Ça peut faire beaucoup de bien, un bon roman.

L'arrivée du bus, pot d'échappement crachotant et vomissant des vapeurs de gazole dans l'air froid, le dispensa de répondre. Michael paya plein tarif parce qu'il ne s'était jamais donné la peine de solliciter une carte senior et pendant la moitié du trajet du retour, il dut supporter les explications des deux femmes qui lui exposaient la marche à suivre pour en obtenir une. Le bus les déposa devant l'église et Michael s'attarda un moment pour laisser aux dames le temps de s'éloigner.

Il regarda de l'autre côté la Maison du Capitaine. Il vit qu'un feu brûlait dans l'âtre au salon. Emma Bennett sortit et ferma la porte derrière elle. Elle marqua un temps d'arrêt puis remonta la rue. Elle était fort élégante dans un long manteau noir, et il se demanda où elle pouvait bien aller. Elle n'avait pas le bébé avec elle et il se dit que James devait être chez eux. C'était tentant d'aller frapper à sa porte pour lui poser directement toutes les questions qui l'assaillaient. Au moins comme ça elles ne seraient plus dans sa tête. Mais James l'avait toujours intimidé, même quand ils travaillaient ensemble au quotidien. Il lui faudrait trouver un autre moyen.

Il n'avait pas le courage d'affronter son pavillon et prit la direction de la sortie du village, vers la mer.

Quand il vivait à la Pointe avec Peg, il y avait des soirs où il rentrait à pied de l'*Anchor*. Pas par crainte de se faire arrêter pour conduite en état d'ivresse – à l'époque on voyait un flic tous les trente-six du mois à Elvet. Pas comme maintenant. Depuis ce nouveau meurtre une personne sur deux qu'on croisait était un inconnu et il était évident, même s'il ne portait pas l'uniforme, que c'était un policier. Non, Michael marchait alors pour le plaisir de marcher. Une bonne soirée et une panse remplie de bière, puis retour jusqu'à la Pointe avec la Humber d'un côté et la mer de l'autre, et l'assurance que Peg serait en train de l'attendre dans le grand lit moelleux. Rien que le ciel étoilé et le plaisir anticipé. C'était bien ça, n'est-ce pas ? Il détestait l'idée que sa mémoire puisse lui jouer des tours.

Il était parti à pied simplement parce qu'il y avait un soulagement dans l'exercice, mais la marche lui paraissait plus dure et plus longue que dans son souvenir, avec une brise tenace venue du sud qui lui soufflait en plein visage. Mais ça l'aidait aussi à s'éclaircir les idées et il sut ce qu'il fallait faire. Il irait voir Wendy, la patron-vedette. Elle s'était prise d'amitié pour James dès le début, avant qu'il ne soit si hautement qualifié, avant qu'il ne s'installe à Elvet. Avant qu'il ne soit marié. Michael s'était même demandé s'il y avait eu entre eux plus que de l'amitié, mais il n'était pas dans les parages pour le découvrir. Il n'avait travaillé avec Wendy que quelques semaines, une période de transition avant de prendre sa retraite. Si James Bennett, d'ordinaire si guindé et réservé, s'était confié à quiconque sur son passé, ce serait à Wendy.

C'était la fin de l'après-midi lorsqu'il atteignit le pilotage et la lumière commençait à faiblir. Stan, le second patron-vedette, était de quart. Assis au bureau, jambes tendues, il lisait le journal et buvait du thé. Quand il découvrit Michael ce fut comme s'il venait de voir un fantôme.

— Hé, mon gars, qu'est-ce que tu fais ici ?

Michael se dit que ça faisait belle lurette qu'on ne l'avait pas appelé *mon gars*.

— Petite promenade, fit-il. T'es occupé, à ce que je vois.

— Encore une demi-heure et je sors chercher un pilote.

— Lequel ?

— Un nouveau, Evans. Tu dois pas le connaître.

— Tu sais si Wendy est par-là ?

— C'est son jour de congé. Elle doit être chez elle si elle est pas sortie baguenauder.

— Elle fait ça souvent ces temps-ci ?

— Plus qu'avant. Je crois qu'il y a un nouvel homme dans sa vie, mais elle veut pas le dire.

Michael s'éclipsa avant que Stan ait pu lui demander ce qu'il cherchait. La masse grise d'un pétrolier glissait sur la rivière, approchant de la bouche de l'estuaire. Il avait commencé à pleuviner.

C'était étrange de frapper à la porte du pavillon après toutes ces années où on y est entré à son gré. Il y avait de la lumière à l'étage et un écho de musique si bien qu'il savait qu'elle était là. Il frappa plus fort. Enfin il entendit du bruit à l'intérieur – de l'eau dans une canalisation, quelqu'un dévalant l'escalier – et la porte s'ouvrit. Wendy était en peignoir, les cheveux enturbannés dans une serviette. Elle le reconnut immédiatement et fut surprise. Si ç'avait été quelqu'un d'autre, pensa-t-il, elle aurait râlé d'être dérangée. Un aspect positif du deuil. Les gens se sentent obligés de se montrer aimables.

— Désolée, dit-elle. Je prenais un bain.

Elle avait les pieds nus et Michael ne put s'empêcher de les regarder, ces pieds et les jambes soyeuses qui disparaissaient dans le peignoir. Il l'imagina allongée dans la baignoire en train de se les raser. Ses ongles de pieds étaient argentés. Qui pouvait bien les voir à cette période de l'année ? Ce n'était pas un temps à porter des sandales. Il fixait les ongles vernis, ne pouvait pas s'arrêter.

— Tu voulais quelque chose, Michael ? lança-t-elle en essayant de dissimuler l'impatience de sa voix.

Il réalisa qu'elle attendait qu'il lui explique la raison de sa visite.

— Je devrais peut-être entrer. Tu vas attraper la mort à rester dans la porte ouverte.

Elle acquiesça, cédant à l'inévitable.

— Donne-moi une minute. Je vais m'habiller.

Elle le fit passer dans la cuisine et le planta là. Du temps de Peg il aurait ôté ses chaussures avant d'entrer, mais maintenant ça ne paraissait pas bien utile. Il n'aurait jamais reconnu la pièce. Il voyait bien que sous la pagaille ça n'avait pas beaucoup changé. C'étaient les mêmes éléments et les mêmes bancs que Peg avait choisis au magasin de meubles de la rocade. Mais quel capharnaüm ! Un panier débordant de linge sale, une pyramide de chaussures et de bottes, des assiettes et des casseroles crasseuses, de la pâtée pour chat desséchée dans une gamelle en plastique mauve. Il ne savait pas quoi penser. Il essaya de s'indigner, se dit que Peg aurait une attaque si elle pouvait voir ça, puis réfléchit que ça n'avait pas vraiment d'importance. Quand Wendy reparut, en survêtement et chaussons trop grands, elle enleva des vêtements d'une chaise et s'assit.

— Alors, Michael, qu'est-ce que je peux faire pour toi ?

Pas froide mais brusque, faisant bien comprendre qu'elle n'avait pas beaucoup de temps à lui consacrer.

Pas de proposition de thé non plus, et, après la marche, il en mourait d'envie.

Maintenant, il ne savait plus très bien comment présenter les choses. En chemin il aurait dû préparer son introduction. Il n'aurait pas dû laisser son esprit vagabonder dans le bon vieux temps.

— C'est au sujet de James, dit-il. James Bennett. Tu le connais bien ?

— Pourquoi, y a des bruits qui courent ?

Elle plissa les yeux, parut faire le gros dos sur sa chaise, telle une chatte prête à bondir.

— Mais non. C'est pas ça.

— Tu sais ce que c'est, une femme qui travaille avec des hommes, les gens inventent n'importe quoi.

— Non. Mais je me disais qu'il aurait pu te parler, voilà tout.

— De quoi ?

— De son enfance, de là où il a grandi. Ce genre de choses.

— En quoi ça t'intéresse ?

Il sentit la pièce tourner autour de lui tandis qu'il cherchait désespérément une explication qui puisse la satisfaire.

— Je me demandais si je l'avais pas connu enfant.

— Ah.

À nouveau la panique tournoyante.

— Il a fait l'école de Trinity House ?

— Non, c'est pas un ancien de la Trinity.

— Mais il est de la région ?

— Je crois pas qu'il m'en ait parlé. Il est pas très bavard. Il se livre pas beaucoup… Michael, qu'est-ce que ça veut dire ?

— Je viens de te le dire, je croyais le connaître. Suis tombé sur une vieille photo. C'était son portrait craché.

Mais il s'appelait pas Bennett à l'époque. Shaw, c'était ça, son nom. Je me demandais s'il t'en avait parlé.

Il se rendit compte qu'il bafouillait. Elle le regardait comme s'il était un de ces vieux fous confiés aux services sociaux, qui divaguent tout seuls en marchant dans la rue. Il se demanda, comme il l'avait fait le jour où il avait parlé à Peg au cimetière, si au bout du compte il en arriverait là. Peut-être en était-il déjà là.

— Pourquoi il aurait changé de nom ? répondit-elle avec raison. T'as dû te tromper. Difficile d'être sûr à partir d'une vieille photo, non ? T'auras qu'à lui demander la prochaine fois que tu le verras, si ça te travaille.

— Il a bien dû te parler de sa famille, de ce qu'il faisait avant d'être pilote. Tu sais comment on se met à discuter en attendant un bateau.

— James ne discute pas. Il est toujours aimable et poli, mais il tient à sa vie privée. Et moi aussi.

Elle se leva et il comprit qu'il devrait s'en aller.

— Excuse-moi de t'avoir dérangée. T'as raison. J'ai dû faire erreur. Faut pas m'en vouloir. Je suis pas dans mon assiette en ce moment.

Alors elle s'attendrit à nouveau.

— Écoute, comment t'es venu ? Donne-moi une minute et je te raccompagne au village.

— Non, je veux pas t'embêter. Stan m'a dit qu'il allait chercher un pilote. Je rentrerai avec lui.

Ils restèrent là, debout, mal à l'aise. Elle lui barrait la porte et se poussa pour le laisser sortir. À ce moment précis il y eut un bruit à l'étage, un léger craquement. Une des lames du parquet de la chambre grinçait déjà du temps de Michael. Wendy vit qu'il avait entendu.

— Ça doit être le chat, dit-elle.

— Oui. Mais il savait que ce n'était pas un chat.

Ce n'était pas seulement le bruit venu de là-haut, qui laissait supposer un poids supérieur à celui du plus lourd des chats. C'était son expression en le disant, furtive et excitée à la fois, comme si elle jouait un jeu secret. Quand elle eut refermé la porte derrière lui, il resta dans le petit jardin et regarda à l'étage la fenêtre où il avait remarqué de la lumière, mais à présent les rideaux étaient tirés et il ne put rien voir. La seule voiture garée derrière le pavillon, il la reconnut, était celle de Wendy.

La pilotine était en mer et Michael attendit devant le pilotage qu'elle revienne. Il estimait qu'il n'avait plus le droit d'y entrer comme ça maintenant qu'il était à la retraite. La vedette réapparut lentement dans l'obscurité et il ressentit l'accès de nostalgie qu'il s'était attendu à éprouver dans la maison. Plus tard, il attendit avec Stan en regardant la rivière pendant que le pilote appelait le central.

— Avec qui elle s'est collée, Wendy ? T'habites à côté, vieux. Tu dois avoir vu le gars aller et venir.

— Jamais. Ça doit être l'Homme invisible.

— Il doit bien y avoir des rumeurs. Je sais comment vont les commérages par ici.

— Une chose paraît évidente.

Stan se toucha l'aile du nez du bout de l'index.

— Il est marié, non ? Sinon, pourquoi elle le cacherait ?

39

Ils étaient à leur place habituelle à l'église. Mary et Robert, Emma avec le bébé sur les genoux, et James. Aux pieds de Mary l'affreux sac à main ventru qu'Emma détestait et qui était toujours plein de fourbi. Une giclée de soleil traversait le vitrail, colorant la poussière qui tournoyait dans le courant d'air de la porte et tachant la chasuble du prêtre, qui descendait la nef en serrant la main des fidèles pour le partage de la paix. Il tendit le bras devant James pour poser la main sur la tête d'Emma. « Que la paix soit avec toi, mon enfant. »

Le soleil avait brillé un court instant exactement comme aujourd'hui le matin de leur mariage. James se revit assis au premier rang, à côté de Geoff, le collègue qu'il avait persuadé d'être son témoin. Ça n'avait pas été facile, se disait-il maintenant. Pas que Geoff n'ait pas été content d'être sollicité, mais il avait été surpris, incapable de dissimuler sa perplexité. « Bien sûr, je serais ravi. Mais en général c'est un membre de la famille, non ? Ou un vieux copain de classe. Quelqu'un qu'on connaît depuis des années. » James avait dit qu'il n'y avait personne. Personne qu'il préférait à Geoff.

Donc, il était assis au premier rang de l'église, étonnamment calme, empli de la certitude absolue que c'était la meilleure chose à faire. La musique avait commencé. Pas la *Marche nuptiale*. Ils avaient préféré autre chose. L'*Arrivée de la reine de Saba*. James savait qu'Emma approchait, mais il ne s'était pas retourné, pas tout de suite. Il avait attendu quelques mesures avant de la regarder. Et juste à ce moment-là le soleil était apparu, éclaboussant de la couleur du vitrail le satin ivoire de sa robe. Elle avait croisé son regard et souri nerveusement, et il était apparu à James, comme la fin d'un mélo à l'eau de rose, que tout s'était arrangé pour le mieux. La mort de son père, la honte et le scandale, tout ce qui s'en était suivi avait conduit à ce moment, à ce qu'il prenne cette superbe jeune femme pour épouse.

L'intensité de la sensation était vite passée. La procession – Emma au bras de son père, deux petites demoiselles d'honneur surexcitées à la limite de l'implosion – était arrivée à l'autel et il avait dû se concentrer pour bien observer le rituel, mais il lui en était resté un optimisme qui avait perduré, intact, jusqu'à la récente tragédie.

À présent, assis dans l'église, alors que le soleil brillait par la fenêtre et que le vieux prêtre lui prenait la main, le sentiment de bien-être revint. Il n'y avait, après tout, aucune raison de s'inquiéter. Le déplaisir de ces dernières semaines s'estomperait et tout redeviendrait normal. Il continuerait à guider les bateaux sur la Humber, puis à rentrer chez lui auprès de sa femme et de son fils. Rien ne viendrait troubler l'équilibre de leur vie.

Il avait pensé que Mary et Robert ne tiendraient pas à affronter la cohue des cafetières et des assiettes de petits gâteaux dans la salle paroissiale après l'office et en effet, ils s'arrêtèrent un instant sous le porche.

— Tu préfères rentrer directement à la maison ? demanda Robert à sa femme.

James l'avait toujours vu comme quelqu'un de fort, sur qui on pouvait compter. Le pilier de l'unité familiale. Juste après la mort de Christopher encore il avait semblé jouer ce rôle. Aujourd'hui pourtant il paraissait indécis, hésitant. Il voulait que Mary lui dise quoi faire.

— Non, répondit-elle.

James comprit que Springhead était le dernier endroit où elle avait envie de se trouver.

— On va d'abord prendre le café, d'accord ?

Dans la salle elle eut l'air gênée de se faire servir et voulut courir à la cuisine pour passer un tablier et commencer la vaisselle.

— Asseyez-vous, dit James. Je vais chercher vos cafés.

Il alla faire la queue et les regarda qui se tenaient les mains, de part et d'autre de la table en Formica, sans rien dire. Ils avaient l'air vieux. Autour d'eux les paroissiens gravitaient tels des rapaces au-dessus d'une charogne, brûlant d'établir le contact, d'offrir leurs condoléances. De prendre des nouvelles.

Emma s'était attardée dans l'église après le départ de l'assemblée. À la fin du service elle avait murmuré à James qu'elle avait besoin d'un moment toute seule. Il le respectait. Elle était bien jeune pour avoir tant souffert. Maintenant elle entrait dans la salle, étrangère aux regards compatissants, les traits pâles et immobiles, sans expression. Il n'avait jamais réussi à savoir ce qu'elle pouvait penser et, depuis la mort de Christopher, elle était plus lointaine encore. Il n'aimait pas les violentes manifestations d'émotion. Il y avait eu trop de cris et de colère, trop de larmes quand il était jeune. Mais à présent il se demandait s'il n'aurait pas dû l'encourager à pleurer ; si, quand elle avait demandé s'ils pouvaient parler, il n'aurait pas dû l'aider à se confier.

Il déposa les tasses de café devant ses beaux-parents. Deux femmes avaient réuni assez de courage pour les aborder et leur sollicitude semblait avoir rendu à Robert son entrain. James alla retrouver Emma qui se tenait devant la fenêtre, le regard perdu dans le cimetière, entortillant une mèche de cheveux autour de son doigt.

— J'aimerais inviter Robert et Mary à déjeuner, dit-il. Ça t'ennuie ?

— Non.

Elle parut étonnée qu'il lui demande son avis, comme si en temps normal il l'aurait fait sans la consulter. Et peut-être était-ce vrai, songea-t-il. Depuis qu'ils étaient mariés elle s'était montrée si passive qu'il était toujours parti du principe qu'elle serait d'accord. Avait-il été plus un père qu'un amant pour elle ?

Dans la Maison du Capitaine il insista pour préparer le déjeuner. Il installa Mary et Robert dans le séjour et remit du bois sur les braises de l'âtre. Les bûches étaient bien sèches et l'écorce prit immédiatement, se recroquevilla sous l'effet de la chaleur et lança des étincelles dans le conduit de cheminée. Le couple regardait le feu, hypnotisé, ne bougeant que pour prendre le verre de sherry qu'il leur tendait. Mais toujours sans parler. Emma était montée à l'étage, elle couchait Matthew dans son berceau. Un peu plus tard James l'entendit redescendre. Il pensa qu'elle irait rejoindre ses parents, mais à la place elle entra dans la cuisine. Elle se glissa derrière lui et l'embrassa dans le cou.

— Merci d'être aussi gentil avec eux.

Elle s'esquiva avant qu'il ait pu répondre et il entendit sa voix, pas plus qu'un murmure, dans la pièce voisine.

Voilà qui je suis, se dit-il. Un homme gentil qui prend soin de sa famille. Peut-être même un homme bien. Il n'y a pas tromperie là-dessus.

À table, Robert redevint un peu plus lui-même, s'anima comme il l'avait fait plus tôt, entouré de gens, dans la salle paroissiale. Il dit le bénédicité et complimenta James pour sa cuisine. Il but plus qu'à son ordinaire et cela rappela à James le dernier repas de Christopher chez eux. Il n'avait jamais trouvé grand-chose de commun entre le père et le fils, mais à présent il décelait une ressemblance. La possibilité de l'excès.

— Vous pourriez dormir ici cette nuit, proposa Emma.

Mary n'aimait pas conduire la voiture de Robert et James comprit que sa femme pensait que son père avait déjà trop bu.

— Et repartir tôt demain matin.

— Non, dit Robert. Il faut que je rentre. Je compte aller travailler demain.

— Est-ce bien sage ?

James n'avait jamais contesté les choix de Robert auparavant et il se sentit assez courageux d'oser le faire.

— Je suis sûr qu'ils comprendront que vous ayez besoin d'un peu plus de temps. Vous pourriez vous arrêter jusqu'à Noël au moins. Ça ne sert pas à grand-chose de reprendre pour quelques semaines.

— Je préfère travailler. Je ressasse trop à la maison.

Pourtant il attrapa la bouteille de vin et remplit son verre.

— En plus, dit soudain Mary, si je ne rentre pas aujourd'hui, je n'y arriverai jamais.

Elle se rendit compte qu'elle les avait choqués.

— Je sais que c'est idiot, mais c'est ce que je ressens. Je ne pourrai jamais repasser la porte.

— Si vous voulez, je vous raccompagnerai dans la soirée, suggéra James. Comme ça vous pouvez rester un peu, vous détendre, boire un autre verre. Je passerai prendre Robert demain à la première heure pour qu'il récupère sa voiture.

Emma lui sourit et lui effleura la main du bout des doigts.

Plus tard dans l'après-midi il y avait un vieux film à la télévision. Il faisait chaud dans le salon. Robert et Mary s'assoupirent tous les deux. Mary avait la bouche entrouverte et ronflait épisodiquement. Matthew était à plat ventre sur le tapis au milieu de ses jouets.

— Je crois que le docteur leur a donné des tranquillisants, dit Emma. Ils ont l'air déphasés, non ? Surtout papa. Mais un peu plus détendus, au moins.

Quand ils se réveillèrent elle leur prépara du thé, et James fit griller des *crumpets* dans la cheminée. Accroupi, il tendait les bras au maximum parce que les braises étaient encore brûlantes.

— Le réconfort par les papilles, commenta Emma.

Elle regarda avec satisfaction Mary finir une bouchée puis se lécher les doigts. James se dit qu'Emma avait eu la même expression la première fois qu'elle avait réussi à persuader Matthew de manger sa bouillie à la cuillère.

— Il est temps d'y aller.

Robert se leva. Le plateau était toujours par terre, la fourchette à griller dans l'âtre.

— Tu es prête, chérie ?

Dehors, en face de la maison, quelqu'un attendait à l'arrêt de bus.

— Il risque d'attendre longtemps, lança James dans l'espoir d'alléger l'atmosphère. Il n'y a pas de bus le dimanche. Vous croyez que je devrais aller lui dire ?

L'homme se retourna pour les dévisager, bien qu'il n'ait pas pu l'entendre. Sa tête était éclairée par la lueur orange d'un réverbère.

— C'est Michael Long, constata Robert, et James l'avait reconnu en même temps. Peut-être qu'il vaut mieux le laisser tranquille.

James entra avec eux à Springhead. Il avait toujours bien aimé cette maison, malgré son inconfort et ses inconvénients. C'est là qu'Emma avait grandi et partout il y avait des souvenirs d'elle. Des photos de classe, des livres marqués à son nom, ses bottes en caoutchouc à côté de la porte d'entrée. Maintenant, planté d'un air gêné dans la cuisine tandis que Robert et Mary trifouillaient les lumières, il se demanda comment ils pouvaient supporter la peinture sinistre, la moquette élimée, les piles de livres légèrement humides. Il fut agacé qu'ils n'aient jamais réalisé les améliorations qui s'imposaient.

— Vous allez rester ici ? demanda-t-il. Vous ne voulez pas déménager ?

— Certainement pas !

Mary avait réagi comme s'il avait suggéré quelque chose d'impensable.

— Où est-ce qu'on irait ?

— Je ne sais pas. Vous pourriez trouver quelque chose de plus petit. Dans le village peut-être. Plus près des commerces et d'Emma…

Il finit par se taire en voyant sa réaction.

— Impossible, dit-elle.

— Je dis ça simplement parce que tout à l'heure vous aviez l'air de ne pas vouloir revenir.

— C'est douloureux. Mais cette maison est tout ce qu'il nous reste de Christopher maintenant.

Elle ne lui adressa plus la parole et il pensa l'avoir blessée. Puis, alors qu'il montait dans sa voiture, elle arriva en courant, toujours en chaussons, un manteau jeté sur les épaules.

— Merci pour cet après-midi. Pour le déjeuner. De prendre si bien soin de nous.

Il se demanda si l'effet du médicament s'était dissipé parce qu'elle paraissait désespérée, presque hystérique.

— Je vous en prie. Vous savez que c'est toujours un plaisir.

— J'aimerais faire quelque chose pour vous. Pour vous et Emma. Elle était si pâle aujourd'hui, vous n'avez pas trouvé ?

— C'est un moment épouvantable pour vous trois.

— Laissez-moi Matthew pour une soirée. Ça vous permettra de passer un peu de temps tout seuls tous les deux. Sortir boire un verre peut-être. Ça me ferait plaisir. Si vous me faites confiance.

— Bien sûr qu'on vous fait confiance. Vous pouvez le prendre quand vous voudrez.

— Demain alors. Amenez-le-moi.

Elle rentra dans la maison au pas de course et James se demanda si Robert s'était même aperçu de son absence.

Quand il se gara devant la Maison du Capitaine, Michael Long se tenait toujours sous l'abribus, mains dans les poches, emmitouflé dans son manteau. Il regarda James descendre de voiture, soutint son regard, comme un défi. James était trop loin pour crier et il commença à traverser la place dans sa direction. Le clocher de l'église se mit à sonner. Michael tint bon un moment, puis tourna les talons et se carapata vers son pavillon.

À l'intérieur, Matthew était au lit et Emma remplissait le lave-vaisselle.

— Ç'a été ? s'enquit-elle.

— Je pense. Ils sont tellement réservés. C'est difficile à dire.

— Je croyais que c'était justement ce que tu admirais en eux.

— Ce n'est peut-être pas toujours une bonne chose.

— On peut aller se coucher ?

Il se sentit nerveux comme si c'était la première fois. Peur de faire un faux pas, quelque chose qui la contrarierait, gâterait l'ambiance.

— Bien sûr.

Il fut dans la chambre avant elle, alla fermer les rideaux. Michael Long avait repris son poste sous l'abribus. Il braquait les yeux sur la fenêtre.

40

Vera Stanhope avait toujours bien aimé Daniel Greenwood, et ce depuis leur première rencontre à une de ces insupportables formations que son chef l'avait obligée à suivre. Rien que des jeunes officiers dynamiques qui se comportaient comme des chefs d'entreprise, rivalisaient d'enthousiasme et de positivité. Propos négatifs prohibés. Dan Greenwood lui avait jeté un regard désespéré depuis l'autre bout de la salle de conférence, avec ses tables et ses chaises mélaminées hêtre, comme si on l'avait propulsé au milieu d'un jeu dont il ne comprenait pas les règles. Comme si elle était la seule de son côté.

Elle s'était dit, en le regardant, qu'il ne devrait pas être mis en cage, dans aucun bâtiment. À le voir, débraillé et sauvage, on l'aurait plutôt vu garde-forestier, habitué à vivre en plein air. Peut-être avait-il cru que la police, ce serait ça. Maintenir les choses en ordre, chasser les nuisibles.

« T'en fais pas, mon lapin, l'avait-elle rassuré en prenant le café. Ils pensent rien de tout ça. Tous ces discours positifs. Une fois rentrés au commissariat ils râleront comme toi et moi, quitteront tôt le soir et arriveront tard le matin.

— Alors quel intérêt ? » avait-il répondu, et elle s'était dit qu'il ne comprenait vraiment pas. Il n'avait pas d'ambition et pas de désir d'impressionner. Elle avait pensé alors qu'il était incapable de tromperie.

Mais c'était avant qu'elle découvre le dossier sur Abigail Mantel, que Dan conservait dans le tiroir de son bureau et compulsait régulièrement, comme un pervers bavant devant un porno téléchargé.

L'orgueil l'avait empêchée d'agir immédiatement. Elle n'arrivait pas à admettre qu'elle puisse se tromper à ce point sur quiconque. Et puis elle s'était postée au village et l'avait observé revenir avec Emma Bennett sur le chemin du cimetière, empressé et prudent, et elle avait vu comment Emma le regardait. Encore une belle jeune femme. Pas aussi jeune qu'Abigail au moment de sa mort, mais il y avait des jours où Emma avait un air d'adolescente. Et elle avait connu Abigail, trouvé le corps. Peut-être que Dan en éprouvait un frisson supplémentaire. On ne pouvait pas savoir comment fonctionnait l'esprit de certaines personnes. Même le psychiatre n'en était pas capable. Ou peut-être qu'il voulait se rapprocher d'Emma pour découvrir de quoi elle se souvenait exactement. S'il avait eu une quelconque relation avec Abigail, il voudrait savoir si elle s'en était ouverte à Emma avant d'être assassinée.

L'orgueil était quelque chose de terrible, se dit Vera. Qui l'avait toujours trahie.

Aussi elle ravala son orgueil et alla voir Caroline Fletcher. Et dans les formes qui plus est, en appelant pour s'assurer que c'était possible. Il n'y eut pas d'histoires cette fois sur le pas de la porte de la belle maison cossue, pas de comédie.

Caroline avait troqué son tailleur contre un jean et un grand pull qui lui tombait presque sur les genoux. Le galant était invisible et Vera ne demanda pas après lui. Il devait être au squash, pensa-t-elle. Ou travailler tard. Un truc normal. Au séjour une bouteille de vin blanc gardait le frais dans un seau à glace par terre à côté du fauteuil, tout juste ouverte. Caroline tenait le verre manquant à la main en ouvrant la porte.

— Vous en voulez un peu ? proposa-t-elle, apparemment disposée à montrer de la bonne volonté elle aussi.

Vera préférait le vin rouge, mais refuser aurait été malvenu.

— Qu'est-ce qui se passe ?

Le ton était circonspect mais pas agressif.

— Dan Greenwood, dit Vera.

— Quoi, Dan Greenwood ?

— Qu'est-ce que vous pensez de lui ?

Caroline la regarda sans répondre et Vera fut bien obligée de développer.

— Vous avez travaillé étroitement avec lui. Vous n'avez jamais eu aucune inquiétude ? Je veux dire, est-ce que sa dépression vous a surprise ?

— Je ne suis pas médecin.

— En tant que collègue. Amie.

— Je ne m'y attendais pas, concéda Caroline. Il avait l'air de tenir le choc. Mais peut-être que c'était inévitable.

Il prenait les choses très à cœur, se laissait toucher par les enquêtes.

Elle marqua un temps d'arrêt.

— Je ne pense pas qu'il soit idiot, mais il n'était pas vraiment de taille. La politique, les jeux qu'il faut jouer. Les règles qu'il faut respecter ou détourner. Il dit ce qu'il pense et n'arrive pas à comprendre que les autres ne fassent pas la même chose. Il a commencé à parler de démissionner en même temps que moi. Je n'aurais pas dû l'en dissuader.

— Vous êtes partie avant son arrêt maladie ?

— Oui. Ma dernière opération a été de livrer Jeanie Long à la justice. Tout le monde disait que je m'en allais en plein triomphe.

— Combien de temps après le procès est-ce que Dan a fait sa dépression ?

— Je ne sais plus. Difficile d'apprécier la durée au bout de tant d'années. Tout devient confus. Mais pas très longtemps. Quelques mois. Six, tout au plus. Vous pourriez vérifier. Le service du personnel doit avoir ça dans ses archives. Quelqu'un de là-bas s'en souviendrait probablement mieux que moi.

— Je ne tiens pas à ce que ce soit officiel. Pas encore.

Vera sirota le vin encore bien frais et très sec. Caroline la regarda par-dessus son verre.

— Qu'est-ce qui se passe ? lança-t-elle à nouveau, plus insistante cette fois, comme pour dire : *Arrête tes conneries, ma petite dame. Moi aussi j'ai joué à ça, dans mon temps.*

— Est-ce que vous couchez avec lui ? demanda Vera, prosaïque.

— Non !

Caroline éclata de rire, un rire si spontané et joyeux que Vera sut qu'il était sincère.

— Où est-ce que vous avez été pêcher ça ?

— On se met tous de drôles d'idées en tête par moments.

— Vous n'êtes pas venue juste pour me demander ça.

Pendant un temps, Vera ne répondit pas. Dans cette enquête, elle avait décrété dès le départ qu'elle ne pouvait absolument pas faire confiance à cette femme. C'était dur maintenant de lui révéler une information qu'elle n'avait même pas partagée avec Joe Ashworth.

— Dan Greenwood a un dossier sur l'affaire Mantel. Dans le tiroir de son bureau, à la poterie. Il le sort et le consulte de temps à autre. Ça pourrait vouloir dire n'importe quoi. Culpabilité parce qu'il ne vous a pas tenu tête pour l'arrestation de Jeanie Long. Nostalgie d'une époque où il faisait partie d'une équipe et avait des amis – il m'a l'air un peu solitaire aujourd'hui. Ou bien quelque chose de plus sinistre. Une sorte de trophée, peut-être. Ça pourrait vouloir dire qu'il l'a tuée.

Caroline l'écoutait attentivement. Elle ne rejeta pas l'idée en bloc. Elle savait ce qu'il en avait coûté à Vera de venir la trouver.

— Que contient ce dossier ?

Vera haussa les épaules.

— J'ai pas eu beaucoup de temps pour l'examiner. Copies des pièces et compte-rendus d'enquête. Un double du rapport d'autopsie. Des clichés *post-mortem*. Un portrait sur papier brillant de la petite avant sa mort, toute belle et pomponnée.

— On a dû demander une photo à Keith pour les médias, intervint précipitamment Caroline. Pour diffuser un appel à témoins. Ça ne veut pas dire que Dan la connaissait avant sa mort.

— Je croyais que vous aviez même pas essayé. Vous avez bouclé Jeanie Long assez vite.

— Ça ne veut pas dire qu'on n'avait pas d'autres projets au début…

— Vous vous rappelez avoir demandé une photo à Keith ?

— Non, mais après tout ce temps, c'est normal.

— Bizarre, quand même, que Dan s'y accroche depuis dix ans.

— Oui, fit Caroline. Peut-être.

Elle se resservit de vin et pencha la bouteille en direction de Vera, qui secoua la tête. Elle attendrait d'être de retour à l'hôtel et se boirait un verre digne de ce nom. Elles se turent à nouveau.

— Que sont devenus les vêtements qu'Abigail portait le jour de sa mort ? demanda Vera.

— Allez savoir. Après tout ce temps… Pourquoi ?

— Comme ça.

Caroline la regarda d'un air soupçonneux, mais n'insista pas.

— Dan était déjà assez solitaire à l'époque. Plutôt sympa, il était bien intégré et ça ne dérangeait jamais personne de faire équipe avec lui, mais il ne faisait pas vraiment partie de la bande. Vous voyez ce que je veux dire ?

Vera acquiesça. Il n'allait pas se saouler avec eux. Il n'allait pas râler contre les chefs, ou se laisser aller à épancher son cœur.

— Est-ce qu'il a été marié ? J'ai pas vérifié non plus.

— Mon Dieu, non.

Caroline réfléchit, puis ajouta :

— Je me demande pourquoi ça paraît si impensable. J'imagine qu'il n'avait pas le type. Et il n'a jamais parlé de qui que ce soit.

— Homo ?

— Non.

Puis, après un nouveau temps de réflexion :

— Enfin, je pense pas.

— Il avait le béguin pour vous, non ?

— Probablement, mais on s'habitue. Une femme dans une équipe d'hommes qui ont l'impression que leur boulot a bousillé toutes les histoires de leur vie. Au bout d'un moment, ça n'a plus rien de flatteur.

Moi, ça me flatterait, pensa Vera. *Crois-moi.*

— Vous ne vous êtes jamais sentie menacée par ses sentiments ?

— Pas une seule fois.

— Est-ce qu'il aurait pu rencontrer Abigail ?

— Je ne vois pas comment.

— Vous l'avez peut-être invité à une fête de Keith ?

— Aucun de mes collègues n'était au courant pour Keith. On était très discrets.

— Dan avait deviné. Pendant l'enquête.

— Ah bon ? Il n'en a jamais rien dit.

Caroline paraissait plus amusée que surprise.

— Où habitait Dan quand Abigail a été tuée ?

— À Crill. Il avait un appartement dans une des grandes maisons du front de mer. Il m'est arrivé de passer le prendre.

— Vous êtes entrée ?

— Une fois ou l'autre. Il n'était pas toujours prêt quand j'arrivais en avance. Une fois, il m'a invitée à boire une bière après le service.

— C'était comment chez lui ?

— Il faisait un froid de canard. Il avait de vieilles fenêtres à guillotine qui laissaient passer tous les courants d'air.

Elle regarda brusquement Vera.

— Il n'y avait pas de photos d'adolescentes nues au mur, si c'est ce que vous voulez dire.

— Vous avez vu sa chambre ?

— Non. Je vous l'ai dit. On n'avait pas ce genre de relation.

Soit, pensa Vera. Elle reprit :

— Abigail était scolarisée à Crill, non ?

— Oui, et le car de ramassage la déposait devant le collège et la ramenait directement chez elle après les cours.

— Sauf quand elle séchait.

— Qu'est-ce que vous insinuez ? Que Dan l'a racolée dans la rue et a couché avec elle ?

— J'examine les possibilités.

Vera tendit le bras et posa son verre vide sur la table. Il y eut un moment de silence, puis elle dit :

— Il est de cette espèce ? Amateur de petites filles ?

— La plupart des hommes que j'ai connus étaient de cette espèce, comme vous dites. Ils voient une collégienne dans la rue, quinze ou seize ans, maquillée comme une voiture volée, uniforme, jupe courte : ils reluquent. Ça ne veut pas dire qu'ils fassent quoi que ce soit.

— Dan Greenwood reluquait ?

— J'en sais rien !

Caroline perdait patience.

— Vous me demandez, je vous réponds, ajouta-t-elle.

— De quel genre de famille il vient ?

— Quoi !

— S'il vous plaît…

Caroline regarda Vera comme si elle était bonne à enfermer, mais répondit quand même.

— Il est fils unique. Il me semble que ses parents n'étaient plus tout jeunes quand ils l'ont eu. Son père était déjà mort quand il a rejoint l'équipe. Il était proche de sa mère, mais je crois qu'elle est morte depuis. L'argent de la vente de sa maison lui a permis de démarrer la poterie. Ça vous va ?

— Oui, dit Vera. Ça ira.

— C'était un bon flic. Parfois je trouvais qu'il prenait le boulot trop au sérieux. Je l'imaginais très bien rentrer chez lui et y repenser toute la soirée, en rêver la nuit.

Très entier, je suppose, et ça me tracassait. Il voyait tout en noir et blanc. Mais il a travaillé sur d'autres affaires impliquant des jeunes filles et je n'ai jamais eu aucune crainte sur la manière dont il les traitait. Aucun bruit ne courait dans l'équipe, personne n'a jamais porté plainte.

Vera se hissa hors de son siège. Elle aurait dû être contente. Caroline lui avait dit ce qu'elle voulait entendre. Pourtant elle se sentait de mauvais poil, à cran.

Sur le pas de la porte Caroline se remit à parler. Comme si elle avait continué à réfléchir et que, comme Vera, elle avait l'impression qu'il restait des choses à dire.

— Je ne suis pas très douée pour jauger les gens. Je trouve ça tellement difficile... Vous regardez quelqu'un et il fait des choses un peu bizarres, mais il peut aussi bien être timide qu'excentrique ou dangereux. Comment savoir ? L'homme le plus dangereux que j'aie jamais rencontré paraissait doux comme un agneau.

— J'aurais jugé Dan Greenwood parfaitement inoffensif, marmonna Vera. Alors où vous voulez en venir ?

— Je peux l'imaginer tuer quelqu'un, expliqua Caroline. S'il pensait que c'était la meilleure chose à faire. Le moindre de deux maux. Mais je pourrais dire la même chose de la plupart des hommes avec qui j'ai travaillé.

Elle ferma la porte là-dessus. Vera resta un moment sur le perron, à regarder la rue en contrebas du jardin. Dans la maison d'en face les rideaux n'étaient pas encore tirés et deux enfants allongés par terre regardaient la télévision. Au loin une alarme de voiture résonnait. Plantée là, méditant les paroles de Caroline, Vera entrevit soudain la situation dans sa globalité. Elle regagna lentement sa voiture.

Joe Ashworth et elle dînèrent ce soir-là à l'hôtel. Ils n'avaient pu le faire que deux fois jusqu'à présent.

D'ordinaire le restaurant était déjà fermé quand ils rentraient et ils s'accommodaient de sandwichs dans la voiture ou de cornets de frites. Ce soir ils arrivèrent juste à temps. Tous les autres convives en étaient déjà au dessert ou au café et la salle se vida pendant qu'ils mangeaient. Il n'y avait pas d'oreilles indiscrètes. Les serveuses étaient en mode fin de service, elles discutaient et pouffaient au comptoir. Le plateau de desserts en était réduit à trois malheureuses profiteroles, une salade de fruit en train de jaunir et la moitié d'un diplomate.

Vera lui parla du dossier Mantel qu'elle avait trouvé dans le bureau de Dan Greenwood.

— Je suis désolée, j'aurais pas dû garder ça pour moi.

— Vous voulez un mandat ? Faire une perquise en règle ?

Elle resta si longtemps silencieuse qu'il fut sur le point de répéter la question.

— Non, dit-elle enfin. Pas la peine. Je suis allée fureter dans mon coin.

Elle lui relata sa perquisition au domicile de Greenwood et se sentit comme une enfant coupable. Ashworth la regardait d'un air désapprobateur.

— Comment vous voulez vous y prendre ?

— On va garder ça pour nous pour le moment. Pas besoin d'en parler aux Yorkies. Inutile de répandre des rumeurs si elles sont pas fondées. On a rien pour le rattacher au meurtre Winter. Mais on va le tenir à l'œil. J'irai discuter avec lui demain. Voir si je peux apprendre quelque chose.

— Qu'est-ce que vous voulez que je fasse ?

— J'ai une mission spéciale pour toi. Une sorte de partie de pêche. Une petite excursion. Tu vas adorer.

41

En fin d'après-midi, Emma conduisit Matthew à Springhead. Arrivée à la maison, elle resta un moment dans la voiture, réticente à l'emmener à l'intérieur. Elle n'était plus certaine de vouloir le perdre de vue. Ses parents seraient-ils capables de s'en occuper ?

Mais dedans, Mary les guettait. Elle avait dû entendre la voiture et tirer le rideau de la cuisine. Emma vit sa mère en ombre chinoise sur le fond de lumière jaune et l'imagina en train de fouiller l'obscurité. Elle prit Matthew dans ses bras et se prépara à se montrer enjouée. Quand elle entra, ses parents buvaient un thé, l'air de ne pas attendre.

— J'ai tiré du lait pour ne pas avoir à me presser, lança Emma d'une voix joviale qu'elle reconnut à peine.

Elle tendit le bébé à Robert. Elle avait envie de dire, *Ce n'est qu'un prêt. Il n'est pas là pour remplacer Christopher. Il n'est pas à vous.* Mais ç'aurait été ridicule.

À la Maison du Capitaine, James et elle étaient tout empotés à la table de la cuisine. Elle trouvait qu'il y avait une drôle de retenue entre eux, une gêne. Comme un couple de roman victorien qui aurait échappé à la surveillance de son chaperon, bien que Matthew ne puisse guère compter comme tel. Maintenant qu'ils étaient seuls ils ne savaient pas trop comment se comporter.

— Qu'est-ce que tu veux faire ? demanda James. Je peux te mitonner un bon petit plat. On peut sortir dîner dans un endroit calme.

— Je ne suis pas sûre d'avoir envie de calme. Il y en a eu un peu trop ces derniers temps. Du bruit me ferait du bien. De la musique. Des conversations. Ça t'embêterait beaucoup si on allait juste boire un verre à l'*Anchor ?*

— Les gens vont te poser des questions sur Christopher. Tu sais comment ils sont. Ça ne va pas t'ennuyer ?

— Non. Je crois que j'aimerais bien, au contraire. Quelque part, ça me paraît plus sain que de faire comme si rien ne s'était passé. Il pourrait y avoir des gens qui l'ont connu. Des copains de classe.

— Comme une sorte de veillée ?

— Oui, dit-elle avec gratitude. Exactement.

Elle monta se faire couler un bain. Son huile était parfumée au santal et au patchouli. Il l'avait taquinée la première fois qu'elle s'en était servie, l'avait taxée de hippie, mais elle n'était pas du genre à aller camper au festival de Glastonbury et elle n'avait pas compris ce qu'il voulait dire avant qu'il ne le lui explique. En allant dans la chambre pour se changer, James s'arrêta sur le palier et passa la tête par la porte de la salle de bains. Elle l'avait ouverte pour évacuer la vapeur. La baignoire était vieille, en gros émail coloré. Très profonde. Emma avait allumé des bougies parfumées sur le rebord de la fenêtre et leur arôme se mêlait à celui de l'huile. Elle s'était déjà lavé les cheveux, les avait noués au-dessus de la tête dans un foulard en mousseline de soie. Elle était allongée dans l'eau, jambes flottantes et les yeux fermés. Puis elle les ouvrit et le vit là, qui la regardait.

— Entre, dit-elle.

Il sembla sur le point de faire une déclaration. Il y eut un long silence. Elle pensa qu'il était en train de composer une phrase dans sa tête et se demanda ce qu'il pouvait bien avoir à dire. Soudain il parut baisser les bras.

— Je te laisse te détendre, annonça-t-il.

Mais c'était fichu et elle sortit de la baignoire.

Elle s'apprêta tout particulièrement pour sortir, même si ce n'était qu'au pub d'en face et qu'elle n'allait pas se mettre en tenue de soirée. Elle avait déjà préparé sur la chaise un jean et le pull rayé acheté lors de son dernier passage en ville. Elle entra dans la chambre emmaillotée dans un grand drap de bain et s'assit devant la coiffeuse. Elle passa ses cheveux au fer à défriser après les avoir séchés, les yeux rivés au miroir. La serviette glissa quand elle leva les bras au-dessus de sa tête et elle la rattacha. Puis elle se maquilla sans se presser. Tout ce temps elle savait que James était assis sur le lit et ne la quittait pas des yeux.

Elle attendait qu'il se glisse derrière elle et la touche, mais il restait là, presque immobile, à la regarder. Elle se sentait haletante, comme enivrée. *Restons ici*, fut-elle tentée de dire. *À quoi bon sortir ? C'est pour toi que je fais tout ça.* Mais le même sentiment de gêne l'en empêcha et de toute façon elle se dit qu'elle goûterait ce moment d'attente, de plaisir anticipé. Se trouver dans la même pièce que lui entourée de gens, sentir son regard sur elle, savoir que bientôt ils seraient de retour ici.

Elle accrocha son regard dans le miroir et sourit.

— Alors ? dit-elle. Je suis sortable ?

— Toi, tu cherches les compliments.

Maintenant oui, il vint se poster derrière elle. Il tendit la main et lui caressa le cou. Elle retint son souffle, mais ne se trahit pas.

— Non, pas du tout. Je n'ai jamais été sûre de savoir me maquiller et je n'ai plus l'habitude.

— Tu es ravissante. Sincèrement.

— C'est des peintures de guerre, évidemment. Je suis un peu tendue à l'idée d'affronter les gens. J'ai besoin de me cacher derrière quelque chose.

— Cache-toi derrière moi.

Elle accrocha à nouveau son regard et ils rirent ensemble de leur mièvrerie. Elle se sentit se détendre.

Lorsqu'ils arrivèrent à l'*Anchor* tous les habitués étaient là. James ouvrit la porte à Emma. Une fois entrée elle s'arrêta pour voir si elle reconnaissait du monde. Une bande de gamins était attroupée autour du billard. Elle croyait les avoir déjà vus attendre le car de ramassage. À l'évidence ils n'étaient pas assez vieux pour avoir le droit de boire de l'alcool, mais dans les villages de campagne que pouvaient-ils faire d'autre ? Naturellement elle-même n'avait jamais eu la possibilité d'aller au pub. Elle se souvenait de longues soirées ennuyeuses à Springhead. Jusqu'à ce qu'elle s'en aille à la fac, sa seule distraction était le patronage sous l'œil vigilant de son père.

Leur entrée avait été remarquée. Quelques sauveteurs jouaient aux fléchettes et ils s'arrêtèrent un instant pour saluer James de la tête. Veronica derrière son comptoir sourit à Emma en essayant de masquer sa surprise. Elle les connaissait tous les deux. Elle allait à l'église, pas comme une pratiquante assidue mais pour les occasions particulières, le dimanche de Pâques et la messe de minuit, à Noël. Elle donnait toujours une ou deux bouteilles pour la fête de l'été. Son fils avait été en cours avec Christopher. Ils étaient de la même année. Emma se creusait désespérément la tête pour retrouver son nom.

— Comment va Ray ?

Ça lui était revenu brusquement.

— Bien.

— Qu'est-ce qu'il fait maintenant ?

Emma se demandait si elle s'en sortait bien. Elle n'était plus habituée à ce genre de conversation.

— Il est pompier. À Leeds. Évidemment il n'a jamais été aussi brillant que ton Christopher, mais on est très fiers de lui.

Veronica fit une pause.

— Je suis désolée pour ce qui s'est passé, ma belle. On l'est tous.

— Je sais, dit Emma. Je sais.

— Les flics ont coincé quelqu'un ?

Barry avait surgi de l'arrière-salle. Debout, les mains à plat sur le comptoir, il dévisageait Emma. La question avait fusé comme ça, sans politesse ni préambule.

— Ils ne m'ont rien dit.

— C'est une honte, lança Barry et Emma se demanda s'il jugeait honteux le meurtre, l'incapacité de la police à trouver un suspect ou encore le manque de communication.

Un des joueurs de fléchettes venu au bar commander une autre tournée marmonna son assentiment.

— Mettez-la sur mon compte, lança James. À la mémoire, vous savez, de Chris.

Une demi-heure plus tard il y avait autant de bruit qu'Emma en pouvait souhaiter. Les jeunes avaient mis le juke-box en marche, dans la salle voisine on regardait le foot sur le grand écran et par moments les cris de joie et de dépit étaient assez forts pour couvrir la musique.

Elle était assise à côté de la fenêtre et bavardait avec une des copines des sauveteurs. Encore une ancienne camarade de classe. Elle l'entendait parler d'un nouveau garçon, d'une passion foudroyante, d'une demande en mariage, mais tout ce temps elle sentait sur elle le regard de James, debout au comptoir. Qu'attend-il de moi ? se demandait-elle. Que veut-il me dire ?

Puis la porte s'ouvrit sur Michael Long. Il la laissa claquer derrière lui, mais le brouhaha était tel que personne n'y fit vraiment attention. Il gagna le bar en roulant des mécaniques. Emma n'entendit pas la conversation, mais devina que James offrait de lui payer un verre. Elle pensa que Michael avait déjà commencé à boire. Il était débraillé et pas très assuré sur ses jambes.

— T'as un sacré culot.

Elle distingua tout juste les mots et perçut l'agressivité, palpable comme une odeur. Elle les regarda, horrifiée. Les bavardages autour d'elle continuaient. James apparemment n'avait pas entendu et demanda à Michael de répéter.

Ce dernier ouvrit grand la bouche et beugla, si bien que tout le monde put l'entendre, par-dessus le brouhaha ambiant.

— J'ai dit, t'as un putain de culot.

Les conversations s'éteignirent. Au juke-box la chanson se termina et personne n'alla la remplacer. Dans la salle voisine des applaudissements sarcastiques résonnèrent devant un tir au but raté. Michael avait l'air ravi d'être le point de mire. Il s'adressa à la cantonade avec un geste théâtral.

— Vous boiriez pas avec lui si vous saviez ce que je sais.

Veronica se pencha sur le comptoir.

— Tu n'es pas dans ton assiette, mon grand. Tu ferais peut-être mieux de rentrer chez toi.

Michael ne parut pas l'entendre.

— Vous savez avec qui vous buvez ? Vous le savez ? Vous croyez tous le connaître, pas vrai ? Père de famille, pilote, bon chrétien. Eh ben toute sa vie n'est qu'un mensonge. Même son nom est faux.

Michael se mit à parler moins fort, presque comme si James et lui étaient seuls dans une petite pièce, mais Emma l'entendait. Le pub était silencieux. Tout le monde regardait et écoutait. Il n'avait nul besoin de crier.

— Je voulais pas faire ça. Je comptais réunir plus de preuves et aller trouver l'inspectrice. Mais j'ai pas pu me retenir, en te voyant ici, en train de discuter et de rigoler. Avec tout le monde pour te plaindre.

— L'inspectrice est déjà au courant, répondit James. Je lui ai dit.

Pendant un moment Michael n'arriva pas à le croire. Le regard vide, bouche ouverte, une petite tache de salive sur la lèvre inférieure, il essayait de se convaincre que James mentait.

— Pourquoi elle t'a pas arrêté, alors ?

— Je n'ai rien fait de mal. Ce n'est pas illégal de changer de nom.

— Mais t'étais copain avec Mantel. J'ai vu des photos. Tous les deux avec un grand sourire.

— Mon père était un ami de Mantel, rectifia James. Rien à voir avec moi.

Michael secoua frénétiquement la tête comme s'il avait besoin de cette violence pour s'éclaircir les idées.

— T'as tué sa fille et envoyé ma Jeanie au trou. Sa voix était désespérée.

— T'es forcément impliqué ! Pourquoi tu vivrais dans le mensonge si t'avais rien à cacher ?

— J'ai de bonnes raisons de détester Keith Mantel, convint James, mais je n'ai pas tué sa fille.

Veronica avait contourné le bar, elle s'approcha de Michael et le prit par l'épaule.

— Tu ne sais plus ce que tu dis, mon grand. Pas étonnant après tout ce que tu as traversé. Suis-moi derrière. Je vais te préparer une boisson chaude et on appellera le docteur pour qu'il t'examine.

Michael se laissa entraîner. Derrière le comptoir les yeux de Barry bondissaient d'une personne à l'autre, étincelants de plaisir.

Emma était pétrifiée. Ses réactions s'étaient ralenties, arrêtées. Elle regarda James venir à elle mais elle était incapable de bouger.

— Rentrons, dit-il. On ne peut pas parler ici.

Voilà ce qui se passe, songea-t-elle, quand tu baisses ta garde. Comment je peux faire un happy end avec ça ?

— Viens, répéta-t-il.

Elle sentit les visages tournés vers elle et les regards inquisiteurs. Elle se leva et le suivit dehors. Mais une fois qu'ils eurent traversé la place elle s'arrêta sur le trottoir et l'attaqua de front. Des branches de l'arbre qui se dressait devant chez eux oscillaient sous le réverbère, projetant des ombres mouvantes sur sa tête levée.

— Ce qu'il a dit était vrai ?

— En partie. J'ai changé de nom quand j'avais vingt et un an. Légalement. J'avais mes raisons. Je peux te les expliquer, si tu veux les connaître.

— Et ta famille ? Ils sont vraiment tous morts ?

— Pas tous.

— Alors tu m'as menti depuis le début ?

— Non. Quand on s'est rencontrés, j'étais celui que tu connais.

— Tu as tué mon frère ?

— Non ! s'écria-t-il. Pourquoi j'aurais fait ça ?

— Pourquoi tu m'aurais menti ?

Elle ne pouvait pas l'accepter. Elle avait besoin du réconfort d'une histoire familière. Elle pivota d'un coup et s'enfuit en direction de la forge.

Emma traverse la place à toutes jambes et, rasant les murs au cas où les clients du pub l'épieraient encore, elle gagne la forge. Elle pousse l'un des battants de la grande porte en arc brisé, pareille au porche d'une église, et se campe à l'intérieur. La pièce est haute de plafond et elle distingue les tuiles au travers des chevrons incurvés. Elle sent la chaleur du four à céramique et voit les étagères poussiéreuses chargées de poteries à émailler.

D'abord, l'atelier paraît désert. Tout est silencieux. Elle referme la porte, toujours sans faire de bruit. Le battant reste légèrement entrebâillé, mais quelqu'un qui passerait devant dans la rue ne verrait rien, qu'un rai de lumière. Emma avance lentement. Elle sait que Dan est là. Elle le sent. Bientôt il apparaîtra. Il la prendra dans ses bras. Il l'accompagnera à Springhead pour qu'elle retrouve son bébé. Elle ne peut pas affronter cela toute seule.

« Dan. » Le mot est étranglé, comme une plainte, pourtant il résonne dans le grand espace. « Vous êtes là, Dan ? »

De la petite réserve provient un frottement. À peine humain. Il évoque à Emma des rats fouissant dans les ordures.

« Dan », répète-t-elle, et là oui il apparaît, comme elle l'a toujours imaginé, tout fripé et négligé et impatient de la voir. Elle se tient tout près de lui et sent l'odeur de l'argile sur ses mains. Elle attend qu'il la touche. En levant les yeux, elle découvre quelqu'un d'autre dans l'embrasure de la porte de la réserve. Pas l'inspectrice cette fois. Quelqu'un de tout à fait inattendu.

42

Après avoir accompagné Ashworth au départ de sa partie de pêche, Vera passa à la poterie. Les portes étaient fermées et cadenassées. Comme il était encore tôt elle se rendit chez Dan en voiture, mais quand elle frappa à la porte personne ne répondit. Une jeune femme, avec un nourrisson dans une poussette, sortit de la maison voisine. Heureusement qu'elle n'était pas là la veille, se félicita l'inspectrice.

— M. Greenwood ne sera pas là de la journée, expliqua la jeune maman. Foire-expo. À Harrogate. Il est parti très tôt et ne rentrera que ce soir, et encore, pas avant d'avoir déchargé sa marchandise à l'atelier.

— Ah, dit Vera. Très bien.

Elle était surprise que Dan ait donné tant de détails. Elle l'avait toujours vu comme quelqu'un de très secret. La jeune femme était séduisante, à sa manière pâle et fatiguée. Peut-être étaient-ils plus que voisins. Peut-être portait-elle des petites culottes noires à paillettes, quoique Vera ait du mal à l'imaginer.

— C'est professionnel ? reprit la jeune femme. Je peux lui transmettre un message.

— Non. Pas de message. Je suis une vieille amie. Je repasserai.

Elle passa le reste de la journée au commissariat de Crill. Elle se pointa désinvolte dans le bureau de Holness.

— Je peux vous emprunter un gars pour une heure ou deux… ? Quelques recherches.

Il leva le nez d'un bureau enseveli sous des piles de dossiers. Pire que le sien, constata-t-elle avec satisfaction.

— C'est urgent ?

Il allait à la pêche aux informations sur l'affaire Mantel. Eh bien, il n'obtiendrait rien d'elle.

— Ça prendra pas longtemps. Quelques coups de fil, un peu de prospection.

— Faut que j'en sache plus que ça pour libérer quelqu'un.

— Alors allez vous faire foutre, je me débrouillerai toute seule.

Elle lui décocha un sourire et il ne sut pas comment réagir.

Elle s'engouffra dans la cellule technique, répondant au regard insistant de l'agent assis à l'ordinateur le plus proche par un signe de la main.

— T'occupe pas de moi, mon lapin. Tu te rendras même pas compte que je suis là.

Elle se dégota un bureau vide et un téléphone et se lança dans une série de conversations infructueuses avec des fabricants de sous-vêtements féminins. Dans le même temps elle espionnait discrètement l'avancement de l'enquête Winter. À son idée, ils n'avaient pas grand-chose. Ils étaient toujours en train d'essayer de remonter la piste du portable, mais Christopher n'avait pas pris la peine de l'enregistrer, et ils n'avaient trouvé personne à Aberdeen qui ait son numéro. Il ne l'avait jamais donné à Emma, pas plus qu'à ses parents, ce que Vera trouvait bizarre. Au bout d'une heure elle en eut assez et retourna tarabuster Holness. Elle s'arrêta à sa porte, s'appuya au chambranle.

— Ça a donné quelque chose, la fouille de la ferme près du cimetière ?

— Winter y est allé. On a relevé ses empreintes sur la porte de l'étable.

— Des traces indiquant qu'il y aurait retrouvé quelqu'un ?

— Deux autres empreintes, toutes les deux de la même personne. Inconnue au bataillon. Ça pourrait servir si jamais on progressait au point d'appréhender un suspect.

— Et personne ne l'a vu de toute la journée ?

— On pense qu'il s'est planqué dans la ferme jusqu'à la nuit. Sinon il aurait été remarqué. Les gens sont comme ça à Elvet. Curieux.

Au milieu de l'après-midi, elle craqua et appela Ashworth. Elle pensait à lui depuis qu'il était parti le matin. Elle comprit tout de suite qu'il ne pouvait pas parler sans être entendu. Il avait l'air content de lui, malgré tout, et elle regretta de ne pas s'être chargée elle-même de cette mission. Déléguer, c'était censé être fait pour refiler les merdes, mais apparemment elle se plantait à chaque fois. En général c'est elle qui se retrouvait avec le sale boulot. Elle rentra à l'hôtel, prit un long bain et tenta de refréner son impatience.

Son portable sonna aux alentours de vingt heures trente et elle arracha précipitamment l'appareil à son tiroir de chevet, pensant que ce serait Ashworth avec enfin des nouvelles. C'était Paul Holness et la déception la déconcentra un moment. Elle n'entendit pas ce qu'il disait parce qu'elle se demandait ce qui pouvait bien être arrivé à Joe.

— Pardon ? lança-t-elle. La ligne est très mauvaise. Vous pourriez répéter, s'il vous plaît ?

— On vient de recevoir un coup de fil de Veronica Lee, la patronne de l'*Anchor*. Apparemment Michael Long a fait une sorte d'esclandre. Elle dit qu'il est complètement tourneboulé. Il veut vous parler. On peut envoyer un de nos gars si vous voulez, mais je me suis dit que vous préféreriez y aller vous-même. C'est le père de Jeanie, non ? Pas grand-chose à voir avec nous.

— Oui. Il vaut sans doute mieux que ce soit moi. Il me connaît.

Elle se dit qu'elle était vraiment une pauvre vieille bique, si un coup de fil comme celui-là pouvait soudain lui redonner vie.

Elle se gara sur la place et remarqua de la lumière à l'Ancienne Forge. Elle hésita un court instant, tentée d'aller d'abord parler à Dan. Mais ça pouvait attendre, raisonna-t-elle. Il ne repartirait pas du village ce soir. Mieux valait commencer par aller voir ce qui avait chamboulé Michael. Elle ne décela pas trace de drame à l'*Anchor* quand elle y entra. Une demi-douzaine de gamins attroupés autour du billard, quelques couples d'âge mûr assis près de la fenêtre, deux hommes ventripotents qui jouaient aux fléchettes. Ils la dévisagèrent, puis se détournèrent. À présent tout le village savait qui elle était.

— Veronica est là ?

Le barman était maigre et boutonneux et paraissait à peine plus qu'un gosse lui-même.

— Dans l'arrière-salle. Elle a dit que vous pouviez y aller.

Le petit côté du bar était monté sur charnières. Le barman leva la planche pour laisser passer Vera. Elle éprouva une soudaine émotion à se trouver là, derrière le comptoir, entre les robinets à pression et les bouchons doseurs. C'était comme pénétrer dans les coulisses d'un théâtre. Elle s'imagina à la retraite, tenant un petit pub dans un village au milieu des collines, mais elle savait que ça n'arriverait jamais. Elle effaroucherait les clients et licherait tous ses bénéfices.

Elle avait cru que la porte derrière le bar donnait sur les appartements de la patronne, mais elle émergea dans la cuisine où, plus tôt dans la soirée, on avait préparé les repas. L'évier était rempli de gamelles sales. Michael était assis à table l'air hébété. Devant lui une tasse de thé à demi bue, une pellicule commençant à se former à la surface. Veronica le couvait d'un regard anxieux. Un homme aux yeux globuleux les observait, adossé au plan de travail. Il mangeait un roulé au fromage et avait la bouche à moitié pleine.

— Tu devrais y retourner, Barry, lui dit Veronica. Il faut quelqu'un pour surveiller le bar.

— Sam s'en sortira très bien.

— Non, insista-t-elle. Pas tout seul. Je te rejoins dans une minute. Michael n'a pas besoin de spectateurs.

Barry semblait enclin à argumenter plus avant, mais elle le fusilla du regard et il se redressa, serrant toujours son roulé.

— Alors, qu'est-ce qui se passe ? s'enquit Vera.

Elle s'aperçut qu'elle avait parlé comme si Michael était un invalide ou un sale gosse et elle se reprit.

— On m'a dit que vous vouliez me voir.

Il leva les yeux et parut enfin la reconnaître.

— J'ai démasqué le pilote. Il connaissait Mantel, il a changé de nom. J'ai imaginé des tas de trucs. Vous savez comment on peut travailler du ciboulot des fois. Il était ici ce soir avec sa jeune femme, là.

Les mots se bousculaient et se chevauchaient. Il la regarda d'un air craintif, prévoyant des remontrances. Elle se rendit compte qu'il n'était plus que l'ombre de lui-même depuis la dernière fois qu'elle l'avait vu. La mort de Jeanie avait fini par le rattraper.

— Vous avez révélé à sa femme ce que vous aviez découvert ? demanda Vera. Vous en faites pas. Je pense pas que ce soit la fin du monde.

— Il l'a révélé à tout le bar, intervint Veronica. Il a fait une sacrée scène. J'aurais dû me rendre compte qu'il était à bout. Je croyais qu'il tenait le coup. J'ai appelé le médecin.

Vera s'assit à côté de Michael.

— Vous auriez dû venir me voir. Je vous aurais expliqué.

Mais quoi ? se dit-elle. Qu'est-ce que j'aurais pu lui dire ?

— C'était Mantel, pas vrai ? fit Michael, éperdu. C'est lui qui était derrière tout ça.

À nouveau, Vera ne sut pas quoi répondre.

— Ce ne sera plus long maintenant, le rassura-t-elle. À cette heure-ci demain, on devrait avoir arrêté quelqu'un. Ça ne vous ramènera pas Jeanie…

Il termina la phrase pour elle.

— Mais au moins je saurai…

Pendant un instant il parut un peu plus lui-même. Veronica lui prit la main par-dessus la table.

Dehors, Vera resta un moment sans bouger le temps de rassembler ses idées. Un chien ou un renard avait renversé une poubelle et des détritus s'éparpillaient dans la rue. Ils n'aimeraient pas ça, les citoyens respectables d'Elvet. Ils aimaient que leurs saletés restent bien cachées sous leur couvercle. Elle se dirigea vers la Maison du Capitaine et tambourina à la porte. James ouvrit presque tout de suite. D'abord elle se méprit sur son anxiété.

— Pardon, dit-elle. J'aurais dû réfléchir avant de faire tout ce potin. J'avais oublié qu'il y avait un bébé.

— Non. Matthew n'est pas là. Il est avec Robert et Mary. J'ai cru que c'était Emma.

— Où elle est ?

— Il y a eu un esclandre au pub. Elle est partie en courant.

Il hésita.

— Vous aviez raison, naturellement. J'aurais dû tout lui dire moi-même.

— Où elle est allée ? Chez ses parents ?

— Non. Sa voiture est toujours là.

— Et vous l'avez laissée partir toute seule ?

Dans la nuit ? Une semaine après que son frère a été assassiné ?

— Il n'y a pas de danger, assura-t-il. J'ai vu où elle allait. Elle s'est réfugiée à la forge. Dan prendra soin d'elle.

— Pourquoi elle est allée chez Dan ?

— J'imagine qu'elle avait besoin de parler à quelqu'un. Dan est mon ami. Peut-être qu'elle s'est dit qu'il comprendrait, qu'il l'aiderait à comprendre. Peut-être qu'elle a cru que je lui en avais parlé.

— Ils sont intimes, tous les deux ?

— Non ! s'écria-t-il. Pas comme ça.

— J'y vais, dit-elle. Voir ce qui se passe.

— Je viens avec vous.

— Vaut mieux pas. Laissez-lui un peu de temps pour réfléchir. Notez, je suis flic, pas conseiller conjugal. J'essaierai pas de l'influencer dans un sens ni dans l'autre.

Si elle est là. Saine et sauve.

En redescendant sur le trottoir elle vit tout de suite qu'il n'y avait plus de lumière à la forge. Elle croyait en avoir vu une en sortant du pub, mais elle n'avait pas entendu démarrer de voiture pendant qu'elle discutait avec James. Debout dans l'entrée, la porte ouverte, elle aurait perçu le bruit du moteur, peut-être même celui des grandes portes qu'on fermait, le clic du cadenas. Elle se rappela ce que lui avait dit la jeune voisine de Dan, qu'il devrait décharger sa marchandise après la foire-expo. Il y avait peut-être une camionnette garée dans la cour. Peut-être qu'ils étaient partis avec. Mais où l'aurait-il emmenée ?

Ces pensées défilaient dans sa tête tandis qu'elle se hâtait vers la poterie, puis il lui vint l'idée saugrenue qu'elle était comme un détritus, poussée par le vent d'un bord à l'autre de la place.

Les portes étaient verrouillées de l'intérieur, mais pas cadenassées. Elle frappa violemment du plat de la main, cogna jusqu'à ce que ses paumes la brûlent, mais il n'y eut pas de réponse alors elle s'éloigna, partit chercher le moyen d'entrer dans la cour.

L'accès se faisait par un passage ménagé au milieu d'une rangée de maisons mitoyennes. Une sorte de tunnel qui menait à une allée où étaient garées des voitures. Tout au bout il y avait un portail en bois, maintenant grand ouvert, et la cour arrière de la poterie. L'allée était dépourvue de réverbères, mais elle était éclairée par les fenêtres des maisons. L'endroit était considéré comme privé et beaucoup n'avaient pas pris la peine de fermer les rideaux. Vera eut un bref aperçu de vies ordinaires : une mère étendant des langes sur un radiateur, un homme âgé faisant la vaisselle. Ailleurs un jeune couple finissait de dîner en amoureux, la table de la cuisine transfigurée pour l'occasion grâce à une nappe en papier, une bougie et une bouteille de vin.

La cour de la poterie était vide. Si Dan y était venu avec une camionnette, il était déjà reparti. Il devait avoir emmené Emma avec lui, à moins qu'il ne l'ait laissée à l'intérieur. Vera l'imagina dans la réserve poussiéreuse, ligotée peut-être, terrifiée, mais sans vraiment arriver à y croire. Était-elle déjà morte ? Assommée, étranglée, comme son frère et sa meilleure amie ? Vera secoua la tête, essayant de dissiper le cauchemar. Du revers de la manche elle essuya la crasse et les toiles d'araignées de l'étroite fenêtre et scruta l'intérieur, mais il faisait noir et on n'y voyait goutte. Il y avait une petite porte, elle essaya de l'ouvrir. Fermée. Certes la peinture s'écaillait, cependant le bois était massif et elle n'était pas sûre d'être assez forte pour l'enfoncer. Elle y appuya l'épaule et poussa. Rien ne bougea. Elle frappa dessus des deux poings puis colla l'oreille et écouta. Pas un bruit. Elle abandonna.

James guettait à la fenêtre. Quand Vera approcha de la maison le rideau retomba mais elle avait vu son visage blanc collé à la vitre et la porte s'ouvrit avant qu'elle n'ait frappé.

— Elle n'est pas là, n'est-ce pas ? Je vois bien que tout est fermé.

— Est-ce qu'elle a un portable ?

Elle vit un éclair de panique lui traverser le visage.

— Comme Christopher, vous voulez dire ? Vous croyez qu'il y a un lien ?

— Non, dit-elle. Pas comme Christopher. Vous pourriez l'appeler. Savoir où elle est allée.

Il éclata d'un rire gêné, décrocha le téléphone de l'entrée et composa un numéro. Vera s'aperçut qu'ils retenaient tous les deux leur souffle, qu'elle tendait l'oreille pour entendre la voix d'Emma. Dans la cuisine une mélodie électronique résonna. Un morceau entraînant qu'elle reconnut. La musique d'un vieux film. *Le Cabotin*. Lentement, James reposa le combiné.

— C'est son portable, annonça-t-il. Elle a dû le laisser ici. Se dire qu'elle n'en aurait pas besoin au pub. Elle savait que j'avais le mien.

Il s'interrompit, fit de son mieux pour garder son calme.

— Elle ne court aucun risque avec Dan, de toute façon. C'est un ancien flic.

— Oui, dit Vera. Je sais.

Elle le laissa chez lui. Il fallait que quelqu'un reste, expliqua-t-elle. Emma ne devait pas trouver la maison déserte quand elle rentrerait. Et puis, Dan arriverait peut-être à la raisonner. Elle appellerait sans doute.

Elle monta en voiture, consciente que James la regardait et s'attendait à ce qu'elle agisse immédiatement. Des gens sortaient du pub bien qu'il ne soit pas encore l'heure de la fermeture. Chaque fois que la porte s'ouvrait, une bourrasque de musique déferlait comme le vent. Vera ne savait pas où aller ni quoi faire. Il fallait aussi penser au bébé. Ce n'était pas son genre d'hésiter et l'indécision la rendait anxieuse, premier pas vers la panique. Son téléphone sonna et elle répondit, heureuse d'être distraite au moins pour le moment.

C'était Ashworth.

— Vous aviez raison, lança-t-il. Mais bon, le fait est que vous avez *toujours* raison.

Non, se dit-elle. Plus maintenant. Mon jugement ne vaut rien ces jours-ci. Je croyais être sûre de Dan Greenwood. Autrefois.

— Où t'es ? demanda-t-elle.

— En route pour la maison. C'est bien ce que vous voulez, non ?

C'est ce que je veux ?

— Oui.

— Je vous retrouve là-bas ?

— Oui, redit-elle, plus vite, contente que quelqu'un ait pris la décision pour elle.

— Vous allez bien ?

— Très bien, répondit-elle. Très bien.

43

Ashworth attendait dans sa voiture au bout de l'allée menant à Springhead. Vera se gara à l'entrée d'un bosquet et le rejoignit à pied. Il y avait une odeur de feuilles mouillées et de vaches. Elle se sentait mieux, bien que son angoisse pour Emma se soit enracinée au creux de son estomac, une douleur sourde. Elle ne supporterait pas d'avoir encore à annoncer de mauvaises nouvelles. Elle ne supporterait pas de s'être trompée sur ce qui s'était passé ici. Elle prit place sur le siège passager. Joe écoutait la radio. Classic FM. Il prenait des cours du soir en musicologie. Elle tendit la main et éteignit.

— Alors ? dit-elle.

— J'ai fait ce que vous m'aviez suggéré, discuté avec les voisins. Ça n'a pas servi à grand-chose au début. La plupart sont arrivés après le départ des Winter. C'est un de ces quartiers chics où tout le monde est trop occupé pour se demander ce qui se passe derrière la porte d'à côté. Grandes maisons, grands jardins. Et puis j'ai fini par dénicher une petite vieille qui se souvenait d'eux. « Une famille charmante, elle m'a dit. Quel dommage qu'ils soient partis. »

Il prenait une voix de vieille femme, haut perchée, avec un accent à la BBC. Vera se dit qu'il ferait merveille dans une troupe de théâtre amateur. Parfait dans le rôle travesti de la vieille dame de la farce.

Joe continuait :

— Elle était déjà veuve à l'époque, et les Winter lui confiaient la garde des enfants quand ils étaient petits. Jusqu'au jour où ils ont arrêté de lui demander. Ça l'a chagrinée, elle s'est demandé si elle avait fait quelque chose de mal, si les enfants l'avaient prise en grippe pour une raison ou une autre. Ça la travaillait tellement qu'elle est allée voir Mary. « Évidemment, je m'inquiétais à tort. Une collègue de Robert avait une fille qui avait besoin d'argent. C'était bien naturel qu'ils l'embauchent à ma place. »

— Ah, dit Vera.

Un soupir de soulagement et de satisfaction.

— La collègue en question s'appelle Maggie Sullivan. Ils n'étaient que quatre dans le cabinet. Trois architectes et un administrateur. Deux d'entre eux – l'un des archis et l'administrateur – n'étaient pas loin de la retraite, trop vieux pour avoir une fille adolescente, alors j'ai pas eu de mal à trouver que c'était elle. Elle travaille toujours à York. Quand je lui ai expliqué pourquoi j'étais là, elle m'a reçu à bras ouverts. Elle se sentait coupable de pas avoir contacté la police au moment des faits.

— Et quels faits, au juste ?

— Robert Winter a fait une fixation sur sa fille. Il la suivait partout, l'attendait à la sortie du lycée. Il était vraiment insupportable.

Ashworth marqua une pause.

— Comment vous avez su ?

— Je savais pas. Pas vraiment. Mais il devait s'être passé quelque chose pour qu'ils changent aussi radicalement de vie.

Et il y avait je ne sais quoi en lui qui me donnait la chair de poule. Et le psychiatre a dit qu'une personne qui se maîtriserait suffisamment pourrait arriver à le cacher.

— Pour qu'il se tourne vers Dieu ?

— Oui, je suppose…

Elle désigna la maison d'un hochement de tête.

— Qu'est-ce qui se passe là-dedans ?

— Je sais pas. Ça a pas bougé depuis que je suis là.

— T'as pas vu Emma Bennett entrer ?

— Non, mais je viens d'arriver.

— Elle s'est disputée avec son mari et elle a disparu.

Vera raconta le scandale de Michael Long à l'*Anchor*.

— C'est sans doute rien, mais j'ai un mauvais pressentiment.

— Ça peut pas être bien grave, de toute façon.

Il la regarda d'un air détendu. Il croyait savoir avec certitude maintenant qui avait tué Abigail et Christopher. Elle ne répondit pas tout de suite. Réflexion faite, elle-même n'en était plus si sûre.

— Peut-être.

— Comment vous voulez procéder ? demanda-t-il. On peut attendre demain matin, obtenir un mandat. Le portable du garçon n'a toujours pas été retrouvé. S'il est là, on a notre preuve.

Vera se dit qu'elle ne supporterait pas d'attendre jusqu'au matin. Elle détestait cette affaire. Elle détestait tous les faux-semblants, le deuil inachevé, l'immonde platitude de la région. En plus, il y avait Emma et le marmot à prendre en compte.

— Pourquoi on n'irait pas les voir ?

— Maintenant ?

— Tranquillou. Quelques questions informelles. Et puis on a une excuse. On cherche Emma.

— Et si on le fait fuir ?

— Je crois pas qu'il y ait vraiment de risque, et toi ?

Ashworth réfléchit un moment.

— Non, concéda-t-il. Un type comme ça, il veut se faire coincer.

Vera ne pensait pas que Joe ait tout à fait raison sur ce point, mais comme elle espérait encore le persuader de déroger à quelques règles, elle se garda bien de rien dire.

Ashworth mit la main sur la clef pour démarrer, mais elle l'arrêta.

— On va y aller à pied. Pas la peine de les prévenir de notre arrivée.

Et elle avait besoin de temps pour tout démêler. Non, pas tant pour ça, mais pour se ragaillardir, pour se croire à nouveau à la hauteur de la mission. Oublier la panique qui l'avait saisie devant la Maison du Capitaine. Ils s'enfoncèrent sur le chemin plat et rectiligne qui menait à la maison et leurs yeux s'habituèrent à l'obscurité, si bien qu'au bout d'un moment la lampe-torche d'Ashworth ne fut plus nécessaire. La nuit était claire. Peut-être gèlerait-il plus tard, comme le soir où Christopher avait été assassiné. Robert et Mary seraient-ils en train de regarder les étoiles, plongés dans le souvenir ? Il y avait assez de lumière avec la circulation de la grand-route et le clair de lune. À droite, la côte était balisée par le fanal rouge de la tour du pilotage ; en face, deux carrés orange se découpaient, l'un au-dessus de l'autre. Une fenêtre du rez-de-chaussée et une du premier étage de l'affreuse maison carrée. Une autre sorte de fanal.

Les rideaux de la cuisine n'étaient pas fermés et Vera, collée au mur pour ne pas se faire remarquer, lorgna à l'intérieur. Robert et Mary étaient assis autour de la table. Mary se leva, prit la casserole qui chauffait sur la cuisinière et versa du lait dans deux mugs. Seulement deux, remarqua Vera. Une pointe de panique la reprit. Où donc était leur fille ? D'une autre pièce provint un bruit, un braillement.

C'est alors qu'Emma fit son apparition et Vera sentit son pouls ralentir. Elle portait un bébé hurlant sur la hanche et ses yeux étaient rouges d'avoir pleuré. Mary proposa de lui prendre Matthew, mais Emma se cramponna à son fils. Elle fit les cent pas en lui frottant le dos jusqu'à ce que les cris s'apaisent, puis s'assit à table. Aussitôt Robert commença à lui parler.

Que de blabla, se dit Vera. Tout le monde assis les bras croisés à se raconter des histoires pour se justifier ou rejeter la faute sur son voisin. Elle se demanda ce qui avait pu se passer. Emma était-elle vraiment allée à la poterie ? Peut-être que Dan l'avait conduite ici. Encore une histoire, pensa Vera. Encore des explications. Emma était venue à Springhead pour reprendre le bébé bien sûr, pas pour parler à ses parents. Elle ne s'était jamais confiée à eux.

Elle resta dans la cour à regarder à l'intérieur. Dehors l'immense ciel hivernal, qui donnait le vertige rien que d'y penser ; dedans un petit drame familial, un soap-opera. Et au milieu, Vera. Même s'ils avaient pu apercevoir son ombre dans le noir, elle était sûre qu'ils ne l'auraient pas remarquée. Ils étaient trop absorbés par leur conversation et elle entendait tout ce qui se passait. Springhead House n'avait jamais pu se payer de double-vitrage.

C'était à Mary de parler à présent.

— Je ne comprends pas, disait-elle. Pourquoi James ferait-il une chose pareille ?

— Je ne comprends pas non plus. Mais il m'a menti. Je n'ai pas besoin d'en savoir plus. Si M. Long n'avait pas déterré son passé, il ne m'en aurait probablement jamais parlé.

— Tu devrais lui demander, non ?

— Peut-être qu'il a menti parce qu'il a tué Abigail. Je ne veux pas entendre ça.

— C’est ridicule, insista Mary. James a changé de nom. Ça ne fait pas de lui un autre homme. Il n’a pas menti sur les choses importantes. Et puis tu l’as épousé, tu as eu un enfant de lui. Tu ne peux pas t’enfuir comme ça.

Elle serrait le gros sac en patchwork posé sur ses genoux comme si c’était son bébé à elle.

— Pourquoi ? C’est bien ce qu’il a fait, lui. Il n’aimait pas qui il était alors il s’est enfui.

— Tu devrais l’appeler, intervint Robert. Il va s’inquiéter.

— Tant mieux.

Emma aurait pu avoir quinze ans à nouveau, adolescente rebelle, décidée à faire ses quatre volontés. Vera se dit qu’elle devait avoir exactement la même expression avant de se ruer dehors pour rejoindre Abigail à l’Ancienne Chapelle, puis pendant qu’elle épanchait sa rage en luttant contre le vent.

— J’espère qu’il est mort d’inquiétude.

L’inspectrice s’écarta de la fenêtre et frappa à la porte de la cuisine. Pas très fort. Vu l’état de leurs nerfs, elle risquait de leur faire avoir une crise cardiaque. Mais ils penseraient sans doute que c’était James. Elle les imagina en train de se regarder d’un air interrogateur, essayant de décider qui devrait répondre. Enfin, Emma ouvrit la porte. Probablement la volonté des parents, se dit Vera. Ils savaient toujours ce qui était le mieux pour elle, et ils l’obtenaient à tous les coups. La jeune femme se tenait dans l’embrasure de la porte, le bébé toujours dans les bras, et les fusillait du regard.

— Je n’arrive pas à croire que James vous ait appelés, lança-t-elle. Ça ne regarde pas la police. Rien à voir avec vous.

— Il était inquiet, répondit doucement Vera. Ça peut pas faire de mal de le prévenir qu’il ne vous est rien arrivé. Vous pouvez nous laisser entrer ?

— Qu'est-ce que vous nous voulez à une heure pareille ?

— Quelques questions. Puisque vous êtes tous debout…

Emma parut soudain perdre tout esprit combatif et redevint passive, blafarde, enfantine. Elle se poussa pour leur céder le passage. Pourquoi elle fait ça ? se demanda Vera. Pourquoi elle retombe en enfance à la moindre difficulté ? Cet air de petite fille. Ces grands yeux tristes. Est-ce que c'est conscient ? Est-ce qu'elle croit que ça va la préserver des ennuis ? Pousser Dan Greenwood à l'aimer ?

— Comment vous êtes venue ? lança Vera.

Emma, sur ce mode, lui mettait les nerfs en pelote. La question sortit brutalement.

— Je me suis fait amener.

— Où il est maintenant ?

— Qui ça ?

Mais déjà Emma rougissait. Ça commença par le cou et les oreilles puis s'étendit à son visage.

— Dan Greenwood. Vous êtes allée le voir. Me faites pas perdre mon temps. Si je vous pose des questions, c'est parce que j'ai besoin des réponses.

— Je ne sais pas où il est maintenant.

Emma semblait au bord des larmes. Vera sentait Ashworth derrière elle, qui trépignait de jouer les chevaliers servants. D'une minute à l'autre il tendrait son mouchoir à la petite. Il se laissait toujours attendrir par les jolies frimousses et les histoires tristes à pleurer. Vera s'approcha de la table où les Winter étaient toujours assis exactement comme tout à l'heure, quand elle les regardait par la fenêtre.

— Veuillez excuser notre intrusion, dit-elle.

Pas de réponse. Ils la dévisageaient.

— Comme je viens de l'expliquer à Emma, j'aurais encore quelques questions.

Et après, songea-t-elle, avec un peu de chance elle pourrait quitter cet endroit et ces gens. Ils lui tapaient sur le système. Elle en venait presque à croire qu'ils étaient la cause de son allergie, ses jambes qui la démangeaient et la grattaient. C'étaient les gens, ou l'eau stagnante des fossés, ou les mauvaises herbes qui pourrissaient dans les champs en jachère. Puis elle s'enjoignit d'arrêter ses délires et de se mettre au boulot.

— Une enquête comme ça, on doit remonter loin. Il y a des secrets…

— Vous parlez de James ? coupa Robert. Emma nous a déjà expliqué. Ce n'était pas la peine de vous déplacer jusqu'ici.

— Non, dit Vera. Pas de James.

Elle s'arrêta, se tourna vers Emma.

— Mais pourquoi vous l'appelez pas ? Abrégez son supplice, pauvre homme.

— Quels autres secrets il peut y avoir ? demanda Emma.

Vera ne répondit pas directement.

— Appelez James. Écoutez ce qu'il a à vous dire.

— Pourquoi vous tenez tellement à m'écarter ? répliqua Emma. Je ne suis plus une enfant. Vous pouvez parler en ma présence.

Vera la regarda d'un air triste.

— Le brigadier Ashworth a fait le plus gros du travail de terrain. Il a passé la journée à York.

Robert Winter était assis en face d'elle. Elle guetta une réaction, mais il n'en vint aucune. Peut-être n'était-il pas surpris. Peut-être attendait-il ce moment depuis l'annonce de l'innocence de Jeanie. À côté de Vera, Mary, qui avait été nerveuse toute la soirée, se montrait de plus en plus agitée.

— Il faut vraiment en parler maintenant ? Il est tard. Comme vous le voyez, inspecteur, nous avons nos propres problèmes familiaux. Emma est très secouée.

— Monsieur Winter.

— Qu'est-ce que vous voulez savoir ?

Ton de courtoisie professionnelle, avec juste une pointe de menace. *J'espère que vous n'êtes pas venue brandir des allégations sans fondement. Nous sommes des victimes. Vous devriez nous traiter avec respect et compassion.*

— J'ai vu votre ancienne associée, Mme Sullivan.

Joe Ashworth se tenait toujours à côté de la porte. Tous les regards se tournèrent vers lui. Fut un temps où il se serait senti mal à l'aise d'être le point de mire. Vera était fière de sa nouvelle assurance, aimait à penser qu'elle y était pour quelque chose.

— Maggie et moi nous sommes séparés en assez mauvais termes, expliqua Robert. Elle avait l'impression d'y perdre, financièrement. Je ne crois pas que vous devriez vous fonder sur sa version des faits.

— Elle m'a dit que vous faisiez une fixation sur sa fille.

— Ridicule.

— Elle a dit que c'était elle qui avait mis un terme à votre association. Qu'elle s'est sentie obligée de rompre tout lien professionnel avec vous tellement votre relation avec Zoe lui faisait peur.

— Écoutez… protesta Robert, avec du sourire dans la voix, résonnant comme un homme politique au meilleur de sa sincérité. Le mari de Maggie Sullivan l'a quittée quand Zoe n'était encore qu'un bébé. J'étais une figure paternelle. Je reconnais que j'ai témoigné de l'intérêt à la petite, mais je croyais rendre service.

— Je suis sûr que c'est comme ça que ça a démarré. Elle faisait presque partie de la famille, n'est-ce pas ?

Elle passait beaucoup de temps chez vous et vous donnait un coup de main pour les enfants.

— Elle était fille unique, acquiesça Robert. Elle les adorait.

— Puis vous avez commencé à lui téléphoner quand vous saviez que sa mère était absente. Vous vous êtes mis à l'attendre à la sortie du lycée, à la suivre jusque chez elle. Vous lui avez écrit des lettres d'amour. Mme Sullivan vous a décrit comme un harceleur. Elle a menacé de porter plainte à la police, mais elle répugnait à entraîner sa fille dans un procès.

— Vous en faites une histoire sordide, lança Robert. Ce n'était pas comme ça.

— C'était comment ? demanda Vera, comme par simple curiosité, comme s'ils bavardaient tranquillement autour d'une tasse de thé.

— Je suppose que je traversais une crise existentielle. Tout me paraissait vain. J'étais terriblement déprimé. Aider Zoe m'a donné le sentiment d'être utile. Je croyais pouvoir changer les choses. Apporter de l'amour dans sa vie. C'est facile de voir les choses d'un œil cynique, mais c'est ce que je ressentais. C'est à ce moment-là que j'ai découvert l'importance de la foi. Tout était écrit, vous voyez. Le malentendu avec Zoe et Maggie, mes problèmes au travail, tout ça a contribué à me mener au Christ.

Il parlait d'un ton calme et raisonnable. Il aurait pu être en train de présenter des éléments en faveur d'un délinquant au tribunal. Il y eut un silence. Pendant un moment même Vera ne trouva rien à dire. Le rire lui paraissait la seule réponse possible à une telle distorsion de la vérité, mais elle avait vu le visage d'Emma, pincé et blême, et savait qu'il n'y avait pas matière à s'esclaffer.

Robert les regarda tour à tour.

— Vous comprenez, n'est-ce pas ?

Personne ne répondit.

44

Il y eut un instant de silence pesant, puis tout à coup le téléphone sonna. Personne n'alla répondre et il continua à sonner, insistant. Mary se leva, passa dans l'entrée et décrocha. Ils l'entendirent distinctement.

— Elle est ici, James. Elle allait justement vous appeler. Oui, elle va bien. Vous pourriez peut-être venir la chercher. Pas tout de suite. Donnez-lui une demi-heure.

Elle revint dans la cuisine et reprit sa place sans mot dire. Vera les regarda, attendit que quelqu'un prenne la parole.

— Tu as menti, lança Emma à son père.

Elle semblait un peu plus maîtresse d'elle-même. Sa voix était calme, comme celle de Robert.

— Tu ne vaux pas mieux que James.

— Tu étais très jeune. C'était compliqué.

— Je me souviens de Zoe. Ce sont de bons souvenirs. Un barbecue dans le jardin. Elle qui m'aide à travailler mon piano. Elle était douée pour la musique, pas vrai ? Elle jouait de la flûte. C'est un de mes souvenirs d'enfance les plus précis, je suis assise dans le jardin à York, je l'écoute répéter. Je me demande ce qu'elle fait maintenant. Tu le sais ?

Elle regarda ses parents, mais ils l'ignorèrent tous les deux.

— Je me suis demandé pourquoi elle ne venait plus s'occuper de nous. Elle a manqué à Chris, surtout. Elle comprenait ses projets. Ils étaient très proches.

— Qu'est-ce que vous pensiez de tout ça, Mary ?

Vera avait parlé d'une voix très basse. Elles auraient pu être seules dans la pièce.

— De l'affection de Robert pour Zoe ? Ç'a été une période difficile. Il disait que c'était de ma faute. Que si j'avais été différente, ça ne serait jamais arrivé. Si j'avais été plus jeune, plus séduisante, plus prévenante…

— Vous ne l'avez pas cru ?

— Je ne savais pas quoi croire. Quand elle a commencé à venir à la maison, je les observais tous les deux et je voyais qu'elle le rendait plus heureux que je ne le pourrais jamais.

Elle regarda Robert, mais il ne fit rien pour la détromper.

— Puis quand il s'est converti, j'ai été soulagée. J'ai cru que les choses allaient changer. Il était au plus bas. Parfois il parlait de suicide. J'avais essayé de le convaincre de consulter, mais il ne voulait pas. Je me sentais responsable. Pour lui et pour la pauvre Zoe. Je croyais pouvoir maintenir l'unité familiale et faire en sorte que ça marche. Orgueil, sans doute. Je refusais d'admettre que nous n'étions pas aussi proches que nous en avions l'air.

— Ce n'était pas ta faute, intervint Emma. Pas du tout.

Mary ne répondit pas.

— J'ai cru que le déménagement à Elvet serait un nouveau départ pour nous tous. Un merveilleux recommencement. Il n'y avait pas eu grand mal après tout. On avait encore une chance d'arriver à rétablir la situation, retrouver notre vie d'avant. Mais ça n'a jamais vraiment été possible. On avait changé. On avait tous été affectés par ce qui s'était passé à York, y compris les enfants, même s'ils étaient bien trop jeunes pour se rendre compte de quoi que ce soit et qu'on avait essayé de les protéger. Je suppose que c'était inévitable.

— Est-ce que les choses ont changé ? s'enquit Vera.

— Oui, bien sûr ! Au début. Robert adorait son travail. Il se sentait accompli et apprécié. Notre vie était structurée par l'église. J'ai commencé à me détendre. J'ai cru que tout s'arrangerait.

— Et qu'est-ce qui s'est passé ?

Elle ne répondit pas et Emma le fit pour elle.

— Il est tombé amoureux d'Abigail. De ses cheveux roux et de ses minijupes.

Là encore sa voix était calme, factuelle.

— Je me rappelle la première fois qu'il l'a vue. Ce jour-là à la Pointe, le soleil brillait et on mangeait des glaces. Et puis le patronage. Il m'a dit qu'il n'avait jamais rencontré Abigail, mais ce n'était pas vrai. J'aurais dû m'en souvenir. Ç'a été une de ses premières initiatives en arrivant à Elvet, monter ce patronage. Il ne pouvait pas avoir complètement changé, non ? Sinon il n'aurait jamais fait ça. Se mettre en situation de rencontrer des jeunes filles. J'avais tout oublié jusqu'à il y a peu, oublié qu'Abigail était parfois venue. Pas régulièrement, mais ça lui arrivait. Pour se montrer, pour qu'on se sente minables, tous les autres. Toute pomponnée dans ses beaux vêtements. La première fois qu'elle est venue c'était pour une boum, pas vrai ? Je l'avais invitée et j'étais folle de joie qu'elle accepte. C'était la dernière réunion avant les grandes vacances. Papa était assis sur la scène et nous regardait danser. Je me souviens. Il ne pouvait pas la quitter des yeux. Ce que j'étais bête. Je croyais que c'était parce qu'elle dansait bien. Après, Keith a eu un empêchement, il n'a pas pu venir la chercher et c'est Papa qui l'a raccompagnée. Chris et moi sommes rentrés à Springhead avec Maman.

Elle regarda son père pour la première fois.

— C'est là que ça a commencé ?

— Mantel n'a jamais été un vrai père, dit Robert. Elle avait besoin de quelqu'un à qui parler.

— Comme Zoe ? enchaîna Vera. Abigail aussi, vous alliez la chercher au collège ? La retrouviez quand elle séchait les cours ?

— Je ne l'ai jamais encouragée dans ce sens. J'essayais au contraire de la convaincre d'y retourner. Je me conduisais comme son assistant social, voilà tout.

— Mon Dieu, s'écria Emma. Tu as couché avec elle.

— Non ! Elle voulait. On avait la possibilité à portée de main. Et j'avoue que j'ai été tenté, mais on ne l'a jamais fait.

Il regarda Mary.

— Tu dois me croire.

Vera vit soudain Bill Clinton. *Je n'ai jamais eu de relations sexuelles avec cette femme.* Mais peut-être Robert disait-il toute la vérité.

— C'est là que le chantage a commencé ? demanda-t-elle. Vous avez refusé de coucher avec elle. Nous savons que c'était une petite demoiselle très déséquilibrée.

— Oui, convint Robert. Elle m'a menacé de crier sur tous les toits qu'on avait été amants. « On pourrait l'annoncer au patronage. Tromper, c'est pécher. On devrait monter sur la scène, se tenir les mains et tout révéler. » Et elle éclatait de rire, comme si elle avait bu ou qu'elle était folle et je n'ai jamais su si elle était sérieuse ou pas. J'ai essayé de m'éloigner, mais je ne pouvais pas m'empêcher de penser à elle. Je croyais que j'étais le seul à pouvoir la sauver.

— Et puis tu l'as tuée, dit Emma dans un murmure. Tu l'as étranglée, tu l'as abandonnée dans le fossé où je n'avais plus qu'à la découvrir.

Il y eut un instant de silence, d'horreur.

— Est-ce que tu as tué Christopher, parce qu'il avait tout compris ?

Tout le monde regardait Robert, attendait une réponse. Il ne dit rien et Emma reprit la parole.

— Je crois que je l'ai toujours su. Je crois que je le savais déjà à ce moment-là. Pas pour Zoe, pas les détails du moins, mais je savais que quelque chose ne tournait pas rond. Je n'arrivais pas à croire à la conversion miraculeuse. Un soir où j'avais du mal à m'endormir, je suis descendue. Vous étiez dans le jardin et vous en parliez. Ça sentait bon le chèvrefeuille. Vous étiez en train de calculer comment vous pourriez quitter York. J'ai dû entendre quelque chose…

« Et Abigail devait vouloir que je le sache. Quel jeu ça a dû être pour elle. Elle avait sa manière de parler de mon père, toute malice et mystères. Combien d'allusions m'a-t-elle glissées ? Et je ne les ai jamais saisies. Ou ne voulais pas. Elle aurait fini par me le dire bien sûr. Elle aurait adoré ça, prétendu que c'était pour mon bien, qu'elle estimait que j'avais le droit de savoir quel genre d'homme était mon père. Et moi j'avais déjà deviné. Seulement je n'arrivais pas à l'admettre. Je ne voulais pas le croire.

Vera, qui la regardait, entendit l'autofiction, se redit qu'il lui tardait de fausser compagnie à toute cette clique.

— Tu l'as tuée ? demanda Robert.

Emma le regarda comme s'il était idiot.

— Moi ? Bien sûr que non. Tu me crois vraiment capable de ça ?

Il ne répondit pas.

— Va-t'en, lança-t-elle.

Robert se leva et parut sur le point d'ajouter quelque chose. Emma détourna les yeux.

— Je vais appeler James, déclara-t-il. Lui demander de venir tout de suite.

C'était comme s'il n'avait rien dit. Il regarda à la ronde, attendant une réponse. Même Mary semblait avoir oublié sa présence. Il sortit de la pièce. Ashworth se faufila à sa suite.

45

Vera s'éclaircit la gorge. Il était temps qu'elle passe au devant de la scène. D'ordinaire elle adorait ce rôle mais ce soir, allez savoir pourquoi, elle n'arrivait pas à se sentir d'humeur.

— Robert n'a pas tué Abigail, déclara-t-elle. Au début j'ai cru que c'était lui, mais c'est impossible. Matériellement. Vous avez tous raconté votre journée à Caroline Fletcher. Ses rapports ne sont pas extraordinaires, mais elle a bien noté ça : Emma, votre père et vous étiez ensemble ici, vous faisiez la vaisselle.

Elle fit une pause.

— Comment Christopher avait-il réussi à se défiler ?

— Il avait dû prétexter des devoirs. Un projet. Il était très fort pour s'inventer un travail urgent après le déjeuner du dimanche. Histoire de s'éviter les corvées.

Emma fixait Vera avec méfiance par-dessus la table. Vera la regarda droit dans les yeux.

— Christopher était donc monté dans sa chambre ?

— Oui.

— Et votre mère lisait le journal au salon. C'était l'usage le dimanche. Elle préparait le déjeuner puis elle avait droit à un moment de repos. Personne pour la déranger.

— Elle méritait bien un peu de répit. On était tous d'accord là-dessus.

— Oh, on mérite tous un peu de répit.

Même moi. Même une vieille flic qui passe sa vie à mettre son nez dans les affaires des autres. Vera regarda les deux femmes, se dit soudain qu'elle avait fait une terrible erreur, qu'elle s'était complètement trompée dans cette affaire. Puis la confiance lui revint aussi vite qu'elle l'avait désertée. Nous y voilà, pensa-t-elle. Finissons-en. Comme ça je pourrai rentrer à la maison.

— Mais il n'y a pas eu de répit pour vous ce jour-là, n'est-ce pas, Mary ? Vous avez attendu que Robert et Emma aient commencé la vaisselle, puis vous êtes sortie par la porte du jardin. Vous aviez rendez-vous avec Abigail. Comment vous aviez réussi ce tour de force, Mary ? En lui envoyant un mot qui se prétendait de Robert ?

— Je ne pensais pas qu'elle viendrait, répondit Mary.

— Où est passé ce mot ? On ne l'a jamais retrouvé.

— Elle l'avait avec elle. Elle me l'agitait sous le nez en persiflant. Je le lui ai arraché de la main.

— Je ne pense pas une seconde que vous ayez eu l'intention de la tuer. Vous pensiez pouvoir la raisonner. Vous comptiez lui expliquer que Robert était quelqu'un de bien qui avait beaucoup à perdre. Vous vouliez juste protéger votre mari. Vous étiez plus une mère qu'une épouse, n'est-ce pas ? Ça paraît injuste d'avoir à vivre comme ça. Tenir la famille à bout de bras, sauver les apparences au village. Aucun de vous n'aurait survécu à un autre déménagement.

Pour la première fois de la soirée Mary était presque immobile. Elle aurait pu être moulée dans de la cire. Elle regardait droit devant elle et ne répondit pas.

— Mais Abigail n'a jamais été raisonnable. Elle était déséquilibrée et têtue. Elle aimait semer la zizanie. Elle a dû être ravie de vous voir. Un nouvel auditoire. Est-ce qu'elle jubilait du pouvoir qu'elle exerçait sur Robert ? Tout ça devait être un jeu pour elle. Est-ce qu'elle riait ?

— Oui. Elle riait.

— Et elle ne voulait pas s'arrêter ?

D'abord Vera crut que Mary refuserait de répondre, que ç'avait été une grossière erreur de venir chez eux si tard, de provoquer une confrontation. Le silence sembla durer des heures. Puis Mary parla, avec des mots aussi choisis que toujours. Elle voulait que son histoire soit relatée à sa façon.

— Elle riait si fort. Plus fort que les corbeaux et que le souffle du vent. Même là, à des lieues de tout, j'avais peur que quelqu'un ne l'entende.

— Vous vouliez qu'elle se taise.

— Oui. Je voulais que le bruit cesse.

La porte s'ouvrit et Ashworth entra discrètement dans la pièce. Mary ne s'en aperçut pas.

— Nous devrions peut-être en reparler plus tard, proposa Vera. Ailleurs. Quand il y aura un avocat pour veiller à votre défense.

— Laissez-moi vous raconter maintenant.

Le ton était pressant.

— Je dois vous avertir que vous allez être inculpée et que vous n'êtes pas obligée de parler…

— Je sais tout ça, l'interrompit Mary avec impatience. Mais je veux que vous sachiez. Avant que quelqu'un d'autre ne décide à ma place ce que je dois dire…

— Laissez-la parler, intervint Emma. Il faut que je sache.

— Allez-y.

— Abigail riait. Tout à coup ça m'est apparu tellement dégradant, d'être debout là, en train de crier après elle. J'ai tendu la main pour la faire taire, pour ne pas m'égosiller. J'ai attrapé les deux extrémités de son écharpe et j'ai tiré. D'abord pour la forcer à m'écouter. Juste pour qu'elle me prenne au sérieux. Et ensuite elle était silencieuse et molle et j'entendais à nouveau les corbeaux, le vent. Je l'ai laissée là et je suis rentrée. J'ai retiré mes chaussures trempées et ma veste et je les ai rangées dans le placard sous l'escalier. J'ai fait un saut dans la cuisine. Personne ne m'avait cherchée. Je ne pensais pas qu'elle était morte. Je croyais lui avoir donné une frayeur, elle était jeune et en bonne santé, elle rentrerait à la Chapelle en courant.

— Vous ne le croyiez pas vraiment, intervint Vera. Parce que vous avez suivi Emma dehors.

— Je n'étais pas sûre. Je ne voulais pas qu'Emma découvre Abigail et soit toute seule à ce moment-là. J'imagine que je me disais que j'avais pu la tuer.

— Vous n'en avez jamais rien dit à Robert ?

— Il ne s'est pas aperçu que je savais qu'il la voyait. Il croyait que c'était son grand secret.

— Tu n'étais pas en colère de le voir se ridiculiser avec elle ? intervint Emma. Jalouse ?

— C'était plus fort que lui, répondit Mary. Et il avait tellement à donner. Tant de bien à faire encore.

Il y eut un nouveau silence. Vera savait qu'il fallait continuer. C'était une des règles qu'elle avait transmises à Ashworth. *Les laisse pas t'attendrir. Quoi qu'ils aient fait, tu peux pas t'impliquer personnellement. Tu deviendrais fou.* Pourtant elle s'autorisa une question superflue.

— Comment avez-vous pu laisser Jeanie aller en prison ?

— Je ne pouvais pas me permettre d'y penser. Je devais m'occuper de Robert, et des enfants. Ils ne s'en seraient pas sortis sans moi. Elle était jeune, forte. Je pensais qu'elle serait libérée au bout de quelques années.

Vera ne dit rien. Elle pensa à la prison en haut de la falaise, à Jeanie Long clamant son innocence, affrontant la commission de probation et refusant de jouer le jeu qui l'aurait fait libérer.

— Si vous aviez des enfants, déclara Mary, vous comprendriez.

— Est-ce que Christopher vous a vue dans le champ cet après-midi-là ?

— Non. Personne ne m'a vue.

— Pourquoi devait-il mourir ?

— Il ne devait pas mourir. Bien sûr que non. Vous croyez que je voulais le tuer ?

— Je ne comprends pas. Il va falloir m'expliquer.

— Cet été-là, lui aussi était obsédé par Abigail Mantel. On aurait dit qu'elle avait jeté un sort à toute la famille, Emma et Robert et Christopher. J'étais la seule à voir clair dans son jeu. Ce premier jour, où on était allés à vélo jusqu'à la Pointe et qu'on mangeait des glaces, quand elle est arrivée avec son père dans sa voiture de sport, j'ai senti tout de suite qu'elle ne nous aimait pas. Elle nous en voulait d'être si proches. Son père changeait de femme sans arrêt, il était accaparé par son travail. Elle voulait être comme nous mais elle ne pouvait pas alors il fallait qu'elle détruise tout.

C'était une enfant, pensa Vera. Détraquée et malheureuse. Mais elle laissa Mary continuer.

— Christopher a vu Robert et Abigail ensemble. Il n'a rien dit à l'époque. Peut-être que c'était insignifiant à ce moment-là. Il avait eu une autorisation d'absence. Un rendez-vous chez le dentiste. Il les a vus ensemble à Crill. Alors il l'a épiée. Je crois qu'il y a eu d'autres occasions.

— Il vous a posé des questions à ce sujet ?

— Non, certainement pas. C'était un garçon très secret et les enfants se confient rarement à leurs parents.

— Comment vous savez, alors, qu'il a vu Abigail et votre mari ensemble ?

— Il me l'a dit quand il est venu la semaine dernière.

— Le jour où il est mort ?

— Oui.

— Le jour où vous l'avez tué ?

Il y eut une longue pause.

— Oui.
— Il vous a appelée ce matin-là ?
— Robert était déjà parti travailler. Je commençais plus tard à la bibliothèque, j'allais sortir quand le téléphone a sonné. C'était Christopher, qui appelait de son portable. Il avait l'air terriblement perturbé, presque incohérent. Il était dans cette ferme abandonnée près du cimetière communal. Il accusait Robert d'avoir tué Abigail. Il disait qu'il aurait dû comprendre, dire quelque chose à l'époque. Je ne savais pas quoi faire. Je nous croyais hors d'affaire. Robert travaillait dur. Il avait tiré un trait sur la folie Abigail Mantel et rien de semblable ne s'était reproduit depuis. Nous avions une nouvelle famille, Emma et James et le bébé…
— D'autres gens dont vous étiez responsable.
— Oui, dit Mary avec reconnaissance. Vous voyez, vous comprenez.
— Vous êtes allée voir Christopher à la ferme ?
— Non. J'avais besoin de réfléchir à la meilleure solution. Je lui ai dit que je le rappellerais plus tard. J'espérais qu'il se lasserait d'attendre. Je ne pensais pas qu'il ferait un scandale en public. J'espérais qu'il se contente de rentrer à Aberdeen et d'oublier. Plus tard, quand j'aurais mis au point une explication plausible, j'irais lui rendre visite et lui ferais entendre raison. J'ai compris à ce moment-là pourquoi il était si réticent à venir nous voir, à faire partie de la famille. Je pensais qu'avec du temps, je pourrais tout arranger. Qu'on pourrait à nouveau être proches.
— Décontractés, fit Vera. Relax. Comme les autres familles.
— Oui, acquiesça Mary. Exactement.
Ainsi la seconde paire d'empreintes trouvée à la ferme n'appartenait pas à l'assassin. Encore une fausse piste. Vera pensa qu'il y avait probablement peu de

preuves matérielles pour rattacher Mary au meurtre de Christopher. Mais maintenant ils avaient des aveux. Et elle ne reviendrait pas dessus, quoi que lui conseillent ses avocats. Le rôle de martyr lui seyait.

— Est-ce que le tuer faisait partie des solutions que vous envisagiez ?

— Bien sûr que non.

Elle était horrifiée.

— C'était mon seul fils.

— Qu'est-ce que vous avez fait de son portable ?

— Il est là-haut. Dans le tiroir de ma table de chevet.

Vera savait qu'elle aurait dû se sentir triomphale, mais en regardant Mary, petite et ronde avec sa queue de cheval négligée, elle ne ressentait que de l'écœurement. Aucun doute qu'elle échouerait à Spinney Fen à son tour. Et *elle*, ce serait une détenue modèle. Elle se porterait volontaire pour participer aux groupes de travail sur les comportements délinquants. Robert et Emma viendraient lui rendre visite. Robert ne pourrait plus y travailler, mais le service d'insertion et de probation était réputé clément. Ils lui trouveraient autre chose.

— Pourquoi vous lui avez donné rendez-vous devant chez Mantel ?

— Je ne lui ai pas donné rendez-vous. Il a dû venir jusqu'ici. Avec l'intention de faire une scène peut-être. D'avoir une sorte de confrontation. James et Emma avaient dû évoquer le feu d'artifice. En arrivant, il aura trouvé la maison vide et pris à travers champs pour rejoindre la Chapelle.

En empruntant le même chemin qu'Abigail dix ans plus tôt.

— Quand je suis allée chercher mon manteau, il attendait près de la voiture. Ça m'a fait un choc terrible. Ça s'est passé comme je vous l'ai raconté. J'ai allumé les phares et il était là. Il était gelé. Il attendait depuis longtemps. Il avait l'air d'un clochard. Je l'ai à peine reconnu. Il m'a dit que son père avait tué Abigail. Je lui ai répondu que c'était ridicule, que ce n'était pas vrai. Il a sorti son portable pour appeler la police. Je devais l'arrêter. Naturellement je n'avais aucune intention de le tuer.

Vraiment ? pensa Vera, plus très convaincue. Est-ce que c'était bien un accident ? Un autre, comme Abigail ? C'est beaucoup plus facile d'aimer un fils mort qu'un fils vivant qui dérange.

— C'était votre fils, fit-elle, oubliant à nouveau la règle du détachement. Pourtant après, vous avez maintenu votre version. Quand on vous a interrogée le lendemain vous étiez très calme.

— C'était le plus grand sacrifice qu'une femme puisse consentir. Je l'ai fait pour protéger Robert, pour préserver le reste de la famille. Ce sacrifice ne pouvait pas rester vain.

Conneries. T'as paniqué et tu l'as fait pour te protéger toi-même.

— Avec quoi vous l'avez frappé ?

— Il y avait une lampe torche dans la voiture. Longue, très lourde. Il m'a tourné le dos pour appeler. Je l'ai assommé. Il est tombé dans le fossé. Dans une position bizarre. Tout ce qu'on voyait, c'était cet affreux imperméable. Je l'ai retourné pour qu'il paraisse plus paisible. Il ne respirait pas. J'ai vérifié. Personne ne pouvait plus le sauver. Et il n'était plus heureux. Il n'était plus heureux comme quand il l'était enfant, qu'il vivait avec nous.

— Qu'est-ce que vous avez fait de la lampe-torche ?

Mary parut surprise par la question.

— Il y avait du sang dessus. Je l'ai essuyée sur son imperméable. Qui était sale de toute façon. Puis je l'ai rangée dans mon sac.

Et je t'ai laissée l'emporter, se dit Vera. Je savais qu'il fallait qu'on fouille la voiture, mais toi on t'a pas fouillée.

Je te croyais trop éprouvée pour pouvoir le supporter. Combien de temps il me faudra pour oublier ce coup-là ? Elle se demandait déjà s'il y avait moyen que ça ne figure pas dans le rapport final.

Elle se rendit compte alors qu'Emma pleurait. Elle n'émettait pas un son, mais des larmes roulaient le long de ses joues.

46

Vera mit le grappin sur Dan Greenwood chez Wendy à la Pointe. Elle estimait mériter un peu de détente avant de repartir pour le Nord. C'était le lendemain matin. Elle ne s'était pas couchée. La nuit avait passé dans une sorte de brouillard, un cauchemar. Elle se rappelait Robert debout devant la porte de la cuisine de Springhead au moment où ils emmenaient sa femme dans la nuit glaciale. « Un jour, Mary, j'espère que j'arriverai à te pardonner. » Qu'est-ce que c'était que cette connerie ? Une grande réplique théâtrale qui voulait dire que dalle. Elle aurait bien aimé l'inculper, lui aussi, mais Ashworth l'avait convaincue qu'ils n'avaient aucune charge contre lui. Winter n'avait jamais couché avec Zoe Sullivan. La mère avait été catégorique sur ce point. Probablement pas non plus avec Abigail. Deux meurtres et rien que les fantasmes d'un pauvre quinquagénaire pour les expliquer. Un pauvre guignol et une pauvre folle. Robert retournerait à l'église dès dimanche et sans aucun doute les vieilles bigotes viendraient le soutenir, lui offrir de la soupe maison et leur compassion.

Wendy ouvrit la porte. Elle était en peignoir.

— Je veux voir Greenwood, dit Vera.

Wendy hésita.

— Te fous pas de moi. Je sais qu'il est là. Emma Bennett vous a vus ensemble hier soir à la poterie.

— Pauvre Emma, fit Wendy. Je crois qu'elle avait un petit béguin.

— Le dis pas à Danny. Faudrait pas qu'il enfle des chevilles. Et t'en fais pas pour lui. Je suis juste venue lui dire au revoir.

Elle éleva la voix.

— Amène-toi, Dan. Convenable ou pas !

L'inspectrice suivit Wendy à l'intérieur. Elle se demanda si elle portait une culotte sous son peignoir. Une culotte noire avec un cœur en paillettes. De tout Elvet, c'était la maison où Vera se sentait le plus à l'aise. Elle en adorait le désordre, la vue sur l'eau. Danny apparut au bas de l'escalier. Il était encore en train de tirer un pull sur sa tête.

— Ça dure depuis combien de temps ? lança Vera.

— Je sais pas, deux mois.

Wendy souriait, incapable de s'en empêcher. Elle se percha sur le bras du fauteuil où Danny venait de s'asseoir, avait du mal à se retenir de le toucher.

— Pourquoi vous vous cachez ?

— Vous feriez pas pareil ? Dans un bled comme ici.

— Ouais, peut-être.

Vera alla à la fenêtre, regarda dehors.

— C'est fini, annonça-t-elle. On a coffré le coupable.

— Qui c'est ? s'enquit Danny.

— Mary Winter. La mère de l'adolescente qui avait trouvé le corps.

— Mon Dieu !

Il resta immobile un moment, essayant de digérer la nouvelle.

— Pourquoi elle les a tués ?

— Va savoir. Elle dit qu'elle pensait faire pour le mieux, mais je suis pas sûre de la croire. Simple jalousie peut-être, parce que la petite était jeune et jolie et que son mari s'était amouraché d'elle. Ce sera aux avocats de se battre là-dessus. Mais ça ne changera rien au verdict. C'est fini.

— Un peu tard pour Jeanie Long.

— Mais pas pour toi. Il est temps de tirer un trait.

Un pétrolier remontait lentement la Humber.

— J'ai trouvé le dossier dans ton bureau.

— Je me demandais si tu l'avais vu.

— Pendant un moment je me suis demandé si tu l'avais tuée.

— Non, dit-il. C'était un autre genre d'obsession. Je pensais qu'un jour, j'arriverais peut-être à rectifier le tir. Trouver le vrai coupable. Pas que je faisais quoi que ce soit dans ce sens. Je me contentais de sortir l'album de temps en temps pour remuer le couteau dans la plaie.

— Qu'est-ce que tu vas en faire maintenant ?

— Le brûler.

— Bonne chance, fit Vera. Pour tout.

— Merci.

— Bon. Alors j'y vais.

— À la maison ?

— Oui. Au nord de la Tyne. Retour à la civilisation.

Elle sourit de toutes ses dents.

— Soit dit sans méchanceté.

Elle dut traverser le village pour passer prendre Ashworth à l'hôtel. Deux gamins qui voulaient traverser l'obligèrent à ralentir devant la Maison du Capitaine et elle vit qu'Emma Bennett était retournée auprès de James. Assise à la fenêtre de la chambre, elle regardait la place, apparemment perdue dans ses pensées. Comme une héroïne de mélodrame victorien, songea Vera.

Il était grand temps qu'elle commence à vivre.

Table

Cet ouvrage a été composé
par Facompo à Lisieux (Calvados)

Impression réalisée par
CPI France
en novembre 2018
pour le compte des Éditions Archipoche

Imprimé en France
N° d'édition : 541
N° d'impression : 3031382
Dépôt légal : janvier 2019